2018年度国家社科基金艺术学一般项目(18BB024)

2018年度浙江文化研究工程(第二期)重点项目

(18WH30041ZD-6Z)

浙江传统戏曲研究与传承中心

张秋林 著

《琵琶记》在英语世界的传播

中华书局

图书在版编目(CIP)数据

《琵琶记》在英语世界的传播/张秋林著. —北京:中华书局,
2024.6. —ISBN 978-7-101-16741-2

Ⅰ. I207.37

中国国家版本馆 CIP 数据核字第 2024XM7785 号

书　　名	《琵琶记》在英语世界的传播
著　　者	张秋林
责任编辑	葛洪春
装帧设计	刘　丽
责任印制	陈丽娜
出版发行	中华书局
	(北京市丰台区太平桥西里38号　100073)
	http://www.zhbc.com.cn
	E-mail:zhbc@zhbc.com.cn
印　　刷	三河市中晟雅豪印务有限公司
版　　次	2024 年 6 月第 1 版
	2024 年 6 月第 1 次印刷
规　　格	开本/920×1250 毫米　1/32
	印张 12⅛　插页 3　字数 300 千字
国际书号	ISBN 978-7-101-16741-2
定　　价	88.00 元

张秋林　湖北黄石人，艺术学博士，温州商学院英语系副教授，浙江传统戏曲研究与传承中心兼职研究员。主要研究方向为中国戏曲海外传播，主持完成国家社科基金艺术学一般项目1项，发表学术论文10余篇，获第36届"田汉戏剧奖"理论一等奖。

研究传统戏曲 弘扬中华文化

——"温州大学戏曲研究丛书"总序

俞为民

戏曲是中华民族文化的一个重要组成部分,对民族兴旺、社会发展起到过巨大的作用。与构成中华民族文化的其他文学艺术形式相比,戏曲在中华民族文化中有着独特的地位和作用,一方面,由于戏曲是一门综合性艺术,因此,其承载的民族文化内涵最为丰富,无论是普通百姓的民情风俗,还是统治阶级的伦理教化、文人学士的风月情怀,都会在戏曲中反映并积淀下来;另一方面,由于戏曲是一种雅俗共赏的艺术,受众广,正如清代浙江戏曲家李渔所说的,戏曲"不比文章","戏文做与读书人与不读书人同看,又与不读书之妇人、小儿同看"(《闲情偶寄·词曲部》),因此,戏曲在传播民族文化上所起的作用最大,影响也最广。

温州大学地处戏曲大省浙江的温州。浙江的戏曲历史悠久,我国最早成熟的戏曲形式南戏,就产生于浙江的温州,它的产生,标志着中国戏曲的正式形成。作为中国戏曲发展史上第一种成熟的戏曲形式,南戏在剧本形式、音乐体制、脚色体制及具有写意特征的舞台表演等方面都为后世的戏曲形式如明清传奇及清代中叶以后兴起的各种地方戏奠定了基础。同时,浙江的戏曲资源丰富,自戏曲形成起,浙江就产生了一大批戏曲家与作品;浙江的地方戏曲种类众多,现尚流传的有 18 个地方剧种,其中 56 项列入国家非物质文化遗产名录。故戏曲学界有"一部中国戏曲史,半部在浙江"之说。而温州在浙江戏曲发展史上,又有着独特的地位,温州是南戏发源地,时称"温州杂剧"或"永嘉杂剧";近代以来,温州仍是浙江戏曲的重镇,在温州的戏曲舞台上,不仅有源于明代中叶的"永嘉昆曲"和形成于清代初年的"温州乱弹"(新中国成立后改称"瓯剧"),还有先后从外地传入的京剧、越剧等多个剧种。温州大学位于南戏的故乡,浙江戏曲的重镇,因此,十分重视对戏曲的研究,为弘扬温州和浙江地域文化作出了贡献。南戏研究现已成为温州大学的特色专业,招收戏曲史方向的研究生,建立了专门的戏曲研究机构,其中"温州市中国南戏艺术研究中心"是"温州市哲学社会科学重点研究基地","浙江传统戏曲研究与传承中心"是"浙江省哲学社会科学 A 类重点研究基地",在浙江省 6 个哲学社会科学 A 类重点研究基地中是唯一一个研究浙江戏曲的基地。

"浙江传统戏曲研究与传承中心",顾名思义,"中心"的主要科研任务当然是研究浙江戏曲。浙江传统戏曲是构成浙江文化的重要内容,也是传播浙江地域文化的重要载体,浙江戏曲所具有的悠久历史和所承载的丰富文化内涵及其在传播浙江地域文化中的功能,对当今推进文化强省,发展和繁荣浙江文化有着十分重要的现实意义,因此,研究浙江戏曲,是我们浙江学术界的重要任务。习近平总书记在浙江工作时所确定和实施的浙江文化建设"八项工程"之一的"浙江文化研究工程"中,就将浙江戏曲研究列为其中的一项重要内容。温州大学"浙江传统戏曲研究与传承中心"作为全省唯一的以研究浙江戏曲为中心任务的"浙江省哲学社会科学 A 类重点研究基地",更应该做好浙江戏曲的研究和传承工作，为发展和繁荣浙江文化作出贡献。

浙江戏曲的内容极为丰富，对浙江戏曲的研究也是全方位的，包括浙江戏曲史、戏曲作家、戏曲理论家、戏曲演员、戏曲文献、地方剧种等多个方面，但在具体研究中，我们确立了三个研究重点，一是将中国戏曲史上和浙江戏曲史上、文化史上的标志性课题作为研究的重点，其中南戏产生于温州，是浙江文化的重要标志，而且也是中国戏曲成熟的标志，因此，通过对南戏的研究，显示浙江戏曲在中国戏曲史上地位，从而提升浙江的文化软实力；二是重视浙江地方剧种的研究，通过对浙江地方剧种的研究，突出浙江戏曲的地方特色，显示出浙江文化的特征；三是重视对当代浙江戏曲的研究。自新中国成立以来，浙江戏曲在继承传统的基础上，有了重大的发展，在戏曲创作、戏曲理论及戏曲舞台表演方面，都取得了丰硕的成果。因此，对新中国成立以来的浙江戏曲加以研究，总结1949年以来浙江戏曲发展的历程和成就，探讨党的领导和文化政策对浙江戏曲发展的影响和浙江戏曲自身的发展规律，可为推动新时期浙江戏曲的发展提供借鉴。

当然，浙江戏曲即使在中国戏曲史上占有重要的地位，有"半部中国戏曲史"之称，但终究只是中国戏曲的一部分，因此，我们对浙江戏曲的研究，不能脱离对整个中国戏曲的研究，要将浙江的"半部中国戏曲史"，放到整部中国戏曲史中来研究，通过与其他地区的戏曲加以比较研究，显示出浙江戏曲的地方特色和特有的成就。也正因为此，"浙江传统戏曲研究与传承中心"虽以研究浙江戏曲为中心任务，但又不局限于浙江戏曲的研究，也涵盖对整个中国戏曲的研究。

在研究方法上，我们遵循温州大学"求学问是、敢为人先"的校训精神，力求在前人研究的基础上，勇于创新和开拓；同时注重原始材料的搜集和分析，以翔实的文献资料作为研究工作的基础，将严谨细致的文献分析和逻辑严密的理论阐述相结合，逐步形成具有温大特色的治学风格。

我们编辑出版这一"温州大学戏曲研究丛书"，既是展示我们在研究过程中所取得的研究成果，同时也是为了接受学术界对我们研究工作的检验，提出批评和建议，不断改进我们的研究工作，以取得更多、具有更高水平的研究成果。

"温州大学戏曲研究丛书"不定期出版，其作者除了"中心"的成员外，还包括其他承担"中心"科研项目的学者，或与中心成员合作的学术成果。我们想通过编辑出版"温州大学戏曲研究丛书"，逐步打造一支具有高科研能力、高学术水平的科研队伍，并以此为平台，得以与海内外的同行建立联系，获得学术界的支持，使得温州大学的戏曲研究，在国内戏曲学术界占有一定的地位。

目　录

前　言

一、研究背景与意义

自1731年法国耶稣会士马若瑟(Joseph de Prémare,1666—1736)首次将《赵氏孤儿》译介至法国,中西戏剧交流已有近300年历史。若以西方主动译介、演出和研究中国传统戏曲为观察视角,中国戏曲在西方的传播路径可大致分为三类:一是限于文本译研的传播,二是侧重舞台演出的传播,三是兼顾译介、演出和研究三个维度的综合传播。第一类代表剧目有《汉宫秋》《西厢记》《长生殿》《比目鱼》《四声猿》等,主要通过文本译介或学术研究进入西方学术视野,目前尚未出现演出记录,这是一种面向文本的传播方式。第二类传播是指经由海外华人或外籍艺术家跨文化改编,采用英语话剧、音乐剧或英语京剧形式演出的剧目,主要有《灰阑记》《王宝钏》《窦娥冤》和《贵妃醉酒》《四郎探母》《凤还巢》等。这一类别中,西方学者更多关注舞台制作的艺术性,而非对剧本文学性的深入探究,这是一种面向舞台艺术的传播方式。第三类是以《赵氏孤儿》《琵琶记》《牡丹亭》等为代表的剧目。这类作品的异域传播始于文学译介,又超越了单纯的文本传播局限,拓展至舞台艺术,并持续吸引西方及海外华人学者对其本体展开深入研究。这是一种兼顾文本译介、舞台演出和学术研究的"三位一体"的传播方式,也是一部民族戏剧跨越时空限制,进入异域文化旅行希冀实现的理想传播方式,因为"文本"与"舞台"的双轨传播是一部优秀剧作广为流布的应有之义。

《琵琶记》是中国戏剧史上第一部由"名公"文人作者参与创作的戏文,代表着南戏艺术的最高成就,是宋元戏文的终结和明清传奇的先声,史称"曲祖"、"第七才子书",与《西厢记》《牡丹亭》《长生殿》《桃花扇》并称为中国五大名剧。《琵琶记》卓越的艺术成就、独特的儒家伦理主题也引起了西方学者广泛和持续的关注,曾作为中国戏剧的唯一代表载入《世界戏剧评论》[①](*Critical Survey of Drama*,1986)。自1840年以来,《琵琶记》已被西方人主动译成英语、法语、拉丁语、德语、俄语等多种语言,并以节译、选译、编译、转译、全译等多种形态传播至欧美(见附录一)。《琵琶记》的英语演出传播长达半个多世纪。20世纪中叶,它被西方戏剧实践者改编为英语音乐剧《琵琶吟》[②](*Lute Song*),两度登上美国戏剧的最高殿堂——百老汇,还作为东方古典戏剧的典范在美国大中学院校及社区舞台上演,把孝子贤妻的故事传播到美国本土的38个州。此外,《琵琶记》还成为夏威夷地区探索中西戏剧艺术融合"实验剧"的成功典范,为夏威夷华人构建民族身份提供了展示场所与文化载体。

虽然学界普遍认为"从马若瑟以来,西方人关注中国戏曲的

---

① Frank N. Magill, ed., *Critical Survey of Drama* (Foreign Language Series, Vol. 3), New Jersey: Salem Press, 1986: 1038—1049.

② 旅美华人学者都文伟在其论著《百老汇的中国题材与中国戏曲》(上海三联书店2002年版)中首次将《琵琶记》的英语音乐剧剧本"Lute Song"译作《琵琶吟》,本书沿用此译名。

中心始终在元杂剧"①，但实际上，英语学界对南戏经典之作《琵琶记》的研究始于19世纪，并持续至今，成果丰硕。

本书基于丰富多样的一手文献，综合运用戏剧学、翻译学、比较文学、文化研究等跨学科理论和研究方法，从中西戏剧比对的跨文化视野，以历时性和共时性相结合的阐释思路，从译介、演出和研究三个不同维度，全面考察南戏《琵琶记》自19世纪中叶至今在英语世界的百年传播研究史和动态接受史，凸显作品海外传播过程中的文学性、剧场性和学术性的综合特征，具有重要的理论意义与实践意义。

理论意义上，首先，形成国内外首部全面深入探讨《琵琶记》在英语世界多形态传播的学术专著，有效填补中国古典戏曲从杂剧、传奇发展至京剧在海外传播史上的关键缺环。其次，英语世界研究《琵琶记》的范式和成果，为国内学界提供了宝贵的参考和借鉴，为其生成了更多的学术思维与理论资源。通过中西学术的互补与融合，可进一步拓宽国内南戏研究的学术视野。本书的实践意义主要体现在两个方面：第一，本书从历时性角度探讨《琵琶记》海外传播"去经典化"趋势之深层原因，从《琵琶记》的个案传播研究揭示戏曲海外传播的路径与模式，展示中西戏剧文化交流与互动的深层逻辑，为戏曲文化"走出去"并"走进去"提供理论依据和实证支持。第二，戏曲是中华传统文化的重要组成和有效传播载体。系统梳理古典戏曲文学与文化在西方的传播和接受情况，有助于弘扬中华优秀传统文化，增强中华文化在国际舞台的影响力和认知度。

---

① 孙歌、陈燕谷、李逸津《国外中国古典戏曲研究》，江苏教育出版社1999年版，第29页。

二、先行研究综述

(一)戏曲海外传播的先行研究

国内有关戏曲海外传播的研究可分为四个主要阶段,时间上不作严格划分。

第一阶段萌芽期。《赵氏孤儿》是首部传播至欧洲且在西方引发显著反响的中国戏剧,同时也是国内学术界最早深入响应和研究的作品。1929年,陈受颐发表在《岭南学报》的论文《十八世纪欧洲文学里的〈赵氏孤儿〉》,成为国内关注戏曲海外传播研究的先声。到了1950年代,范存忠的论文《〈赵氏孤儿〉杂剧在启蒙时期的英国》,全面评述了《赵氏孤儿》在19世纪英国的译介、改编和演出情况,不仅揭示该剧在英国的文化影响力,还展现了中国文学在欧洲文艺复兴时期的传播路径和影响机制,成为研究中西文学互动的经典之作。然而,这两个间隔久远的"声音"略显孤独,直至改革开放之后,才有更多学者陆续加入到这一研究领域中来。

第二阶段起步期。20世纪80年代起,国内研究《赵氏孤儿》西行传播的范围和深度开始不断扩展和深化,众多研究成果相继出现。代表性的成果包括严绍璗的《〈赵氏孤儿〉与十八世纪欧洲的戏剧文学》、何毅的《从〈赵氏孤儿〉到〈中国孤儿〉》和钱林森的《纪君祥的〈赵氏孤儿〉与伏尔泰的〈中国孤儿〉——中法文学的首次交融》等,都对这一时期的学术发展做出了贡献。与此同时,学界的研究视角也从单一的《赵氏孤儿》的个案研究,扩展到更广泛的中国古典文学作品,开始出现系统性整理和推介海外中国古典文学的研究。这其中,《中国古典小说戏曲名著在国外》(1988)和《英语世界中国古典文学之传播》(1997)两部著作值得重点关注。虽然它们只是提纲挈领地著录戏曲作品海外传播的概述,尚未对个案作品展开深入探讨,却为学界了解更多戏曲作品的海外传播研究提供了重要的文献参考。

第三阶段发展期。自新世纪伊始,戏曲从通俗文学的大类中单列出来,成为专题研究的对象,与此相关的研究成果日益丰富。诸如《国外中国古典戏曲研究》(1999)、《英语世界的中国传统戏剧研究与翻译》(2011)和《中国古典戏曲在20世纪英国的传播与接受》(2011)等论著,以中国戏曲史为叙事脉络,按照戏曲样式或研究主题分设章节,史论结合,全面论述了海外中国古典戏曲研究与接受的情况。郭英德(2019,2010)和陈芸(2012)等学者系统整理了1998至2011年英语世界中国戏曲研究的成果目录。《中国古典戏曲研究英文论著目录(1998—2008)》汇集了27部专著、25篇博士论文和164篇期刊论文的成果目录。《英语学界中国古典戏曲研究的新动向(2007—2011)》概述了11部专著、7篇博士论文和13篇期刊论文的重要学术观点。《"中国趣味"与北美地区中国古典戏曲研究》所收录的研究成果更是接近百条。这些成果表明,英语世界对中国戏曲的研究不仅成果丰硕,涵盖朝代广,戏剧样式多,研究主题也极为丰富,为国内学者深入探讨海外中国戏曲研究提供了重要的学术文献和参考索引。

第四阶段成熟期。在这一时期,国内学者运用戏剧学、翻译学、传播学等多学科、多层次、多角度的研究方法,对更多戏曲样式和作家作品展开专项研究,形成一系列系统化的学术成果。戏曲的海外传播研究已然成为一门显学。然而,学界对不同戏曲样式在海外传播的研究力度存在一定的不平衡。元杂剧、明清传奇、京剧的海外传播研究成为三座互相媲美的秀峰,相关的研究硕果累累。新近的代表性成果包括《英语世界的元杂剧研究》(2017)、《正义与义:〈赵氏孤儿〉的跨文化阐释》(2015)、《跨文化戏剧的重新定位：英国皇家莎士比亚剧团〈赵氏孤儿〉的中国视角》(2016)、《汤显祖戏曲在英语世界的译介、演出及其研究》(2016)、《北美明清传奇研究的文化细读模式》(2012)、《美国汉学界的〈牡丹亭〉研究》(2014)、《梅兰芳访美演出的传播策略》(2015)、《中美戏剧交流的文化解读》(2011)、《穿过"巨龙之眼"：跨文化对话中的戏曲艺术(1919—1937)》(2015)等等，不一而足。

　　然而，英语世界的南戏传播研究却未受到应有的重视，相关的重要研究成果屈指可数。尽管《国外中国古典戏曲研究》(2000)和《英语世界的中国传统戏剧研究与翻译》(2011)等论著，设有章节介绍英语世界对南戏代表作《琵琶记》的研究情况。不过，由于这些著作以宏大的中国古典戏曲史为论述框架，其对特定戏剧样式或主题的研究自然难以达到精深、细致与全面的程度。《"他者"想象的缺位：英语学界的南戏研究》(2016)和《英语世界的南戏传播与研究》(2019)虽将英语世界中的南戏传播研究作为主要研究对象，前者主要分析英语学界对南戏研究的不足及其原因，而后者则侧重于翻译英语学界的南戏研究成果，且所涵盖的成果文献多集中在21世纪之前，主要围绕《张协状元》等个案作品。关于英语世界南戏传播的著作，若未深入探讨"南曲之祖"《琵琶记》的海外传播研究，未免留有遗憾。

　　(二)《琵琶记》在英语世界传播的先行研究

　　国内外有关《琵琶记》在英语世界的传播研究已取得一定的成果，但还留有广阔的研究空间。在翻译方面，论文《淡妆浓抹总相宜：明清传奇的英译》(2009)结合定性分析与基于语料库的定量分析法，深入剖析了《琵琶记》《牡丹亭》《长生殿》《桃花扇》等四部明清传奇英语全译本的翻译原则和模式。而《英国汉学家艾约瑟的中国戏曲英译研究》(2021)一文以严谨的文献考证方法，对英国汉学家艾约瑟《汉语会话》(1852)选译《琵琶记》的情况作了评述。《汉语会话》的发现为国内学者了解19世纪《琵琶记》的文本译介研究提供了新的重要资料。演出方面,论文《中美文化交流史上的一段佳话:留美学生公演话剧〈琵琶记〉》(2008)简要论述了1925年中国留美青年将《琵琶记》改编成英语话剧在美国波士顿剧院的上演过程。1946年,《琵琶记》被西方戏剧实践者改编成英语音乐剧《琵琶吟》在百老汇连演四个月。此次演出使得《琵琶记》在北美的名声大噪,成为国内外研究者的关注焦点。美国学者凯瑟琳·西尔斯的论文《琵琶记故事:一出中国戏的美国版》(1994),回顾了英语《琵琶记》在百老汇的演出经过,并批评了百老汇屈从于金钱哲学,粗暴西化中国剧的做法。进入21世纪,海外华人学者都文伟(2002)、加拿大汉学家石峻山(Josh Stenberg,2015)和国内学者高子文(2019,2020)相继撰文探讨《琵琶记》百老汇演出的改编过程、演出接受及主题的置换等。整体上,目前学界对《琵琶记》的文本译介研究大多局限于特定章节或主题的传译,研究的完整性和全面性尚有不足。尤其是对《琵琶记》从19世纪的节译到20世纪全译本之间所经历的各种译介形态,还未进行全面的历时性梳理和深度评析。中外学界关于《琵琶记》的演出研究主要集中于其在百老汇的演出上,而对于《琵琶记》在进入百老汇之前、离开百老汇之后,以及在夏威夷地区的搬演情况鲜有涉及。对英语《琵琶吟》作为跨文化改编戏剧,其戏剧文学与剧场艺术两个互相关联却独立的层面,缺乏深入的学理分析。此外,现有研究方法较为单一,主要限于戏剧文学领域内,未能将研究对象置于更广阔的社会、历史和文化背景中,探究改编本与原作在主题思想、人物形象、诗学意义上的差异,以及改编本舞台艺术与当时的戏剧思潮和文化背景的深层联系。同时,文献支撑上缺少能够生动再现《琵琶记》演出现场的图像文献。与文字描述相比，演出剧照或有关布景、服饰、人物造型的图片更能形象、直观地还原演出现场与感官体验。研究方面，国内对英语学界《琵琶记》的"研究之研究"主要聚焦于20世纪中后期的成果，时间上鲜少涉及19世纪早期研究和21世纪的最新成果，且文献来源和研究观点有很大程度的重复与交叠。从1840年至今，英语学界对《琵琶记》的研究和接受表现出明显的历时性特征。因此，有必要从历时和共时的角度，探讨英语学界接受与研究《琵琶记》的情况，并在某些关键议题上将英语学界和国内学界的成果展开平行研究。除了一般学术性文献外，本书还收集了英语《琵琶记》舞台演出相关的人物传记、演出手册、舞台剧照等近百幅珍贵照片，整理演出报道和重要剧评近千篇。这些丰富多样的一手图文资料，生动再现了《琵琶记》的演出现场和接受情况。

三、研究对象和范围的界定

本书主要探讨南曲之首《琵琶记》以英语为媒介在英语世界进行的传播研究，涵盖了其文本传播、舞台传播及学术研究传播的各个方面。文本译介传播上，书中重点关注西方学者主动翻译《琵琶记》的行为，以及旨在面向英语读者或在英语国家出版的由海外华人或华裔译者完成的译本，而不包括国内出版社发行的英译本。舞台演出传播上，本书聚焦在英语国家由不同民族身份的演员使用英语演出《琵琶记》的舞台活动，而中国剧团出访欧美，用原汁原味的戏曲艺术演绎《琵琶记》的演出活动不在本书讨论范围内。这样的范围界定，旨在更深入地探讨接受文化（即英语国家）对源文化（即中国戏曲文化）的理解、解释和重构方式，更清晰地分析西方视角下的《琵琶记》译介、演出和学术研究的总体趋势与特点，保持研究的聚焦和深度。

　　广义上，"英语世界"通常指以英语作为主要或官方语言的国家和地区，包括但不限于英国、美国、加拿大、澳大利亚、新西兰、爱尔兰、南非、印度及英联邦的其他多个国家。根据笔者目前所掌握的资料显示，在广义的"英语世界"中，只有美国和英国曾用英语上演过《琵琶记》。鉴于此，本书所指的是狭义上的"英语世界"，更确切地说，本书主要聚焦英语《琵琶记》在美国本土，以及夏威夷在1959年正式成为美国第50个州之前的演出情况。因此，第三章标题拟为"英语《琵琶记》在北美舞台的演出"，以明确本书的研究重点和范围。需要指出的是，1948年10月11日至30日，英国知名导演阿尔伯特·德·库尔维尔（Albert de Courville，1887—1960）在伦敦西区的冬日花园剧院执导了英语音乐剧《琵琶记》。男女主角由百老汇原班人马扮演，其余角色则由英国演员出演。伦敦演出遭到英国主流媒体普遍的负面评价，上演24场便匆匆落幕。虽有媒体称赞其"舞台布景简洁，色彩绚丽、搭配迷人，场景壮观、生动、感人"①，但更多的声音批评其"对白冗长、枯燥乏味"②，演出"苍白无力"③。《每日邮报》则如此评价："这是一场罕见的视觉盛宴，但作为音乐剧来说，它的表现乏善可陈。整部剧作从始至终几乎缺乏幽默感。演出整体上采取了过于严肃的风格，以至于有时给人一种自嘲或不切实际的印象。"④英语《琵琶记》在伦敦上演的反响与其在百老汇的评价大概一致，因此，本书第三章将不再对伦

① "London Theatres: Winter Garden *Lute Song*," *The Stage*, October 14, 1948: 7.
② Ibid.
③ "Winter Garden: *Lute Song*," *The Observer* (London), October 17, 1948: 2.
④ "*Lute Song* in London: Musical Gets a Cool Reception from British Stage Critics," *The New York Times*, October 12, 1948: 32.

敦版的演出展开论述。

在学术研究方面,19世纪早期的法国是西方翻译与研究中国戏曲文学的重镇。1841年,法国巴黎皇家图书馆出版了《琵琶记》的法语编译本,在当时的西方汉学界引起了相当大的关注。这个法语译本在很长时间里,成为西方读者(包括英语读者)阅读或研究《琵琶记》的唯一西方语言全译本。法语译者翻译《琵琶记》的动机具有显著的典型性和代表性。因此,本书在探讨19世纪英语世界对《琵琶记》的研究特征时,也将《琵琶记》法译本译者的观点纳入讨论,以便更清晰地呈现自19世纪至21世纪,西方汉学界认识与接受以《琵琶记》为代表的中国古典戏曲的历史轨迹。

第一章 《琵琶记》在英语世界的译介

　　一国戏剧文学的域外传播通常始于文本译介。译本或改本的诞生为舞台演出提供重要的"一剧之本"。莎士比亚的名作《哈姆雷特》先后吸引梁实秋、朱生豪、孙大雨、卞之琳、田汉等多位学者进行翻译，随后以中文话剧、京剧、昆曲、汉藏双语话剧等多种形式上演，甚至作为宫廷悲剧电影登上大银幕。正如《哈姆雷特》"东行"的舞台传播离不开文本译介的推动，南戏《琵琶记》——"中国版《哈姆雷特》"[①]"西行"的舞台传播亦然。从1840年的节译诗开始，经过20世纪上半叶的跨文化戏剧表演，到20世纪80年代初的英文全译本问世，这百余年间，《琵琶记》吸引了无名氏、汉学家、来华传教士、在华外侨、海外华人学者等不同身份的译者对之进行译介，形成了节译、选译、编译、改编、全译等多种译介形态。本章采用描述翻译学（Descriptive Study）的视角，分别从19世纪和20世纪两个历史时期，考察《琵琶记》在英语世界的百年译介史。

[①] 英语《琵琶记》的改编者在其舞美设计说明中提及："《琵琶记》是中国戏剧的经典之作，可与西方舞台上的《哈姆雷特》相媲美。"参见 Will Irwin and Sidney Howard, adapt., *Lute Song*, Chicago: The Dramatic Publishing Company, 1946: 6—7.

　　描述翻译学理论认为,翻译不仅关乎语言的转换,还反映社会发展、历史语境和文化现象。这一理论超越了传统文本分析的局限,主张在目的语的社会文化大语境下探讨译文与历史、社会、文化的互动及映射,是一种将翻译行为置于特定语境中的研究方法。该理论强调,所有个案研究必须遵循同一个指导原则,即"将每个问题都置于从低到高的语境连续体中加以研究"①,既考虑整体文本和行为方式,又要考虑文化背景。描述翻译学不仅重视文化和历史语境等外部因素对翻译的影响,同时关注文本的内部研究。其研究方法,类似于望远镜和显微镜,从不同视角和多个层面解读翻译现象。在这种理论指导下,译文评价的"重点不在于制定规范,作出价值判断,而在于客观地描述实际发生的翻译活动"②,并给予合理的评价。本章《琵琶记》的译介分析涵盖了译者身份、译介目的、目标读者、译介时间、译介方法等关键问题。此外,鉴于中国戏曲的"乐"本位审美特质,翻译评价还需关注不同时期译本如何传译戏曲剧本曲白相生的特色。南戏剧本中的脚色、词牌、曲牌、宫调、科介等组成元素翻译与否,不单是一个文字学意义上形式对等与否的问题,而是译者能否走出西方中心主义,主动彰显中国戏曲艺术独特性的文化心态问题,更关乎戏曲能否从中国诗歌、小说的亚文学中分离出来而获得自足的文学价值与审美品格的价值问题。

---

①Gideon Toury,*Descriptive Translation Studies and Beyond*,Shanghai:Shanghai Foreign Language Education Press,1996:113.

②姚振军《描述翻译学视野中的翻译批评》,《外语与外语教学》2009年第10期,第63页。

第一节 十九世纪《琵琶记》的英语译介

晚清时期,西方列强通过一系列战争和不平等条约逐渐打开中国大门,迫使中国人民开始"睁眼看世界",而发轫于明朝末年的"西学东渐"思潮在晚清国人求强求富、救亡图存的爱国思潮中达到极盛。然而,文化传播向来是一个双向过程。无论文化处于优势还是劣势,只要充满活力,它便能够传播。随着中国闭关锁国政策的结束,丰富多彩且历史悠久的中国传统文化开始被西方世界更广泛地发现和理解,进而在更大范围内传播,逐渐形成"东学西传"的趋势。继经史子集等正统文学之后,通俗文学逐渐成为"东学西传"的新重点。《琵琶记》杰出的艺术成就和作为"才子书"的盛名让其蜚声海内外。本节将梳理19世纪英国无名氏和来华传教士对《琵琶记》进行的英语译介。

一、东方田园诗:英国无名氏节译《琵琶记》

叶长海教授言,中国古典戏曲"保持着歌、舞、诗三位一体浑然不分的上古'总体艺术'的特色"[1]。戏曲的"歌舞性"是对中国上古"乐"的精神的继承和发展。又因"夫诗变而为词,词变而为歌曲,则歌曲乃诗之流别"[2],诗词艺术本是"曲学"艺术应有之义。中国戏曲的名篇佳作,其曲词都是能够契合剧情、烘托心境、营造全剧意境之美的"声诗"。故而,王国维先生曰:"然元剧最佳之

---

① 叶长海《曲学与戏剧学》,上海古籍出版社2013年版,第19页。
② 何良俊《曲论》,《中国古典戏曲论著集成》(第四册),中国戏剧出版社1959年版,第6页。

处,不在其思想结构,而在其文章。其文章之妙,亦一言以蔽之,曰:有意境而已矣。"①这些精练含蓄、情感饱满、意蕴深远的曲词,即使脱离剧本的情节叙事,也不失其文才与诗性,具有自足的文学价值与审美品格。《琵琶记》的词曲艺术臻于化境,兼具本色和文采双重特色,最早引起海外人士的关注。

1840年,一位匿名译者从《琵琶记》中节选三阕曲词,删其词牌、曲牌和脚色名,将其独立成篇,标题为"中国诗:《琵琶记》节选"②,并在《亚洲杂志》(*Asiatic Journal*)上发表。译作含诗三小节。第一节选自《副末开场》末上白[水调歌头],第二、三节分别摘选自《蔡宅祝寿》[宝鼎儿][锦堂月]的部分曲词。《琵琶记》全剧曲词众多,译者为何独爱这三阕?当这三节曲词被并置、组合成一首长诗时,又营造出何种诗韵意境?为方便讨论,不妨将三阕曲词的原文、英译和译文的回译③摘录于下(见表1.1)。

表1.1   无名氏译[水调歌头][宝鼎儿][锦堂月]的原文、英译与回译对比

原文	英译	英文回译
秋灯明翠幕,	The autumn lamp within the casement burns,	秋灯照户明,
夜案览芸编。	The perfumed page is on the table set,	书香漫案头。
今来古往,	On spurs the present as the future hies.	古往今来,

---

① 王国维《宋元戏曲史》,上海古籍出版社2008年版,第88页。

② Anonymous author, "Chinese Poetry:Extracts from the *Pe Pa Ke*," *The Asiatic Journal and Monthly Register for British and Foreign India, China, and Australia*, Vol. XXXI (January-April), London:Wm. H. Allen and Co., 1840: 107.

③ 表1右栏的英文回译,由本书作者翻译。

原文	英译	英文回译
其间故事几多少。	How rich the past and present in events!	沧海桑田几多事。
少甚佳人才子，	How niggard of the great and beautiful!	才子佳人鲜矣，
也有神仙幽怪，	Like something hidden supernatural，	若那隐匿神灵，
琐碎不堪观。	Which，when the lock is broken，is not seen.	锁碎无踪影。
正是:不关风化体，	No barrier can resist the rolling winds，	卷风袭来无关可挡，
纵好也徒然。	Which idly when it lists goes whistling by;	却又随心悠然离去。
论传奇，	And though to tickle fancy by appeals	传奇故事，
乐人易，	To right，is easy – yet how difficult	乐人易，
动人难。	To move mankind to virtue! You may know	化人难。
知音君子，这般另做眼儿看。	The man of worth amidst his fellows thus –	人知君子，
休论插科打诨，也不寻宫数调，	He neither boasts，nor jests，nor seeks for such;	不浮夸，不戏谑，
只看子孝与妻贤。	But has a filial son and virtuous wife，	但求孝子与贤妻。
骅骝方独步，万马敢争先。	And like a generous steed outstrips the rest.	好似良匹一马当先。
小门深巷里，	Amdist the deep aclove and light parterre，	深远旮旯轻圃园，
春到芳草，	The spring is breathing fragrance to the flowers;	春到花朵吐芬芳;
人闲清昼。	And man is sauntering at the brilliant dawn.	清晨霞光人闲步。

续表

原文	英译	英文回译
人老去星星非故，	Man's age, that like a star doth flee away,	人老去, 宛如星辰流逝,
春又来年年依旧。	But, oh! Not like the star, again returns	却不似它们星落星起, 哎!
最喜得今朝新酒熟，	Nor yet like spring, which is as 'twas of old!	也不比那春光, 春去春又回!
满目花开如绣。	Oh happiness! on such a merry morn Of spring to drink the wine, at noontide watch The flowers spread open their embroidery To the full sun!	开心啊! 趁此良辰美景酌酒。午间, 花儿迎着骄阳盛开如绣!
愿岁岁年年人在，	But in the course of years, Man will be laid beneath the fragile flowers.	望岁月长河, 娇花把人埋。
花下常斟春酒。	Bring forth the wine—the wine!	拿出酒来——共酌酒!
帘幕风柔，	The wind is rattling in the shifting blind,	风吹帘动悉窣响,
庭帏昼永，	And constant peeps the dawn through curtained halls.	晨曦透帷洒庭落。
朝来峭寒轻透。	While waning morning from the hill descends, Chilled with its stroll①,	朝来寒峭山下行, 一步一寒。

[水调歌头]是副末上场后以戏外人的身份念诵的一首开篇词，主要用于传达剧作家的创作意图和简介剧情。第二出《蔡宅祝寿》是人物的"冲场"，其中的两支曲[宝鼎儿]和[锦堂月]在情境上相似，共同描绘了蔡家四口人"酌春酒，看取花下高歌，共祝眉

---

① 笔者特别查阅过存放于不同图书馆有关《中国诗：〈琵琶记〉节选》的电子和纸质文献，经核实发现本篇译文都是以逗号而非句号结尾。

寿"的欢乐时光。[水调歌头]以叙事和表意为主,与以抒情为主的[宝鼎儿][锦堂月]在叙述功能、主题表达和诗情意境上有所不同。匿名译者在其翻译中,由于误读和误释,不期然间勾勒出一个东方谦谦君子的形象。

(一)东方想象:误读与谦谦君子

《水调歌头》中的文化意象、戏曲文体知识以及凝练典雅、词约意丰的诗性文风给译者的翻译带来不少挑战。译者采用英语无韵诗体①进行翻译,虽然实现了译文语言优美、风格流畅、意境深远的目标,却因对关键词句的误读而彻底改变了原词的意旨。

首先,因词义的僵化理解而出现误译,如将"少甚"误释为"缺少","琐碎"曲解为"锁被打碎",而更为严重的误读出现在"不关风化体,纵好也徒然"这一句。译者将"不关"理解为"没有关隘",将"风化"误释为"大自然的风"。原文旨在表达"戏剧如若不能发挥高台教化的功能,纵然故事精彩也谓徒劳无功"的创作宗旨,被误译为"卷风袭来无关可挡,却又随心悠然离去",描绘了自然之风,既能所向披靡、席卷一切,又可风轻云淡、怡然自得的景象。

其次,因戏曲文学常识的缺乏和东方想象而出现误读。在"知音君子,这般另做眼儿看。休论插科打诨,也不寻宫数调,只看子孝与妻贤"一段中,"知音君子"中的"知音"是主导词,而"君子"是对"知音"的敬称。译文却将中心词转移到"君子"一词,并赋予他"不浮夸,不戏谑,不沽名钓誉,但求孝子与贤妻"的优秀品格。译文不解戏曲文学"插科打诨"和"寻宫数调"的所指意义,虽完成了

---

① "无韵诗"又称"素体诗",是一种不受传统韵律和格律约束的英语诗歌形式,以灵活的节奏、自由的形式和直接的语言表达为特点,侧重于通过词语的精心选择和排列传达情感和意象,常用于表达深刻的内省和哲思。

典型东方谦谦君子形象的构建,却偏离了剧作家"不求搞笑场面,不因音律损文,但求颂扬孝子与贤妻的故事"的创作意图。

从"可随心悠然离去"的风到谦谦君子品格的描写,译文虽达到了"达"和"雅",却失了"信"。失真的译文不经意间为读者描绘了一个饱读诗书、淡泊名利、追求伦理之乐的君子形象。译者在误读中完成了对儒家"君子"形象的个人构建与文化解读,这是18世纪以来西方普遍存在的"东方想象"对其翻译活动的一种文化投射。

《水调歌头》以其解释性功能超越抒情性质,其中深植的文化意象与文学知识构成了译者理解上的难点,进而导致了一系列误读现象。相比之下,[宝鼎儿]和[锦堂月]两支曲则偏向抒情性。其曲文直而不野,怊怅切情,使得理解曲义、再现曲境相对容易。这两首曲词的翻译虽也有细微差错,但整体上正确把握了原文情感和意境,通过自然、生动、饱含情感的语言,成功营造出与原文类似的诗意氛围,达到了"神似"和"化境"的境界。译者将"不浮夸,不戏谑,不沽名钓誉"的儒家君子形象巧妙地与[宝鼎儿]云卷云舒的风,花谢能再开、星移能斗转、然而人生逝去却不可重来的淡淡哀伤之情无缝衔接,生动地表达了曲中人对春去又来,人老不复少的感慨,以及趁着春光明媚享受天伦之乐的愿望,丰富了"东方想象"对儒家君子品格与立命哲学的解读。更为巧妙的是,原文"满目花开如绣。愿岁岁年年人在,花下常斟春酒"中的"花"作为"物象",而译文中的"望岁月长河,娇花把人埋"则将花提升为意象。译者在此表达了春光的美好与花期的短暂,以及人生的无常。花开花谢凋落为泥,一春又一载,蓦然回首,人老去已被一抔香土埋。译文虽偏离原文,却与原文"趁春光酌春酒"的意境相互呼应,引发共鸣,不失为一种成功的创造性诠释。此外,第一节因误读而产生的"风"意象,与第二节的春景及第三节"帘幕风柔"的自然描写,都是通过自然景物起兴抒情,具有异曲同工之妙。自然景物的描写成为串联整个诗篇的核心意象,共同营造出文人士子归隐田园生活的诗情画境。

(二)浪漫田园诗:译作诗学

翻译是发生在时间连续体中的跨文化文本转换活动。"文本"一词不仅指文字材料本身,还包括其背后蕴含的意义、风格和语境等多维深层元素。这意味着,翻译不仅仅是语言层面的转换,更是对文化背景、习俗、价值观以及思维模式的理解和转译的过程。翻译亦并非是一次性行为,而是随时间和社会文化的变迁而发生变化。因此,翻译作品时常留下时代的文艺思潮和社会活动的印记,具有独特的诗学意义。为了全面、客观地评价译作,研究者有时需要置身于译者所处的时空背景,以当时普遍接受的规范来审视历史产品。尽管无名氏的译文出现误读与误译,却已摆脱"诗歌不可译"的桎梏。

三节译诗既可独立成阙,亦因风格统一、意境相近而融为一首完整、流畅的东方田园诗。其诗境深邃、风格恬静,自然景物的描绘——如风、小门、深巷、花、星——共同烘托出一个安于悠闲、享受田园生活的东方君子形象。译诗通过对风卷云舒、斗转星移、春去春又回等自然景象的描写,联想到"人生天地之间,若白驹过隙,忽然而已"的淡淡哀愁。这种以自然与人生为主题,使用富有象征和隐喻的语言来描绘人与自然贯通的感觉,与19世纪英国流行的浪漫主义诗歌文化相契合,让人想起英国浪漫主义桂冠诗人华兹华斯(William Wordsworth,1770—1850)的《咏水仙》(1804)。诗人将自己比作"一朵孤独的流云",在一簇簇随风嬉舞的水仙花中感受到自然之美和生命的活力。水仙的舞动已超越单纯的视觉美感,触及诗人的内心深处与心灵共鸣,映射出他对个人情感、自然美和时间流逝的深刻反思。无论是中国的谦谦君子,还是漂浮于山谷的流云,诗人将自然视为美、真理和自由的象征,眼前的景物成为诗人情感和自由心灵的外化。无名氏这首脱俗的中国田园诗足以与英国浪漫主义诗歌进行文化对话。

译诗虽契合英国浪漫主义诗歌文化的选题和意境,但译者并未过滤掉中国文化元素。反之,译者站在尊重中国文化的立场上,最大限度地忠实展现了儒家君子形象及其立命哲学。诗题"中国诗:《琵琶记》节选"直接向中国文学致敬。脚注对作者高则诚、词牌[水调歌头]以及"芸编"、"神仙幽怪"、"风化"等文化术语进行了解释说明。译者还从《中国少年百科全书》(*Chinese Juvenile Encyclopedia*)和《马礼逊字典》(*Morrison's Dictionary*)等工具书中挑选出与原诗"人老去星星非故,春又来年年依旧"意境相似的中国诗句①,构建了一首富有超文本性和互文性的东方田园诗。

19世纪中叶前,西方有关中国文学研究的英文刊物寥寥无几。1816年,英国东印度公司创办了《亚洲杂志》,旨在"真实记录印度属地的重大事件和东印度公司的辩论活动,以及译介浩瀚的

---

① 脚注补充的两段互文性诗文:"The moon rolls on like mankind;The moon returns, but men return not."(月行似人世,月复归,人不返矣。)"Day after day we still advance To where you vacant tombs appear,Yet still the sun's returning glance illuminate each succeeding year. Oh then the enlivening banquet spread,And pledge me with the mellow wine;Moments,like flowers,have bloomed and fled:'Tis vain o'er either to repine."(日复日,吾等前行,至汝空寂之墓现前,日光复返,岁岁照耀。噫,设盛筵,以醇酒共祭,光阴若花,盛开而逝,悼流年,徒添哀思。)

东方文学宝库"①。自创刊以来,《亚洲杂志》与中国文学关系紧密,成为19世纪西方译介中国文学与汉学研究的主流期刊。这篇刊登在《亚洲杂志》上的节译诗,是《琵琶记》首次以抒情诗形式呈现给英语读者的跨文化传播实践。尽管这一译作未能让西方读者完全理解《琵琶记》作为戏曲文学的面貌,但至少为中国戏曲承袭唐诗宋词文化,展现其诗情醇厚的文本特点,提供了一种朦胧的感知。《琵琶记》借由《亚洲杂志》在西方世界的广泛影响,首次映入英语读者的视野,从而为其在英语世界的广泛传播揭开了序幕。

二、通俗文学之镜:英籍传教士艾约瑟选译《琵琶记》

晚清时期,长期生活在中国的外国传教士因其对中国社会现状和历史文明的直接体验,逐渐取代了过去基于"东方想象"的认知。他们在宣教布道之余,也投身于沟通中西文明的译介活动。事实上,在华传教士通过翻译和撰写宗教及世俗书籍,成为早期促进中西文化交流的关键力量。有学者总结传教士热衷翻译中国通俗文学的三个主要动机②:一是学习汉语的需要;二是构筑"中国形象"的需要,通过小说这面镜子折射中国历史、文化习俗、民族性格、日常生活等全方位形象;三是服务传教工作。这些动机同样适用于两位来华传教士翻译《琵琶记》的情况。语言不仅是思维的具象化媒介和人际沟通的工具,更是人类能力的体现:人类通过语言拥有世界,语言是人类存在的家园,恰如海德格尔所言:"任何存在

① Preface, *The Asiatic Journal and Monthly Register for British India and its Dependencies*, Vol. I (January–April), London: Printed for Black, Parbury & Allen, 1816: iii.

② 刘同赛《近代来华传教士对中国古典文学的译介研究:以〈中国丛报〉为中心》,济南大学2014年硕士论文,第54—57页。

者的存在居住于词语之中。"①从这个意义上说，来华传教士从掌
握一个民族的语言入手，增进对该国民族文化和国民性格的了解，
进而更有效地推进传教工作。较之于典雅深奥的儒家经典，通俗
文学以其生动的人物描绘、完整的故事情节和环境描述来反映社
会生活，成为西方人了解中国风俗的新窗口，因为"一个民族创造
的东西最能反映该民族的风俗人情，正如静止的画像与具体情境
下活动着的人的区别，一个民族自身的生动叙事比一般意义上的
记录更能揭示本民族的特征"②。戏剧文学以其凝练和集中的叙事
方式，有效地摹仿了社会活动，成为反映生活和习俗的镜子。在传
教士甘淋看来，译介中国通俗文学与传教服务之间存在这样的逻
辑关系："解释和阐明中国教义时，宗教典籍颇有助；然而，要了
解中国民众对宗教的接受程度，明晰与宗教信仰交织的超自然概
念，通俗小说便成为传教士不得不参考的一面镜子。"③由此，通俗
文学成为来华传教士学习汉语语言与文化之镜。

（一）传教士艾约瑟和《汉语会话》

英国伦敦会传教士艾约瑟（Joseph Edkins，1823—1905），字
迪瑾，是著名的汉学家、神学博士和翻译家。他于1843年毕业于
伦敦大学，1848年来沪传教，在华宣教生涯长达57年。艾约瑟是
晚清"东学西渐"与"西学东渐"的重要引路人。他不仅系统地把西

---

①（德）海德格尔著，孙周兴选编《海德格尔选集》（上），上海三联书店1996年版，第
1068页。

②M. Jean-Pierre Abel-Rémusat, *Lu-Kiao-Li, ou Les Deux Cousines: Roman Chinois*, Paris: Librairie Moutardier, 1826: 11—12.

③G. T. Candlin, *Chinese Fiction*, Chicago: The Open Court Publishing Company, 1898: 2—3.

方思想文化和近代自然科学知识译介至中国[1]，还不遗余力地著书立说，向西方译介中国语言、文学、文化、历史、宗教以及经济等多领域社会现象[2]。为了克服语言障碍并更有效地进行传教，艾约瑟还编写了一系列汉语学习与研究的著作，包括《汉语会话》《汉语在语言学中之定位》《汉字入门》《中国口语入门》《汉语的进化》《汉语文法》《中国语言学》《上海方言词汇集》及《汉语官话口语语法》等，涵盖了汉语的书写、口语、语法、方言和官话等多个方面。1852年，"为帮助在华外国人开启一种入门式的汉语口语学习方式"[3]，艾约瑟编译出版了《汉语会话》(Chinese Conversations)，由上海墨海书店出版。该书在内容选材和编排上借鉴了传教士先贤马礼逊的《对话》(Dialogues)和马若瑟的《汉语札记》(The Notitia Linguae sinicae)。与两位先贤一样，艾约瑟的《汉语会话》也选取小说和戏曲作为学习素材，且书中大部分选文的来源与《对话》相同，不仅延续了早期汉学传统，也再次证实戏曲和小说等通俗文学是早期传教士学习汉语的最佳素材。艾译本主要采用意译、涵化、概略化等翻译策略，以达到通顺达义、明白畅晓的译文风格，只对"苏卿九"、"青龙白虎"等少量文化词加注，释其要义。

---

[1] 艾约瑟独立编译《西学启蒙》《富国养民策》《欧洲史略》《希腊志略》《罗马志略》等有关西方思想文化的书，还和其他传教士合译《谈天》《代数学》《代微积拾级》《圆锥曲线说》《奈瑞数理》《重学》《植物学》等自然科学书籍。他还与清末致力西学东传的学者王韬、李善兰等合译《中西通书》《重学浅说》《格致新学提纲》《光学图说》《西国天学源流》等书。

[2] 主要论著有《中国的宗教》《宗教在远东之传播》《中国的建筑》《访问苏州太平军》《中国见闻录》《中国的货币》《中国的财政与税收》《中国的银行与价格》及《诗人李太白》等等。

[3] Joseph Edkins, *Chinese Conversations: Translated from Native Authors*, Shanghae: The Mission Press, 1852: i.

　　《汉语会话》节选了《借靴》《琵琶记》《三国演义》等三部通俗文学作品作为学习语料。全书正文部分183页,其中《琵琶记》的译介篇幅最多,长达101页。艾约瑟对之偏爱源自其对该作品的深刻理解:"《琵琶记》一直广受中国人的喜爱,书中最精彩之处体现了这个民族的国民性格。而且,故事本身也着实有趣。"①这句简明扼要的解释折射出晚清传教士译介中国通俗文学的意义指向。首先,艾约瑟将《琵琶记》在中国人中的广受欢迎视为翻译动机的首要条件,反映出晚清来华传教士通常采取"入乡随俗"的态度审视中国文学作品。中国民众认可的文学作品成为他们跨越中西文化差异,获得审美共鸣的桥梁。其次,深入了解中国民众喜爱的文学作品,成为理解中国人审美趣味和社会价值取向的关键,即"书中最精彩之处体现了这个民族的国民性格",这一认识直接服务于传教活动的深化。通过一个民族的文学作品来洞悉其国民性格,构成传教士选译《琵琶记》的社会价值。艾约瑟将《琵琶记》故事本身的趣味性列为翻译此作的第三个原因。可见,在传教士的评价体系中,《琵琶记》的艺术价值虽重要,但其社会功能更为关键。杰出的文学作品若不能服务于宣教活动,可能会被冷落搁置一旁,而那些既能服务于宣教目的,本身又颇具趣味性的作品,则成为他们译介的首选对象。

　　(二)翻译底本

　　《汉语会话》节译了《吃糠》《描容》《别坟》《寺中遗像》《两贤相遘》和《书馆》六出折子戏。虽是选译,却相对完整地讲述了赵五娘留守陈留,侍奉姑舅,直至二老离世后上京寻夫,与夫重逢的完

---

①Joseph Edkins, *Chinese Conversations: Translated from Native Authors*, Shanghae: The Mission Press, 1852: i.

整故事。这些精心编排的情节使得赵五娘的"贞烈"、张广才的"仁义"、牛小姐的"善良明理"以及蔡伯喈的"忠孝"等四个重要人物形象生动鲜明,跃然纸上。儒家的道德准则——孝、忠、信、礼、义、耻等美德,在这些典型的环境和人物形象中得以诠释和升华,恰好与译者在前言中所强调的"书中最精彩之处代表了这个民族的国民性格"相呼应,显示了译者在选材上的深思熟虑和良苦用心。

《汉语会话》作为一本专注于汉语口语学习的读本,尤为强调语料的对话特征。因此,在选材上,译者特意挑选了具有鲜明对话风格和舞台生动性的折子戏作为翻译底本。经逐字逐句比对,我们发现《吃糠》《描容》《别坟》这三出的翻译底本与《缀白裘》收录的对应内容完全一致。然而,《缀白裘》并未收录《寺中遗像》和《两贤相遘》,尽管它有收录《书馆》一出,但其内容与《汉语会话》又不大相同。由此可见,《寺中遗像》《两贤相遘》和《书馆》的翻译底本很可能来源于《缀白裘》之外的其他折子戏集。

(三)译本体例

《汉语会话》采用中英对照的形式,每页对开两栏,中文原文和英文翻译相对应。译文首先以句子为单位,传译整句的意思;然后逐字对每个汉字的发音和意思进行释义(图1-1)。英文译句采用西方的阅读习惯横排,而中文原文则遵循汉语传统竖排。每个汉字左侧标注了其汉语拼音和声调,右侧则附上其简明的英文释义。凡遇词组或短语时用大括号将这几个汉字括起来。汉字的形义和拼音得到同等重视。其明显优势在于,它使英语读者不仅能够理解单个汉字连词成句后的深层语义结构和内涵,还能从发音、词义到句法三个维度,层次分明地学习汉语口语。然而,这种翻译方式在一定程度上可能影响读者对故事情节连贯性和完整性的把握。尽管如此,该译本对于汉语初学者来说,仍然是一本实用且系统的汉

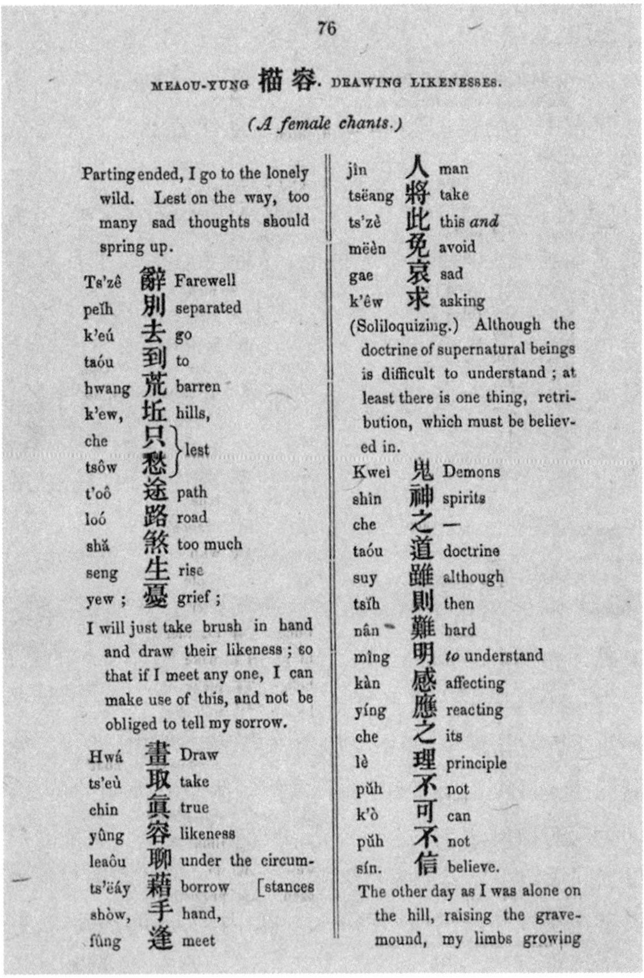

76

MEAOU-YUNG 描容. DRAWING LIKENESSES.

(A female chants.)

Parting ended, I go to the lonely wild. Lest on the way, too many sad thoughts should spring up.

Ts'zê 辭 Farewell
peïh 別 separated
k'eú 去 go
taóu 到 to
hwang 荒 barren
k'ew, 坵 hills,
che 只 } lest
tsôw 愁 }
t'oô 途 path
loó 路 road
shă 煞 too much
seng 生 rise
yew ; 憂 grief ;

I will just take brush in hand and draw their likeness ; so that if I meet any one, I can make use of this, and not be obliged to tell my sorrow.

Hwá 畫 Draw
ts'eù 取 take
chin 眞 true
yûng 容 likeness
leaôu 聊 under the circum-
ts'ëáy 藉 borrow [stances
shòw, 手 hand,
fûng 逢 meet
jîn 人 man
tsëang 將 take
ts'zè 此 this *and*
mëèn 免 avoid
gae 哀 sad
k'êw 求 asking

(Soliloquizing.) Although the doctrine of supernatural beings is difficult to understand ; at least there is one thing, retribution, which must be believed in.

Kwei 鬼 Demons
shin 神 spirits
che 之 —
taóu 道 doctrine
suy 雖 although
tsïh 則 then
nân 難 hard
mîng 明 *to* understand
kàn 感 affecting
yíng 應 reacting
che 之 its
lè 理 principle
pŭh 不 not
k'ò 可 can
pŭh 不 not
sín. 信 believe.

The other day as I was alone on the hill, raising the grave-mound, my limbs growing

图1-1 艾约瑟中英双语《琵琶记》(1852)译本体例

语口语学习资料，特别是对于注重汉语音、形、义的学习者而言。

（四）南戏剧本体例的传译

艾译本既没有翻译人物脚色，也没有英译其人名，而是采用了一种更为简化的称谓，即使用亲属称谓、科举称号或人物姓氏的首字母来代替。如蔡婆被称为"母亲"（M.），蔡公被称为"父亲"（F.），以"女儿"（D.）指赵五娘，"妻子"（W.）指牛氏，蔡伯喈被简称为"状元"（Ch.），而张大公则用其姓氏的缩写"张"（Chang）来指代。这种翻译策略，虽在一定程度上损失了原文中人物行当的文化特色和个性化信息，但从另一角度来看，它简化了译本的结构，能让读者更便捷地把握剧中人物的基本关系和身份，从而更加集中于剧情的理解和汉语学习本身。

《汉语会话》虽删去了《琵琶记》原文的词牌和曲牌，但戏曲"曲白相生"的特点在译文中仍得到不同程度的补偿性再现。《吃糠》一出中，赵五娘唱〔山坡羊〕曲上场，译文增加了舞台提示"一位着荆钗布裙的少妇上场，吟唱一些不合平仄的诗句"（A young woman poorly dressed, chants some irregular verses.）。虽然曲牌"〔山坡羊〕"被略去，但通过"吟唱"（chant）一词，译文提示读者接下来的内容属于唱段。

在科介的翻译上，译者不仅忠实传递了原文的科介，还根据个人的阅读体验，适当增加了原文中未有的舞台提示。例如，在描绘蔡家公婆抢尝五娘的糠食情节时，译文增译舞台提示："母亲夺走糠食，吃后窒息而亡。父亲吃了，也窒息倒下。"（M. snatches at the husks, eats, and goes out in a fit of suffocation. F. Eats and falls down suffocated.）此外，五娘吃糠时，将自己和丈夫分别比作糠和米，译者在"丈夫你便是米，我便是糠"两句前增加了"低声地"（In a low voice）的舞台提示。《描容》一出中，五娘以〔胡捣练]曲调登场,唱至"鬼神之道虽则难明,感应之理不可不信"这句时,译者增译"独白"(soliloquizing)的舞台提示,表明五娘从唱曲过渡到自言自语的状态。接着,五娘边画公婆真容边对张大公吟唱,待至"真容已完不免张挂起来"一句时,译文又自主增加舞台提示"对话的语气"(Conversation tone),表示五娘在和张大公对话,与之前的唱曲部分形成区别。尽管译文中省略了词牌和曲牌,但通过"唱"(chanting)、"开始唱"(Beginning to chant)、"继续唱"(Again chanting)、"前腔"(The same again chanting)、"合"(together)等一系列的舞台提示,有效地再现了中国戏曲以"乐"为本位的美学特性,不仅有效传达了南戏多样化的演唱方式,包括独唱、对唱和合唱等,而且通过加入"独白"和"对白"等舞台提示,使读者清晰感受到戏曲"曲白相生"的文本特点和艺术表现形式。

(五)宗教文化词的翻译

艾约瑟翻译《汉语会话》时,正值在华新教传教士围绕《圣经》中"God"一词的中文译名展开激烈争论的第一个高潮①。艾约瑟不仅关注这一讨论,还积极参与其中。他认为,汉字"神"同时具有基督教中的"God"(神)和"spirit"(灵)两种意思,因为中国人视"spirit"和"God"为同类,不作严格区分。因此,艾约瑟提出,用

①1843年,驻华新教传教士在香港召开会议,讨论修改《圣经》的中译本,使其成为一部白话文版本。与会者针对"God"一词的中文翻译——是使用"神"还是"上帝"——引发了激烈讨论,最终形成"上帝派"与"神派"两大阵营。随后,双方在《中国丛报》(The Chinese Repository)上展开持续半个多世纪的争论,直至1919年《圣经和合本》的出版前后才逐渐平息。这场争论主要聚焦三大核心问题:首先,儒家典籍中的"上帝"是否等同于基督教中的"唯一尊神"(God)。其次,中文的"神"字,究竟是对应英语的"God"还是"神灵"(spirit),它能否准确表达"God"的含义。最后,争论还涉及"上帝"、"帝"和"神"等词在中国文化的普适性和认可度的问题。

"神"字来统一翻译不同语境下的"God"或"spirit","不仅能提高译文质量,化解'神派'与'上帝派'两方的矛盾,还能推动来华传教士与中国民众的关系朝着和谐相处的方向迈出一步"①。

"God"圣名的汉译之争,提醒来华传教士不仅要甄别中国民众的宗教信仰与基督教的差异,还要进一步寻找两者的共通之处,在不损基督教义准确传播的前提下,采用中国民众易于接受的宗教语汇进行宣教。《圣经》圣名的汉译,是传教士在传教过程中面临的一个挑战;而将中国文学作品中的宗教语汇恰当地翻译成英文,则是这一挑战的另一面。身为一名传教士,艾约瑟在翻译《琵琶记》中的宗教文化词时表现出了极其谨慎、细致和专业的态度,体现了他高度的宗教意识。不妨将美国现代汉学家莫利根、旅英华人张心沧与艾约瑟三位译者翻译五娘描画公婆真容的一段独白的译文进行比对。莫利根与张心沧的翻译底本均来自《元本琵琶记》第二十八出《五娘寻夫上路》,而艾约瑟《汉语会话》所译《描容》一折,其内容与前二者大体相似。

　　(白)鬼神之道,虽则难明;感应之理,不可不信。奴家昨日,独自在山筑坟,正睡间,忽梦中有神人自称当山土地,带领阴兵,与奴家助力;却又祝付,教奴家改换衣装,去长安寻取丈夫。待觉来果见坟台并已完备,分明是神道护持。(《元本琵琶记校注》,第二十八出)

　　鬼神之道虽则难明感应之理不可不信//我前日独自在山筑坟身子困倦偶然睡去//忽梦神人自称当山土地带领阴兵与奴家助力//却有嘱付叫奴改换衣装径往长安寻取儿夫//又说

①Joseph Edkins,"Some Brief Reasons for not Using Ling in the Sense of Spirit," *Chinese Recorder*,1877,(8):526.

明日自有两位仙长指引去路//醒来时果然坟茔已完//昨日果
有两位仙长//赠道巾道服琵琶这分明神道护持(《汉语会话》
《描容》一折)

表1.2 海外华人张心沧、美国现代汉学家莫利根、英国来华传教士
艾约瑟三个不同译本对《琵琶记》宗教文化词的英译

宗教文化词	张心沧的译文①	莫利根的译文②	艾约瑟的译文③
鬼神	the ways of spirits	the ways of spirits	supernatural beings
神人	a god	a spirit	a genius
当山土地	a mountain deity	the local god of the mountain	the guardian spirit of the mountain
神道	the gods	spirits	the genii

　　上文中,五娘赤手刨土为亲造坟,只见她"鲜血淋漓湿衣袄",
"心穷力尽形枯槁"。两声呼天告语"天那",感天动地,令玉帝怜
伊孝心,特敕旨当山土地神,差拨南山白猿使者、北岳黑虎将军,
化身为人形,与她并力筑造亲坟。"玉皇大帝"、"当山土地"、"南山
白猿使者"及"北岳黑虎将军"等神灵体现的是中国道教文化。中
国道教是一种多神教,其信仰体系包含了对自然万物(如日月星
辰、河海山川)以及祖先灵魂的崇拜,形成了一个包含天(神)、地
(祇)、人(鬼)的复杂神灵系统。在这一体系中,既有至上神(如

①H. C. Chang, *Chinese Literature: Popular Fiction and Drama*, Edinburgh: Edinburgh University Press, 1973:101.
②Jean Mulligan, *The Lute: Kao Ming's P'i-p'a chi*, New York: Columbia University Press, 1980:206.
③Joseph Edkins, *Chinese Conversations: Translated from Native Authors*, Shanghae: The Mission Press, 1852:76—78.

帝、天、上帝、天帝），也有祖宗神和自然神，它们共存而不相冲突。在翻译这一段落时，张心沧和莫利根采用了"spirits"（神灵）、"god"（神）和"deity"（神祇）等基督教文化中常见的词汇，以表达"鬼神"、"神人"、"当山土地"和"神道"等道教文化词汇，这种翻译偏重于遵循译文的可接受性原则。相比之下，传教士艾约瑟的翻译则更显求真，运用细腻入微的"深描"法，突显原文与译入语宗教文化之间的差异。艾约瑟没有使用《圣经》中频繁出现，不同语境下可指代"上帝"、"圣灵"、"神灵"或"基督"等不同内涵的"spirit"一词，而是选择了能够涵盖"天神"、"仙人"、"神物"、"鬼怪"等多种超凡实体的广义词——"超自然体"（supernatural beings）来传译道教的"鬼神"，这种翻译更符合道教的多神教义，更准确地传达了原文词汇的内涵。

同样，在艾约瑟看来，嘱咐五娘前往京畿，寻找丈夫的"神人"（土地神）亦不等同于基督教中的"神灵"（spirits）或"神"（god）。基督教奉行一神论，认为世间万物皆由这一至高无上的神创造并统治。在道教和基督教这两个不同的教派中，"神"这一概念各异。因此，译者选择了更贴近东方宗教内涵的"守护神"（genius）一词来翻译道教中的"神人"，并附注解释其选词理由："守护神"一词在西方译者翻译阿拉伯和波斯等东方故事时常见，专指那些拥有强大法力的生命体，他们有时会现身于人间，对人类的善恶行为施以赞赏或惩罚。由此来看，"守护神"应是此处"神人"最贴切的译词。在感格坟成的故事中，五娘的至孝行为得到上天的褒奖，恰恰反映了道教的善恶报应观。译词"守护神"（genius）与"神"（god）或"神灵"（spirit）相比，更充分地对应了原文"神人/土地神"的含义。无论从词源还是语义上看，艾约瑟的选词都更加吻合语境的要求。他精细区分了道教与基督新教的差异，避免将基督教神系用语误用于中国道教神灵,显示了其作为一名传教士译者具有的高度宗教敏感性和自觉性。

三、作为世界文学的戏剧体小说:英籍传教士甘淋节译《琵琶记》

"世界文学"这一概念最初诞生于德国。尽管歌德(Johann Goethe,1749—1832)并非该术语的首位使用者①,但正是歌德的巨大文化影响力,推动了这一文学构想的确立与流传。1827年1月31日,歌德在与朋友爱克曼(Johann Eckermann,1792—1854)的谈话中正式提出"世界文学"的概念。他说:"我们德国人如果不跳出周围环境的小圈子朝外面看一看,我们就会陷入上面说的那种学究气的昏头昏脑。所以我喜欢环视四周的外国民族情况,我也劝每个人都这么办。民族文学在现代算不了很大的一回事,世界文学的时代已快来临了。现在每个人都应该出力促使它早日来临。"②此后,他在诸多书评、文章、信件和谈话中讨论"世界文学",但并未对此概念作出明确界定。当代比较文学研究者结合歌德的理论阐发和文学实践,认为歌德所说的"世界文学"涵盖了"不同民族文学关系发生的所有中介形式;对其他民族文学的了解、理解、宽容、接受和热爱的一切方式;对本民族文学接受外来影响的关注。因此,对歌德来说,世界文学是国际文学交流的场所。交流的形式包括:翻译、批评、专门译介外国文学的期刊、本民族作品

---

① 1773年,德意志历史学家施勒策尔在其论著《冰岛文学与历史》首次使用了"世界文学"一词。1790年,德国启蒙时期的杰出思想家维兰德也用过这一概念。两位学者使用"世界文学"的概念,都早于歌德(1827年)。参见方维规《何谓世界文学?》,《文艺研究》2017年第1期,第8—9页。

② (德)爱克曼辑录,朱光潜译《歌德谈话录》,译林出版社2021年版,第177页。

对外来影响的接受、书信、旅行、会议和文学圈"①。然而,歌德设想中的"世界文学"是指德意志民族文学之外的欧洲别国文学组成的"世界"文学,亚洲、非洲等他国文学并不在其指定范围内。正如歌德在自己主编的杂志《艺术与古代》明示:"欧洲文学,即世界文学。"②可见,歌德的愿景并未彻底摆脱欧洲中心主义的桎梏。

德意志著名史学家施勒策尔(August Schlozer,1735—1809)是首位在"世界"范围内涵盖东西方文学的"世界文学"概念的提出者。1773年,针对中世纪冰岛文学在欧洲学术界遭受忽视的现状,施勒策尔指出:"对于整个世界文学来说,中世纪的冰岛文学同样重要,可是其大部分内容除了北方以外还鲜为人知,不像那个昏暗时代的盎格鲁—撒克逊文学、爱尔兰文学、俄罗斯文学、拜赞庭文学、希伯来文学、阿拉伯文学和中国文学那样。"③在此处,"中国文学"作为一个空间概念纳入世界文学的讨论中,但仅作为一种比较的参照一笔带过。直到1898年,一位名叫甘淋的在华传教士超越了歌德所限定的"世界文学"仅为欧洲文学的历史局限,将《琵琶记》等中国通俗小说作品翻译成英语,希望通过翻译的桥梁,让"中国文学"跻身于"世界文学"的舞台。

(一)译者和译介目的

乔治·托马斯·甘淋(George Thomas Candlin,1853—1924)是一名英国圣道公会传教士。1878年,甘淋偕妻来华布道兴学,主要在河北一带传教;1912年,任北京汇文大学神学教授,后于1919年转入燕京大学。在其中国传教生涯中,甘淋对中国文化特别是

---

① 转引(德)约翰·沃尔夫冈·冯·歌德著,查明建译《歌德论世界文学》,《中国比较文学》2010年第2期,第2页。
② 转引方维规《何谓世界文学?》,《文艺研究》2017年第1期,第11页。
③ 同上,第9页。

小说产生了浓厚的兴趣。1898 年,他的译著《中国小说》(*Chinese Fiction*)由位于美国芝加哥的开放法庭出版社(The Open Court Publishing House)出版。在此书中,甘淋精选了十四部他认为最能代表中国小说文类和主题思想的作品,其中包括清代书市上广为流传的十部"才子书"①,以及他个人挑选的另外四部作品。戏曲类"才子书"《西厢记》和《琵琶记》分别位居榜单的第四和第五位。甘淋的这一尝试,不仅展示了他对中国文化的深入理解和热爱,也为中国文学进入世界文学舞台做出了奠基性贡献。

甘淋开篇阐明了向西方译介中国小说的必要性,除服务于宣教目的外,还与构建"世界文学"这一乌托邦式的文学构想相关:

首先,是实现"文学的共产主义"和博雅教育的需要。甘淋认为,现代社会深受世界主义的影响,尤其是在文学领域。当世界各民族发展出自己独特的艺术与科学门类时,其智力成果便转化为全人类的共同财富,实现了一种"愉悦的共产主义"(a glad communism),即"文学的共产主义"。在此理想状态下,各国文学会一比高下却不贬损对方;爱国主义既体现在希望本国文学能立足世界文学之林,也认为探索他国文学特色是实现博雅教育的必要。因此,英语学界了解中国通俗文学,其行为本身就是在推动"文学的共产主义"和博雅教育蓝图的实现。

其次,出于中国庞大人口和丰富文学产出的事实。英国已经引进了俄、法、德等西方国家的小说,却尚未对中国的小说文学给予应有的重视。这个伟大而古老的民族占世界总人口的四分之

---

① 甘淋《中国小说》所列 14 部小说作品分别是:《三国志》、《水浒传》、《西游记》、《西厢记》、《琵琶记》、《红楼梦》、《聊斋志异》、《东周列国志》、《好逑传》、《玉娇梨》、《玉堂春?》(*The Jade Seceptre*)、《平山冷燕》、《捉鬼记》、《封神演义》。

一,若将中国文学排除在"世界文学"之外,"世界文学"的合理性便会遭到质疑。

第三,中国小说文类的独特性也是一个重要因素。尽管西方读者早已接触到中国道德、哲学、历史和诗歌等领域的翻译作品,但对中国丰富的小说文学了解甚少,这一领域在他们心中几乎是未知的。若对中国这个有趣的国度及其独特的小说文学一无所知,便无法自诩为"世界文学"的研究者。

甘淋将中国戏曲经典《西厢记》和《琵琶记》与其他白话小说并列,按照现代文学分类标准来看,犯了没有严格区分小说与戏剧文体的错误。不过,甘淋已经认识到这两部作品的独特性,创造性地提出了"戏剧体小说"(dramatic novel)①这一新颖的文类概念,以描述《西厢记》和《琵琶记》融合小说叙事与戏剧代言的独特文类特性。"戏剧体小说"概念的提出,就是对世界文学小说文类范围的一种拓展。甘淋主张将中国通俗文学平等地纳入世界文学的范畴内,从文学普及的视角审视中国小说和戏剧的文本内涵,这是一种纯粹出于人文关怀且不夹杂任何政治利益的诉求。正如美国学者大卫·达姆罗什(David Damrosch)所指出的:"世界文学并非一套固定的经典,而是一种阅读模式,是超然地去接触我们时空之外的不同世界的一种模式。"②"戏剧体小说"《琵琶记》借助翻译的中介,也为西方读者带去一种全新的阅读模式和情感体验。

---

①G. T. Candlin, *Chinese Fiction*, Chicago:The Open Court Publishing Company, 1898:44.
②David Damrosch, *What Is World Literature?*, Princeton and Oxford:Princeton University Press,2003:281.

（二）译本特征

甘淋选译了第二十七出《伯喈牛小姐赏月》，可能与他将《琵琶记》归类为"世情小说"（sentimental novel）有关。该出是全剧集中、直接表现男女情爱冲突的重要回目，尤其以生和贴之间充满潜台词的对话最为感人。这段对白细腻而含蓄，巧妙地传达了伯喈在新旧爱人之间矛盾纠结的心情。

译者采用了面向目的语读者可接受性的翻译原则。为方便读者理清人物关系，译文以人物身份代替原文的脚色名，如用"新郎"代替"生"，"新娘"代替"贴"，"侍从"代替"末"等。为凸显《琵琶记》作为一部可演的"戏剧体小说"，并强调其与叙事小说的不同，译文采取了补偿性手段传译南戏剧本曲、白和介的三大构成要素（图1-2）。尽管译文未直接标注词牌名和曲牌名，但通过文字排版和语言提示的双重手段，有效地区分了曲与白，再现了戏曲"曲白相生"的形式美。具体而言，所有曲词部分均采用每行居中的诗体格式进行排版，而宾白部分则以段落首行缩进两个字符的常规格式排版，并在段首增加"对话"二字作为醒目提示。此外，原文中的"介"均被保留，并以斜体字和中括号"[　]"醒目标注。

甘淋在中国生活、传教及教学多年，是个地道的"中国通"。他以无韵诗译曲词，译文准确达意、生动传神，基本能再现原文的意境美。如原文"闲庭槐影转，深院荷香满"一句中，"转"和"满"字极为传神，译文"The court with shade of locust tree is thick, and odors of the lotus weight the screens"中的"thick""weight"二词也生动再现了夏日时节，满院疏影斜斜，荷香飘荡的意境，显示了译者娴熟的文字驾驭能力。然而，甘淋直言，为了忠实地将内容而非形式传达给读者，译文不得不做出一些"牺牲"。所谓的"牺牲"不仅包括因中英语言和表义系统差异，导致译文无法保留原文的对称和押韵

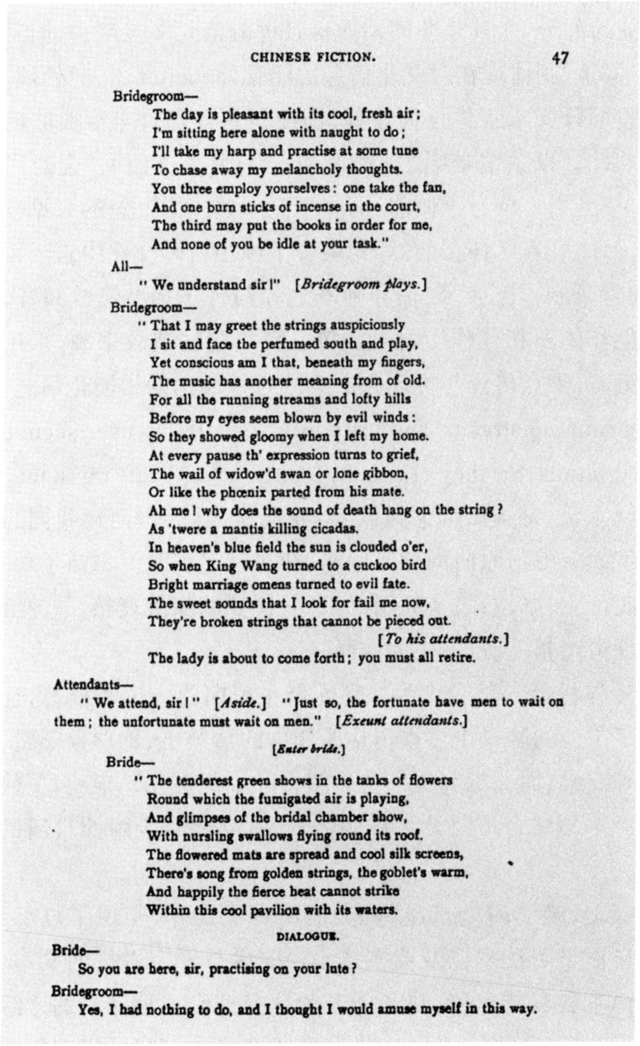

CHINESE FICTION.　　　　**47**

Bridegroom—

　　The day is pleasant with its cool, fresh air;
　　I'm sitting here alone with naught to do;
　　I'll take my harp and practise at some tune
　　To chase away my melancholy thoughts.
　　You three employ yourselves: one take the fan,
　　And one burn sticks of incense in the court,
　　The third may put the books in order for me,
　　And none of you be idle at your task."

All—

　　" We understand sir!"　　[*Bridegroom plays.*]

Bridegroom—

　　" That I may greet the strings auspiciously
　　I sit and face the perfumed south and play,
　　Yet conscious am I that, beneath my fingers,
　　The music has another meaning from of old.
　　For all the running streams and lofty hills
　　Before my eyes seem blown by evil winds:
　　So they showed gloomy when I left my home.
　　At every pause th' expression turns to grief,
　　The wail of widow'd swan or lone gibbon,
　　Or like the phœnix parted from his mate.
　　Ah me! why does the sound of death hang on the string?
　　As 'twere a mantis killing cicadas.
　　In heaven's blue field the sun is clouded o'er,
　　So when King Wang turned to a cuckoo bird
　　Bright marriage omens turned to evil fate.
　　The sweet sounds that I look for fail me now,
　　They're broken strings that cannot be pieced out.
　　　　　　　　　　　　　[*To his attendants.*]
　　The lady is about to come forth; you must all retire.

Attendants—

　　" We attend, sir!"　　[*Aside.*]　　"Just so, the fortunate have men to wait on
them; the unfortunate must wait on men."　　[*Exeunt attendants.*]

　　　　　　　　　　　　[*Enter bride.*]

Bride—

　　" The tenderest green shows in the tanks of flowers
　　Round which the fumigated air is playing,
　　And glimpses of the bridal chamber show,
　　With nursling swallows flying round its roof.
　　The flowered mats are spread and cool silk screens,
　　There's song from golden strings, the goblet's warm,
　　And happily the fierce heat cannot strike
　　Within this cool pavilion with its waters.

　　　　　　　　　　DIALOGUE.

Bride—

　　So you are here, sir, practising on your lute?

Bridegroom—

　　Yes, I had nothing to do, and I thought I would amuse myself in this way.

图1-2　甘淋节译《琵琶记》(1898)译文曲白相生特征

等结构形式,还包括为了使故事情节更加紧凑,删除了原文中与情节无关的部分,尤其是曲词间插科打诨的语句多被略去,而其中最大的"牺牲"则体现在对文化信息的涵化(acculturation)处理上。

整篇译文未提供任何注释,即便是翻译蕴含丰富典故的曲词亦是如此。以蔡伯喈唱的﹝懒画眉﹞为例,该支曲文"强对南熏奏虞弦,只见指下余音不似前,那些个流水共高山?怎的只见满眼风波恶,似离别当年怀水仙"等句融合了中国古琴文化中若干重要典故,如舜帝制作五弦琴、伯牙弹奏之际与钟子期结缘成知音,以及伯牙创作的不朽佳作《水仙操》等。译文隐去典故来源,采用涵化翻译策略,重点传译与再现原文典故意欲表达的语境化情感:"For all the running streams and lofty hills, Before my eyes seem blown by evil winds; So they showed gloomy when I left my home."(尽管山高水长,却被眼前恶风吹袭;我离家之际,山河与我同悲。)此译文字面上虽与原曲词有所偏离,却在一定程度上刻画了蔡邕"宦海风波,已尝恶趣;故乡离别,何日去怀?"的深沉哀愁,与原文营造的悲怆情绪相呼应,不失为佳译。

甘淋将《琵琶记》作为一部通俗小说向西方读者推荐,这一动机决定了他的翻译更注重传达原作中的情节、人物形象塑造、细节描绘等要素,而非深究文字背后蕴含的中国文化。毕竟,要使通俗小说译本更贴合广泛读者群的需求,有必要减少晦涩难懂的文化术语。

综上,晚清时期,《琵琶记》借助翻译媒介,实现了以节译诗、汉语口语学习读本以及戏剧体小说等多种形态进行的文本传播。三种译本各具特点,反映了译者的社会身份和翻译目的之综合影响。无名氏所译的《中国诗》从《马礼逊字典》和《中国少年百科全书》等汉语学习工具书中选取材料,可以推测该译者对中国文化,尤其是诗词,有浓厚兴趣,且汉语水平相对较高,但尚未达到专业汉学家的水平,因为译本脚注中的互文性资料来源于汉语学习工具书而非中文原著等一手资料。译者的非专业研究背景部分解释了译文中某些文化词汇的误译现象,这也可能是其选择匿名发表的原因之一,以规避后人的批评。

艾约瑟作为一名传教士,在翻译原作中的宗教文化词汇时表现出了极高的谨慎和专业性。艾氏的译文风格直接、朴素而易于理解,并采用中英文对照的形式,更好地满足在华西方人学习汉语口语的需求。同时,艾约瑟对中国道教中"神"、"鬼"、"灵"等超自然概念的细致甄别,为西方读者提供了了解中国本土宗教特色的文化视角。

传教士甘淋翻译《中国小说》时已在中国生活20年之久。长期沉浸在中国文学与文化的环境中,使他对中国通俗文学的认识已具有比较的立场和世界文学的格局。甘淋的译文在语言理解上几乎无偏差,所选取的戏剧情节对话隽永、冲突集中,充分展现了原作"世情小说"的主题。甘淋在中国的长期实地生活和传教经历,使他能够更客观地认识和评价中国的国民性格及社会风俗,对故事情节和人物性格有更深的理解和认同。他说:"《琵琶记》中男性角色的行为动机,是我们英国人通常会避免的。即使身处相同的境遇,英国绅士也不会采取男主人公那样的行动。但我们必须从作者所处的社会风俗、情感习惯等角度来阅读他的作品。唯有如此,我们才能发现作者已运用高超的艺术手法,将故事情节和人物描绘巧妙地结合起来。"[1] 此种坦诚与换位思考的情怀,非常符

---

[1] G. T. Candlin, *Chinese Fiction*, Chicago: The Open Court Publishing Company, 1898:45.

合"世界文学"倡导者歌德所呼吁的对他国文学的了解、宽容、接受和热爱,展现了一般汉学家难以触及的文学视野。

总的来看,19世纪的《琵琶记》英语译介表现出三个主要特点:在文化立场上,三位译者超越了晚清政治环境的限制,展现了对中国文学与文化的尊重,促进了中西文学文化的平等交流。其次,就译介目的而言,译本所承载的"文化镜像"和传教功能,超越了其本身的文学价值和艺术美学。最后,在翻译策略上,译者主要采用实现译文通顺流畅的归化翻译策略。南戏的曲牌、词牌和行当名常常被删略,其曲白相生的艺术特性主要通过文字说明和印刷排版等方式呈现。《琵琶记》蕴含的中国文学与文化特质,通过翻译媒介和现代出版业的桥梁作用,成功传播至欧洲,并为其在20世纪的英语传播研究奠定了重要基础。

第二节　二十世纪《琵琶记》的英语译介

进入20世纪,随着世界格局的新变化,西方汉学研究重心逐渐由法国转向英美两国。二战后,"西方汉学完全摆脱传教事业并在大学安营扎寨,中国白话文学受到前所未有的重视"[1],严格意义上的中国戏剧研究开始起步。美国《国防教育法》[2](1958)和

---

① 孙歌、陈燕谷、李逸津《国外中国古典戏曲研究》,江苏教育出版社1999年版,第26页。
② 1958年,美国国会通过《国防教育法》,旨在改革美国高等教育体系,提升教育质量,增强美国在军事和科技领域的竞争力,满足国家的基本安全需求。该法案特别强调了外语教育的重要性,将其提升到与科学、数学等核心学科同等的重要地位。

英国《海特报告》①（1961）的实施，使英美政府成为本国汉学研究的主要赞助人。这些政策的推行，带来了充足、持续的科研经费，促进了两国汉学研究的普及、深化，包括戏剧在内的中国文学研究走向了专业化。到了六七十年代，英语世界的中国戏剧研究进入了更为专业、系统化的阶段，戏曲英译的主力队伍也随之变化。与18、19世纪主要依靠传教士和汉学家不同，20世纪的译介工作除了这些传统力量外，还加入了学贯中西的华裔和华人学者这股新生力量。本节拟从民国外刊、中国文学史类专著和东方典籍译丛三大类别，论述20世纪英语世界《琵琶记》的译介传播研究。

一、民国外刊中的《琵琶记》编译

编译（adaptation）作为一种独特的翻译形式，通常指"为适应特定的读者需求或贴合译事之深层目的，译者在一定程度上改变原文的内容与形式，采用特别自由的方式进行翻译，因此导致译文常隐含大量的改动"②。对于《琵琶记》的编译者来说，与其说他们是在从事翻译活动，倒不如说他们在进行创造性改写。他们依据原作的主体内容，"重新划分原作版块，并以译作观众的名义进行合并"③、删减、增补等"编辑性"工作，最后让译本与原本保持一种"似即若离"的关系。那一丝"游离感"恰恰是译者个人偏好的选择

---

① 1961年，英国外交官威廉·海特撰写完成《海特报告》，建议英国政府大规模扩展关于亚洲、东欧和非洲的教学及研究领域，以适应全球秩序的新变化。报告实施后，随之设立的各种专项基金和研究生奖学金，极大地推动了英国汉学研究的高速发展。

② Mark Shuttleworth and Moira Cowie, *Dictionary of Translation Studies*, Shanghai：Shanghai Foreign Language Education Press, 2004：3.

③ Mona Baker, ed., *Routledge Encyclopedia of Translation Studies*, Shanghai：Shanghai Foreign Language Education Press, 2004：6.

结果和改编动机的自然体现。

（一）文化印迹：赫德逊夫人编译《琵琶记》

1926年，上海重要汉学外刊《中国科学与美术杂志》①（*The China Journal of Science and Arts*）三期连载了艾尔弗丽达·赫德逊（Elfrida Hudson）夫人编译的《琵琶记》英语小说改编本《旧弦》（*The Old Guitar*）。可惜的是，有关赫德逊夫人的个人信息目前难以获得，仅能从1922年第53卷《皇家亚洲文会北华支会会刊》（*Journal of the North-China Branch of the Royal Asiatic Society*）刊发的同名译者翻译的《孔雀东南飞》（"Lan-Tsih"）中得知，赫德逊夫人是一位已婚女士，居住在中国宁波。她热爱中国文学，尤其是小说作品，热衷将其译成英文并发表于汉学杂志上。自《中国科学与美术杂志》1923年创刊以来，她连续七年在该杂志发表译作，包括《琵琶记》《平山冷燕》《红楼梦》等。从她翻译《好了歌》②和《琵琶记》宗教情节的译文风格来推测，她应该出生、成长或生活在传教士家庭，具有较强的宗教意识。

---

① 《中国科学与美术杂志》是西方人在上海创办的一份重要汉学杂志，于1923年创刊，1941年太平洋战争爆发后停刊。英籍博物学家苏柯仁（Arthur de Carle Sowerby，1885—1954）任主编，福开森（John Calvin Ferguson，1866—1945）任副主编。该刊以推广和普及中国的"科学"和"艺术"为使命，在促进西方世界了解中国，推动中西科学和文化交流方面发挥了积极作用。

② 兹尝试将赫德逊所译《好了歌》的英译回译成中文："磨练成徒是正道，贪念名誉把心扰。尊荣圣贤何处寻？荒冢一堆草没了。磨练成徒是正道，贪念财富把心扰。双眼堆满金和银，死后分文带不了，啊！无用的念想！磨练成徒是正道，挂念儿孙把心扰。噢！愚蠢溺爱！可怜回报！谁能因儿孙孝顺赐福了？磨练成徒是正道，贪恋娇妻把心扰。信誓旦旦把贞守，人去情空入他怀。"译者将跣足道人劝人舍弃绝尘世欲念、修道成仙的道教思想转化为劝勉基督徒专心修行以获得救赎的内心独白。这种译意主题的转换，如盐化水，不留痕迹，却也透露出译者的宗教信仰。参见 Elfrida Hudson, "An Old, Old Story," *The China Journal of Science and Arts*, 1928, Vol. VIII Jan. (1)：7—15.

改编本《旧弦》以小说形式重塑了蔡伯喈与赵五娘的悲欢离合故事。情节从蔡公逼试开始,至生旦书馆悲逢终。原剧的回目经过精心删减、合并,最终凝练为15个章节,其内容梗概分别是:(1)蔡公逼试、(2)才俊登场、(3)牛氏规奴、(4)媒婆说亲·丞相教女、(5)文场选士、(6)春宴杏园·奉旨招婚·激怒当朝、(7)丹陛陈情、(8)蔡母嗟儿·义仓赈济·勉食姑嫜·糟糠自餍、(9)情诉荷池·官邸思忧·拐儿给误、(10)代尝汤药·祝发营葬·感格坟成·乞丐寻夫、(11)瞷询衷情、(12)听女迎亲、(13)寺中遗像、(14)两贤相遇及(15)孝妇题真·书馆悲逢。改编本的剧情基本沿用了原剧的双线交叉结构,但其内容编排更侧重突出京城一线,陈留一线的情节多有简化、合并处理。调整后的故事结构更加紧凑,京城与陈留间的切换次数有所减少。《旧弦》主要依靠人物对话,辅以简洁的描述性语言推动情节发展。全书仅有极少处地方标有注释,人物名字采用威妥玛拼音进行音译,如蔡邕(Tsai Yung)、蔡伯喈(Tsai Pe-kyai)、五娘(Wu-nyang)等。译文用词精确、生动、地道,具有较强的可读性。编译者在几个关键之处对原文进行了改动,不仅体现了译者的主体性,也展现了其文学创作的灵活性,赋予了改编本自足的文学价值和审美趣味。

1.强化蔡伯喈的反抗行动

原本中,一道"闪杀人"的圣旨否决了蔡邕的辞官请愿。蔡邕虽不满,但在黄门官一句"圣旨谁敢违背?"的警告下,不得不乖乖认命。相比之下,改编本《旧弦》中的蔡邕表现出更强烈的反抗意志和努力。得知黄门官不愿为其再次奏请时,蔡邕决心亲自上殿求情,敢于挑战皇权的坚定态度和行动力在"边说边勇敢地冲向内殿"的描写中得到了充分体现,尽管最终结果也是徒劳而返,但这种果敢的行动力展现了他不轻易放弃的主体意识。败下阵来的蔡邕悲愤不已、痛苦万分,原文仅以曲抒情,译文则以喃喃自语抒怀,几声呼天抢地的亲人之唤,外化了伯喈内心深处无尽的牵挂与哀愁。他叹而感慨:"要是我们能像脱衣一样,扔掉缚身的功名该多好啊!"①这句话不仅是对原作中"名缰利锁难脱"一句的意译,也是改编本揭示与深化主题的点睛之笔。生旦书馆重逢后,伯喈果断决定立即辞官归乡,为亲守孝。他"边说边解却身上的紫袍金带"②的动作,与前文的感慨言词形成了强烈的呼应。这一脱衣动作的完成,象征着伯喈彻底摆脱了"名缰利锁",回归至亲情之中,使得全剧的主题得到升华。

2.营造牛丞相强婚遭拒的戏剧化效果

《琵琶记》中的牛丞相"势压朝班,威倾京国",但他爱女心切,一心想为女儿选个好儿郎。喜逢天子赐婚,可招新科状元蔡伯喈为婿,牛相便迫不及待派官媒前去议婚。原文借媒婆之口,道出亲事必成的三个利好条件:"一来奉当今圣旨,二来托相公威名,三来小姐才貌兼全。"译本却把媒婆之言改由牛丞相亲口说出。牛相在提亲前信心满满,而被拒后则怒不可遏。这一喜一怒的情感反差,以及情绪的剧烈转折,营造出了一种强烈的讽刺效果,突显出牛相骄横跋扈、恃势强婚的丑恶形象。媒婆、牛相、院公三人的对话,体现了改本的整体编译风格,窥一斑而见全豹,试摘译如下:

　　"没戏! 相爷,"媒婆大声说:"他千般推脱,就是不肯答应。"

　　"什么! 你说什么?"牛相震惊地退后一步。

————————

①Elfrida Hudson,"The Old Guitar," *The China Journal of Science and Arts*,1926,5(5):228.

②Elfrida Hudson,"The Old Guitar," *The China Journal of Science and Arts*,1926,5(6):305.

"我是说,状元不同意这门亲事。"

"我来解释一下,"院公急忙补充:"状元有理由拒绝。他家有年迈双亲,还有新婚娇妻,必须尽快回乡尽孝。他明日即将上表辞官。"

牛相的脸色因怒火而扭曲。

"你没告诉他,这是圣上的旨意?"他问媒婆,"他怎能不服?"

"当然告诉了,相爷,"媒婆回答,"我什么都说了。我说您的女儿美丽又贞洁。但他就像个聋子,根本不听,还嘲笑我说的话。"

"嘲笑!"牛相听了脸色铁青。

"还有人在背后添油加醋造谣?"院公愤慨地说。

"相公,状元他实在抱歉,但他已有妻室。您还是另觅良缘吧。"

"不!"牛相断然说,"我怎能就此罢手?我要维护我的名声。我再去找状元,告诉他这门亲事非成不可。我现在就写奏章给天子,绝不让状元辞官成功。"①

这段对话不仅展示了牛相的自负与固执,还突出了其身份地位下的独断专行,充分体现了译者改编过程中发挥的主观创造性。

3. 庄严生动的佛祖赞美诗

"后世戏曲音乐因袭着戏曲萌芽时期运用佛曲的做法,一直吸收佛曲作为戏曲音乐的素材。"②第三十四出,蔡伯喈来到弥陀

---

① Elfrida Hudson, "The Old Guitar," *The China Journal of Science and Arts*, 1926, 4 (3): 113.

② 朱恒夫《论佛教对中国戏曲的影响》,觉醒主编《觉群·学术论文集》(第三辑),宗教文化出版社2004年版,第228页。

寺,祈求菩萨保佑父母平安抵京。一花面头陀为其请佛,唱起[佛赚]。赫德逊夫人在编译《琵琶记》时,对原文进行了大幅度的"剪裁"和"重组",[佛赚]是唯一被完整保留的唱段,显示出她对此部分的特别重视。以下是本段佛曲(共三节)的原文及译文①,按译文的断句排版记录,以便于分析。

　　第一节

　　如来本是 Ju-lai was from the beginning

　　西方佛,西方佛。God of the East;the mighty Buddha,

　　却来东土救人多,He has come to the Middle Kingdom,

　　救人多。Come to save its many millions.

　　结珈趺坐,His image from the sky has fallen,

　　坐莲花,Sitting cross legged on the lotus,

　　丈六金身 Seventeen feet high-all golden.

　　最高大。How benignant are his features.

　　(略译)他是十方三界,第一个大菩萨。

　　(略译)摩诃萨,摩诃般若波罗糖。

　　(略译)和尚你念差了,是波罗密。

　　(略译)糖也这般甜。密也这般甜。

　　第二节

　　南无南无十方佛,Nan wu! Nan wu! O-mi-tu-veh!

　　十方法、十方僧。God and Lord of many nations.

　　上帝好生不好杀,The Lord of Heaven loves creating,

Life he giveth,death he hateth.

①Elfrida Hudson,"The Old Guitar," *The China Journal of Science and Arts*,1926,5 (6):298—299.

好人还有好提掇，Happiness awaits the virtuous，

恶人还有恶鉴察。And dire punishment the wicked.

（略译）好人成佛是菩萨，恶人做鬼做罗刹。

（增译）我们必须遵守三条戒律：Three precepts we must conform to：

第一灭却心头火，Quench the fire in our bosom，

心头火。Lustful fire in our bosom-

第二解开眉间锁，Cultivate serene appearance，

眉间锁。Placid and serene appearance

第三点起佛前灯，Light the brilliant lamp to Buddha，

佛前灯。Sacred lamp to mighty Buddha.

真个是好也快活我，快活我。Oh，thy joy deign to bestow us，

诸恶莫作，奉劝世上人则个。Help us to abstain from sinning；

（增译）践行美德，摒弃邪恶。Practice virtue-eschew evil.

浪里梢公 When the pilot feels his vessel Tossed upon the heaving billows

牢把舵。Quick he grasps the guiding rudder.

（增译）佛祖啊，请您成为我们的船长吧。Be our pilot thou，O Buddha!

行正路，Show us the right road to travel

莫蹉跎。And avoid the hidden breakers.

第三节

大家却去诵弥陀，Come，oh，come to the Pagoda，

诵弥陀。Temple of Amida Buddha! Sing his praises! Sing his praises!

善男信女笑呵呵。Thousands come in pious spirit，

（增译）点上灯，烧上香，Light the lamp and burn the incense，

（增译）心欢喜悦。And their hearts with joy are gladdened.

听大法鼓冬冬冬冬，Dong! Dong! thunders drum gigantic.

听大法铙乍乍乍乍。Tchah tchah，clatter brazen cymbals；

手钟摇动陈陈陈陈，Ling，ling，ling，ring bells of copper；

（略译）狮子能舞鹤能歌。

木鱼乱敲逼逼剥剥，Pi，pi，poh，poh，sound the moh-yui That each priest is gently tapping.

（略译）海螺响处嘤嘤嘤嘤。

积善道场随人做，Multitudes come here to worship，We accumulate much virtuc.

伏愿 Prostrate fall before Great Buddha，Before venerable Buddha.

老相公、老安人、小夫人 Lead the parents of the Shang-yuen

万里程途悉安乐。In repose and health and safety To this side of the great river.

（略译）南无菩萨萨摩诃。金刚般若波罗密。

这首颂扬释迦牟尼的佛曲由一个花面头陀演唱，其中还穿插了他与另一和尚的幽默对话，为颂佛之音添增了几分诙谐趣味。然而，在编译本中，译者剔除了原文的幽默成分，采用了古英语和无韵体诗的形式，将其转化为一首古雅而庄重、宁静而崇高，劝人修德行善的佛陀赞美诗。原文中净末之间的逗趣对话，如"（末）和尚你念差了，是波罗密。（净）糖也这般甜。密也这般甜"被删，为译作全诗奠定了庄严的基调。译者同时剔除了英语文化语境下显

得不合逻辑、荒诞的唱词,如"狮子能舞鹤能歌"、"海螺响处嘡嘡嘡嘡"等,并对不符合寺院静穆气氛的语句进行了改写和重译。译者还深挖了原文关键词句的深层含义。如"善男信女笑呵呵"一句,译者认为"笑呵呵"并不是指面部的笑容,而是善男信女在点灯、烧香、许愿后,内心欢喜愉悦情感的外化。因此,译者增加了描写善男信女虔诚礼佛、心情愉悦的细节。同样,对于"木鱼乱敲逼逼剥剥"这一句,译者认为这不是和尚心不在焉地乱敲,而是一种专注修心的表达。所以,译者用"轻敲"来代替原文的"乱敲",更贴切地表达了善男信女虔诚拜佛、迎接佛陀的情境,不仅保留了原作的精神,还赋予了译文更深的文化内涵和情感表达。

[佛赚]曲词的翻译过程中,译者充分考虑到译语读者的文化背景,采用了以接受者为中心的翻译策略。例如,原文中的"如来本是西方佛,却来东土救人多"一句,译者细心地处理了"东"、"西"方的地理概念。考虑到佛教对中国而言是从西方传入的,而对西半球的欧美读者来说,古印度则位于他们的东方。译者于是将原文的"西方佛"替换为"东方佛",并将"东土"具体化为"中国",使得译文的空间概念更加清晰、符合逻辑。在处理原文中重复的表达或难以在英语语境中找到对应的佛教专有名词时,译者采取了简化策略。例如,"他是十方三界,第一个大菩萨"、"摩诃萨,摩诃般若波罗糖"、"好人成佛是菩萨,恶人做鬼做罗刹"以及"南无菩萨萨摩诃。金刚般若波罗密"等句都经过了精简处理,不仅有助于提高译文的通顺性和可读性,也使得原作中的宗教和文化内涵得以更合理地呈现给目标语言的读者,体现了译者对译文整体可接受性的考量。

除了对原文进行适当的略译,译者还根据上下文语境适度增添了原文没有的词句。例如,加入了"我们必须遵守三条戒律"和

"践行美德,摒弃邪恶"两句,使佛教教义的表达更加具体明晰。特别是"劝人从善弃恶"这一句,似乎在向读者传达一个信息,即宗教的精神可以跨越教派界限,佛教与基督教在某些层面上存在共通之处。译文精准捕捉并强调了原文中对佛祖的赞美。在增加的"佛祖啊,请您成为我们的船长吧"(Be our pilot thou, O Buddha!)一句中,将原文的"梢公"替换为"船长",不仅是一种语言表达上的转换,更是一种深层文化意境的创造,让人联想到美国19世纪诗人沃尔特·惠特曼(Walt Whitman,1819—1892)为悼念林肯总统写下的名作《哦,船长,我的船长!》。在英美文化中,"船长"不仅指导航者,更象征着那位引领人们走出困境,走向光明的精神领袖,这样的隐喻赋予了译诗更为深远和伟大的神性意涵。此外,对于原文中的拟声词如"冬冬"(Dong! Dong!)、"乍乍"(Tchah tchah)、"陈陈"(Ling, ling)和"逼逼剥剥"(Pi, pi, poh, poh)的译法,译者处理得非常生动传神,既保留了原文的节奏感,又让这些声音在英语语境中显得自然而鲜活,在保证译文可读性的同时,丰富了译文的文化内涵和艺术魅力。

赫德逊夫人编译的《旧弦》,是继1841年法语编译本《琵琶记》出版后,第一个以较为完整的小说形式将孝子贤妻的故事译介给西方读者的英文编译本。《中国科学与美术杂志》作为一本旨在推动中国科学研究、普及中国文史哲艺术的综合性学术刊物,承担着"文理并体"的使命。被誉为"中国通"的杰出汉学家福开森主理美术栏目,保证了文科文章的品格和质量,为《琵琶记》故事在华侨社群中的传播提供了良好的平台。

编译本《旧弦》虽以象征赵五娘的"旧弦"为名,但在其章节安排上,赵五娘并非重点刻画对象,五娘与伯喈之间的夫妻之爱也未得到充分强调。表现五娘和伯喈依依不舍之情的《南浦嘱别》被

删;刻画五娘思君愁绪,不理红妆的《临妆感叹》也被删;五娘侍奉
姑舅所遭的艰苦磨难基本都是以概括性描述呈现,五娘吃糠时以
"糠"自喻,以"米"比夫妻的感人细节同样被删。即便保留了伯喈
思念五娘的《官邸忧思》,也缺乏生动的情感描绘,仅以一句"昨晚
梦见五娘"轻轻带过。由此可见,编译本并非旨在强化《琵琶记》的
爱情主题,而是借此叙述来展现中国的家庭伦理、科举制度、婚姻
制度和佛教文化。特别是关于科举制度的《文场选士》和赞颂释迦
牟尼的《寺中遗像》的回目都得到了详尽的传译。总的来说,《旧
弦》围绕科举制下中国书生追求功名及其带来的家庭困境展开叙
事,爱情只是故事的外衣,文化才是其核心。这也许可以解释为
何《中国科学与美术杂志》在连载《旧弦》时,三期的封面图片都选
用了[佛赚]中赞颂的释迦牟尼坐像,彰显其重视文化内核的编
译取向。

(二)社会学视角:华裔余天休编译《琵琶记》

新文化运动之后,中国大地涌现了各类报刊,成为传播新知
识、新思潮及探索社会进步和国家现代化进程的重要媒介。除了
中文报刊之外,一些具有海外留学经历和跨文化实践经验的精英
群体还创办了英文报刊[①],致力于推广民族文学,传播中国文化,
促进中西文化的交流。承载着儒家文化的《琵琶记》也趁民国这
股"东学西传"的浪潮"走出去"。1928年,美籍华人社会学家、社

---

① 《天下月刊》(*T'ien Hsia Monthly*,1935—1941)和《中国评论周报》(*The China Critic*,1928—1946)是其中两份具有国际影响力的英语刊物。《天下月刊》刊载了大量文化评论与文学译文,包括《论语》《道德经》《唐诗四季》《诗六首》《西厢记》《牡丹亭》《林冲夜奔》等重要文学经典的译介。

会活动家、教育家余天休①（Yu Tinn-Hugh, 1896—1969）将《琵琶记》编译为英语短篇小说《英文琵琶记：伉俪之爱》（*Memoirs of the Guitar: A Novel of Conjugal Love*），并在《中国时事评论周报》（*The China Current Weekly*）刊发。

1.编译目的

《中国时事评论周报》作为一份面向西方世界的英文刊物，致力于"从中国人的视角为英语读者提供有关中国社会、经济和文化发展的准确信息，为西方读者了解中国提供一个客观、准确的信息窗口"②。20年代，余天休担任该报的主编，他对《琵琶记》的选译有着双重考虑。首先，他意在向西方普通读者介绍中国的通俗文学，因为除了汉学家之外，无论是居住在中国还是海外的西方普通读者，对中国文学特别是小说的了解知之甚少。但是，随着东西方交流的日益扩大，大量的中国文学必将被介绍给西方读者。余天休认为，《红楼梦》虽为中国古典爱情小说的文学高峰，但《琵琶记》和《西厢记》在艺术魅力上与之不相上下。《琵琶记》的卓越文学价值使其有必要经由翻译为英语读者所了解。其次，余天休希望通过《琵琶记》让英语读者了解中国古代文人的生活方式。作为社会学家，余天休的编译不仅着眼于传译文学价值，更关注作品所承载的

---

①余天休，祖籍广东，是著名的社会学家、社会活动家和教育家，长期致力于推动中美文化的友好交流。1909年，年仅13岁的余天休应父命随兄赴美求学，先后在麻省克拉克大学获得经济学硕士和社会学博士学位。1920年夏，应北京大学校长蔡元培的邀请，24岁的余天休回国任教，并积极倡导"学术救国"的主张，先后创办了中国首个社会学学术组织、社会学研究刊物《社会学杂志》（1922）及英文月刊《中国社会学报》（1933）等。

②Tinn-Hugh Yu, *Memoirs of the Guitar: A Novel of Conjugal Love, rewritten from a Chinese Classical Drama*, Shanghai: The China Current Weekly Publishing Co., 1928: back cover.

社会意义。他强调：

> 外国读者若能细读此篇小说，既可深刻体会古代中国人的人生态度，又可洞察当代中国人的生活哲学，因为中国知识分子（文人）阶层的立世哲学在20世纪到来前几乎未有实质性变化。直至20世纪20年代，中国大量吸纳西方激进思想，由此催生了一场17年前的重要文化运动，引发社会和政治领域的双重巨变后才开始发生变化。①

余氏编译的《琵琶记》发表于1928年，17年前的重大社会事件应是指中华民国政府的成立。也就是说，余氏希望通过这部译作，真实而生动地展示新文化运动前中国古代和现代知识分子的形象与立命哲学。

2.编译风格

余天休的译本以一章导读开篇，故事共分十章，每章均设有标题，采用章回小说的形式。十章标题回译成中文依次为：《功名之利》《牛相与女儿》《伯喈行路》《贫困与富贵》《奉旨新婚》《旱荒与饥灾》《新婚与思亲》《孝行与神助》《意见相左》和《团圆》。改编本保留了原作双线交叉、相互比对的结构特色，基本涵盖了从"高堂称庆"到"一门旌奖"所有重要剧情，重要事件均得到了突出，忠实地再现了原剧的人物形象。

（1）译本主题：伉俪之爱

"导言"部分概括《琵琶记》主要是讲一个女人千里寻夫，终得夫妻团圆的爱情故事。作品传达的不是常见的风花雪月式的"浪

---

①Tinn-Hugh Yu, *Memoirs of the Guitar: A Novel of Conjugal Love*, rewritten from a Chinese Classical Drama, Shanghai: The China Current Weekly Publishing Co., 1928: v.

漫之爱",而是较为少见的、深刻的夫妻之情或"伉俪之爱"。这种爱情超越了一般的情话绵绵或热恋之情,是一种源自内心的、充满敬慕情感的真爱。真爱发自内心,是一种感觉,一种兼有慕和敬的情感。真爱并非简单的快乐之源,它包含了苦痛与悲伤,是一份充满忧愁与牵挂的深情。五娘不惜跋涉万里,历尽艰辛,去寻找她的丈夫,这一切动力源于她对丈夫的真爱。《琵琶记》向读者证明,真爱不是欢乐的享受,而是情感的磨炼,通常带有悲剧色彩。副标题"伉俪之爱"已明确表明,编译本会重点突出伯喈和五娘深厚的夫妻情感。因此,改编本适当增添了一些细节描写,使原作中隐含的生旦之爱变得更加具化和明晰。

改编本中,五娘料理家务事之余不忘读书写字,常与伯喈一同品读诗书,夫妻二人手挽手闲庭散步,琴瑟和鸣,令人羡慕。临行前夕,夫妇俩端坐相对,悲伤落泪。临别时,两人对视,再次泪流不止。伯喈离去三年,未有音信,五娘日夜思念,每逢想起伯喈,"便泪流满面,有时整夜失眠,泣不成声,只能以悲伤的诗文自我慰藉"。而伯喈面对官媒,没有拿亲鬓垂雪做"挡箭牌",而是三次决绝表达"我已有妻室",拒绝亲事,展现了他对婚姻的忠诚。辞官未果后,伯喈梦中听见五娘斥责自己"是个负心汉",娶了新室,忘了糟糠之妻。即使抛开夫妻情分,亦不应忘记父母之恩!这一梦魇使他惊醒,摔落床下。被迫娶亲后的伯喈郁郁寡欢,更加凸显了他对五娘的思念和矢志不渝的深情。尽管编译本重点强调了生旦间的深情,删除了原作中《副末开场》的创作宗旨叙述,但仍未完全沦为言情故事。在故事结尾,译本忠实转述了一门旌奖的圣旨内容,寥寥数语却意味深长,显示《琵琶记》不仅传颂才子佳人的爱情,更彰显孝子贤妻美德,敦睦人伦,教化人心。

（2）文人士子的田园生活

改编本开篇描绘了一幅宁静美好的田园景致，烘托出中国古代知识分子的怡然生活状态。将英语译文回译成中文如下：

> 陈留郡景色幽静，使人心旷神怡。路边草木繁盛，桃花盛开，柳树摇曳，万紫千红竞争艳。往南，可见一座郁郁葱葱的小山。山脚下坐落着几家村舍，一堵白墙将村舍与外界隔开，形成一个世外桃源。屋与屋间隔约15米。村中小道纵横交错，四通八达。村前村后，绿意盎然，勃勃生机。某村舍（蔡家），庭院西角，有一座鱼池假山，鱼儿正在池上嬉游。两岸，桃柳争妍。池中，光影迷离。微风吹过，枝叶摇曳，更添几分优美。①

这段关于蔡家居住环境的集中描写在原文中并未出现。译者依据蔡家人物的身份，虚构出具有代表性的中国文化元素，如桃花、柳树、白墙、园林、假山、鱼池等，显然不是为了自然描写而描写，而是为了衬托蔡家四口过着静谧、祥和、人法自然、其乐融融的世外桃源的生活。这段描绘与蔡伯喈考取功名后宦海沉身的世俗化生活形成强烈对比，展现了中国古代学子学以养性还是学优而仕的困惑、忠孝难以两全的困境，以及物质富足与精神空虚的矛盾心理。高才博学的伯喈，不是完全没有凌云壮志的豪情。作为一名士子，十载休学，却还没有考取功名，不能够光宗耀祖，伯喈内心有份愧疚和不甘之心，但一想到双亲年事已高，他又觉得"尽心甘旨"远比考取功名重要。伯喈内心挣扎过、动摇过，甚至终日心事

---

①Tinn-Hugh Yu, *Memoirs of the Guitar: A Novel of Conjugal Love*, rewritten from *a Chinese Classical Drama*, Shanghai: The China Current Weekly Publishing Co., 1928:9—10.

重重。最终,促使他决定不再挂念功名之事,是在一个晴朗之日,他伫立在自家园中,看着鸟儿欢唱,蝴蝶翩舞,它们是那么自由自在! 这一景象最终坚定了他在家全心侍奉双亲的决心。鸟蝶的"自由自在"隐喻文人归隐田园生活,是一种出世的自由心态,同时也反映了译者试图通过《琵琶记》展现中国古代文人生活形态的社会学意义。五四新文化运动后,中国文人的传统生活方式被打破,这段描写似乎也蕴含着译者对逝去生活方式的深情缅怀。

3. 文化意识

余译本语言朴实、流畅,全文未加脚注,仅以"文内释义"的方式对少数中国古代社会的特有习俗进行简要说明。例如,描述五娘抛头露面去取赈粮时,译本文内释义:"按照当时的社会习俗,年轻女子通常不出闺房。五娘家境虽落魄,但仍然是乡绅人家儿媳,日常鲜少走出家门。然而,面对旱灾导致的粮食短缺,为了家人的温饱,她不得不外出去领取赈粮。"① 又如,蔡公临终前嘱咐五娘改嫁的情节,译文文内补充说明:"在中国古代社会,女性改嫁常被视为家族的耻辱。知书达理的五娘深谙社会伦理道德,自然不会接受改嫁。"② 再比如,伯喈、五娘和牛氏三人书馆悲逢后,决定一起回到陈留为亲守孝,译文文内叙述解释该现象:"根据那个时代的社会风俗,父母离世后,子女要守孝三年。因此,伯喈和两个妻子必须归乡替亲守孝。"③

余译改编本与赫德逊夫人的改本一样,保留了原著"感格坟

---

① Tinn-Hugh Yu, *Memoirs of the Guitar: A Novel of Conjugal Love*, *rewritten from a Chinese Classical Drama*, Shanghai: The China Current Weekly Publishing Co., 1928:45.

② Ibid., p.59.

③ Ibid., p.85.

成"的情节,但删除了山神、白猿、黑虎等超自然元素,将原作的超现实主义色彩大幅降低。在赫氏改本中,五娘昏迷中梦见一位"神灵"嘱托她换装进京寻夫,醒来后却发现坟茔奇迹般地修好了。余译本则将"神灵"改为"天使",这种翻译策略旨在从目标语读者的视角出发,以增强译文的可接受性。

此外,余氏和赫氏的编译本虽同在民国中期出版,同为展现爱情主题的短篇小说,但对原作"一夫二妻"的大团圆结局的处理态度却有显著不同。余氏本故事在生旦书馆悲逢后,直接提及伯喈与"他的两位妻子"一同归乡为亲守孝,这种描写似乎将一夫多妻制视为不言自明的现象。值得注意的是,尽管译者对中国古代社会女性的多种约束习俗如不得出闺房、不得改嫁、不得剪发等进行了详细说明,却对古代中国男性可娶多妻的社会现象未予以解释。这种省略可能是译者认为这是一种"自然"的社会规范,无需额外阐释,又或许是译者的无意之举,也可能与其作为男性华裔的身份背景有关。相较之下,赫德逊作为一位西方女性译者,受到西方一夫一妻制观念的影响,她对伯喈拥有两位妻子的情节持有保留态度:

痛啊! 听闻亲死,蔡邕痛伤噎倒在椅上。几秒钟后,他似乎恢复了意识,激动地对赵五娘说。"啊! 我的妻子,我该如何回报你为我所做的一切? 我又该怎样补偿你受的苦难? 这真容是你所绘?"五娘点点头。蔡邕继续说道:"我决定立即辞去官职,回乡为亲服丧,"他边说边解却身上的黄袍玉带。"五娘,等你休息好了,我们一同回陈留,为双亲举行葬礼,结庐守孝。"牛氏说:"请让我陪同你们一起去吧。""好的",蔡邕回应道:"当然可以。我们不必再等待李旺的回信了。五娘,你拥有贞洁韦柔之德,服老尽瘁之奉献精神,你的美德必将为天下人所知晓和效仿。"①

从以上引文可见,伯喈明确称呼赵五娘为妻。五娘是他法律上、道德上、心理上唯一承认和接受的合法妻子,他决定辞去官职,与五娘一同回家守孝。至于牛氏,伯喈从未直接称呼她为妻。当牛氏主动表示愿意"陪同"他们回陈留时,伯喈虽未明确拒绝,但也没有为她确立一个明确的身份。这种"陪同"的提法,似乎暗示了牛氏自觉退让,让五娘恢复其作为正室的地位。与其说,伯喈拒绝明确表态牛氏也是自己的妻子,倒不如说是编译者拒绝让历经磨难的赵五娘与他人共享丈夫,体现了改编者对原文"一夫二妻"结局的保留态度。

余译本文风朴实、易于理解,但似乎缺乏一定的生动性和感染力。人物间的直接对话较少,情节主要通过"转述"的形式推进,人物性格的描绘也不是通过对话或独白展现,而是通过编者的"上帝视角"直接概括。例如,蔡公逼试的场景,不是通过生动的对话逐渐展示伯喈的退让,而是用带有编译者个人观点的语言去概括伯喈的性格:"伯喈是个独生子,深受父母宠爱。他对父母百般顺从,一切行为都旨在让他们高兴,因此被乡亲们誉为孝子。"②与之相比,赫德逊夫人的改编则更多运用生动的对话,使人物形象更加鲜明地"立"起来,译本的文采和可读性更高。余译本《琵琶记》仅有一版一次印刷。

---

①Elfrida Hudson,"The Old Guitar," *The China Journal of Science and Arts*, 1926,5(6):305.

②Tinn-Hugh Yu, *Memoirs of the Guitar: A Novel of Conjugal Love, rewritten from a Chinese Classical Drama*, Shanghai:The China Current Weekly Publishing Co.,1928:11.

二、中国文学史类专著中的《琵琶记》选译

英国汉学家翟里斯(Herbert A. Giles, 1845—1935)的《中国文学史》(*A History of Chinese Literature*, 1901)向来被视为英语学界中国文学史类著作的开山之作。然而，这部作品延续了西方汉学传统中偏重中国正统文学、轻视通俗文学的思路。书中对中国戏剧文学的关注不足，提及的几部戏剧作品也大多仅停留在故事梗概的介绍。直到20世纪60年代后期，这一状况才开始发生改变。在此期间，为了解决学校中国文学教材匮乏的问题，一些在英美高校任教的学者开始编撰有关中国文学的教材。中国戏剧文学和具有完整戏情的剧目翻译才逐渐进入广大学生和普通读者的视野。留美华人柳无忌的《中国文学概论》(*An Introduction to Chinese Literature*, 1966)、留英华人学者张心沧的《中国文学：通俗小说与戏剧》(*Chinese Literature: Popular Fiction and Drama*, 1973)和英籍汉学家杜威廉的《中国戏剧史》(*A History of Chinese Drama*, 1976)是其中认可度较高，使用范围较广，且对《琵琶记》的译介和评论相对深入的代表性论著。

（一）以诗译剧：留美华人柳无忌选译《琵琶记》

1967年，受波林根基金会和印第安纳大学校基金的资助，留美华人学者柳无忌①(1907—2002)的《中国文学概论》在印第安纳大学出版发行。该书共十八章，前九章重点介绍诗文，后八章介绍

---

① 柳无忌，江苏吴江人，近代著名诗人柳亚子之子，早年就读于清华大学，后前往美国留学，在耶鲁大学获得英国文学博士学位。他毕生致力于中外文学的研究，专注于诗歌和散文的创作与翻译。1961年，柳无忌赴印第安纳大学任教，并创办东亚语言文学系，担任该系的第一任系主任(1962—1967)。他为该校培养了一批优秀的中国文学研究人才。

唐传奇、元曲、小说、戏剧、散曲等通俗文学，最后一章介绍现代文学。可见，作者将通俗文学提至与经典文学同等重要的地位。

柳无忌家学渊源、学贯中西。他不仅对雪莱等英国浪漫主义诗人有深入研究，还翻译过《莎士比亚时代抒情诗》，主编英文版诗集《魁晔集：三千年中国诗选》等。数学家陈省身认为他是一位可比肩严复和辜鸿铭的"中英双绝的文学家"①。他的诗歌才华和翻译经历，使他在译介中国戏曲时特别重视剧本中的韵文曲词，他甚至提出："中国的剧作家和希腊戏剧家一样，必须同时是个优秀的诗人。人们评价剧本时不仅要看情节和对白，还要看诗词，而后者往往更为重要。"②中国古典戏曲作品无疑也是"剧诗"，柳无忌译介《琵琶记》时，往往采撷剧中的精美唱段，"以诗译剧"。比如，他选译了《副末开场》[沁园春]词的片段，用以概述该剧的主要剧情，但词中表达剧作家创作意图的语句，以及词牌和人物行当等信息均未提及，反映出他对作品诗意品格的突出展现。柳无忌还选译了五娘吃糠时所唱的[山坡羊]至[孝顺歌]，以及她寻夫上路前对着公婆真容倾诉的[三仙桥]曲，因为他们是"明代戏剧中很少见的优美曲词"③。

《山坡羊》生动地描绘了五娘的艰难困苦生活环境和孤苦无告的心境。"乱荒荒不丰稔的年岁，远迢迢不回来的夫婿。急煎煎不耐烦的二亲，软怯怯不济事的孤身己。[合]思之，虚飘飘命怎期？"曲词中运用了大量的叠字，如"乱荒荒"、"远迢迢"、"急煎

①柳光辽、金建陵等主编《教授·学者·诗人——柳无忌》，社会科学文献出版社2004年版，第1页。
②Liu Wu-Chi, *An Introduction to Chinese Literature*, Bloomington and London: Indiana University Press, 1966:170.
③Ibid., p.252.

煎"、"软怯怯",不仅增强了语言的声律节奏和音节之美,还提升了曲词的艺术概括力和情境的感染力。柳无忌的译文保留原文的叠字结构,用词精准,节奏有致,意蕴深远。例如,他将"乱荒荒"译为"wildly,wildly chaotic"、"远迢迢"译作"far,far away"、"软怯怯"译为"weakly,weakly timid"、"实丕丕"译作"real,real indeed"、"虚飘飘命怎期"译为"How futile,futilely flitting is our hapless fate"。译文不仅传递了原文的叠字结构,还通过英文中以"f"开头的单词构成了头韵,使得译文朗朗上口,充满艺术美感,实为妙笔生花。

整体而言,柳无忌的译文,无论在遣词造句还是意境再现上,都极具神韵,被汉学家赞为"译作质量上乘"[1]。柳无忌采撷《琵琶记》中的曲词瑰宝,传译给西方读者,体现出了其深厚的文学功底和独特的艺术感知。不过,柳译本更侧重于传达曲辞的诗性和文学赏析,而较少涉及南戏剧本体例的介绍。译本只选取了集中表现五娘内心独白的唱段,未能充分展现其他角色,使得曲文内容的丰富性略显不足。

(二)场上之曲:华人学者张心沧选译《琵琶记》

柳无忌的《中国文学概论》用了近半的篇幅介绍中国的通俗文学,展现中国文学的多样性与广度。同样致力于传播中国通俗文学这一事业的还有剑桥大学的华人学者张心沧[2](H.C. Chang,

---

① William Schultz,"Book Reviews of *An Introduction to Chinese Literature*,by Liu Wu-chi," *The Journal of Asian Studies*,1967,26(3):482.

② 张心沧,祖籍广西,生于上海。早年毕业于上海沪江大学,40年代末,从香港远赴英伦,获得英国爱丁堡大学哲学博士和文学博士学位,并成为剑桥大学东方学院的教授。1956—1957年间,他被派到马来西亚大学协助建立英文(转下页)

1923—2004）。他的《中国文学》①系列丛书对中国文学体裁进行了细分，涵盖了小说、戏剧、自然诗和超自然故事等多个方面。第一卷《中国文学：通俗小说与戏剧》（*Chinese Literature: Popular Fiction and Drama*, 1973）旨在向英语读者全面展示中国13至19世纪的通俗文学全景。该书展现了作者娴熟的语言驾驭力和深厚的学术研究功底，获得汉学界广泛赞誉，于1975年荣获素有"汉学界诺贝尔奖"之称的——儒莲奖（Prix Stanislas Julien），可见本书质量之高。

1. 回目选取

张译本精心选译了《报告戏情》《蔡婆埋冤五娘》《五娘吃糠》《五娘剪发卖发》《五娘寻夫上路》《五娘牛小姐见面》和《伯喈五娘相会》等七出戏，有意识地放弃原作中的双线结构，专注于陈留情节，集中展现五娘这一角色。译者通过适当的脚注，串连起所选场次与未选场次之间的过渡情节，讲述五娘在丈夫赶考后，独自在家侍奉双亲、埋亲、进京寻夫，最终与丈夫重逢的故事，成功塑造出一个忠贞、贤良、高大的中国妇女形象。七出戏环环相扣，自成一线。

（接上页）系，之后又返回剑桥大学任教。1972—1983年间，担任伍尔夫逊学院的研究员，之后又在艾莫瑞特斯研究院任职二十一年。张心沧教授主要致力于中国文学与中西比较文学研究，代表性著作有《斯宾塞的寓言与礼仪：中国视角》（*Allegory and Courtesy in Spenser: a Chinese View*, 1955），以及三卷本《中国文学》系列丛书：第一卷《中国文学：通俗小说与戏剧》（*Chinese Literature: Popular Fiction and Drama*, 1973）、第二卷《中国文学：自然诗》（*Nature Poetry*, 1977）和第三卷《中国文学：超自然故事》（*Tales of the Supernatural*, 1983）。

① 张心沧在《中国文学》丛书第一卷说明，拟计划推出《自然诗》（*Nature Poetry*）、《诗人及其信念》（*Poets and their Creeds*）、《诗歌与绘画》（*Painting and Poetry*）、《自传与散文》（*Autobiography and the Essay*）和《超自然故事》（*Tales of the Supernatural*）等五本专著，但最终只完成其中的两本，《诗人及其信念》《诗歌与绘画》和《自传与散文》这三本并未成稿。

五娘若是红花,伯喈则为绿叶。译者对于回目的选择显然经过深思熟虑。就五娘和伯喈的形象刻画而言,伯喈表现出迟疑、犹豫、缺乏行动力等性格缺陷,与西方戏剧对男主人公的设定与期望不符,难以引起现代西方读者的共鸣。相反,五娘贤良、淑德、坚毅不屈,这样"一位普通却不平凡,拥有中国古代妇女传统美德的奇迹女子"[①],足以成为剧中的主角,代表中国贤妇走向西方读者的阅读视野。

2. 场上之曲

张译本不仅为《琵琶记》提供了详尽而专业的文学导读,还在有限的文本空间中再现了南戏的舞台艺术特色。译本中的《报告戏情》一出以《陈眉公批评琵琶记》为翻译底本,其他六出则以钱南扬的《元本琵琶记校注》为底本。两个版本在《报告戏情》一出的重要区别在于:陈眉公本中,副末上场介绍完剧情后,与后台子弟有一段"惯例问答",而钱的校注本中并未出现。张心沧援引文献,加注说明收录于《永乐大典·戏文三种》的早期南戏《小孙屠》、元末明初南戏《荆钗记》(传话本,1959)以及南戏《杀狗记》(传话本,1960)的《报告戏情》都包含这样的"惯例问答"。《琵琶记》的诞生标志着南戏的成熟和走向高峰。张译本从历时性角度,直观地"再现"了从早期南戏到成熟南戏舞台上始终保有的这段"惯例问答"演剧形式。事实上,"惯例问答"体现了中国戏曲独特的舞台艺术。副末以戏外人的身份与后台演员对答,再由戏外人进入戏剧情境转换为戏中人。这种打破舞台虚拟界限、将观众从虚幻带回现实的表演形式,既传达了南戏的演剧形式,又突显了中国戏曲有别

[①]H. C. Chang, *Chinese Literature: Popular Fiction and Drama*, Edinburgh: Edinburgh University Press, 1973:79.

于西方戏剧的独特性,展示了译者在翻译与文学研究上的智慧与深度。

张译本的另一突出特色是充分翻译南戏剧本的组成要素,彰显中国戏曲艺术独特的美学。南戏剧本的分场、戏题、下场诗、人物的唱、念、白等科介元素,都在译文中得到对应的翻译与呈现。例如,人物唱曲时以"唱"(sing)字提示,对白使用冒号标明,而人物上下场或念诗则统一以"吟诵"(recite)作提示,由此清晰区分了曲、词、白三种文本类型。此外,张译本以角色名代替行当,有助于降低人物关系的模糊性,方便读者理解。尽管张译本和柳无忌译本以及19世纪其他译本一样,删去了原文的曲牌和词牌,但他对南戏演唱形式"合"的翻译处理别具匠心。

不同于元杂剧的单一主唱体制,南戏允许各种角色参与演唱,包括独唱、对唱、合唱、帮腔伴唱等多种形式。因而,南戏剧本提示演唱形式的"合"字频繁出现。"合"即"合头",指重复首曲的最后几句,文字相同,只标注"合前"。"合"也有可能是指"合唱",要根据具体的剧情而定,但多数是指"合头"。一般译者只是将"合"作为舞台提示翻译,将其译为"重复第一段唱词"(chorus as in first stanza)[1]或者"合唱"(sing the chorus)或"重复前腔"(repeats the chorus above)[2]。张心沧译本对"合"字的翻译分为两步:首先用音乐术语"chorus"或"refrain"翻译"合"字,然后再重复"合头"的唱词。这种方法不仅能区分"合头"和"合唱"的所指对象,也能以更具体的方式表达角色的演唱内容,使读者对南戏舞台艺术的演唱

---

[1]Liu Wu-Chi,*An Introduction to Chinese Literature*,Bloomington and London:Indiana University Press,1966:250.

[2]Jean Mulligan,*The Lute: Kao Ming's P'i-p'a chi*,New York:Columbia University Press,1980:156.

形式有更清晰的把握。

译文风格上,张心沧采用了适度归化的翻译策略和偏重可接受性的翻译规范,只对少量文化信息加脚注作扼要解释。译文流利晓畅,可读性强,汉学家称之"既非沉闷,也不笨拙,相反却轻盈而准确,实在令人惊叹!"①

(三)动态戏剧史观:英籍汉学家杜威廉选译《琵琶记》

自20世纪初以来,戏剧在中国文学领域中逐渐获得独立的学术地位。英语学界开始出现以"中国戏剧"为研究主题的专著,主要包括《中国戏剧》(*The Chinese Drama*,1899)、《中国戏剧研究》(*Studies in the Chinese Drama*,1922)、《中国戏剧》(*The Chinese Theatre*,1925)、《中国戏剧史》(*A History of Chinese Drama*,1976)、《中国戏剧资料1100—1450》(*Chinese Theater1100-1450: A Source Book*,1982)、《中国戏剧:从起源到现在》(*Chinese Theater: From Its Origins to the Present Day*,1988)及《明代文人戏剧》(*Scenes for Mandarins: The Elite Theatre of Ming*,1995)等等。这其中,只有杜威廉的《中国戏剧史》(1976)集中选译了《琵琶记》相关的回目。

1.译者杜威廉

英籍汉学家杜威廉(William Dolby,1936—2015)治学严谨,学养深厚,被誉为"欧洲汉学传统的继承人"。他在爱丁堡大学东亚学院任教近三十年期间,为学生编撰了70多本关于中国文学与文化的学习资料和教材,其中国戏剧研究的代表性论著有《中国戏剧史》和译著《中国古今八剧》(1978)等。《中国戏剧史》全书分为

---

① H. C. Chuang,"Book Reviews of *Chinese Literature: Popular Fiction and Drama*,by H. C. Chang,"*The Journal of Asian Studies*,1975,34(2):516.

12章,追溯了中国古典戏曲从起源到杂剧、南戏、传奇到京剧等主要戏曲样式的发展脉络,还涵盖了20世纪上半叶话剧在中国的演进历程。该书奠定了杜威廉在英国乃至欧美汉学界的重要地位,被柳无忌誉为英语世界"中国戏剧研究的一座里程碑"①。为了阐释《琵琶记》从"民间戏剧"到"文人戏剧"演变过程中"不变"与"变"的要素,杜威廉选译了《张大公扫墓遇使》和《报告戏情》两出。

　　2.折子戏《扫松》的选译

　　第三十七出《张大公扫墓遇使》是一出为蔡伯喈洗冤,塑造其"忠孝双全"形象的重头戏。为了"呈现剧作家如何努力为蔡伯喈正名,并充分展示《琵琶记》对白的精妙紧凑,情感的细腻入微以及独具匠心的幽默"②特色,杜威廉根据《明清传奇》③所收录的折子戏原文,对第三十七出《扫松》进行了完整翻译。

　　有必要指出,杜威廉在这里犯了一个概念上的错误。全本《琵琶记》第三十七出的标目是《张大公扫墓遇使》或《张公遇使》,而《扫松》实际上是基于这一出改编的折子戏。折子戏是将全剧中相对独立的段子截取出来,进行专场表演的戏曲形式,一般不需要标明是第几出。那么,杜威廉为何弃本戏而择折子戏作为译介《琵琶记》第三十七出的底本? 除了他无法获取全本《琵琶记》(这种可能性极小)之外,是否另出有因? 对比折子戏《扫松》④和本戏《张大公扫墓遇使》的文本,可以看到,《扫松》中的主要变动集中在张广

---

①Liu Wu-chi,"Book Reviews of *A History of Chinese Drama*,by William Dolby,"*The China Quarterly*,1977,71(9):628.
②William Dolby,*A History of Chinese Drama*,London:Paul Elek,1976:78.
③杜威廉《扫松》的英译文与赵景深和胡忌选注《明清传奇》中收录的《扫松》原文能够一一对应。
④赵景深、胡忌选注《明清传奇》,香港今代图书公司1955年版,第23页。

才急切想从李旺口中得知蔡家相公的姓名,而李旺却反复推辞的那段鲜活生动的对白上,具体变动详见表1.3。

表1.3 《琵琶记》本戏第三十七出《张大公扫墓遇使》
与折子戏《扫松》比对表

本戏《张大公扫墓遇使》	折子戏《扫松》
[末白]哥哥,你从那里来?	(末白)哥哥,你那里来?
[丑]我是京都来。	(丑)我是京都来。
[末]谁家里? [丑]我是蔡相公家里人也。 [末]蔡相公,是那里蔡相公?教哥哥来这里,有什么勾当? [丑]我是蔡伯喈相公差我来这里,取老员外、老安人和小娘子,一同到洛阳去。	(末)你到我空山中何干? (丑)我要问那蔡家府。 (末)我这里是荒僻去处,没有什么蔡家府,蔡家庄便有。 (丑)既有蔡家庄,怎么没个蔡家老爹? (末)你每老爹,叫甚么名字? (丑)我小人怎么敢说他。 (末)小哥,怎么说不得? (丑)这老儿买干鱼放生,不知死活。俺京城中说了蔡老爹的名字,(介)就把头来哈喇了。
	(末)京城便说不得,这里是荒荒僻去处,四顾无人,就说也无妨。 (丑)我便说,你不要叫喊。 (末)你老爹叫甚么名字? (丑)叫做蔡伯喈。 (末)你且禁声。
[末介][发怒唱]	(发怒唱)

《琵琶记》全本中,张广才与李旺的问答简洁明了,仅用三个回合便清晰交代了李旺前来的事由。两人的对话语气平和、客观,几乎没有情感色彩。相比之下,折子戏《扫松》利用丑脚插科打诨之能事,在本戏的基础上增加了不少"戏份"。对话中融入了更多

俚俗、幽默的元素,语气更为夸张和个性化。杜威廉将折子戏《扫松》误作为《琵琶记》第三十七出《张大公扫墓遇使》的原因,可能正如他自己所分析的:"《琵琶记》辞采典雅富赡,展现了高明作为文人剧作家的深厚修养与学识,同时还保留了早期南戏语言自然、质直浅显、生动活泼的特色。"① 追求舞台效果的折子戏更直观地展现了早期南戏语言的这些特点,选译折子戏《扫松》可以更加集中地凸显《琵琶记》"言白"不变的特点。

3.《报告戏情》的选译

杜威廉选译《报告戏情》的目的,与1840年无名氏强调曲词诗意,或柳无忌以简洁语言介绍剧情,又或张心沧重现南戏开场与"后房子弟"惯例问答的方式都不同。他的翻译旨在阐明南戏《报告戏情》中语言风格的动态变化。通过将《琵琶记》的《报告戏情》与《张协状元》《小孙屠》和《宦门子弟错立身》等早期南戏作品进行比对,杜威廉强调了南戏剧本从书会才人到文人参与创作后,语言风格的演变:后期南戏作品中的《报告戏情》失去了早期作品的"舞台意识和鲜活生动的语言",由此突出《琵琶记》作为文人剧作的典型代表,与早期南戏相比呈现的"变化"之处。翻译策略上,杜译本略去了《报告戏情》中的行当、科介和词牌的翻译,仅以"开场"(Prologue)作为回目标题,并采用散文体译词,顶格排版文字。尽管这种方式在传译原词"诗性"方面略显不足,但散文体的译文在不受字数限制的情况下,能够更为细致、清晰地阐释原文的潜在意义。与柳无忌和张心沧等译者的无韵诗译文相比,杜威廉的散文体译文在表达剧作宗旨"知音君子,这般另做眼儿看。休论插科打诨,也不寻宫数调,只看子孝与妻贤"(Gentlemen whose spirits

<hr>

①William Dolby, *A History of Chinese Drama*, London: Paul Elek, 1976: 78.

are attuned to mine regard this present play in another light. Do not judge it on its witty gestures nor on its comic patter, neither scrutinise its prosody and musical patterns, but look solely at how loving a son is the son, and how noble a wife is a wife)这段话的内涵时，显得更加准确和具体。

　　杜威廉从中国戏剧发展史的动态视角出发，选译了《琵琶记》的相关内容，旨在展示文人参与创作后给南戏带来的变化。其选译目的不再局限于呈现单一作品的文学价值，而是通过历时性视角，展现《琵琶记》在南戏发展史上的史学意义。然而，作为一本专业的戏剧史专著，杜译本却不太重视南戏剧本体例的翻译。原文的行当、科介、曲牌、词牌等都被隐去而未作翻译，导读部分也未对这些体例作出解释性介绍，这可视为该书的一点小瑕疵。与柳无忌和张心沧等海外华人学者的译本相比，杜译本在某些文化词汇的理解上还稍欠精准，但瑕不掩瑜，并不降低其整体价值。《中国戏剧史》作为全面介绍中国戏剧的通史性论著，受到汉学界的高度评价："书中的信息量大，内容可靠，（西方汉学界）在很长一段时间内不需要重复同类工作。"①这一评价充分证明了该书对《琵琶记》等戏曲作品在海外传播上作出的重大贡献。

三、东方典籍译丛下的《琵琶记》全译

　　1980年，美国学者让·莫利根（Jean Mulligan）在哥伦比亚大学"东方典籍译丛"项目的资助下，翻译出版了《琵琶记》的英文全

---

① D. E. Pollard, "Book Reviews of *A History of Chinese Drama*, by William Dolby," *The Bulletin of the School of Oriental and African Studies*, 1977, 20 (3): 647.

译本,这是《琵琶记》迄今为止唯一的全译本。西方学者普遍对莫译本持积极评价。汉学家石听泉(Richard E. Strassberg)认为莫译本"保持了一贯的准确性,有效地区分和传达了曲词、韵文与宾白之间的节奏对比"[1],为英语读者有机会接触中国优秀的传奇剧做出了贡献。汉学家邓为宁(Victoria Cass)指出,莫译本"既出色又实用,有望改善目前西方翻译中国戏曲作品进展缓慢的局面"[2]。汉学家甘乃元(Jerome Cavanaugh)则认为,除了一些细微问题外,"该译本严谨精准,可作为翻译中国戏曲的典范"[3]。莫译本与19世纪至20世纪其他西方译者及海外华人学者的翻译风格迥异,其突出特点在于采用了"深度翻译"策略,运用丰富多元的副文本和异化翻译方法,深入展现南戏的艺术风貌,向英语读者充分传递原作的文本含义及其文化底蕴。

(一)深度翻译

"深度翻译"是受文化人类学研究影响产生的一种翻译理论。1973年,美国文化人类学家克利福德·格尔茨(Clifford Geertz,1926—2006)对文化人类学研究中普遍存在的结构主义的简化和图式主义倾向提出批判。为了更深入地理解和解释文化现象,格尔茨引入了英国哲学家吉尔伯特·赖尔(Gilbert Ryle,1900—1976)的"深描"(thick description)概念,主张人类学家应采用"深描"的民族志研究范式,不仅要描述文化行为本身,还要探究行为

---

① Richard E. Strassberg, "Book Reviews of *The Lute: Kao Mings P'i-p'a chi*, translated by Jean Mulligan," *Harvard Journal of Asiatic Studies*, 1981, 41(2): 696.

② Victoria B. Cass, "Book Reviews of *The Lute: Kao Mings P'i-p'a chi*, translated by Jean Mulligan," *Ming Studies*, 1981, (1): 21.

③ Jerome Cavanaugh, "Book Reviews of *The Lute: Kao Mings P'i-p'a chi*, translated by Jean Mulligan," *The Journal of Asian Studies*, 1981, 41(1): 119.

背后的意图、动机、象征意义以及这些行为如何与更广泛的社会和文化体系相互作用,因为"文化理论获得的普遍性来自其区别方式的精细性,而非其抽象的范围"①。受"深描说"理论的影响,美国文化理论家、非洲研究专家奎恩·阿皮亚(Kwane Appiah)将自己和母亲在英译非洲谚语时采用的密集型加注的方法称为"深度翻译"(thick translation)。翻译活动中,源语言中有很多所指或社会行为在译入语中找不到对应物,这种情况下只能采用"深度翻译",即"在翻译文本中加入注释、提供术语解释等方法,使译文浸润于丰富的文化和语言背景之中"②。阿皮亚认为,非洲谚语的深度翻译"有助于消除非洲学生普遍存在的民族文化自卑感,并直接挑战西方的文化优越感"③。"深度翻译"的"深"在于,它通过大量的补充信息来彰显原文化的异质性,为目的语读者提供阅读的厚语境,使他们能更好地理解、宽容或尊重他者文化。

作为中国戏剧史上首部由文人参与创作的南戏作品,《琵琶记》全文旁征博引,经、传、子、史以及诗赋古文,无不涉猎。剧中成语典故频繁出现,文化负载词和典故意象比比皆是,在故事情节之外展示了一幅有关中国科举制、宫廷礼仪、日常礼仪、婚俗、丧礼、佛礼、伦理等领域的丰富文化画卷。明代文学家王世贞称赞《琵琶记》"中间抑扬映带,句白问答,包涵万古之才,太史公全身现出。以当词曲中第一品,无愧也"④。采用"深度翻译"策略翻译文化底

---

① (美)克利福德·格尔茨著,韩莉译《文化的解释》,译林出版社1999年版,第32页。

② Kwame A. Appiah, "Thick translation," *Callaloo*, 1993, 16 (4): 817.

③ Ibid., p. 818.

④ 高明著,毛纶批注,邓加荣、赵云龙辑校《第七才子书:琵琶记》,线装书局2007年版,第259页。

蕴深厚的《琵琶记》,有助于构建起目标语读者欣赏文本所需的知识框架,促进更深层次的文化传播与交流目的。

(二)副文本

莫译《琵琶记》通过其前言、正文和附录中丰富的"副文本"内容,将读者带入深厚的中国文学和文化的语境中。法国叙事学家、文艺理论家杰拉德·热奈特(Gérard Genette,1930—2018)提出了"副文本"这一概念,认为它是"文本的伴生物,具有多种形态和范围"①。副文本可细分为"文内副文本"和"文外副文本"两类。文内副文本包括封面、正副标题、序、跋、注释、后记、出版信息、插图、题词等,而文外副文本包括访谈、书评、手稿、书信等。副文本如同一道门槛,连接文本的内部和外部,引导读者按照作者和出版商的意图进行阅读。

1.前言中的副文本

莫译本《琵琶记》的装帧设计考究。封面采用黄色,散发古色古香之韵。书名采用"鲁特琴"(*The Lute*)一词,这是西方乐器中与琵琶外形最相似的乐器。它源自中世纪,盛行于文艺复兴时期,也是当代欧洲常见的家庭独奏乐器。这种归化翻译策略旨在拉近与西方读者的距离,但同时,为强调其与中国文化的关联,译者还添加了副标题"高明的琵琶记"(Kao Ming's P'i-p'a chi)。封面左上角的琵琶插图,跨越了语言和文化的障碍,为西方读者展现了真实的中国琵琶。封面底部标注有译者"让·莫利根"的名字。封面设计的文图相互解释,原作者和译者的名字同时出现,归化翻译与音译互为参照,这种设计上的细节,显示了出版商对原作和原文

<hr>

①Gérard Genette,*Paratexts: Thresholds of Interpretation*,Cambridge:Cambridge University Press,1997:1.

化的尊重,而且在归化和异化之间找到了平衡。

热奈特认为,一部作品的前言应当能解答读者关于"为何读这部作品"以及"如何读这部作品"的问题[1]。莫译本的前言内容丰富、切题,有效地回答了这两个核心问题。西方文化翻译理论家苏珊·巴斯奈特强调:"一部译作若要吸引非专业读者的注意,译本的前言需要详细介绍原作在源语言文化中的方方面面,而不是仅仅告诉读者其在译入语文化中的大致模样。"[2]莫译本在长达28页的前言中首先阐述了译介动机:"《琵琶记》不仅是中国戏曲史上一种重要戏剧样式的原型,也是世界范围内的戏剧杰作。令人遗憾的是,这样一部具有里程碑意义的作品尚未有完整的英文译本。"[3]前言为英语读者构建了理解文本所需的知识框架,概述了《琵琶记》的情节、体裁、作者生平、故事来源等。此外,它还比较了传奇与南戏的关系,以及传奇与元杂剧在题材、唱腔、曲调格律、音乐效果、演唱方式、宾白语言等方面的异同。最后,前言还详细分析了《琵琶记》的艺术性、主题思想及作者的贡献等,帮助目标读者从文本的基础阅读上升到赏析外国文学作品的高层次阅读。

2.正文中的副文本

正文副文本主要指文中的脚注。莫译本正文约有268条注释,大致涵盖五大主题的内容。首先是对原文的校正(1条),如在第七出中,译者认为"又道是远睹分明"的表述有误,改为"近觑分

---

[1] Gérard Genette, *Paratexts: Thresholds of Interpretation*, Cambridge: Cambridge University Press, 1997: 197.

[2] Susan Bassnett and André Lefevere, *Constructing Cultures: Essays on Literary Translation*, Shanghai: Shanghai Foreign Language Education Press, 2001: 11.

[3] Jean Mulligan, *The Lute: Kao Ming's P'i-p'a chi*, New York: Columbia University Press, 1980: 1.

明"会更贴合作者的时代语境和表达习惯。第二类是解释那些难以翻译或无法准确翻译的问题(共11条)。例如,第九出列举新进士宴杏园所骑马匹共有17色,译者加注解释,像"布汗"、"论圣"、"虎刺"、"合里"、"乌赭"等颜色即使意译也难以达意,故省去不作翻译。此外,译者也坦陈无法确定"我去医擤扑伤损疮"等句的幽默之处。第三类注释共14条,旨在补充戏曲文学方面的知识,如解释"题目"和"报告戏情"在传奇中的作用、退场诗与下场诗的不同,以及"丑"脚功能等。第四类则是对文本语义的补充说明,共35条,包括对角色名字的解释、语意的双关解读等,如"惜春"、"新弦"和"旧弦"等。最后,第五类注释专注于解释文化现象,这一类别进一步细分为人物简介(12条)、文化负载词或意象(45条)和典故(150条)。在数量上,文化现象相关的注释占据绝对优势。可见,莫译《琵琶记》非常注重传达原作的文化底蕴,让读者借助脚注的辅助性阅读,深入探索和理解文本深植的文化内涵。

　　3.附录中的副文本

　　莫译《琵琶记》还含有五个附录,为进一步了解《琵琶记》或东方文化的读者提供专业的参考指南,丰富了译本的学术价值和文化传播功能。附录1是剧情简介,分为42段,逐一概述每出戏的主要情节,并明确标注每场戏的发生地点,如"陈留"、"京城"或"在路上"。这种简洁而灵巧的方式有效揭示了《琵琶记》双线交叉进行的叙事结构。附录2为曲牌名录。附录3是包括人名、地名、文学作品等在内的术语表,其中词牌、曲牌和术语均以罗马拼音和繁体中文对照的形式呈现。附录4为参考文献,列举了《琵琶记》的西方语言译本(包括法语、英语、德语)以及译者参考的所有文献。最后一个附录是哥伦比亚大学"东方典籍译丛"的书单,涵盖了从1961至1980年出版的译著。莫译本为读者提供的丰富多样的"副文本"特色受到美国汉学家和翻译家葛浩文（Howard Goldblatt）的高度评价。他指出："莫译本《琵琶记》既详实又完整，为20世纪的英语者提供了难得的机会去欣赏这部庞大复杂且高度艺术化的作品。它不仅是一部优秀的译作，还是一个剧种的导学、一项注释详实的剧作研究，以及一部中国戏剧研究的重要参考资料。"①

（三）异化的翻译策略

"深度翻译"注重于彰显"他者"文化的差异性，旨在反对文化霸权主义，推动文化间的平等对话。这种翻译策略常采用直译、音译、释义、加注等异化手段，力求尽可能地再现原文的文化要素。在目标语环境中，异化翻译因异而显，避免因同而隐，从而实现一种"陌生化"效果，突出了原文化的中心地位。杜维廉曾指出，"翻译中的文化清洗以及随之而来令人厌恶的文化苍白，是阻碍人们欣赏中国文学作品的一个主要症结所在"②。

莫译《琵琶记》中，译者在不损害原意的前提下，多采用直译来翻译四字成语、比喻句、谚语、诗词等，在最大程度上保留原文的文化意象和结构特征。例如，四字成语"名缰利锁"译为"the bridle of fame, the locks of profit"，比喻句"花容月貌"译为"has a flower face and beauty like the moon"，谚语"哑巴吃黄连，有苦说不出"则译为"The mute that tastes a bitter nut has no way to tell others how bitter it is"。这些饱含中国文化特色的表达方式为译语读者提供了一种新的语言学习和文化体验过程。不过，由于莫译本过

①Howard Goldblatt, "Book Reviews of *The Lute: Kao Mings P'i-p'a chi*, translated by Jean Mulligan," *World Literature Today*, 1980, 54 (4): 695.
②William Dolby, "Book Reviews of *An Anthology of Chinese Literature: Beginnings to 1911* by Stephen Owen," *Bulletin of the School of Oriental and African Studies*, 1997, 60 (3): 589.

度迁就原文的句法结构和文化意象,在一定程度上阻碍原文深层内涵的表达。其结果是,有些译文做到"形似",却难以再现原文的意境而实现"神似",这与海外华人译者为再现原文意境而舍弃一些次要引用或典故的做法形成了鲜明的对比。总体来看,莫译本倾向于使用描述性、散文化的语言进行翻译,译文风格平实易懂、朴素无华,但也暴露出文学性和诗意不足的问题,难以充分体现《琵琶记》文词典雅的特色。

（四）南戏剧本体例的传译

在19世纪,汉学家和来华传教士翻译戏曲主要旨在探究中国的风俗文化;进入20世纪,西方译者在此基础上更加注重致力于译介戏曲本身及其舞台艺术。中国戏曲艺术的独特性,无论在舞台表演还是剧本体例方面,都与西方戏剧有所不同。莫译本通过前言、脚注、附录等多样副文本和有效的"补偿性"翻译手段,有效地传达了南戏艺术中的词牌、曲牌、行当、科介、演唱形式、下场诗以及曲白相生等多种戏曲元素,彰显了中国戏曲美学的独特魅力。

1. 词牌和曲牌的翻译

《琵琶记》中出现的17个词牌和189个曲牌被归类并整理,以罗马拼音和繁体中文对照的形式呈现,并按字母顺序排列,附录于书后。如词牌"鹧鸪天"音译为"Che-ku t'ine",曲牌"菊花新"音译为"Chü-hua hsin"。

2. 脚色和科介的翻译

前言部分对南戏的生（Sheng）、旦（Tan）、外（Wai）、净（Ching）、丑（Ch'ou）、末（Mo）、贴（T'ieh-tan）七个脚色作了简要介绍。在正文部分,只有在人物首次亮相或上场时,交代其脚色名,而从人物的第二个舞台动作起,则统一使用人物姓名或社会身份来替代脚色。例如,在第二出中,"生扮蔡邕上〔瑞鹤仙〕"译作"〔TS'AI

PO-CHIEH（*played by the* sheng *actor*,*enters and sings to the tune* Jui-ho hsien）]"，这种表述方式优于完全省略脚色、孤立翻译脚色或完全以人物姓名代替脚色的做法。省略脚色会掩盖中国戏曲以角色制为主体的特点；而孤立译出脚色却不加解释，则又因脚色指称模糊，给英语读者造成阅读障碍。莫译本在脚色与科介的表达上，既体现了南戏脚色的分类，又便于读者在细读文本时理解脚色所指的对象，清晰把握人物关系，形成一种读者友好型的译本。

3.曲白相生文体风格的翻译

戏曲艺术中曲以抒情，白以叙事。曲文多文采，宾白多口语。唱与白互为生发，曲白相生。莫译本在传译南戏艺术中这一特点时，运用了文字说明、排版、字号、插图装饰等多种手段进行区分。例如，在人物唱曲时，采用"人物角色+唱+曲牌"的格式，如"（外唱）［太师引］"被译为"FATHER TS'AI（sings to the tune T'ai-shih yin）"。曲文采用诗体翻译，排版上每句占一行，行首缩进两个字母。人物对白则直接用冒号表示，以散文体翻译，每行顶格排列。散白的字号略大于曲、词、骈文等韵文的字号。人物吟诵词时，则采用"人物角色+诵+词牌"的格式，如"旦（白）［古风］"被译为"She recites in the ku-feng form"。若宾白为骈文，会在该段旁边添加与封面相同的琵琶插图，并以文字说明指出这是骈文，这在一定程度上补偿了骈文风格不易翻译的问题。总之，莫译本通过多种手段，彰显南戏剧本曲白相生的文本特色，时刻提醒英语读者关注南戏语言风格的丰富性，并大胆想象南戏演出时的舞台节奏感。

4.定场诗和下场诗的传译

在定场诗和下场诗的翻译上，莫译本也做了必要的区分。人物上场念的诗采用"enters and recites in shih form"的提示方式，而每节下场诗前增加"Closing poem"的舞台提示,标明这是惯例的下场诗,以此形成连贯统一的风格,更好地突出南戏剧本中下场诗的存在。

综上,莫译《琵琶记》的详尽注释和多种副文本,使得译本具有很强的专业性和深度解读性。不过,莫译本也存在一些细节上的不足和瑕疵。剑桥大学汉学家白安尼(Anne M. Birrell)指出①,译本的目标读者群定位模糊,一方面介绍传奇剧一些为人熟知的惯例,这说明译本主要是针对非专业的普通读者,但另一方面对于婚姻制度和佛教信仰等频繁出现的陌生主题未能提供充分补充,不利于缺乏专业背景知识的读者阅读此书。此外,译本的文风略显呆板,未能成功再现原文富于想象的诗情意境。一些看似忠于原文的翻译实则缺乏准确性,个别地方还出现了俚语和古英语的混杂使用,以及语法、印刷和注释方面的错误。但总的来说,莫译《琵琶记》是一部质量上乘的作品。译者勇敢地挑战最难翻译的戏曲文本,让英语读者有机会得以完整体验到《琵琶记》的生动、活力和想象力。

(五)莫译《琵琶记》对中国戏曲"走出去"的启示

莫译《琵琶记》英译本被西方学者誉为"翻译中国戏曲作品的典范",对于新时代戏曲文化"走出去"的讨论具有四点重要启示。

第一,选择权威出版社和有戏曲学科背景的译者执笔至关重要。莫译本由美国哥伦比亚大学出版社发行,作为该社"东方典籍译丛"项目的作品,莫译本的传播与接受建立在丛书近20年的专

---

① Anne M. Birrell, "Book Reviews of *The Lute: Kao Mings P'i-p'a chi*, translated by Jean Mulligan," *The Journal of the Royal Asiatic Society of Great Britain and Ireland*, 1981, (2):241.

题出版传播史和接受史基础之上。书籍的普及度与传播影响力不仅依赖于市场销量,图书馆的馆藏量也是一个重要指标,因为图书馆的藏书,既是对图书文化深远影响及思想价值严谨评鉴的准绳,亦是考量出版机构声誉及知识生产能力等诸项要素的最佳尺度。通过当前全球最大的在线联合目录数据库OCLC检索,截至2020年10月,全球414所图书馆收藏莫译《琵琶记》英译本,其中美国占336所,分布于47个州,加拿大、英国、澳大利亚、日本、德国、法国、丹麦、瑞士、瑞典、以色列、斯洛文尼亚、沙特阿拉伯、南非、埃及等国家也有馆藏。这表明莫译本在国际上具有广泛的传播范围和影响力,中国戏曲经典不仅能"走出去",且能"走得远"。此外,具备戏曲研究背景的汉学家承担戏曲翻译工作,可以确保译本的专业性和可读性,这对于戏曲作品在海外的成功传播至关重要。莫利根在翻译《琵琶记》前,已完成博士论文《琵琶记及其在传奇戏曲发展中的作用》(*P'i-p'a chi and its Role in the Development of the Ch'uan-ch'i Genre*,1976),在此过程中她积累了丰富的中国文化和戏曲理论知识,培养了深入的文本解读和语言转换能力。正因如此,《琵琶记》译本"有资格成为哥伦比亚大学出版社东方典籍译丛中的一部出色译著"①。

第二,充分发挥学术书评的"意见领袖"的传播作用。美国社会学家拉扎斯菲尔德(Paul F. Lazarsfeld,1901—1976)曾指出,在人际关系网中,"意见领袖"扮演着特殊的角色。信息的传播模式通常是"从广播和印刷媒介流向意见领袖,再从意见领袖传递

---

①Richard E. Strassberg, "Book Reviews of *The Lute*: Kao Mings *P'i-p'a chi*, translated by Jean Mulligan," *Harvard Journal of Asiatic Studies*, 1981, 41(2): 697.

给那些不太活跃的人群的"①,即按照"媒介—意见领袖—受众"的
方式进行。在这一过程中,意见领袖扮演着信息过滤和中介的角
色,信息通过他们传递给广大受众,形成有效的两级传播。在莫
译《琵琶记》出版后的一两年内,《哈佛亚洲研究》(HJAS)、《中国文
学》(CLEAR)、《英国皇家亚洲协会杂志》(JRASGBI)、《今日世界
文学》(WLT)、《亚洲文学期刊》(TJAS)、《明代研究》(TMS)等重要
汉学期刊纷纷刊登书评,积极推荐该书。这些书评的作者大多是
在中国文学研究领域有显著成就的学者。例如,石听泉专研昆曲
的演出技巧和音乐符号;邓为宁致力于《西游记》和中国明代女性
研究;白安尼则翻译出版了诗歌总集《玉台新咏》。当代知名汉学
家、学术界权威人士所作的书评在莫译《琵琶记》的传播过程中发
挥了"意见领袖"的重要作用,不仅为译本提供了专业点评和深度
解读,还促进了译本知名度和接受度的提高和推广。

　　第三,要重视文本中的文化传递,同时保持"深度翻译"的适
度。莫译《琵琶记》强调传递原文的文化内涵,采用"深度翻译"策
略,成功构建了中西文化平等对话的桥梁。译本受到众多汉学家
的肯定,这一事实凸显了"深度翻译"在中国戏曲外译中的实用价
值。然而,"深度翻译"并非单纯追求"深"与"异",因为"翻译之根
本目的,就是在保存这些'异'的同时,让这些'异'之间不隔绝,形
成一种相互联系、相互渗透,以达到进一步的发展和丰富"②。因
此,戏曲海外传播的深度翻译要保持合适的度,避免译本因过度
"深度翻译"使得译文晦涩难懂,难以被非专业读者所接受。莫译

---

① (美)保罗·F·拉扎斯菲尔德等著,唐茜译《人民的选择——选民如何在总统选
　战中做决定》(第3版),中国人民大学出版社2011年版,第128页。
② 许钧、高方《"异"与"同"辨——翻译的文化观照》,《南京大学学报》(哲学·人文
　科学·社会科学版)2004年第1期,第106页。

本虽以钱南扬的《元本琵琶记校注》为底本,但她并未机械地复制钱本的注释,而是基于目的语读者的预期阅读需求,有选择地进行注释。所有注释以脚注形式出现在页面当中,用语精练、清晰易懂,注重传达核心内容,避免解释过多而引起混淆。这种注释策略不仅保留了文本的"异质性",也使得译本更加亲近普通读者,有助于戏曲在更广阔范围的海外传播。

第四,要多元化地体现戏曲的艺术形式。中国戏曲艺术不只与西方现代戏剧有明显的差异,其内部不同剧种(如南戏与北曲)之间的区别也非常显著。戏曲作品的全本外译,不仅需有效传达其文学思想和文化内涵,还要特别强调剧本体例和剧种艺术形式的体现。剧本体例是区分各剧种并使之与西方剧本显著不同的核心要素,莫译本在这方面发挥了示范作用。莫译本通过译者前言、语言提示、文字排版以及注释、附录表、图形装饰等多种手段,清晰展现了南戏脚色、曲牌、词牌、科介、演唱形式、下场诗等艺术要素,使《琵琶记》能以"中国的"戏曲作品身份呈现给英语读者,而非西方戏剧的简单变种或泛化体。戏曲剧本要素的删留处理,不仅事关语言形式转换的问题,更是中国戏曲艺术的独特美学价值能否得到承认的文化态度的体现。因此,戏曲的全本外译既要兼顾作品的文学性和艺术性,又要忠实反映戏曲艺术的组成要素,有力彰显戏曲艺术的"他者性"和"独特性"。这是中国戏曲在"走出去"的过程中获得辨识度,深化与西方戏剧文化的交流互鉴,并在世界戏剧舞台上占有一席之地的必要条件。

第二章 《琵琶记》在英语世界的改编

　　一国戏剧作品的异国之旅可能始于译介,但不能终于译介,因为真正的戏剧艺术是活在舞台上的艺术。无论是以"歌舞演故事"的中国戏曲,还是以对话为主的西方戏剧,一部未经舞台演绎的戏剧都是"未完成"的作品,成为"场上之曲"是绝大部分戏剧的向往与归宿。自19世纪中叶以来,得益于多位译者的努力,《琵琶记》作为案头文学一路向西,经历了不同文类形态的文本传播。一个世纪后,从20世纪20年代到80年代,英语版《琵琶记》两次登上美国百老汇舞台,并在美国本土及夏威夷校园和社区广泛演出。此外,《琵琶记》的盛名还远播至欧洲,在斯德哥尔摩和伦敦进行了短暂演出。自此,《琵琶记》西行传播实现了文本和舞台并行的传播途径。跨文化改编剧本《琵琶吟》为《琵琶记》在英语世界的舞台传播提供了重要的一剧之本。它既代表改编成果,也展现改编过程和接受过程。本章首先探究《琵琶记》的跨文化改编缘由、过程和方式,然后对比分析英语音乐剧《琵琶吟》与南戏《琵琶记》在文学艺术上的主要异同。

第一节　从法译本《琵琶记》
到英语音乐剧《琵琶吟》的跨文化改编

一、为何改编

20世纪初以来,世界戏剧界正处于一个"东张西望"的时代,中西戏剧文化的交流比起18、19世纪有了更实质的进步。特别是在北美旧金山、纽约、夏威夷等地唐人街粤剧表演的蓬勃发展,新式中国戏院的修建,使得美国戏剧从业者有机会亲临中国戏院,近距离体验"活态"戏曲,为《琵琶记》在北美的首次演出创造了有利的条件。

（一）改编缘起

英语音乐剧《琵琶吟》剧本的诞生离不开美国多才多艺的记者、作家、剧作家威尔·欧文①（Will Irwin,1873—1948）的推动。他早年毕业于斯坦福大学,以其犀利的报道笔触和多元化的才华被《时代周刊》誉为"多面手"。欧文的记者才华最为人称道,但他自大学起就酷爱戏剧,担任过校戏剧社队长,还把记者和戏剧导演作为个人的职业目标。虽然欧文最终选择了新闻记者职业,但他对戏剧的热爱始终未减,经常与朋友出入旧金山的中国戏院观看粤剧表演,这让他与戏曲《琵琶记》结下了半世的情缘。

---

① 威尔·欧文的重要著作包括唐人街掠影《昔日之城:老旧金山安魂曲》（The City that was: A Requiem of Old San Francisco,1905）、反战作品《基督还是火星》（Christ or Mars?,1923）、为美国第31届总统胡佛撰写的传记《赫伯特·胡佛传记》（Herbert Hoover: A Reminiscent Biography,1928）以及自传《记者的养成》（The Making of a Reporter,1942）等。

　　欧文在《唐人街戏剧》（"The Drama in Chinatown"）一文，生动地回忆了1900年在旧金山杰克逊街中国戏院观看粤剧《琵琶记》的情景。当台上女演员吊起假嗓，用极为不自然的声调引吭高歌时，邻座的外国女游客吓得赶紧用手绢捂住嘴，惊慌逃离剧场，而欧文却被舞台上的一切深深吸引。他替这位提前退场的女士惋惜，因为：

　　　　眼前的这部古老的中国剧比《哈姆雷特》要早诞生两百多年。英国演员还在节日庆典扮演粗糙的活报剧（tableaux）时，它已尽享尊誉。这部剧被公认为可与索福克勒斯和莎士比亚的名作比肩而立。《琵琶记》是一部艺术杰作，它对道德和美的热爱产生的影响力，远远超过我们的同类作品。①

　　欧文观看完粤剧《琵琶记》之后便下定决心，期盼有朝一日能将这部中国戏搬上美国舞台，因为眼前的这部中国剧"就是莎士比亚时代的戏剧"②，"它融合了美感、魅力、幽默、讽刺、怜悯和悬疑等元素；角色刻画深刻，能对观众产生普遍吸引力"③。改编的念头一直深藏在欧文的心中，直至1912年，百老汇上演的中国题材戏剧《黄马褂》④（The Yellow Jacket）取得巨大成功，重新燃起欧文

---

①Will Irwin,"The Drama in Chinatown,"*Everybody's Magazine*,1909,20（January-June）:857—858.

②Ibid.,p.858.

③Robert V. Hudson,*The Writing Game: A Biography of Will Irwin*,Ames:The Iowa State University Press，1982:27.

④三幕剧《黄马褂》（*The Yellow Jacket*）是由乔治·海泽尔顿（George C. Hazelton，1868—1921）编剧，哈里·本利摩（J. Harry Benrimo,1874—1942）执导，剧情上综合了《赵氏孤儿》和《狸猫换太子》的有关情节。剧中广泛采用和模仿中国戏曲的舞台布景、服饰及虚拟性表演手段，可能与导演经常出入旧金山的中国戏院观看戏曲演出有一定关系。

将《琵琶记》搬上舞台的热情。他甚至与印象派舞台大师大卫·贝拉斯科(David Belasco,1853—1931)一起探讨改编的可能性。然而,由于当时《琵琶记》尚无英文全译本,欧文一时无法找到合适的改编底本,计划再次被搁置。直到1924年,欧文得知美国马里兰大学的祖克(A. E. Zucker,1890—1971)教授手中有一本法国汉学家安东尼·巴赞(Antoine P. L. Bazin,1799—1862)翻译的《琵琶记》法译本(*Le Pi-PA-KI ou L' Histoire Du Lute*,1841)①。喜出望外的欧文立即与祖克取得联系。解决了文本问题后,欧文面临着如何将这部东方象征主义戏剧改编为西方写实主义戏剧的巨大挑战。他担心,"这些年来美国戏剧观众的口味发生变化,自己的剧本创作理念或许已过时"②。就在这时,他遇到了对中国戏剧同样感兴趣的剧作家西德尼·霍华德③(Sidney Howard,1891—1939)。1925年1月,两人达成合作协议,共同改编《琵琶记》,并分享版权。欧文提议剧本取名为《玉旨》(*The Voice of Jade*)或《琵琶的故事》(*The Story of the Lute*)。经过20多年的酝酿,欧文的梦想终于开始萌芽,但要真正实现在美国舞台上的演出,仍需跨越一段距离。

---

① 安东尼·巴赞是19世纪法国杰出的汉学家,在中国戏曲,尤其是元曲的翻译研究领域成就斐然。1841年,他编译的法语版《琵琶记》由巴黎皇家图书馆出版社发行。该版本将原作故事精简至二十四出,以生旦书馆悲逢为终。

② Robert V. Hudson, *The Writing Game: A Biography of Will Irwin*, Ames：The Iowa State University Press,1982：139.

③ 西德尼·霍华德是20世纪上半叶美国知名剧作家,曾在乔治·贝克的哈佛47号工作室学习编剧,代表作品《他们知道自己想要什么》(1924)曾获得年度普利策戏剧奖。他还为好莱坞电影编写剧本,其中广受好评的有《乱世佳人》(1939)、《孔雀夫人》(1936)和《亚罗史密斯》(1931)等作品。1939年,霍华德不幸遭遇车祸身亡,遗作《乱世佳人》获得1940年奥斯卡最佳编剧奖。

《琵琶记》剧本改编完毕后被交付给纽约的文学代理机构"勃兰特和勃兰特"(Brandt and Brandt),等待招引制作人的关注。1930年9月1日,英语版《琵琶记》在马萨诸塞州斯托克布里奇剧院进行了"试水演出"。百老汇的"侦察员"认为这场演出还算不错,但觉得它更适合喜欢莎士比亚作品的观众,这成了对该剧最严厉的批评。他们评价演出"既缺少性感场面,又没有搞笑情节,不具备商业投资价值"①。《琵琶记》未能获得百老汇演出的入场机会。直至1944年,百老汇著名制片人麦克·迈尔伯格(Michael Myerberg,1906—1974)②同意以音乐剧形式制作《琵琶记》,剧名也因此更改为《琵琶吟》(Lute Song)。英语《琵琶记》正式开启在北美舞台更为广阔的传播之旅。

(二)他者之镜

英语音乐剧《琵琶吟》是一部典型的跨文化戏剧。尽管"跨文化戏剧"(Intercultural theatre)作为一个术语是在20世纪七八十年代由美国先锋派导演、戏剧学者理查德·谢克讷(Richard Schechner)首次提出,用以囊括20世纪60年代以来,以意大利的尤金尼奥·巴尔巴、英国的彼得·布鲁克与美国的理查德·谢克纳等为代表的当代欧美剧场艺术家,将外来的东方戏剧艺术融入西方戏剧创作的一类实验剧作品。但无论是西方挪用东方的戏剧

---

① Robert V. Hudson, *The Writing Game: A Biography of Will Irwin*, Ames: The Iowa State University Press, 1982:156.

② 麦克·迈尔伯格,美国杰出的戏剧制作人,也是百老汇布鲁克斯·阿特金森剧院的所有者(1945—1974)。早在1930年代,迈尔伯格就开始尝试使用音乐剧形式来拍电影。1937年,他完成了音乐喜剧电影《丹凤还阳》的拍摄,1945年凭借音乐剧《千钧一发》声名鹊起,并摘得年度普利策戏剧获。1946年,迈尔伯格再次采用音乐剧形式排演《琵琶记》,一定程度上反映了他个人对音乐剧表现艺术的钟爱。

形式,还是东方挪用西方的戏剧文本,都属于东西戏剧交流的成果。因此,广义上的"跨文化戏剧"也可以概括为"近一百多年来自从东西方戏剧有了实际的演出交流后帮助催生的很多新戏剧形式"①。凡是包含外来戏剧传统元素的作品都是某种意义上的跨文化戏剧。20世纪初,中国话剧舞台融入西方象征主义与表现主义后产生的"新剧",以及20世纪中叶前西方受中国戏曲影响而制作的《黄马褂》《王宝钏》《高加索灰阑记》和《琵琶吟》等均可视为"跨文化戏剧"。事物现象出现早于术语命名是常态,正如生物遗传因子的存在并不需要等到人类发现DNA并将其命名为"基因"后才得以确认。

更重要的问题是,为何20世纪中叶北美戏剧实践者苦心孤诣地要将中国戏剧《琵琶记》搬上美国舞台? 其深层次的演剧动机又是什么? 德国著名戏剧专家艾利卡·费舍尔-李希特(Erika Fischer-Licht)揭示跨文化戏剧产生原因的一段话或许可以提供启示:

> 自20世纪初以来,远东戏剧传统的一些艺术成分被西方戏剧吸纳,与此同时西方戏剧也对远东的戏剧和其它非西方戏剧产生影响,但是这种戏剧间的接触并不是出于对他者文化的兴趣,也不是希望与他者文化进行对话。换句话说,戏剧接触的动机主要不是为了实现与外界交流的目的,它的目标不是让观众走进来的戏剧,或者熟悉他者戏剧的传统。实际情况是,他者的传统根据接收者的具体情况在不同程度上

---

① 孙惠柱《跨文化戏剧:从国际到国内》,《云南艺术学院学报》2014年第4期,第27页。

被修改。①

换言之,跨文化戏剧的产生根源来自不同戏剧文化传统间的差异,借鉴和挪用"他者"戏剧传统的最终目的是"为我所用",在借鉴"他者"中确认并超越"自我",使得"他者"成了"自我"之镜像。《琵琶吟》作为一部由地道的西方人改、导、演,且专为西方观众定制的英语音乐剧,其改编动机不是为了让更多西方人了解中国戏曲,而是借"它山之石",向"自我"伟大的莎剧传统致敬,同时改良西方现实主义舞台逼真却沉闷的现状。

1.致敬伟大的莎士比亚戏剧传统

如前述,欧文看完粤剧《琵琶记》之后,决心将其搬上美国舞台,因为"任何一个亲临中国戏院,看过中国剧演出的英语戏剧学习者都会得出相同的结论——中国戏曲就是莎士比亚戏剧"②。欧文从舞台设计、男扮女装、演员的社会身份、布景和道具几个方面,详细论证了中国戏曲和莎翁剧作的相似处③:首先,中国戏曲和环球剧场上演的莎剧都在空荡荡的舞台上演出,观众几乎贴近舞台,只有达官显贵能够坐在戏台两边观戏。其次,中国戏曲和莎剧常出现男扮女装的情况。再者,中国戏子和莎剧演员的社会身份同样低下。他们挤居在戏院地下室,自负盈亏地经营戏院。在中国,即使最贫困的观众的社会地位也高于戏子;而莎剧演员的地位低至小偷、修补匠,死后甚至不配享有基督教葬礼。最后,中国戏曲和莎剧在布景和道具上也有相似之处。中国戏台和莎剧台上都不

①何成洲《"跨文化戏剧"的理论问题———与艾利卡·费舍尔-李希特的访谈》,《戏剧艺术》2010年第6期,第86页。
②Will Irwin,"The Drama in Chinatown,"*Everybody's Magazine*,1909,20 (January-June):858.
③Ibid.,pp. 858—859.

见过多的布景，演员从右门进，左门出；舞台布景借助观众的想象、剧本台词、道具的暗示含义等手段得以实现。

从欧文描述中国戏曲和莎剧共性的细节中可以看出，中国戏曲之所以吸引西方改编者，并非因为其独特的艺术性，而是因为它与西方伟大的莎士比亚剧传统有着"似曾相识"的感觉。西方接受中国戏曲的底层逻辑是：我欣赏你，只因你是我的过去。戏曲中越是类似莎士比亚剧的特质，越能获得西方戏剧实践者的认同；而戏曲中越是远离莎士比亚剧的元素，越难以引发他们的共鸣。欧文对戏曲音乐给出了近乎讽刺的评价："中国戏剧的音乐粗糙无比，没有一部中国剧出现过优秀的音乐。对于未曾听惯的欧美人来说，这根本不是什么音乐，只是噪音而已。"① 他用"吵闹"、"吼叫"、"尖声"、"难听"、"恶魔般"的词汇来形容戏曲乐器的演奏效果。可见，西方戏剧改编者在面对异质的戏曲文化时，已经竖起了一道心理防线，西方的"自我"戏剧传统俨然成为评价"他者"戏剧艺术的标准。

2.改良西方现实主义舞台的愿望

20世纪前期，西方戏剧实践者搬演中国戏曲，不仅意在向伟大的莎士比亚戏剧传统致敬，更重要的是，这些西方戏剧革新者试图从东方戏剧的舞台艺术中寻找灵感，以此来解决现实主义戏剧在舞台表现上所遭遇的困境。美国现实主义戏剧自19世纪下半叶兴起，之后迅猛发展，尤其是在两次世界大战之间达到了顶峰。然而，盛极则衰，成熟后的现实主义戏剧开始出现艺术固化的趋势，促使不少艺术家开始寻求创新和突破。

---

① Will Irwin, "The Drama in Chinatown," *Everybody's Magazine*, 1909, 20：864.

自20世纪初期,欧洲的表现主义戏剧就已经开始对现实主义戏剧发起挑战,不停地冲击和改造着现实主义戏剧模式。写意戏曲,以其强调意象表达和人物内心活动外显的特点,似乎与致力于打破舞台幻觉、强调主观意象的表现主义戏剧有着某种契合点。1920年代,百老汇中国主题剧《黄马褂》轰动纽约剧坛,深受中国戏曲文化熏陶的美国著名演员兼导演哈里·本利摩(J. Harry Benrimo,1874—1942)分析演出取得轰动性成功的原因:"中国戏曲的表演形式优于现实主义舞台表演形式,当下(西方)的现实主义戏剧舞台需要注入新鲜的奶油。"[1]可见,以写意与表现主义为主要美学特征的中国戏曲,为改良西方日益固化的现实主义舞台提供了"新鲜奶油"和改革新方向。欧文总结自己十多年亲临中国戏院的看戏经验,认为西方观众要欣赏中国戏剧,就"必须动用你的想象力。一旦你有了想象力,舞台上的观众、碍手碍脚的孩子、道具员都变得视而不见。隐形的道具员在桌上铺一块黄布,黄色就代表皇帝,你的想象力马上为你搭建一座皇宫,远比贝拉斯科或莱因哈特(Rhinehart,1873—1943)等现实主义布景大师的作品要宏伟得多"[2]。

欧文由衷赞叹:"中国戏曲艺术比美国戏剧舞台上常见的表演艺术更精湛。"[3]中国戏曲成为医治西方现实主义舞台弊端的一副良方妙药。20世纪中叶,西方戏剧实践者如欧文和霍华德等改编和搬演《琵琶记》等中国戏曲剧目之根本目的,不是为了向西方

---

[1] J. Harry Benrimo, "The Facts about *The Yellow Jacket*," *The New York Times*, Nov. 4, 1928.

[2] Will Irwin, "The Drama That was in Chinatown," *The New York Times Book Review and Magazine*, April 10, 1921:3.

[3] Ibid., p. 17.

观众介绍中国戏曲或促进中西戏剧文化的交流,而是要借作为"他者"的中国戏曲来重新审视、致敬作为"自我"的西方戏剧的传统。在这个过程中,中国戏曲成为了西方戏剧反思和超越"自我"的"他者"之镜。

二、如何改编

改编通常意味着"在新的文类语境中对既定文本进行再阐释,或者对'原著'或'源文本'的文化和时空背景进行重组与重构"①。这一过程涉及到移植、改写以及再创作的多重行为。在某些方面,"改编与编辑的工作相似,包含了大量的剪辑、删除等减法工作,同时也包括补充、扩展、增殖和插补等加法工作"②。对"他者"的戏剧文学和舞台艺术进行跨文化移植时,必然牵涉到挪用、置换、转换、拼贴、重塑等改编手段,因为"自我"总是根据本民族的传统或现状中相关的美学和艺术范式来置换"他者"。

法国戏剧专家帕维斯(Patrice Pavis)用"文化沙漏"(The Hourglass of Cultures)③隐喻,形象地构建了跨文化戏剧交流的过程。在这个过程中,文化因子形如沙粒,从上端的"源文化"(通常是非西方的)出发,经由"文化模式、艺术模式、改编者视角、改编工作、演员的启动、戏剧形式的选择、文化的戏剧性再现、改编者的接收、可读性、艺术模式-社会学和人类学模式-文化模式、既定和预期结果"等11道"过滤器"的层层筛选后,最终才能到达底端的目标文化(通常是西方的)。在这一过程中,源文化的文化因子既不

---

① Julie Sanders, *Adaptation and Appropriation*, London: Routledge, 2006:19.
② Ibid., p.18.
③ Patrice Pavis and Loren Kruger, trans., *Theatre at the Crossroads of Culture*, London and New York: Routledge, 1992:4.

会完全保持原样进入目标文化,也不会被完全改变,失去其辨识度地进入目标文化。因此,跨文化戏剧实际上是两种不同戏剧传统与美学经过斡旋和协商之后的杂交品。从古老的南戏《琵琶记》到现代百老汇音乐剧《琵琶吟》的改编,不仅涉及到体裁(从传奇剧到音乐剧)和媒介的转变(从文本到舞台),还包括语言、时空、文学、文化、戏剧美学、表演艺术等多重语境的改变。在此改编过程中,我们不禁要问:中国戏曲中的哪些文化因子能顺畅通过文化沙漏进入目标文化? 哪些因子需要变形、置换后才能通过? 又有哪些文化因子因其过于"怪异",而被直接排除在外?

(一)情节安排

由于语言障碍和文本获取途径的限制,音乐剧《琵琶吟》的改编底本并非中文原著《琵琶记》,而是基于1841年由法国汉学家巴赞翻译的《琵琶记》法文版。巴赞的翻译本初衷是供书斋阅读之用,而欧文和霍华德的改编版本则是为舞台演出量身定制的。通过对比这两个文本的情节结构,可以揭示改编者将写意戏曲搬上写实舞台作了哪些适应性改动。

南戏《琵琶记》共有42出,而巴赞在保留原作双线交叉叙事结构的基础上进行了重新编排,最终形成了一部含有《剧情梗概》和24场正戏的对话体戏剧作品。巴赞法译本《琵琶记》的剧情在《书馆悲逢》后结束,剧本所有回目如下(表2.1)。

表2.1 法国汉学家巴赞翻译的《琵琶记》法译本回目表

剧情梗概		
第一出 蔡公逼试	第九出 丹陛陈情	第十七出 拐儿贻误
第二出 牛氏规奴	第十出 义仓赈济	第十八出 感格坟成

第三出	丞相教女	第十一出	再报佳期	第十九出	乞丐寻夫
第四出	才俊登程	第十二出	勉食姑嫜	第二十出	瞷询衷情
第五出	文场选士	第十三出	糟糠自餍	第二十一出	听女迎亲
第六出	蔡母嗟儿	第十四出	琴诉荷池、宦邸忧思	第二十二出	寺中遗像
第七出	春宴杏园、奉旨招婿	第十五出	代尝汤药	第二十三出	两贤相遇
第八出	激怒当朝	第十六出	祝发营葬	第二十四出	书馆悲逢

　　巴赞的译本对原文进行了合并、调整,并删除与主要情节关系不密切或无关的细节描写,使得译作的剧情结构更加紧凑,矛盾和冲突更集中。例如,巴赞译本删去了五娘与伯喈在书馆重逢后的五出戏,这一决定可能基于剧作结构和文化适应的双重考虑。从戏剧结构的角度来看,伯喈与五娘在书馆的重逢和团聚是故事的高潮。而之后的五出戏剧作为高潮之后的结尾部分,内容繁杂且剧情略显拖沓、散漫,可能会削弱故事主线——伯喈和五娘坚定不移的夫妻情深。从文化角度来看,后五出戏涉及伯喈、五娘、牛氏三人归宗祭祖、为亲守孝的风俗习惯,一夫二妇和谐共处的婚姻制度,旌表门闾、孝义名传天下知的儒家礼仪等。这些基于中华文化符码的描述,构成了跨文化改编戏剧的文化隔阂,对西方读者来说可能是陌生的,甚至是难以接受的。

　　欧文和霍华德对巴译本《琵琶记》进行了二次创作,最终改编成一部三幕十二场的英语音乐剧《琵琶吟》。改编本各场次的情节提要和乐曲安排如下(详见表2.2)。

表2.2　音乐剧《琵琶吟》的情节安排

场次		情节内容
第一幕	序幕	舞台监督开场白(旁白音乐)
	第一场	蔡公逼试、夫妻惜别、第1首歌《山高谷深》、(音乐提示:北上之路)、才俊登程、主题曲《山高谷深》
	第二场	(音乐提示:宫苑)、牛氏规奴、丞相教女、奉旨招婿、(音乐提示:状元游街)、简化版春宴杏园
	第三场	第2首歌《猴看猴做》、蔡母嗟儿、第3首歌《君在何处》
	第四场	激怒当朝、丹陛陈情、伯喈允婚、(音乐提示:婚礼喜乐)
第二幕	序幕	舞台监督开场白,(供选旁白音乐)
	第一场	宦邸忧思、琴诉荷池、(音乐提示:中国竹笛)
	第二场	义仓赈济、第4首歌《幻影之歌》
	第三场	(音乐提示:后花园)、牛相阻截家书
	第四场	勉食姑嫜、糟糠自餍、代尝汤药、(音乐提示:奏哀乐)
	第五场	第5首歌《苦涩丰收》、祝发营葬、(音乐提示:挽歌)
第三幕	序幕	舞台监督开场白,供选(旁白音乐)
	第一场	(音乐提示:后花园)、瞷询衷情、听女迎亲
	第二场	乞丐寻夫、主题曲《山高谷深》、(音乐提示:盛大出行)、寺中遗像、(音乐提示:追逐)、(音乐提示:哀乐)
	第三场	两贤相遇、书馆悲逢、主题曲《山高谷深》

　　由上表可知,音乐剧《琵琶吟》的剧情脉络与法译本《琵琶记》非常接近,同样忠实地延续了生旦双线交叉推进的叙事结构。然而,《琵琶吟》作为演出本,必然会按照"剧作法"的新要求对原本进行适当增减。为了使剧情更加紧凑,演出本剔除了法译本中的一些"枝叶"回目。例如,体现中国科举制和媒婆提亲等文化风俗的

《文场选士》和《再报佳期》两出被删去。此外,为减头绪,突主脑,音乐剧版《琵琶吟》没有设置"拐儿"这一角色,而是改为蔡伯喈直接派家丁李旺送家书,因此《拐儿贻误》一出被删去。《孝妇题真》中的题诗包含众多典故,对观众的文化接受能力造成极大挑战,同时因其主要涉及孝道主题,与改编本强调的爱情主题不符,因此也被删去。当然,保留的回目也不仅是对法译本的简单复制,而是基于情节发展和戏剧性需求,通过合理的想象和适当的发挥,形成了一种既忠实于原有情节,又适度展现"创造性叛逆"的生动情节。这些内容将在本章的第二节展开详述。

(二)乐曲性

乐曲性是音乐剧《琵琶吟》的重要特征。每幕或每场的转场时刻,都伴随着相应的配乐作为提示,提示场景和戏剧时空的变化,如"北上之路"、"宫苑"、"状元游街"、"婚礼喜乐"、"后花园"及"挽歌"等。剧中的五首歌曲的安排情况分别是:第一幕第一场,伯喈辞别家人上京应考时,他与五娘惜别,共同演唱主题曲《山高谷深》。第一幕第三场,五娘暂时忘却烦恼,与三五个孩童以及蔡公在屋前台阶上嬉戏,边玩边唱《猴看猴做》。同样是在第一幕第三场,蔡母埋怨蔡公的不是,而忙于家务的五娘深深思念着伯喈,唱出《君在何处》。第二幕第二场中,五娘的义粮被抢,她演唱《幻影之歌》。第二幕第五场,五娘剪下青丝,祝发营葬,唱出《苦涩丰收》曲。第三幕第二场中,五娘乞丐寻夫至弥陀寺庙前乞讨,独唱《山高谷深》。最后是在第三幕第三场,五娘与伯喈在书馆重逢,两人在落幕前再次合唱主题曲《山高谷深》。歌词是音乐的组成部分,也是戏剧情感表达的重要载体。剧中每支曲的歌词都映衬了此时此景的周遭氛围,烘托出人物的心理感受。试看几例歌词(均为笔者所译)。

山高谷深

（五娘唱）君若要我，我伴君左右，纵然山高谷深，愿随君至海枯石烂。疾如风驰电掣，慢若蜗牛行步。君离北上行，南风寄我思。君若要我，我伴君左右，哪怕山高谷深。觅新月，梦里鹊桥相会。君若要我，我伴君左右，哪怕灯暗柳悲山又高。

幻影之歌

（蔡邕唱）吾之爱妻！清晨梦乡时，我错将你遗弃。曙光初照，东方渐亮，登高塔，眺望远方。窈窕佳人花丛中，青丝如墨染。转瞬间，幻境消散，玫瑰失色，疑惑难解。吾之爱妻，梦醒方知，相思之苦，相思之苦！

（五娘唱）日复一日，幻影袭扰，将奴戏。你的身影，在某处，历历可辨，君将奴家名来唤。攀登梯台，寻觅小巷，空无一人。遥望平原，凝神远眺，欲寻君影。转瞬间，幻影消失，记忆失色。幻影来袭，将奴戏，日日如是。相思之苦，相思之苦！

苦涩丰收

（五娘唱）金秋季节，云鬓斜垂，丰收之际，何人买我发？金剪盈盈明似雪，一片苦心难尽说。丰收之际，何人买我发？乌黑如鸦，浓厚如夜，鬓发香云斜，郎君旧日心上惜。青丝细发，剪下也应堪爱，无需付千金，银钱青丝不卖。丰收之时，谁来买我之发？

每一首歌词如诗如画，以温婉、缓慢、感伤的诗意语言和细腻的情感色彩，诉说着伯喈夫妇，纵然隔着千山万水，却依旧心相依、影相随的深情厚意。无论是相思之苦还是生活之苦，那份思悠悠、苦悠悠的忧伤都融入歌词之中，令人动容。然而，一首节奏欢快、

活泼,充满儿童嬉戏玩耍之乐的《猴看猴做》,却打破了整剧笼罩的淡淡哀思和凄凉之境:

> (五娘唱)猴子看,猴子做。猴子想要变成人。你若惹它生了气,猴子肯定逼疯你。快看猴子!(五娘手指一孩,孩子立马捂耳。)你要逮着一只猴,定要放他回自由,要不然,它的同伴追你往树爬,你就变成一只大笨猴。快看猴子。(五娘又指一孩,孩子捂嘴。)猴子性情无常。他跃上你的肩,挠你的脸,想和你嬉耍,缠住你不放;不然啊,边逃边怒骂。快看猴子!(五娘再指一孩,孩子蒙眼。)有时,他会倒悬一两个时辰,盯着你看,可也不会改变主意。快看猴子!(五娘手指一孩,孩子捂头。)猴子爱好奇,有样学样。猴子学你,你学猴子。你可要做好自己,千万不可变成猴。快看猴子!

五娘与几个孩童坐在门前台阶上开心嬉戏,表演《猴看猴做》曲目。这一带有喜剧色彩的情节穿插,与其说是出于情节发展的需要,不如说是为了迎合观众的心理期待。在此,有必要对美国音乐剧的发展做简要介绍。"音乐剧"是"音乐喜剧"(Musical Comedy)的简称。百老汇音乐剧源于19世纪末的西方音乐剧,杂烩了小歌剧、喜歌剧、哑剧、歌舞杂耍、滑稽表演及白人扮黑人表演等多种演艺形式。经过20世纪二三十年代的探索与本土化发展,百老汇音乐剧在四五十年代迎来了生机勃勃的黄金时期,形成了一种集戏剧、音乐、舞蹈于一体,商业色彩浓郁,深受大众喜爱的舞台剧。尽管成熟的音乐剧摒弃了早期歌舞片过于搞笑、低俗的弊端,但大多数音乐剧仍然保留了一些轻松幽默的段落,并惯常使用现实生活中的口语、双关语,这正是音乐剧的"血统"。标志着美国现代音乐剧开端的《俄克拉何马》(1943)就在主要情节之外穿插了喜剧的三角恋情节。音乐剧《琵琶吟》于1946年在百老汇首演,同样遵循了这个"血统"——坚持通俗性和娱乐性。因此,喜剧情节《猴看猴做》的加入,实际上是对百老汇音乐剧通俗性、娱乐性内核特征的一种正常映射,可以满足二战后美国戏剧观众希望体验轻松愉悦、收获视听美感的心理期待,也能保障票房盈利。

　　此外,《猴看猴做》还突显了女主角玛丽·马汀(Mary Martin,1913—1990)的独特演唱风格。1938年,年仅25岁的马汀首次亮相音乐剧《远离我》(Leave it to Me),凭借其活泼而甜美的代表作"我心归属老爹"(My Heart Belongs to Daddy),迅速名声大噪,成为百老汇音乐剧的新秀明星。她在之后的作品如喜剧文艺片《布鲁斯的诞生》(Birth of the Blues)和讽刺喜剧歌舞片《爱神艳舞》(One Touch of Venus)中都扮演了性格辛辣、活泼的喜剧角色。然而,正如前所述,《琵琶吟》中的歌曲氛围与马汀此前塑造的角色截然不同,其哀婉、惆怅、缠绵的风格,或许会让期待马汀演唱欢快曲调的观众感到失落。《猴看猴做》正是为马汀量身打造的欢快曲子,既能更好地凸显马汀的嗓音特点和表演才能,也可以缓解观众审美期待的落差。这两个方面,本质上也是南戏《琵琶记》在跨文化改编过程中不可避免发生的内容和形式上的变化。舞台表演的评价也证实,《猴看猴做》在整部剧中显得格外耀眼,其魅力有时甚至盖过了主题曲《山高谷深》。《纽约时报》认为,《琵琶吟》中的所有曲目都不甚突出,而《猴看猴做》则是其中"唯一具有独特魅力的单曲"①。这首曲子的演唱也成为五六十年代英语《琵琶记》校园演出中备受摄影师青睐的舞台场景(如下组图)。

---

①Lewis Nichols,"The Play in Review," *The New York Times*,Feb. 7,1946.

图2-1　夏威夷华系公民会《琵琶记》(1950)"猴看猴做"剧照
来源:《檀香山星报》①

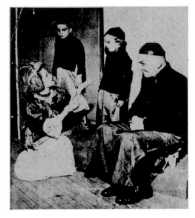

图2-2　伊利诺伊州帕洛斯村剧团《琵琶记》(1953)"猴看猴做"剧照
来源:《芝加哥论坛报》②

① "The Monkey Song," *Honolulu Star-Bulletin*, Feb. 24, 1950, Main Edition:15.
② "Palos Village Players to Open Classic Chinese Musical, *Lute Song*," *Chicago Tribune*, May 31, 1953:51.

图2-3 加州多米尼加学院《琵琶记》(1958)"猴看猴做"剧照
来源:《独立日报杂志》①

图2-4 得州德尔玛学院《琵琶记》(1961)"猴看猴做"剧照
来源:《科珀斯克里斯蒂号召者时报》②

---

① "Dominican Troupers to Offer *Lute Song*," *Daily Independent Journal*, Feb. 28, 1958:26.

② "*Lute Song* Opens Friday," *The Corpus Christi Caller-Times*, Dec. 6, 1961:13.

(三)舞台艺术

《琵琶吟》的舞台布景虽没有完全使用空舞台设计,却融合了戏曲象征性布景的艺术理念。舞台正中央是一块凸起的平台,在不同背景幕布映衬下,分别用作蔡宅、牛相官邸、皇宫、义仓房、寺庙等多种场景,而平台周围的空间则用来表现外景。场景之间的转换主要通过幕布颜色的变化来实现:"淡蓝色幕布代表蔡宅,金黄色象征牛相官邸,黑白色调用于卖发街道,黑金色组合指代义仓房,红金色则代表皇宫。"①舞台设计巧妙运用了戏曲经典的"一桌二椅"布局,结合场景的变换来展现不同的环境和氛围。蔡家摆放的是一套简陋的桌椅;当场景转换到牛府官邸时,原先的桌子铺上一块金黄色布帘,以此来表现牛府的奢华;而当蔡邕来到弥陀寺为父母祈福时,虽然桌上铺的仍然是金黄色布帘,但戏剧空间却瞬时从厅堂之桌转变为佛堂供桌。借用戏曲的象征性艺术,轻松解决了西方写实戏剧舞台布景上难以实现的问题。

剧中还特设了道具员和舞台监督两个特殊角色。道具员这一"视而不见"的角色,根据剧情的需要,自由地上下台更换道具和幕布,有效协助舞台场景的转换。舞台监督则担任了《琵琶记》中的"副末"角色,他在开场白中向观众介绍剧情和主旨,为正戏拉开序幕,并自我介绍道:"现在,我是戏中人,我扮演的是张太公。"②此外,舞台监督的角色还拓展了南戏中"副末"的功能,在第二、三幕的序幕中继续负责开场白,向观众提出引人深思的问题或对剧情发表评论,引导观众对人物形象、戏剧主题等进行深入思考。一人

---

①Will Irwin and Sidney Howard, adapt., *Lute Song*, Chicago: The Dramatic Publishing Company, 1955:6.

②Ibid., p. 12.

分饰两角的艺术手法巧妙地融合了角色的叙述功能和表演功能，使得角色在戏外人和戏中人之间自由穿梭，极大地增强了戏剧的表现力，突破了西方现实主义舞台写实的局限。

《琵琶吟》的舞台艺术还少量融合了戏曲艺术的虚拟性和程式化动作。如蔡邕、张太公、买发人等角色作敲门状，打开或关上假定存在的门。赵五娘"焦虑地看了一眼米缸，伸手探米，并作倒米状"[1]。

《琵琶吟》还从戏曲艺术中挪用并嫁接了"曲"的表演元素。以南戏、昆曲为代表的中国戏曲具有"无声不歌，无动不舞"的美学特征，百老汇的制作人充分利用戏曲中多"曲"的表演特点，将《琵琶记》改编成一部三幕十二场的音乐剧。剧中的歌曲多表现男女主人公之间的相互牵挂和对爱情不渝的坚持，这与南戏《琵琶记》中"曲"的概念大相径庭。将载歌载舞的西方音乐剧与融合了歌、舞、乐的中国戏曲表演相置换，表面上看似相同，实则暗藏了西方戏剧实践者将"他者"文化元素随意剥离并嫁接到"自我"文化传统的杂糅过程，也是音乐剧《琵琶吟》作为跨文化戏剧的典型表现。首先，制作人麦克·迈尔伯格认为，采用音乐剧形式制作《琵琶记》，不仅能够再现原剧中丰富的歌曲表演形式，还能让拥有清澈迷人嗓音的新星马汀展现演唱才华，使她的星途更加耀眼。《琵琶吟》因而变成"捧红明星的助力器"[2]。其次，20世纪40年代的美国戏剧界正处于音乐剧的黄金时期，采用西方戏剧的主流形式制作《琵琶记》能最大程度地迎合观众的口味和审美需求，这不仅是

---

[1] Will Irwin and Sidney Howard, adapt., *Lute Song*, Chicago: The Dramatic Publishing Company, 1955:54.

[2] Robert V. Hudson, *The Writing Game: A Biography of Will Irwin*, Ames: The Iowa State University Press, 1982:173.

对原作的一种创新性改编,也是确保票房收入的重要策略,尽管此"歌"非彼"歌"。

　　剧作家的创作总是与其所处的社会环境、时代背景及文化大语境紧密相连。同理,跨文化戏剧的创作和改编也不可能在文化真空中孤立发生。改编者必须综合考虑时代特征、意识形态、文化认同以及观众的审美需求等多种社会因素进行智力创作。跨文化戏剧的改编,本质上是一个衍生、重塑和改造的过程。唯有如此,才能确保戏剧在新的接受语境中不会过分偏离观众的预期和接受范围;同时,也能保证故事在异国剧场的演出能够实现改编剧本所预期的社会功能。下文将重点分析音乐剧《琵琶吟》对南戏《琵琶记》的改写与重构。

第二节　南戏《琵琶记》与音乐剧
《琵琶吟》文学艺术对比

　　中国戏曲是以乐为本位,以歌、舞、诗为主要表达媒介,具有一定的戏剧性,但以抒情为主要目标的"抒情性戏剧"[①],相对而言,西方戏剧则以对话为主要表达方式,强调主人公的自觉意志所驱动的对抗性行动,虽具抒情元素,但更注重增强戏剧张力,属于"戏剧性戏剧"。从"抒情性戏剧"到"戏剧性戏剧"的改编,其间不可避免地会出现剧本的删减、填补、变形甚至变异。本节运用文本

---

① 学者何辉斌在其论著《戏剧性戏剧与抒情性戏剧:中西戏剧比较研究》(2004)中,对比分析了中西戏剧在话语模式、戏剧结构、情境、人物的意志和情感、行动、结尾方式等方面的异同。他提出,中国戏曲是一种"抒情性戏剧",而西方戏剧则为"戏剧体戏剧"。

细读法①来深入分析《琵琶记》从原本到改编本的变化,特别聚焦两者在开场叙述者、主题思想、人物形象和诗学意义等方面的显著差异及其产生根源的探析。

一、开场叙述者:副末与舞台监督

传统观点认为,叙事是小说的特权,而戏剧主要依靠摹仿,不属于严格意义上的叙事形式。但自20世纪80年代以来,随着叙事学研究的深入发展,中西学界在戏剧叙事学领域取得的成果逐渐打破了这一传统观念。美国叙事学研究领域的代表人物布莱恩·理查森(Brian Richardson)指出:"像小说一样,戏剧一直是摹仿与叙事再现的结合。任何忽视舞台叙事的叙事理论,不仅限制了视野,更可能导致理论的严重缺陷。戏剧本质上是一种摹仿艺术,故而,舞台上进行的叙事实验尤显大胆创新、有力,且充满理论挑战。"②国内学者苏永旭将世界戏剧的基本叙述方式划分为潜在的戏剧叙述、显在的戏剧叙述和反戏剧式的意象性叙述三大类。其中,"潜在的戏剧叙述基本上代表了二千多年来西方戏剧的传统。显在的戏剧叙述基本上体现了中国、印度乃至布莱希特叙事剧体系的传统。而反戏剧式的意象性叙述则代表了20世纪以来现代主义与后现代主义戏剧的戏剧现实"③。中西戏剧各自的叙事方式和表现形态独具特色、丰富多样。"叙述者"是叙事学的一个

---

① 文本细读是20世纪二三十年代英美新批评派提出的文学批评方法和理论框架,旨在强调通过文本的仔细阅读和分析,关注作者的语言运用、叙事技巧、符号象征、组织结构等方面,以揭示文本中的深层意义和文学价值。

② Brian Richardson,"Point of View in Drama:Diegetic Monologue,Unreliable Narrators,and the Author's Voice on Stage," *Comparative Drama*,1988,22(3):212.

③ 苏永旭主编《戏剧叙事学研究》,中国戏剧出版社2004年版,第18页。

核心概念,往往成为区分诗歌、戏剧和小说等文类的重要工具。本节将从"开场叙述者"这一细微视角切入,探究南戏《琵琶记》、巴赞译《琵琶记》法译本以及百老汇英语音乐剧《琵琶吟》在开场叙述者方面的异同,旨在揭示这三个既独立又关联的文本在叙事学方面的特点与联系。

(一)副末:超叙述层中的"行当"叙述者

清代戏曲家李渔(1611—1680)将传奇的叙事结构划分为"家门"、"冲场"、"出角色"、"小收煞"和"大收煞"五个部分。其中,"家门"即是指"自报家门"或"副末开场"。在这一环节中,"副末"以戏外人身份行使开场职司,完成任务后便立即进入戏中,成为戏中人,与其他角色一起敷衍故事。《琵琶记》的副末开场环节可细分为四个部分:首先是传达剧作家创作意图的[水调歌头]词;其次是交待剧目标题的内外问答;接着是概括剧情概要的[沁园春]词;最后是凝练人物形象的四句下场诗。副末以全知全能的叙述者身份,全面展示剧情脉络和主要人物的典型性格,形成了一个"超叙述层",即超越正戏情节之外的叙述层次。副末在评价人物忠、孝、仁、义、贞等伦理道德时,其观点与"隐含作者"(implied author)①的价值立场高度吻合。国内叙述学知名研究者申丹认为,"隐含作者"就是"创作(某一作品)之过程中的作者(作品隐含这一创作者的形象,读者则在阅读过程中对这一作者形象进行推导)"②。

---

① "隐含作者"首由美国文学理论家威廉·维姆萨特(William K. Wimsatt)与门罗·比尔兹利(Monroe C. Beardsley)于1946年提出。这一概念强调,文学作品里的"隐含作者"与实际作者(即创作者本人)并不完全一致。隐含作者的存在不是直接表达,而是通过作品中的语言风格、叙事技巧、主题等多种元素间接体现,它构成了读者在阅读文本时所感知的作者形象或存在。
② 申丹《"隐含作者":中国的研究及对西方的影响》,《国外文学》2019年第3期,第23页。

南戏《琵琶记》的开场叙述者,借由"副末"脚色构建了一个超叙述层。副末在此充当了隐含作者的代言人角色,其受述对象是文本读者或台下观众。鉴于英语音乐剧《琵琶吟》是基于巴赞翻译的《琵琶记》法译本而改编,因此在探讨音乐剧《琵琶吟》与南戏《琵琶记》在开场叙事上的差异之前,有必要先分析法译本《琵琶记》中开场叙述者的功能,从而洞悉剧本改编者所进行的适应性调整。

(二)法译本的舞台监督:超叙述层的"双重"叙述者

巴赞译《琵琶记》法译本将《副末开场》译作《剧情梗概》(Argument),置于正戏之前。译者巧妙借用西方戏剧艺术的"舞台监督"(Le directeur du théâtre)一角代替南戏的"副末"。"舞台监督"的开场任务与"副末"相比,有增亦有减。法译本中,概括剧情梗概的[沁园春]词和副末与"后房子弟"的惯例问答都被保留,但体现剧作家创作意图的[水调歌头]词和四句下场诗则被删除,却增加了舞台监督与"后房子弟"的第二次问答。"舞台监督"和"副末"同为戏外人,都以上帝视角叙述剧情大要,清楚掌握剧中人的命运与归属,同样构成了超叙述层的叙述者,但两者也存在两点重要区别。

其一,叙述者身份的限定范围不同。在西方戏剧中,演员直接进入角色成为戏中人。而在中国戏曲中,演员必须通过"脚色"的中介进入角色。各个脚色具有鲜明的人物性格类型的符号功能,褒贬含义明确,使得中国戏曲形成以脚色调度故事叙述的叙事传统。在"家门"一出戏中,"引戏人"以"副末"的身份开场叙述。宋元南戏对"副末"的性别、年龄、装扮、性格、职能、地位等的具体规约,对开场叙事者提出了多种限定要求。他通常是中年以上的男子,多数挂须,除了担任报台开场的职责外,还在剧中扮演地位较低的次要角色。而"舞台监督"的身份仅仅限定了其职能,与"副末"的多种规约相比,其身份的限定显得较为宽泛。

其二,开场叙述者的代言对象不同。《琵琶记》开场中,"副末"作为叙述者,阐明作者的创作意图、剧作主题和情节概要,成为隐含作者的代言人。然而,法译本《琵琶记》开场删去了[水调歌头]词和四句下场诗。这些原本最能明确表明剧作家创作意图和剧中人物态度的语句一旦被删,舞台监督就仅仅局限于以戏外叙述者的身份中立地介绍剧情,其与隐含作者的重合度大幅降低。另一方面,法译本的舞台监督增加了代表译者发声的新职司,主要体现在他与"后房子弟"的第二次问答中。舞台监督向后台演员说道:"先生们,我希望这场演出不要持续太长时间;尽可能在今天结束;但最重要的是,不要删减任何东西。"[1]这句话的前半部分反映了译者对个人翻译行为的解释或辩护,表明原作剧情之长需连演数日,因此需要删减不必要的内容,以便演员们能在一天内完成演出。后半部分则显示译者希望经过"剪裁与重缝"后的译本仍能充分展现原作的精髓和主旨。第二次内外问答简洁阐明了译者的翻译态度和目标。因此,法译本中的"舞台监督"开场叙述,不仅仅是为了介绍剧情,同时也在表达译者的翻译追求,构成了一个具有"双重"叙述者属性的超叙述层。舞台监督与后房子弟的对话,虽然表面上的受述者是后房子弟,但实际上的受述对象是跨越语言、文化和文体风格的文本读者和剧场观众。

(三)音乐剧的舞台监督:中西戏剧开场叙述者的混合

法译本《琵琶记》主要面向书斋阅读,而音乐剧《琵琶吟》则是

---

①Antoine P. L. Bazin, *Le Pi-Pa-Ki ou L'Histoire du Lute*, Paris: A L'imprimerie Royale, 1841:45.

为舞台演出而编。在这一转换过程中，改编者面临如何在保留原著风格的基础上，同时满足西方戏剧规范的挑战。音乐剧巧妙地引入了西方戏剧中常见的"舞台监督"（Stage manager）角色来"引戏"，并用开场白（又译序幕，Prologue）代替法译本的《剧情梗概》，具体内容如下：

> **舞台监督**：尊敬的女士们、先生们，诸位的光临令本剧院蓬荜生辉。演员们将倾情演绎，为您奉上最精彩的演出。即将上演的音乐剧《琵琶吟》是一出古老而又庄重的中国剧。故事发生在"众神降临凡人世间，共创人世奇迹经典"的时代。近日来，世纪之风席卷中国大地。昔日朱红大门已倒，翠石玉座化作尘埃。然而，一支古调琵琶曲仍在传唱：它既吟唱生活的残酷，也赞颂人生的美好；既歌颂实现理想的抱负，又颂扬情深义重的忠诚；既反映世间的严苛与责难，又表达慈悲与怜悯的情怀；当然，更加歌颂比皇权圣旨还要强大的爱情。（面朝东方深鞠躬）现在，请各位贵宾提提神，精彩的演出即将开始。（挥手示意）请各位放心，我们会把每个细节演得尽善尽美，希望晨曦前演出完毕。

音乐剧的舞台监督采用独白而非对话形式进行叙述，基本完整地把法译本的《剧情梗概》和两次内外问答的精髓融汇于开场白之中。"即将上演的音乐剧《琵琶吟》是一出古老而又庄重的中国剧"点出剧名，这是舞台监督与后房子弟的第一次内外问答的改述。结尾处的"请各位放心，我们会把每个细节演得尽善尽美，希望晨曦前演出完毕"，是对第二次内外问答的改述。"一支古调琵琶曲仍在传唱：它既吟唱生活的残酷，……，更加歌颂比皇权圣旨还要强大的爱情"，这段话则是对剧作情节和爱情主题的重要评述与铺垫性介绍。可见，《琵琶吟》的改编者十分尊重"原作"，但同时也进行了充满创造力的调整与改编。

　　音乐剧中的舞台监督和张太公由克拉伦斯·德温特（Clarence Derwent，1884—1959）一人饰演，与南戏"副末"的开场安排基本一致。但南戏的"副末"和法译本的"舞台监督"都只需要执行一次开场任务，而音乐剧中的"舞台监督"每一幕都要上台开场。第一幕的开场白为必演，第二幕、第三幕的开场白供选用。舞台监督一人分饰二角，不断地从"戏里"跳到"戏外"。他的三"进"三"出"中断了戏剧情境的顺畅推进，形成一种"反摹仿叙事"的表演类型。作为一种独特的"叙事声音"，舞台监督的职责不仅仅是"引戏"，还要帮助观众理解故事背景和情节发展，打破舞台与观众之间隐形的第四堵墙，促进台上与台下的垂直互动。他通过评价台上的戏剧事件，揭示人物的内心世界，为观众解惑并引发思考，从而打破舞台幻境，取得"陌生化"效果。

　　进一步细挖，音乐剧《琵琶吟》舞台监督的开场白，不仅与南戏《琵琶记》的副末开场形式相似，还与扬名百老汇舞台的典型叙事戏剧《我们的小镇》（*Our Town*，1938）①也有一定的共通之处。甚至可以说，音乐剧《琵琶吟》的舞台监督综合了这两部戏的开场功能。《琵琶记》的副末开场虽然分饰两角，但仅有一次开场任务；而《我们的小镇》中的舞台监督虽有三次开场任务，但他不参与戏内角色的扮演。相比之下，音乐剧《琵琶吟》的舞台监督不仅完成

---

① 《我们的小镇》是美国剧作家桑顿·怀尔德（1897—1957）的杰作，摘得1938年普利策戏剧奖。该剧通过描绘小镇居民的出生、成长、婚育和死亡，展示了他们的家庭、工作、邻里关系和社区活动。故事从1901年开始，随着时间的推进，小镇上的居民经历了生老病死，形成一个完整的人生循环。剧中的"舞台监督"在每幕开场时发表的"陌生化"叙述，使得该剧超越了传统戏剧的界限，带有一定的叙事性特征。

了三次开场任务,之后还要进入剧情扮演"张太公"一角。这可视为中西戏剧叙事艺术联通与整合后的"创新"。无论是南戏《琵琶记》还是音乐剧《琵琶吟》,它们的开场叙述都证明了中西戏剧本质上包含叙事艺术,展现了叙述功能与意义的深度。

音乐剧《琵琶吟》的开场叙述突破了亚里士多德式的"戏剧体戏剧"模式,融入了德国著名戏剧家布莱希特(Bertolt Brecht,1898—1956)提出的"叙述体戏剧"①的形式要素。然而,这样的融合尚不足以将其划归为纯粹的"叙述体戏剧"。从戏剧史的角度来看,引入具有叙事功能的人物并非"叙述体戏剧"所独有。古希腊戏剧中的歌队长可以对戏剧事件进行评述,莎士比亚戏剧中的人物也常常以戏外人身份发表评论,或者"戏中戏"里的人物角色双重化的表演处理;以及中国戏曲副末一人分饰二角的开场表演等,这些都是"叙述体戏剧"中常见的叙事技巧,但并不意味着具备这些元素的戏剧就能被定义为"叙述体戏剧"。真正评价是否是"叙述体戏剧"的标准,"不在于是否运用了某些看似'叙述体戏剧'的手法技巧,而在于应该从系统观念上,也就是从整个戏剧系统观念、戏剧功能诉求、对观众的影响以及整体戏剧形态上,来整体分析把握'叙事性'元素技巧的运用,才可以判断其是否是'叙述体戏剧'"②。在三幕剧《琵琶吟》中,舞台监督三次上台进行开场白,打断了戏剧的常规行动,偏离了传统的"戏剧体戏剧"模式。但

---

① "叙述体戏剧"是1920年代由德国剧作家布莱希特提出的一种现代戏剧理论和创作方法。"叙述体戏剧"的"叙述性"与传统的"戏剧体戏剧"的"代言性"形成明显区别,两者最大的不同在于,前者将"叙述者"从幕后推向台前,采用"陌生化"手法打破舞台上营造的"情感共鸣",使观众从迷惑的被动状态中被引领出来,激发观众对舞台事件和社会现实的独立思考和参与。
② 夏波《布莱希特"叙述体戏剧"研究》,文化艺术出版社2016年版,第41页。

《琵琶吟》的整体演出仍旨在激发观众对主人公的共鸣,让观众在离开剧场后感受精神上的净化,而非刻意制造与观众的间隔,追求"惊愕取代共鸣"的效果,从而激发观众改革社会的行动意志。因此,《琵琶吟》虽然包含了叙述体戏剧的某些技巧,但整体而言,它更贴近传统的戏剧体戏剧模式。

二、主题思想:风化与爱情

《琵琶记》开宗明义,"不关风化体,纵好也徒然",全剧深情传颂了一段"子孝共妻贤"的感人故事。音乐剧《琵琶吟》基本保留了原作的情节发展,却以浪漫的爱情主题置换原作的风化主题。舞台监督的开场白宣告了剧作的主旨:"一支古老的琵琶曲仍在吟唱,歌颂了比皇权圣旨还要强大的爱情。"[1]改编本从情节结构、戏剧冲突、爱情信物三方面来突出爱情主题。

(一)情节叙事

蔡公逼试,父命难违,蔡邕不得已告别妻子赵五娘赴京文考。临别之际,夫妇二人情深依依,难以割舍。一首主题曲《山高谷深》唱出了这对新婚夫妻的爱笃志坚之情:

> (五娘唱)君若要我,我伴君左右,纵然山高谷深,愿随君至海枯石烂。疾如风驰电掣,慢若蜗牛行步。君离北上行,南风寄我思。君若要我,我伴君左右,哪怕山高谷深。觅新月,梦里鹊桥相会。君若要我,我伴君左右,哪怕灯暗柳悲山又高。

> (蔡邕唱)愿与卿白首偕老,不论命途多舛。灯暗柳悲。

---

[1] Will Irwin and Sidney Howard, adapt., *Lute Song*, Chicago: The Dramatic Publishing Company, 1946:11.

春，日日漫步草坪，冬闷、夏欢。卿银丝满头，吾愿伴左右。愿与卿白首偕老，不论命途多舛。[1]

五娘愿常伴蔡邕左右，直至"海枯石烂"，而蔡邕愿与她"白首偕老，不论命途多舛"。《山高谷深》贯穿全剧始终，既是剧作主题曲，更是蔡邕与五娘之间的爱情誓言。此后一别，《琵琶吟》采用一富一贫、一贵一贱的双线交叉结构，赞颂这段建立在夫妻深厚信任之上的感人故事。以赵五娘一线为例，她在逆境中所展现的坚韧、果断和乐观精神，其力量源泉来自于对蔡邕的深爱与信任。洪灾饥荒中，蔡家陷入困境，蔡公蔡母相互埋怨，对儿子的信心逐渐动摇。然而，五娘对丈夫的信任却未曾减弱，她坚信蔡邕终将荣华归来，并劝说蔡母"我们要相互信任"。蔡邕三年不归，音讯全无，蔡家生计陷入绝境。蔡母的死让蔡公懊恼悔恨，自责不已，怒斥蔡邕不孝，甚至发毒誓让儿子遭天谴。但是，五娘仍然坚信丈夫会回来，誓死不从蔡公令她改嫁的遗嘱，"因为爱情的力量可以胜过任何质疑和愤怒"[2]。爱情还赐予五娘乞丐寻夫的勇气。因此，五娘沿街弹唱的不是"行孝"的曲儿，而是歌颂《山高谷深》的爱情曲。

爱情之于五娘，是坚强之源；于蔡邕，则是反抗之勇。蔡邕不再对牛丞相畏惧如虎，敢于为爱抛却名利，直面权势。这一转变的细节，将在下文"戏剧冲突"小节中详述。最后，连高傲的牛丞相也被他们坚贞不渝的爱情所打动，决定要"请愿皇上废除蔡邕与牛氏的婚约，甚至还要撰文让这段爱情故事永垂青史"[3]。由此可见，音乐剧《琵琶吟》尽管遵循了原剧的结构与情节，但以爱情主题重

---

[1] Will Irwin and Sidney Howard, adapt., *Lute Song*, Chicago: The Dramatic Publishing Company, 1946: 17.

[2] Ibid., p. 60.

[3] Ibid., p. 91.

塑了原作的精神要旨,使得改编剧具有了自足的独立魅力和艺术价值。

（二）戏剧冲突

没有冲突,就没有戏剧,这是中西戏剧理论界的共识。黑格尔说:"冲突是戏剧诗的基本特征,是艺术理想（理念）在戏剧中实现的主要途径（手段）。"[①]然而,中国戏曲和西方戏剧的结构和美学观念各异,展现冲突的方式亦各具特色。蓝凡教授指出,中国戏曲以"场"为基本组织单位,采用点状的线性冲突,往往"通过回忆、叙事、状物、咏景来表现人物的感情和内心活动"[②],是一种自我表白式的冲突,或者说抒发情感的冲突。《琵琶记》中,蔡邕三被强就,内心苦闷,无处可诉衷肠。伯喈与牛相及朝廷之间的矛盾冲突,主要通过自怨自艾的方式宣泄。伯喈入赘牛府后,坐怀嗟叹,家有高堂不能孝,家有娇妻不能守。他"空嗟冤,枉叹息,休催挫"。伯喈的懊悔伤情吞噬了他与周遭环境和外界力量的对抗力:"我也休怨他,这其间,只是我不合来长安看花。闪杀我爹娘也,珠泪空安堕。这段姻缘,也只是无如之奈何。"（第十八出）

西方戏剧则采用"板块接近式戏剧冲突,以高度压缩的板块运动形式（运用幕的表现形式）,一幕一幕向高潮逼近,当板块中矛盾冲突凝聚到了极度状态,便就形成为一个最具冲突性的板块,冲突的高潮也就在这时爆发"[③]。如果说,中国戏曲的冲突类型是"自我表白式"的,那么西方戏剧的冲突类型可以概括为"对峙的对话式"。在西方戏剧中,对话不仅是戏剧文学审美意识的承载体,也

---

① 转引朱立元《黑格尔戏剧美学思想初探》,学林出版社1986年版,第15页。
② 蓝凡《中西戏剧比较论》,学林出版社2008年版,第378页。
③ 同上。

是其实现方式的关键。黑格尔在其美学论述中提到,戏剧的表现形式包括合唱、独白和对话三种,但"全面适用的戏剧形式是对话,只有通过对话,剧中人物才能互相传达自己的性格和目的,既谈到各自的特殊状况,也谈到各自的情致所依据的实体性因素。这种针锋相对的斗争促使实际动作向前发展"①。因此,对话成为西方戏剧最重要的话语模式。

把以唱曲抒发人物心境的中国戏曲改编为以对话推动行动的西方戏剧时,加强人物对话和戏剧冲突的描绘成为改编的关键。《琵琶记》中语言对峙明显,散发一定"火药味"的对话描写,主要见于《蔡母嗟儿》一出中蔡母对蔡公的埋怨。这样感情强烈、直抒胸臆的表述方式是全剧中少见的。明代文学家王世贞(1526—1590)认为,蔡母"语语刺心、言言洞骨,绝不闲散一字",不愧为剧中"霓裳第一拍"。然而,蔡家公婆间的对话仅属次要角色之间的直接冲突。在主角线上,无论是五娘、牛氏还是蔡邕,都表现为把哀怨深埋心底,陷于自我痛苦的叹息中。《琵琶吟》音乐剧在此基础上进行了大幅改动,着重展现旦、贴、生等主要角色与他人的直接交锋。利益冲突双方的直接对话和对抗性语言汇聚成强烈的戏剧力量,引发角色内在情感的爆发,相互碰撞,形成剧烈的戏剧冲突,推动剧情向高潮迈进,使观众感受到表演的精彩和戏剧的张力。这其中,显著的戏剧冲突主要表现在五娘与乞丐、五娘与牛氏,牛氏与牛相,以及伯喈与黄门官、伯喈与牛相等人之间的语言对峙和行动对抗。本节将重点分析五娘与乞丐、五娘与牛氏之间的正面冲突,而伯喈与牛相的冲突将在后续的人物形象分析中展开讨论。

—————————————————

① (德)黑格尔著,朱光潜译《美学》(第三卷下),商务印书馆1981年版,第259页。

1.五娘和女乞的冲突

原文中,五娘乞丐寻夫至弥陀寺,本想拨动琵琶唱行孝曲,以抄化几文钱追荐公婆。谁知碰上两个无赖,空白搅和一场。五娘无奈,不再演唱,只道一句"奴家也弹不得了,也唱不得了",就此作罢。这一段落似乎是原作描写五娘寻夫途中吃尽苦头的最生动描写。改本将五娘自言自语的"静态描写"改为五娘与其他乞丐发生口角的"动态描写"。乞丐认为五娘在自己的地盘卖唱,抢占了他们的生计,于是故意挑衅并发起言语攻击。这种对峙不仅加剧了戏剧的冲突强度,还直接触及了五娘被夫抛弃的内心痛楚:

女乞:你来此甚求?

五娘:寻找我家官人。

女乞:(蹒跚而至,拉扯她的衣服)你呀,脖子瘦得青筋外露,手臂细得如麻竿!(拉开头巾)头发还这么短!怪不得是你寻夫,而不是丈夫寻你!

五娘:行行好,大姐。我从饥荒之地来。

女乞:你还是回去吧。恐怕你家官人早已另寻新欢,不要你这皮包骨哦!

五娘:就算我灯枯油尽,也定要找到他。①

五娘与相同性别、相似境遇的女乞丐之间的语言冲突,展现了同一社会阶层内部的矛盾。本应是同病相怜、互相慰藉的"天涯沦落人"之间的矛盾,比有等级之差的矛盾更令人心寒意冷。该场景展示了五娘寻夫途中所遇困境的一个生动横截面,加深了剧情的情感层次和现实意义。

---

① Will Irwin and Sidney Howard, adapt., *Lute Song*, Chicago: The Dramatic Publishing Company, 1946:76—77.

2.五娘和牛氏的冲突

原本中,五娘和牛氏相逢,牛氏通情达理,愿以"小"居下,还主动为蔡邕与五娘的相认建言献策。牛氏的真情与善良打动了五娘,两人以姐妹相称、和谐共处,为"一夫二妇"的大团圆结尾增添了一份合理性。而在改编本中,五娘与牛氏间的和谐关系被颠覆,俩人的对话充满了冲突与紧张。

　　五娘:他背弃了我,伤透了我心。

　　牛氏:但你的情未歇——依旧爱他。

　　五娘:夫人,你要我怎么做?

　　牛氏:留于牛府,和我——和他一起生活。

　　五娘:夫人,我曾是他发妻!他窗下苦读,我深情守候;他京城求名,我悉心侍奉其父母,饥寒交迫,忍辱负重。夫人,我目睹他们逝世,亲手将他们埋入黄土。而今,你高高在上,你让我——。

　　牛氏:我邀你留下来和我一起照顾他。

　　五娘:你今为他妻,我又当何居?贱妾一名?这是他想要的?若真为吾夫所愿,我亦愿意从命。只是,夫人,我需听他亲口说出。①

俄国文艺评论家别林斯基认为:"如果两个人争论着某个问题,那么这里不但没有戏,而且也没有戏的因素;但是,如果争论的双方彼此都想占上方,努力刺痛对方性格的某个方面,或者触伤对方脆弱的心弦,如果通过这个,在争论中暴露了他们的性格,

---

① Will Irwin and Sidney Howard, adapt., *Lute Song*, Chicago: The Dramatic Publishing Company, 1946:90.

争论的结果又使他们产生新的关系,这就已经是一种戏了。"①此处的"戏"就是指"戏剧冲突"。五娘和牛氏之间矛盾是谁有资格做蔡邕的正室。在这场争论中,双方都在努力"触伤对方脆弱的心弦"。牛氏以女主人自居,邀请五娘"留于牛府,和我们一起生活"。她的"我们"二字隐含了与蔡邕的夫妻关系,这是一个既成事实,似乎无法更改。然而,五娘丝毫不退让!她对蔡邕的深情赋予了她勇气和力量,使她不畏权贵,无视阶级陈规,敢与牛氏据理力争。她向牛氏宣战,她为蔡家的无私奉献使其更有资格做蔡邕的正牌妻室。这世上没有任何东西能阻止她对蔡邕的爱,除非蔡邕变心。她的坚定立场和激昂言辞使牛氏感到羞愧。改本中的五娘在这场"争夫之战"中气势逼人,颠覆原作中牛氏和五娘之间的等级关系。"贫妇"五娘与"贵妇"牛氏的矛盾冲突,打破了社会阶层固有模式,不仅有力地刻画了五娘勇敢、坚韧、不隐忍、不退让的美德,也使得情节更具戏剧性和表演张力。

(三)爱情信物琵琶

《琵琶记》虽以"琵琶"命题,但琵琶没有对剧情发展起到草蛇灰线之妙用。琵琶首次出现在第二十九出《乞丐寻夫》中,五娘在北上寻夫前,张大公叮嘱她"若见蔡郎谩说千般苦。只把琵琶语句诉元因"。第三十二出《路途劳顿》中再次提到琵琶:"玉消容,莲困步。愁寄琵琶,弹罢添凄楚。"第三十四出,五娘在弥陀寺向两疯癫兄弟弹唱行孝曲后,琵琶便不复出现。由是可知,琵琶在剧中更多是作为五娘上京寻夫筹资的行头及消愁的乐器。且五娘琵琶写怨,不向丈夫奏之,而向闲人奏之,可见书名《琵琶》,其意不在琵琶

---

① (俄)别林斯基《戏剧诗》,《古典文艺理论译丛》(第三辑),人民文学出版社1962年版,第148页。

也。真正推动剧情高潮，让生旦重逢的是五娘为公婆描绘的真容。琵琶在剧中的虚名让清代戏曲家李渔责问："何以仅标其名，不见拈弄其实？"①对此，毛纶提供了一种合理解释：

> 书名《琵琶》，乃不以琵琶关合，而独以真容斗笋。故此篇凡写拾像、遗像，文虽少，正笔也；写琵琶奏曲文虽多，旁笔也。唯其为旁笔，是以不奏于状元相遇之后，而但奏于孝妇荐亲之前，更不作妻怨其夫之歌，而但作亲念其子之曲，不过为真容作引而已。事既与琵琶无涉，而书以《琵琶》命名者，欲令人知其命名之意，非因乎其事而名之，特指乎其人而名之耳。②

可见，作者以"琵琶"道具命其剧名，强调的是弹琵琶的人，而非弹琵琶这一行为本身。南戏《琵琶记》中的"琵琶"不具备情感意蕴，仅作为五娘唱曲弹奏的切末而已。相较之下，音乐剧《琵琶吟》中的"琵琶"则是伯喈和五娘的爱情信物。它贯穿全剧，见证、传递、促成了他们坚贞不渝的爱情。

第一幕，伯喈北上应试时，五娘"将琵琶紧抱于胸前，随即递给蔡邕"，此时琵琶不仅是一件乐器，更寄托了五娘对伯喈的不舍与牵挂，仿佛成了五娘的化身。伯喈带着这份共同的记忆踏上征程。因此，在第二幕伯喈高中状元后被迫与牛氏结婚时，他心情烦闷，欲把愁怀付"琵琶"，而不是原作中的"玉琴"（指焦尾琴）。伯喈和牛氏对话所提的"新弦"和"旧弦"也被替换作"新琵琶"与"旧琵琶"，一语双关暗指"牛氏"和"五娘"。再者，原文没有交代五娘

---

① 李渔著，杜书瀛评注《闲情偶寄》（插图本），中华书局2007年版，第50页。

② 高明著，毛纶批注，邓加荣、赵云龙辑校《第七才子书：琵琶记》，线装书局2007年版，第432页。

上京寻夫所弹琵琶的来源,但在改本中,五娘的琵琶乃为天神所赐。五娘从神明使者手中接过琵琶,心潮澎湃:

> 五娘:(跪立,轻抱琵琶,眼含深情地辨认。)是你的琵琶! 相公,这是你的琵琶!(起身,怀抱琵琶,向左台走去。)我要一路卖唱,前往帝畿——到官中红门那里去! 怀中所抱,乃我心爱之人的琵琶——心爱之人的琵琶……(轻柔地怀抱琵琶,从左门下。)[1]

这一幕让人感叹,五娘眼中看到的、怀中抱的不是琵琶,而是伯喈;琵琶与伯喈融为一体。第三幕中,伯喈在弥陀寺拾取的并非双亲的真容,而是他自己的旧琵琶。他随即悔悟,跪在自己脚边行乞的道姑正是妻子赵五娘。最终,琵琶促成了生旦的团聚。因此,改编本"抱琵琶且以琵琶合关",琵琶不再仅仅是一把乐器,而是富有象征意义的爱情信物。五娘睹琵琶,如同再伴君侧;伯喈观琵琶,犹若重见妻颜。琵琶于二人,乃情缘之物证,亦情思之隐喻,成了彼此心心相印、魂牵梦绕的爱之象征。改本《琵琶吟》完善了"琵琶"作为剧名的深层含义,构建了一条针脚更加"密实"的情节线。

三、伯喈形象:顺从者与反抗者

高明塑造的蔡伯喈形象无疑是成功的。董每戡先生曾评价:"塑造这样复杂、细致、左右摇摆、矛盾的人物,在高明以前还没有过。"[2]蔡伯喈的内心挣扎源于他的身份冲突和道德困境。他性格迟疑、软弱,又受困于父子君臣儒家伦理道德的重重束缚。他的

---

①Will Irwin and Sidney Howard,adapt.,*Lute Song*,Chicago:The Dramatic Publishing Company,1946:65.

②董每戡《董每戡的发言》,剧本月刊社编辑《琵琶记讨论专刊》,人民文学出版社1956年版,第56页。

"三辞"与"三不从"最终导致了"三顺从"。伯喈不是没有自由意志，只不过其意志不尽属于己身，孝子忠臣之理性意志早已将其自由意志磨灭殆尽。正如文学伦理学批评学者指出的："文学作品中描写人的理性意志和自由意志的交锋与转换，其目的都是为了突出理性意志怎样抑制和引导自由意志，让人做一个有道德的人。"[1]奉行儒家伦理的伯喈，正是这样一步步陷于进退维谷、事事屈从的被动境地。最后，伯喈全忠全孝的美誉及夫妻重逢的大团圆结局，皆有赖于五娘的无私奉献和积极行动。如此被动接受他人安排、缺乏行动力的顺从者自然难以获得西方观众的好感。出演伯喈的俄裔美国演员尤尔·布林纳（Yul Brynner，1920—1985）[2]也直言自己"耻于扮演如此懦弱的男人"[3]。因此，改编本中人物形象改动最大的莫过于蔡伯喈。

改编本中，辞官与辞婚的情节生动刻画了伯喈的反抗精神。黄门官作为传达圣旨的喉舌，象征着至高无上的皇权，也是伯喈追爱受阻矛盾的最高激化。伯喈敢于与黄门官理论，表明他具有挑战权威的勇气。面对黄门官的威胁——逆旨将失去一切，伯喈坚决回应，"丢了功名利禄也比这好！"面对黄门官的威严恫吓，凡是违抗圣旨的人，无论"逃到哪儿都是人人打"的惨遇，伯喈也无所

---

① 聂珍钊《文学伦理学批评：伦理选择与斯芬克斯因子》，《外国文学研究》2011年第6期，第8页。

② 尤尔·布林纳是一位以光头、坚毅的外貌和深沉的嗓音而闻名于美国演艺界的俄裔美国戏剧明星。他有东亚血统（奶奶是蒙古人），小时候在哈尔滨生活过，时常被误认为中国人。14岁时，他随母亲移居法国，后又前往美国，逐渐步入演艺道路。布林纳在百老汇演出的处女秀就是音乐剧《琵琶吟》（1946），后凭借在音乐剧《国王与我》的出色表演在美国一炮走红，摘得年度托尼奖最佳男演员奖。

③ Michelangelo Capua, *Yul Brynner: A Biography*, Jefferson, North Carolina, and London: McFarland & Company, Inc., 2006: 22.

畏惧,认为即使流亡天涯也比"无妻无家胜过百倍"。伯喈坚持己见,表现出强烈的个人意志。尽管他最终因担心家人的安危而被迫屈服,但他的挣扎和抗争精神得到了突出,角色形象更为鲜明而能引人共鸣:

　　黄门官:(严厉但又于心不忍)你的家!(走到台右中央,站在蔡邕面前)你这傻子!难道你不知你的家人也会首当其冲受到牵连吗?你不为自己着想,也要为他们着想。赶紧谢恩吧!

　　蔡邕:(蔡邕盯着黄门官,思虑片刻,意识到他所言不虚,只得败下阵,低头叩谢皇恩。)①

　　蔡伯喈的果敢和决绝,还体现在他勇于和"势压中朝,富倾上苑"的牛丞相进行正面交锋。一方仗势逼婚,咄咄逼人;另一方因爱拒婚,步步迎上。逼婚—拒婚的矛盾冲突在俩人的唇枪舌剑中展现得淋漓尽致。伯喈展现出的自由意志力和反抗权势的姿态,使他的人物形象瞬间丰满,不仅增强了舞台表演的张力,也呼应了改编本赞颂爱情主题的核心思想。

　　牛相:年轻人,你胆敢暗示我女儿不配你?

　　蔡邕:哦,不,大人!……,小姐尊贵。我的爱妻出自布衣。若我与令女成亲,我妻将失其"正妻"地位,这是我决不容许的!

　　牛相:(瞬间激怒,冲向蔡邕)你当然不能容许!

　　蔡邕:(固执地)我不容许! 大人,自古道,天涯何处无芳草,请别选佳婿吧!

　　牛相:(逼近蔡邕)我虽非傲慢之人,但绝不容忍此等羞

---

① Will Irwin and Sidney Howard, adapt., *Lute Song*, Chicago: The Dramatic Publishing Company, 1946: 39.

辱！你若敢违逆圣旨之婚，我在朝廷将何颜立足。（勃然大怒地）蔡邕，我执意这场婚事！

蔡邕：（坚定地）不可能，大人！ ①

伯喈三声果敢决绝的反抗声——"我决不容许"、"我不容许"和"不可能"铿锵有力，深刻映射了其内在的反抗精神。在崇尚人人生而平等，人人拥有生命权、自由权和追求幸福权的西方主流价值观下，蔡伯喈敢于挑战权势，为爱情和个人幸福勇敢站立。面对牛相的紧逼，伯喈毫不畏惧，毅然拒婚，捍卫五娘"正妻"的地位。虽然改本中的伯喈也有着哈姆雷特的犹豫不决，但他骨子里却透露出"为爱不惜一切"的反抗精神。赵五娘和蔡伯喈的爱情，最终突破了权势与富贵的束缚，他们"比圣旨力量还要强大"的爱情在这些戏剧性的冲突中得以提升。伯喈由原文中的迟疑顺从者，转变为坚毅的反抗者。

无独有偶，国内戏剧理论家郭汉城和谭志湘女士1992年新编的昆曲《琵琶记》同样对蔡伯喈形象进行了深度重塑。新编本以蔡伯喈上朝呈辞官表为开场，为现代观众呈现了一个具有更强反抗精神的男主人公。在权势的双重夹击下，伯喈的思想历经动摇、屈服、痛苦、挣扎至最终反抗的成长蜕变。他敢于挑战权威，坦率表达内心的不满，终于幡然醒悟，自省"文章误我，我误妻房"。当牛氏埋冤他夫妻三载，待她不真不诚时，伯喈不禁自问："俺倒成了不孝子，负心汉、薄情郎，教我又恨着谁来？"② 揭示了古代读书人在忠孝两难的困境中承受的痛苦与无奈。英语改编本摒弃原作

①Will Irwin and Sidney Howard，adapt.，*Lute Song*，Chicago：The Dramatic Publishing Company，1946：35—36.
②高则诚著，郭汉城、谭志湘编《琵琶记》，《剧本》1992年第2期，第17页。

的"孝"主题,将伯喈改造成为爱而抗争的良夫;新编北昆版《琵琶记》虽仍坚持孝的主题,却强调现代社会应摒弃"愚孝",坚守"贤孝"。无论是跨文化还是本土改编,两个版本都否定了伯喈原有的动摇、懦弱、被动形象,重塑后的伯喈变得更主动,更具人性,更易为现代观众接受。正是在这个视角下,"历史走进现代,实现了历史性与现代性的联通"①。戏剧经典在跨文化改编中超越时空与文化阻隔,获得了永恒的在场性与现代性。

四、诗学意义:礼义与正义·儒学的人文精神与形而上的基督精神

(一)礼义与正义

原本中,蔡伯喈虽抱经济之奇才,却淡泊名利,志在啜菽饮水尽其欢。怎奈父亲强势相逼赴春闱,"父为子纲"的伦常让他无奈遵从。伯喈状元及第后,欲辞官归隐,然皇帝诏曰:"孝道虽大,终于事君;王事多艰,岂遑报父。""君为臣纲"的伦常让他无路可退,只能违心入赘牛府,导致双亲"生不能事,死不能葬,葬不能祭"的悲剧。伯喈的辞试、辞官、辞婚之"三不从",正是忠孝伦理下的被动选择,伦理纲常成为家庭悲剧之根源。然自古忠孝难两全。作者似乎借张大公"抑情就理通今古"(第四十出)之言,说出"不忠不孝"的蔡伯喈成功转换为"全忠全孝"形象的逻辑依据。"抑情就理"要求个体压制个人情感,包括骨肉亲情和夫妻感情等,遵从儒家"三纲五常"的"天理"或"礼义"。

赵五娘初为脆弱、娇羞新妇,甚至还担心自己"深惭燕尔,持

---

①Wenwei Du, "Historicity and Contemporaneity:Adaptations of Yuan Plays in the 1990s," *Asian Theatre Journal*,2001,(2):222—229.

杯自觉娇羞。怕难主蘋蘩,不堪侍奉箕帚"(第二出)。然而,丈夫赴考一别,三年不归,她不仅尽儿媳之孝,还独自撑起门户,代夫恪尽大孝,其坚韧、忍耐、无私奉献之精神令人钦佩。然而,赵五娘在困境中表现出的坚毅与果敢,亦是"抑情就理"下的被动选择:"既受托了蘋蘩,有甚推辞? 索性做个孝妇贤妻,也得名书青史,省了些闲凄楚。"(第八出)她以成孝妇贤妻之"理"抑制思君之情。五娘拒绝改嫁,因为她心知"若是教我嫁人呵,那些个不更二夫,却不误奴一世?"(第二十三出)孝媳、节妇、烈女之"礼教"构成了五娘的行为规范。

"施仁施义张广才"用行动诠释了邻里关系中"义"的典范。他勇担邻里之责,使伯喈得以无忧京试。他恪守承诺,细心照顾蔡家,无论是分享灾粮、助葬蔡婆、探望病卧蔡公,还是赠米解困、协助五娘葬亲,皆显其仁心义行。在赵五娘离家寻夫之际,他更是慷慨解囊,提供盘缠与悉心劝慰,并承诺看守蔡家坟茔。张大公的义举自成一线,深刻体现了儒家"仁"、"义"与"信"等传统美德,堪称一位真正的"高义"之士。此外,剧中其他角色,如恪守妇道的牛小姐,依权仗势为女儿包办婚姻的牛相,以父权逼子参试的蔡公,也无不受到人伦、妇道、圣言、礼义等儒家伦常的影响与制约。

英语改编本《琵琶吟》歌颂坚贞不渝的爱情,没有了中国儒家伦理的规约,西方伦理学和政治哲学中的核心概念——正义——成为人物行动和判断是非的新准则。"正义"或"公正"(Justice)源自拉丁化的希腊语"*dikē*",原指"划分、划定出来的东西"。古希腊先哲常用"德"或"善"来界定正义的内涵。柏拉图说,"正义"是最大的美德,是"至善之一,是世上最好的东西之一"[1]。亚里士多德

---

[1] (古希腊)柏拉图著,郭斌、张竹明译《理想国》,商务印书馆1986年版,第56页。

将"公正"视作"德性之首",它比星辰更让人崇敬;"公正是一切德性的总括"①,是实现个人德性完善和社会和谐的关键。"正义"既是个人德性的一部分,也是社会伦理的基石。正义从本义"被划分出来的东西"引申为"各人的东西归各人"②,指向公正地分配个人权利,以达成社会公正。然而,个人权利的行使并非孤立的行为,而是嵌入在更广泛的社会关系网中。正义作为一个关系概念,它不是就单个人而言的,而是就个人与人之间的(包括社会、公众、政府或个人)权利关系而言,社会公正要求对害人者予以惩罚,对受害者的损失予以赔偿。正义代表的核心价值体现在"平等"。著名政治哲学家约翰·罗尔斯(John B. Rawls,1921—2002)提出"作为公平的正义"③(Justice as fairness)的原则,强调平等是衡量正义的价值尺度。缺乏平等,正义天平即刻失衡,客观公正和至善至德难以实现。一言概之,"西方现代所谓的正义,也就是受到善和一视同仁(平等)双重规范的'得所当得'"④。西方的正义观念建立在自然法和社会契约法之上,强调"得所当得"作为每个个体不可剥夺的权利,与中国儒家"三纲五常"的伦理观念形成鲜明对比。基于"正义"论的跨文化改编,为《琵琶吟》赋予了新的文化内涵和审美价值。

改编剧《琵琶吟》分三幕十二场,完美契合了亚里士多德所提

①(古希腊)亚里士多德著,廖申白译注《尼各马可伦理学》,商务印书馆2003年版,第130页。

②(英)安东尼·弗卢主编,黄颂杰等译《新哲学词典》,上海译文出版社1992年版,第268页。

③(美)约翰·罗尔斯著,何怀宏等译《正义论》,中国社会科学出版社1988年版,第9页。

④王云《正义与义:〈赵氏孤儿〉的跨文化阐释》,上海书店出版社2015年版,第115页。

出的"开头、中间、结尾"的古典叙事结构。剧中,"正义"一词贯穿始终,展现了从戏剧事件的"触发"到"冲突"再至"解决"的全过程。

第一幕第四场,蔡伯喈为爱辞官,向黄门官坦陈家有年迈双亲与爱妻,希望天子能够主持公道,取消婚约:"为何他的仁慈和正义不能让我摆脱这场婚约?"①黄门官将此归结为是否顺从圣旨的问题,但伯喈坚持个人权利,反驳称再婚乃"关乎对错、正义与非正义的问题"②。伯喈虽为臣子,但在自然法面前与天子权利平等,地位崇高的明君更不应该强迫子民顺从不公正。伯喈期盼天子施美德,行正义。因为舍弃爱妻与牛氏结婚,五娘将成为婚姻的牺牲品,这对五娘极不公平;与不爱之人结婚,对牛氏也是不公正的。然而,伯喈的期望和反抗均以失败告终,天子未能主持公道,婚礼照常进行,这预示了伯喈悲剧的开始。

第二幕是冲突的展开。"正义"的伦理价值隐埋于陈留一线的剧情,推动冲突的展开,甚至形成一种形而上的深层寓意。蔡婆与五娘之间的冲突最先出现。吃糠戏中,蔡母怀疑五娘偷食好物,蔡公劝其不要这般胡乱猜疑,"这对儿媳不公正"。五娘的辛劳付出没有获得"得所当得"的认可,其所遭之猜疑实为不正义的对待,这正映射了柏拉图所言,正义为善,不正义为恶。如果说,五娘的糟糠自餍是一种至孝至善,那么,蔡母的无端猜疑则是一种恶,至少构成一种罪恶感。因此,当真相大白后,蔡母羞愧难当,当场归西。

再看蔡公与五娘的对话。蔡邕离家三年不归,蔡母含恨离世,

---

①Will Irwin and Sidney Howard, adapt., *Lute Song*, Chicago: The Dramatic Publishing Company, 1946:37.

②Ibid.

蔡公认为所有不幸皆由己及子所致。蔡公诅咒儿子遭天谴,自己死后任尸骸暴露野外。他对忠心伺候的五娘满怀愧疚,临终前希望"将魂魄交于正义之神"[1],立下遗嘱准许五娘改嫁,以求公正。代替蔡公写下遗嘱,帮助伸张正义之人便是张太公,因为他"为人向来正义"。蔡家接连遭难,谁能为他们主张正义?答案是"上帝",所以才有感格坟成的神助。僧人在葬礼中祈祷:"愿众神明庇佑,使二老得享安宁。待子孙后代祭拜之日,再叫醒他们,聆听后人对正义神明的虔诚祈祷!"[2]可见,改编本中的正义不仅体现了西方伦理学中的善良、公正和平等诉求,还表明只有正义才能维护世界秩序。即使世间正义难以实现,正义之神也会庇护有德之人,成就一种形而上的"正义"伦理观。

　　"正义"准则还是改编本戏剧冲突解决的关键所在。第三幕第一场,知书达理的牛氏认为自己与伯喈的重婚给蔡家带来了不幸,因而恳求父亲同意她随同丈夫踏上去陈留的赎罪之路。牛氏不仅打算去陈留拜见蔡家公婆,还想将他们接至京城一同居住。面对父亲的拒绝,牛氏决绝辩驳:"理性与正义在我这一边。父亲身为天子的谋臣,理应作天下人的表率。牛府是光荣高贵之地,不应窝藏任何见不得光的行为。"[3]若牛相继续固执己见,牛氏表示她愿意削发为尼,日夜伴随青灯古佛,虔诚诵经祈祷,为父赎罪,以免招致众神愤怒之罚。所谓"九言劝醒迷途仕,一语惊醒梦中人",牛相终于意识到自己的偏执和强制行为构成了不义之行,可能会激怒神灵,招致惩罚。正义女神将惩治世间一切邪恶,奖赏善行。"作

----

① Will Irwin and Sidney Howard, adapt., *Lute Song*, Chicago: The Dramatic Publishing Company, 1946:59.

② Ibid., p. 63.

③ Ibid., p. 71.

为人类活动的首要价值,真理和正义是不可妥协的。"①敬畏神明不仅能使人屈服于神性,也能唤起人性的觉醒。因畏惧社会正义对不义之举的必然惩罚,牛相态度大变,亲遣使者赴陈留接蔡家公婆。由是观之,"正义"不仅规范、指导剧中人的行为选择,形成人性的道德评判,也解决了牛府父女间的矛盾,促使牛相改恶向善。《琵琶吟》剧情的展开和转折,都离不开正义在伦理学上的价值阐释。

(二)儒学的人文精神与形而上的基督精神

1.《琵琶记》:儒学的人文精神

《琵琶记》作为一部聚焦于人伦道德的戏剧,通过蔡伯喈、赵五娘、牛氏、张太公等人物故事生动地展现了儒家的忠、孝、节、义等伦理观念。人是剧作家之主要描写对象。全剧仅在《感格坟成》一处描写了超自然现象:五娘罗裙抱土筑坟,鲜血淋漓湿衣袄,心穷力尽形枯槁。她的至孝感动了天地。玉帝应其孝心,命令山神派遣猿、虎二将助力,同时嘱咐五娘坟成后换装进京寻夫。五娘醒来,惊见坟墓竟已成形,梦境化为现实。清代文学评论家毛纶对高东嘉在此言鬼言梦的意图作如下评析:

> 才人固不屑言鬼与梦,而独至于写忠孝,则不妨言鬼与梦,盖忠能格帝,孝能感神,故勤劳至而风雷应,孝经成而天命降。……则《感格坟成》一篇,为天下劝孝,莫切于此矣!使读者不患孝行之难成,而但患孝心之未笃。人心如是,天心亦如是夫!……然则东嘉之言鬼言梦,直与《中庸》之论孝而推

---

① (美)约翰·罗尔斯著,何怀宏等译《正义论》,中国社会科学出版社1988年版,第2页。

及受禄于天,同一妙旨……①

　　毛纶认为高明才华横溢,固然不屑言鬼与梦,但唯独写到"忠孝"时,不妨也言鬼与梦,因为"忠能格帝,孝能感神"。"人心"如此,"天心亦如是夫",至孝即可受禄于天。《琵琶记》劝世人"行孝"的风化功能得以体现。但是,高明的笔法不落俗套。正当读者试图领悟其通过鬼神与梦境来劝孝的用意时,他笔锋突转,借张太公家僮道出真相:"(丑)你每真个见鬼,这松柏孤坟在何处?恰才小鬼是我妆做的。"(第二十七出)这一转笔令汤显祖发问:"明明说鬼说梦,却又不是认真说鬼说梦,正如弄丸承蜩,令人无可捉摸。"②实际上,高明突然转笔的意图很明显。他想要强调帮助五娘摆脱困境的不是任何神灵,而是仁心义举的张太公。毛纶认为:"东嘉只偶着一笔,又即借小鬼口中随手抹倒,以见其游戏三昧,直将笔墨还诸太虚。是于言鬼言梦之中,却有未尝言鬼、未尝言梦之妙。呜呼,非神于文、化于文者,恶能有此哉?"③爱尔兰比较文学的先驱波斯奈特也注意到了这一细节的精妙。神灵帮助五娘筑坟的情节在元曲故事中司空见惯。这种安排带有中国传统教条的典型特征(神道显灵是中国戏曲常见的情节),缺乏理性主义色彩。然而,"张太公家僮的几句话,不仅消除了剧作的神秘气氛,还证明高明是一位愤世嫉俗的唯物论者"④。

　　两位评论家虽时空相隔,文化背景迥异,却不约而同地礼赞高

①高明著,毛纶批注,邓加荣、赵云龙辑校《第七才子书:琵琶记》,线装书局2007年版,第400页。
②同上,第260页。
③同上,第400页。
④Hutcheson M. Posnett,"PI-PA-KI,OR SAN-POU-TSONG,"*The Nineteenth Century and After*,Vol. 49,ed. by James Knowles,London:Sampson Low,Marston & Company,1901:316.

明"游戏三昧,直将笔墨还诸太虚"的独特笔法。无论是毛纶对其"神于文、化于文"的评价,还是波斯奈特将其归为"唯物论者",都突显了高明在文学创作上的非凡才华,显然超越了当时同辈的创作水平。但值得进一步探讨的是,人间义士与天地神灵帮助五娘筑坟,在本质上有何不同? 这背后隐藏着怎样的深层文化寓意? 神灵助五娘筑坟,体现的是"天助"的形而上学意义,即"在神身上立足"的宇宙观;而施仁施义的张太公帮助五娘彰显的是"人助"的"形而中学"①意义,即"在人身上立足"的人文观。当代新儒学大家徐复观先生曾阐述,形而上者谓之道,形而下者谓之器,中国传统文化更注重"形而中者谓之心"的人文精神。在此视角下,高明的剧作突破了超现实主义的界限,将人置于宇宙的中心,挺立人的主体性,深刻诠释了儒家的人文主义精神。

徐复观曾深刻剖析中国文化的核心特征——重视人的主体性和自觉性。他指出:"中国文化,为人文精神的文化……系经过长期孕育,尤其是经过了神权的精神解放而来的。"②殷周之际,周初统治者从周革殷命的经验教训中萌生"忧患意识"。所谓忧患意识,"乃人类精神开始直接对事物发生责任感的表现,也即是精神上开始有了人的自觉的表现"③。忧患意识的形成标志着周初宗教文化开始出现人文精神的萌芽。先秦时期儒家思想的发展,正是这一人文精神跃动的开启与体现。从孔子《论语》提出的"为仁由己",到孟子《尽心下》关于性善论的阐述,再到子思《中庸》提出的"天命之谓性、率性之谓道、修道之谓教"等义理,儒家思想逐步从

---

① 参见徐复观《中国思想史集》,上海书店出版社2005年版,第212页。
② 徐复观《中国人性论史·先秦篇》,九州出版社2013年版,第14页。
③ 同上,第20页。

"原始宗教"走向"宗教人文化"：

> 先秦儒家思想，是由古代的原始宗教，逐步脱化、落实，而成为以人的道德理性为中心，所发展，所建立起来的。从神意性质的天命，脱化而为春秋时代的道德法则性质的天命；从外在的道德法则性质的天命，落实而为孔子的内在于生命之中，成为人生命本质的性；从作为生命本质的性，落实而为孟子的在人生命之内，为人的生命作主，并由每一个人当下可以把握得到的心。[①]

现世的、人间的生活才是儒学价值实践的场域。儒家学说凸显的是一个大写的"人"字，强调以内修行，写好"人"字。儒家学说不仅是一种人本主义思想，更重要的是，它旨在通过提升人的本性和内在价值标准，实现一种道德的人文主义。

从情节来看，《感格坟成》有力地强化了张太公宅心仁厚的高洁义士形象。他的善心义举充实而光辉。剧作家不仅劝世人像五娘那样行孝，还劝世人要像张太公那般行善、成仁。从文化精神上来看，《琵琶记》消解了《赵贞女蔡二郎》中"天报"负心汉的主题。然而，剧中既不见天对为非者报之以殃的惩罚，也不见天对为善者报之以福的庇护。天道让位于人道。在"人助"与"天助"的比较中，文人作家高明更加看重现实世界，强调人的自主性和主体性，以仁成人。张太公家僮的几句话，不仅直接弘扬了儒家道德的人文主义精神，还深刻地诠释了中国文化"是从天道、天命一步一步地向下落，落在具体的人的生命、行为之上"[②]的本质特色。

---

① 徐复观《中国人性论史·先秦篇》，九州出版社2013年版，第238页。
② 徐复观《中国思想史论集续篇》，上海书店出版社2004年版，第282—283页。

2.《琵琶吟》：形而上的基督精神

音乐剧《琵琶吟》中，舞台监督开场致辞，介绍上演的故事发生在一个"众神降临凡人世间，共创人世奇迹经典"[1]的时代。全剧的情境瞬即被置于宗教氛围下，暗示五娘千里寻夫乃是蒙神恩典，创造的人间奇迹。"历程"(journey)是基督文化中的重要隐喻，强调即使面临艰难险阻，只要"与上帝同行"，凭借上帝的恩典与信仰，就能克服困难，达成目标。五娘寻夫的历程亦然。"历程"的母题故事构成全剧的深层隐喻和文化象征。五娘的寻夫旅程，不仅是肉体上的折磨，更是她精神上的升华。她所遭受的苦难，是神对她品格的考验。正如蔡公所言，"天降此祸，乃显儿媳贤德啊！"[2]五娘的坚韧、忍耐与日复一日地行善，赢得了神的慈爱和怜悯。《圣经》提醒世人，要在苦难中忍耐，因为"那先前能忍耐的人，我们称他们是有福的"(《新约》雅各书5:11)，神通过神迹(sign)向五娘施以恩典，赐予其庇护。

伯喈离家三年，蔡母逝世，蔡公自责不已，一怒之下誓诅不孝子受天谴。他将手杖托付张太公，待儿子归来时用以训诫。五娘拒绝接受，欲夺过手杖断之，以消解公公的毒誓。张太公认为手杖坚不可摧，无人可折，但五娘不信，夺过手杖使劲一折：

> 赵五娘：(用劲折杖)神将赐我力量，爱情的力量胜过质疑与怒火！(突然，手杖折为两截)公公，此非神迹乎？张太公，此非神迹乎？张太公：(惊诧，不知觉地揉皱新写的休书)诚然，此乃神迹矣。[3]

---

[1] Will Irwin and Sidney Howard, adapt., *Lute Song*, Chicago: The Dramatic Publishing Company, 1946: 11.

[2] Ibid., p. 55.

[3] Ibid., p. 60.

　　五娘手中的"手杖"融合了《圣经》摩西(Moses)"手杖"①的神谕。五娘轻折手杖,化不可能为可能,彰显"上帝与她同在"的力量与信念。无论前路如何崎岖,她无需畏惧,因为万主之神时刻都在指引与庇护着她。

　　此外,张太公这个原本与蔡家共患难的仁义之士,被改编成一个袖手旁观者。他"冷静"地看着五娘遭受苦痛,却不主动声援助之。改编本淡化张太公对五娘的帮助,不排除是出于"减头绪"的需要。但这样一来,当公婆辞世,夫君不在左右,再加近邻张太公的袖手旁观,五娘彻底陷于孤立无援的困境、无人可倚时,神的恩典就变得格外有分量。在"人助"与"神助"之间,改编本选择"神助"。五娘只要虔诚祷告,就能得到神的指引。祷告不是独白,而是人与神的沟通与倾谈。祷告是对渺小人类在一切需求上倚靠神的大能与怜悯的一种合宜的承认。而且,祷告具有力量。《圣经》说:"义人祈祷所发的力量是大有功效的。"(雅各书5:16-18)改编本中的两位女性都藉着祷告的方式,达成心愿,反映了一种神性力量介入世俗事务的宗教文化特色。

　　公婆相继去世,五娘无资助葬。于是,她虔诚向神祈求援助:"高神在上,请不要把我抛弃,帮我指引出路吧。"②神听到她的祈祷,并奇迹般地帮助她安葬了公婆。神还赐予五娘一把琵琶作为信物,并指引她改换衣装前往帝畿寻找丈夫。"现在就去吧,以神

---

① 据《圣经·出埃及记》记载,当摩西奉上帝之命带领以色列人逃离埃及时,他的手杖(staff)在他对抗法老时发生了多个神迹:手杖扔地变成一条蛇;它能使尼罗河水变成血,分裂红海和喷水出岩等。摩西的手杖以种种神迹向世人展示上帝的大能和信实,具有重要的宗教象征意义。

② Will Irwin and Sidney Howard, adapt., *Lute Song*, Chicago: The Dramatic Publishing Company, 1946:60.

的名义去吧。永恒的神！荣耀的神！尊贵的神！"[1]"永恒"、"荣耀"与"尊贵"三个形容词强烈传达出神是万能的救世主。五娘的千里寻夫，不仅成就了亲人团聚，也荣耀了神之圣名。同样，牛氏向神祷告，神就把她想要寻找的五娘带到牛府。两位品德高尚的女性都因信就义，受恩于神。五娘的寻夫历程表明，她的一切行动都在神的旨意之中。人因蒙受神的恩典变得更加性善，神因人的完全倚靠而受了荣耀。总而言之，改编本《琵琶吟》将一个爱情故事娓娓道来，吟唱了一首神的赞美歌，展现了一种深刻的神学意义。除了"历程"和"祷告"等基督文化元素外，伊甸园故事的原型、正义与赎罪、朝圣者的忏悔等主题也交织其中，无时无刻不表达着人对神的顺从和敬畏。故而，在改编本中，神道始终处于人道之上，显现出一种浓厚的形上学基督精神，这与原本挺立人的主体性道德的儒家人文主义精神迥异其趣。

从跨文化改编的角度来看，将基督文化融入剧本，是一种必要且有效的文化策略。"文化沙漏"模式表明，跨文化戏剧的文化因子从源文化到达目标文化，需要经过目标文化和改编者设置的多个调节器的过滤才能顺利呈现。在这一过程中，筛选、过滤、研磨、混合和改造等手段是不可或缺的。基督教思想之于西方，犹儒家之于中华，各自在民族文化中占据着举足轻重的地位。改编本将儒家礼义伦理替换为西方基督思想，实现了剧作主题与目标文化及时代背景的紧密结合，这种文化策略不仅有效地实现了作品在目标文化中的"本土化"，也深化了其诗学意义，展现了跨文化改编的深层价值。翻译文化学派的代表人物安德烈·勒菲弗尔（André

---

[1] Will Irwin and Sidney Howard, adapt., *Lute Song*, Chicago: The Dramatic Publishing Company, 1946: 65.

Lefevere)认为诗学包括两个方面:"第一是指文学技巧、文类、主题、人物、环境和意象的集合,第二是指文学承担的社会角色。"①文学作品要被社会大众广泛接受,其主题必须与社会制度和文化环境相联系。跨文化戏剧《琵琶吟》中,赵五娘笃信上帝,克服重重困难,与丈夫团聚,不仅呈现了《圣经》中"上帝与你同行"的核心母题,而且从根本上浓缩并体现了当代西方社会的存在困惑和自我危机。

改编本《琵琶吟》折射出编剧威尔·欧文的个人经历和当时的社会背景。欧文曾作为战地记者参加第一次世界大战,亲历战场六年,见证了战争的残酷和冷血。他所出版的《男人、女人和战争》(Men, Women and War, 1915)、《下一场战争:对理智的呼吁》(The Next War: An Appeal to Common Sense, 1921)、《基督或火星》(Christ or Mars, 1923)等书籍深刻抨击现代战争给政治、经济和人民生活带来的破坏,并呼吁人们用理智防止第二次世界大战的发生。战争在欧文的记忆中留下不可磨灭的记忆。1930年代美国经济大萧条时,欧文作为总统顾问更加深切体会到民众的困苦。在此语境下,欧文的创作不免带有对神的反思和对人类苦难的深沉感慨。他借剧中人物呐喊:"我们会反思神灵行事的特殊方式,为什么神祇让伊甸园的生命只在受难的尘土中成长。"②1945年秋,《琵琶吟》百老汇彩排之际,美国向日本投射原子弹的消息传来。制作人要求欧文在舞台监督的开场白中加上该事件,但遭到欧文的严厉拒绝。第二次世界大战虽然很快结束,但人类从此进

---

① André Lefevere, *Translation, Rewriting and the Manipulation of Literature Fame*, Shanghai: Shanghai Foreign Language Education Press, 2004:26.

② Will Irwin and Sidney Howard, adapt., *Lute Song*, Chicago: The Dramatic Publishing Company, 1955:58—59.

入核时代,欧文曾经的忧虑变成现实,震惊与惶恐充斥着他的内心。他在日记中写道:"(原子弹)这个东西,连同人性的缺陷,意味着文明的终结。……对此我非常不安。"[1]面对战争带给人类的不幸,他在剧中寄寓了"上帝"作为拯救世界的唯一希望。人类只有跟从上帝的旨意,才能走出存在的迷茫和苦难。因此,改编本将基督精神置换原作的儒家精神,实现了文化上的本土化,使得剧作主题更具广袤的社会寓意,为身处那个苦难时代的人们寄以希望和生命的力量。

文学创作不能脱离社会、时代、文化的大语境,同样,改编本的跨文化诠释或再诠释也不可能在真空中发生。跨文化的戏剧改编不是对原文本的复制性再现,而是对其进行创造性的重写,这一过程深受时代背景、意识形态、文化认同及观众审美等多重社会因素的影响和制约。"改编通过文化、语言和历史之间的文化嫁接或本地化,故事的意义和影响能随之发生巨变。"[2]因此,改编作品既是原作的延伸,更是对原作精神和形式的再创造和重塑。改编本《琵琶吟》的故事深植于西方文化与文学传统中,通过置换主题、改变人物形象、提升戏剧冲突和对话张力等手段对原文本进行重塑,旨在满足目标文化观众的审美期望,提升作品在新的文化语境中的认可度和接受度。然而,值得注意的是,改编本借舞台监督和牛丞相之口,出现了公然贬损、歧视女性的言论。舞台监督在开场白将男性比作强壮的梧桐,女性喻为纤弱的杨柳,并认为神对女性的偏爱是错估了她们的品格而致。牛丞相毫不掩饰个人所持的男尊

---

[1]Robert V. Hudson, *The Writing Game: A Biography of Will Irwin*, Ames: The Iowa State University Press, 1982:174.

[2]Linda Hutcheon, *A Theory of Adaptation*, London: Routledge, 2006: XVI.

女卑的观点——"男人是神创造的最伟大的杰作,只要他能经受得住各种诱惑。而妇人之所以能抵挡各种诱惑,恰恰是因为她们心智低下。"①此类言辞显然降低了原作中赵五娘和牛氏的光辉形象,反映出改编者对女性美德的贬低和歧视,不仅与原文赞扬女性的主题相违背,也与目标文化中日益增强的现代女性意识相背离,"把一个华而不实的东方沙文主义的例子当作了所谓的'现实'的感受"②。尽管如此,《琵琶吟》整体上仍然是一次成功的跨文化的文本改编。它将中国孝子贤妻的故事传播至西方,并为英语世界的《琵琶记》演出提供了关键的一剧之本。

---

① Will Irwin and Sidney Howard, adapt., *Lute Song*, Chicago: The Dramatic Publishing Company, 1946:72.
② (美)凯瑟琳·西尔斯著,沈亮译《〈琵琶记〉故事:一出中国戏的美国版》,《戏剧艺术》1999年第4期,第42页。

第三章　英语《琵琶记》在北美
舞台的演出

剧场是戏剧的归宿，舞台演出让戏剧走向更广泛的传播空间。英语《琵琶记》从文本走向舞台，要求制作团队包括导演、演员、舞美设计师、音乐家等各方共同对剧本进行"二度创作"，通过跨文化和跨媒介艺术的融合，赋予作品新的生命和内涵。英语《琵琶记》虽置换了原作的主题和诗学意义，却保留了双线交叉的戏剧结构。戏剧空间宏观上在陈留和京城两地间转换，微观上则涉及蔡屋、牛府、牛府后花园、卖发街道、皇宫殿外、弥陀寺、蔡邕书房等多个场景。戏曲时空具有叙述性、虚拟性和主观性的独特风格，使得频繁的空间转换并不造成混乱感，"很难想像在以物质手段客观再现戏剧空间的西方戏剧中如何表现这样的舞台空间"①。因此，如何在写实舞台上实现时空的自由转换，将"景在演员身上"的戏曲布景以物质化的方式展现，以及中国戏曲的虚拟性、程式性表现美学如何与西方摹仿的再现性艺术深度融合，都是英语《琵琶记》在舞台演出中需要面对的艺术性难题。本章将依次考察美国百老汇、大中院校及夏威夷三个不同制作方排演英语《琵琶记》的目的、过程

---

① 苏永旭主编《戏剧叙事学研究》，中国戏剧出版社2004年版，第100—101页。

以及媒体评价,全面勾勒英语《琵琶记》北美半个世纪之久的舞台传播之旅。

第一节　英语《琵琶记》北美舞台流布概述

北美舞台上最早使用英语演出《琵琶记》的不是西方人,而是在美国深造的中国留学生。1924年秋,一群留学波士顿的中国青年将《琵琶记》改编成一部三幕英语话剧①,以招待外国师友。顾毓琇任编剧,梁实秋负责翻译,赵太侔和闻一多设计布景,还特邀了一位外国戏剧教授前来指导。剧中,梁实秋饰蔡伯喈,谢文秋饰赵五娘,冰心饰牛氏,顾毓琇饰牛丞相,王国秀饰丞相夫人,徐宗涑饰张太公,沈宗濂饰疯子,高长庚饰蔡母,波士顿大学的两位华侨生分饰蔡父和差丁。翌年春天,英语《琵琶记》正式在波士顿美术剧院举行公演,观众大多为美国大学教授和文化界人士。据梁实秋回忆,演出当晚,容纳千人左右的剧院,"黑压压一片,座无虚席;最后幕落,掌声雷动,几乎把屋顶震塌下来"②。翌日,英文《基督教科学箴言报》(The Christian Science Monitor)和当地华人报纸报道了演出盛况。从专业性上看,此次演出只不过是海外留学青年尝试用英语搬演民族戏剧的业余演出。然而,若将此演出事件置于时代背景中考量,便可见其与戏剧的"民族主义"的深刻联系。

自1909年至1920年代末,众多青年赴美留学,彼时恰逢美国"小剧场运动"和"少数族裔剧场"的蓬勃发展期。留学生深受

---

① 主要包括伯喈从"高堂称庆"到"南浦嘱别",从"奉旨招婿"到"再报佳期",以及从"强就鸾凤"到"书馆悲逢"的主要内容。
② 梁实秋著,陈子善编《梁实秋文学回忆录》,岳麓书社1989年版,第40页。

这些戏剧活动的影响,开始重审戏剧艺术的价值。同时,美国戏剧舞台上对中国人形象的歪曲,以及《排华法案》背景下美国社会对亚裔的整体性歧视,都激发了他们强烈的民族主义情感。他们认识到,除了学习西方先进科学以"知识报国"外,还要肩负起重塑国家形象和传播民族文化的使命。《中国留美学生月报》(*The Chinese Students' Monthly*)号召留学生:"不仅要努力消除美国公众对中国的误解和偏见,还要积极传播中国正在发生的事件,传达正确的、真实的见解。"① 于是,处在戏剧、文化碰撞、国家情怀三者交汇的留美学生,拿起戏剧武器,自觉地开展了一系列演剧活动。从早期的《当东方遇见西方》(1910)、《西天取经》(1914)、《新秩序的到来》(1915)、《文明 vs. 民主》(1918)、《为之有室》(1919)、《虹》(1919)到20年代的《复兴》(1921)、《木兰》(1921)、《红楼梦》(1921)、《貂蝉拜月》(1921)、《杨贵妃》(1924)以及1925年的英语话剧《琵琶记》等等无不凝聚了海外留学生强烈的"戏剧的民族主义"情怀。1924年,以赵元任、余上沅、赵太侔等为首的留学生在纽约成立了"中华戏剧改造社"。这个组织不仅帮助留美学子探索与实践戏剧理想,也随着这批戏剧主将的回国很快发展成为一场重要的戏剧改革运动——"国剧运动"。由此,中国留美学子演出英语《琵琶记》,不仅为这批热爱戏剧的留学青年提供了认识与实践戏剧社会、文化和艺术价值的平台,还为他们回国后积极推行"国剧运动"提供了改革动力和精神引领。

　　1930年9月7日至13日,英语话剧《琵琶记》在麻省斯托布里奇市的伯克希尔剧院首次公演一周。此次演出应是美国戏剧实践

---

① Y. L. Tong, "The Chinese Student and the American Public," *The Chinese Students' Monthly* 10, (1914—15), New York: The Cayuga Press, 1915: 348.

者搬演英语《琵琶记》的最早记录,由亚历山大·柯克兰(Alexander Kirkland)和考尔斯·斯特里克兰(Cowles Strickland)两位青年导演执导。

演出虽获好评,却因"既没有性感场面,又缺少搞笑气氛"[①],不具备商业投资价值,因而没能赢得百老汇投资人的青睐。但是,

图3-1　斯托布里奇市《琵琶记》(1930)
惜春和牛氏剧照
来源:《芝加哥论坛报》[②]

由于本次演出的主要赞助者和监制,同时也是牛氏扮演者麦考密克夫人(Mrs. Cyrus H. McCormick Jr.)(图3-1)的特殊身份——美国显赫家族第二代继承人之妻——而使得演出成为媒体关注的焦点,连外州的《芝加哥论坛报》也对演出进行了详尽报道。

然而,在随后的十余年里,《琵琶记》尽染尘灰,鲜有人问津。直至1944年春,卡耐基技术学院的兼职教师莫利斯(Marry Morris)——同时也是百老汇知名的戏剧演员——在

①Robert V. Hudson, *The Writing Game: A Biography of Will Irwin*, Ames: The Iowa State University Press, 1982:156.

② "Society Woman on Stage Incognito," *Chicago Tribune*, Sep. 21, 1930:24.

演员朋友的强烈推荐下,精心策划并组织戏剧系师生排演英语《琵琶记》。此次演出共计八场,反响热烈。演出旨在创造唯美视听效果,深深打动人心。正如导演所说:"我们将演出打造得美丽无比。这部戏剧充满了智慧与美感,其文本之词句亦美不胜收。我们要让它看起来美丽,听起来悦耳。但最伟大的美,必须源自你们自身以及你们内心的情感。"①导演总结,演出的成功得益于全体参与者对这部作品的热爱和彼此良好的合作精神:"这是最出色的业余团队与最专业的人才间的完美融合。若缺少合作精神与无私投入,像《琵琶记》这样制作复杂、表演程式化、内容深邃的作品,不可能成为卡耐基舞台上的一部完整、唯美的成功之作。"②英语《琵琶记》在卡耐基技术学院上演时,美国正笼罩在第二次世界大战的阴云下。此次演出在全国范围内的影响力有限,却触动了校园师生的心灵深处。演出落幕之际,一名乐队指挥不无激动地向导演表达自己的感慨:"欣赏此等艺术,我们深感生命价值之所在,即使战争肆虐,我们依旧坚守这份信念。这正是艺术创造的奇迹,也彰显了艺术存在的深远意义。"③此番话可谓是对《琵琶记》卡耐基校园成功演出的最高赞誉。正因如此,导演莫利斯在给朋友的回信中底气十足地写道:"毫无疑问,你当初的推荐是正确的。观众确实度过了一个难以磨灭的美妙之夜!"④

　　1944年11月19日,美国天主教大学戏剧系的师生共同制作了英语话剧版《琵琶记》,由艾伦·施奈德(Alan Schneider)执导。这次校园演出引起了百老汇鬼才制作人麦克·迈尔伯格(Michael

---

①Mary Morris,"*Lute Song* at Carnegie,"*Bulletin*,1944,6(3):35.

②Ibid.,p. 43.

③Ibid.,p. 44.

④Ibid.,p. 44.

Myerberg，1906—1974）的兴趣，决定将之改造为一部音乐剧《琵琶吟》(*Lute Song*)。排演工作完成后，《琵琶吟》并未急于亮相百老汇，而是接受美国戏剧协会的赞助，相继在纽黑文、费城和波士顿三城进行为期七周的巡演，为百老汇演出做最终的精调和修改。1946年2月6日，《琵琶吟》在百老汇普利茅斯剧院举行首演。演出持续四个月，共进行了142场演出，最终获得伯恩斯·曼特尔年度"十大最佳戏剧"①。

　　1946年秋，音乐剧《琵琶吟》结束了百老汇演出，开启为期九个月的国内巡演。剧组从纽约州出发，抵达罗切斯特、芝加哥、哥伦布、辛辛那提、纽约、圣路易斯、密尔沃基、麦迪逊、印第安纳波利斯、旧金山、洛杉矶、底特律和匹兹堡等地。两年后，音乐剧《琵琶吟》登上国际舞台。瑞典导演埃里克·布隆伯格将英语《琵琶记》剧本转译成瑞典语，并在斯德哥尔摩进行了演出。1948年10月，英国导演阿尔伯特·德·库尔维尔执导的《琵琶吟》在伦敦冬日花园剧院上演（图3-2）。

　　1959年，《琵琶记》重返百老汇舞台，在纽约城市中心剧院（New York City Center）举行了为期6周的复排演出。此次演出由约翰·保罗（John Paul）执导，赵五娘仍由百老汇演员多莉·哈斯（Dolly Hass）出演，而蔡伯喈改由以色列哑剧演员薛克·欧菲尔（Shaike Ophir）饰演。相比十余年前的首演，这次复演在媒体热度上略显逊色。《纽约时报》认为，演出的意义更多地体现在"对已

---

① 罗伯特·伯恩斯·曼特尔（Robert Burns Mantle，1873—1948）是美国纽约知名戏剧评论家和剧作家。他于1920年创立刊物"Best Plays"，评选出百老汇年度最佳戏剧。曼特尔以深入的戏剧批评和洞察力而闻名，其评论既注重演员的表演，也关注剧本和导演的质量。

图3-2　伦敦冬日花园剧院《琵琶记》(1948)"书馆悲逢"剧照
来源:《苍穹》①

逝主创人员的深切缅怀与崇高致敬"②。作为一部节奏缓慢的寓言音乐剧,《琵琶吟》"不可能成为广受大众追捧之作,不过,对于深爱戏剧艺术的人士而言,其独特魅力不可小觑"③。

　　二战后,美国教育戏剧的蓬勃发展为英语《琵琶记》在更广阔范围的演出创造了新机遇。英语《琵琶记》逐渐成为美国大中院校及社区艺术节、戏剧节以及其他庆祝活动上的一部可与《哈姆雷特》相提并论的保留剧目。仅在1949—1958年这十年间,美国有60余所大中院校正式演出了英语《琵琶记》。校园演出将具有东

---

① "A Scene from *Lute Song* at the Winter Garden Theatre," *The Sphere*,Oct. 23, 1948:29.

②Brooks Atkinson,"Theater:*Lute Song* at City Center," *The New York Times*, Mar. 13,1959.

③Jack Gaver,"*Lute Song* Offered with Old Costumes," *The Cincinnati Enquirer*, Mar. 21,1959:16.

方情调的《琵琶记》带到那些因地理位置偏远,或经济条件有限而无法亲临百老汇演出的学生和社区民众眼前。演出所到之处,反响热烈,整体上受到专业剧评人和普通观众的一致好评。试举一窥全,1949年10月26日至29日,犹他州大学戏剧系为庆祝百年校庆精心排演了英语《琵琶记》,观众对演出的热情持续高涨,以至于演出方又特意加演一场,吸引了8000名成年观众。随后,他们又举办了学生专场演出,吸引了近10000名中小学生观众前来观看。正如当地报纸报道的:"一部作品能够吸引成千上万的观众,不仅创下了犹他州大学室内剧观看人数的历史新高,还创下美国校园戏剧观众人数的最高记录。"①足可见英语《琵琶记》校园演出受欢迎程度之高。

　　20世纪60年代迎来《琵琶记》北美演出的第二次高潮。仅在1960年这一年,美国就有20多个城市演出了英语《琵琶记》。1967年,美国国内备受赞誉的非商业性质的职业剧团——国民剧场(National Theatre)——将中国剧《琵琶吟》和莎剧《无事生非》共同作为本年度的巡演剧目,由美国著名戏剧导演吉尔伯特·哈特克(Gilbert V. Hartke)神父执导。从1967年秋至第二年春,国民剧场展开了为期半年的国内巡演活动,先后造访11个州,为20多所高校的师生及社区观众献上精彩演出。1989年6月15日至26日,英语《琵琶记》重回麻省斯托克布里奇市,在伯克希尔夏季戏剧节进行了最后的谢幕演出②。此次演出距离《琵琶记》1930年在此

---

① "University Theater Breaks All Records," *Salt Lake Telegram*, Nov. 4, 1949:8.

② 笔者通过美国在线报纸档案库搜索,发现1989年伯克希尔夏季戏剧节英语《琵琶记》是目前能检索到的最晚的演出记录。29名演员参与了演出,共使用71套服装。参见来源1:Berkshires, "Summer, and it's Time to Act up in Berkshire," *The Boston Globe*, Jun 23, 1989:42. 来源2:Malcolmn L. Johnson, "Berkshire's Summer Theater Season Takes Off," *Hartford Courant*, Jun 18, 1989:113.

的首演,已经跨越了半个多世纪。

　　与美国大陆热衷排演英语《琵琶记》相似的是,夏威夷群岛也展现出制作英语《琵琶记》的浓厚兴趣与实验精神。1932年3月17日至19号,夏威夷大学戏剧社(以下简称夏大戏剧社)在校园礼堂演出了一场中西合璧的实验英语话剧《琵琶记》。除导演亚瑟·怀曼(Arthur E. Wyman)和爱德娜·劳森(Edna B. Lawson)是白人外,剧组其余40多名演职人员都是华裔。演出精彩非凡,得到了专业剧评家的高度肯定:"此次演出标志着夏威夷戏剧界融合东西戏剧艺术的戏剧实验取得里程碑式进步。"①1950年2月23日,正值中国新春佳节之际,夏威夷华系公民会(The Hawaii Chinese Civic Association)制作的英语《琵琶记》在罗斯福中学礼堂公演12场。夏威夷大学演讲系主任约瑟夫·史密斯(Joseph F. Smith)负责执导,资深华裔中国戏曲演员程符丹(Foo-Tan Ching)担任艺术总顾问。同时观看过百老汇与华系公民会两版演出的观众认为,两者的演出风格呈现明显差异,但华系公民会的演出"在服饰和中国戏剧技巧运用方面表现得更加地道、精彩"②。1973年,英语音乐剧《琵琶记》在夏威夷美金利中学礼堂公演,但影响力不大。

　　综上,英语《琵琶记》北美舞台的重要演出按演出主体性质大致可划分为三类:百老汇的商业音乐剧、美国大中院校的教育戏剧,以及夏威夷华裔的文化戏剧。百老汇戏剧是美国商业戏剧的代名词。校园戏剧大多是注重发挥戏剧教育作用的非商业戏剧。夏威夷地区由于其特殊的地理位置、人文环境,以及华裔演员的参

①Loraine Kuck, "Chinese Play is Experiment," *Honolulu Star-Bulletin*, Mar. 18, 1932:26.

②"*Pi Pa Ki* Will Reopen Tonight at Roosevelt," *The Honolulu Advertiser*, Mar. 2, 1950:24.

与，使得在这里上演的英语《琵琶记》具有与美国本土演出不同的特色和演出意义。以上三类演出目的、风格与意义各具特色，共同勾勒出英语《琵琶记》北美舞台传播的全景图。

顺便提及，以"将天下可传之事，通播于天下"为办报宗旨的《申报》，也关注了《琵琶记》在美上演的盛况。1946年1月28日，《申报》美国新闻处波士顿发回电讯《琵琶记在美国上演》，称赞此期波士顿上演的中国名剧《琵琶记》成绩甚佳。"该剧有幽默之对白，与动人之情节，极为观众所欢迎"①。不足一月之隔，《申报》刊登由署名"影呆"的译者翻译的演出剧评，更为详细地介绍了《琵琶记》在波士顿的演出接受。摘其要者如下：

> 一出中国戏剧《琵琶记》在波士顿上演，……，(本剧)依照东方的观念，挽杂西方的思想。此剧的上演，唯一目的完全在消除东西人士的隔膜。所有人员全为美国艺术名流。演出结果，非常圆满，剧情半带曲折，半带诗剧，由百老汇名伶杰尔勃与苏丽文担任男女主角。他们的演技一举一动都恰到好处。歌唱部分更见悦耳。全剧的演出带有不少幽默情调，演出的方式，完全照中国色彩，而适合于时间及空间。观众到了末后几乎忘却了自己为西方人，而充满着东方的心理了。故事很简单……全剧所有角色，个性方面……斯各脱使剧情充分带有中国彩色，而他所谱歌曲，偶然反映出喜剧情调。最大的成功，在于服装及布景。演出的第一夜，剧场来个满座，观众散出以后，每个都获一深刻印象，并不住地赞美。②

这篇剧评以完全肯定的语气评述了《琵琶记》在波士顿的"圆

---

① 《〈琵琶记〉在美国上演》，《申报》1946年1月28日，第2页。
② 影呆译《〈琵琶记〉在美上演》，《申报》1946年2月24日，第4页。

满"演出,所论所提基本符合客观事实;译文洋溢着民族自豪感。但是,认为《琵琶记》在美上演,"唯一目的完全在消除东西人士的隔膜"观点有待商榷,后文将展开相关论述。《申报》没有继续追踪《琵琶记》在纽约百老汇的演出报道,但刊发了该报英国新闻处伦敦发回的电讯[①],预告《琵琶记》定于1948年10月初在伦敦冬季花园戏院开演。限于资讯来往水平、交通出行方式以及时代背景条件,《申报》关于《琵琶记》在美上演的报道篇数有限,却也引起"涟漪"效果。题为"《琵琶记》的写作地点"的专栏文章,开篇和读者分享"前几月听到《琵琶记》在美上演,颇得好评。最近看到报上宣传,说是《琵琶记》已由田汉改编为话剧了"[②]。《琵琶记》在美演出的新闻与撰稿人论述《琵琶记》写作地点的主题内容毫不相关,撰稿人开篇特意"插播"这则新闻,这表明在那个时代,中国名剧《琵琶记》走出国门在海外盛演的事实,是当时一件值得骄傲与"振奋人心"的文化大事件。

第二节　《琵琶吟》百老汇演出与批评

在戏剧领域,改编不仅意味着创造一个正式的、富于新意的改编文本,还关乎该文本的舞台呈现及观众对演出的理解和接受过程。本节讨论跨文化戏剧《琵琶吟》百老汇首演与接受情况。

一、《琵琶吟》百老汇首演整体评价

作为商业戏剧的代名词,百老汇音乐剧是"跨越在大众戏剧和创新戏剧之间的双重'交叉性'。同时,行业的能量、观众的追捧、

---

①《〈琵琶记〉将在伦敦上演》,《申报》1948年9月22日,第3页。
②天行《〈琵琶记〉的写作地点》,《申报》1946年11月20日,第11页。

明星和市场的强大推力共同构成百老汇的特色"①。因此,在百老汇,作品创作从一开始就是艺术与商业间的一场博弈,而艺术往往屈从于公众审美的压力。美国戏剧界对《琵琶吟》百老汇首演毁誉不一,整体上充满矛盾与不确定性,但通常是抱着尊重的态度。

　　《纽约时报》评论,《琵琶吟》"综合了戏剧、场面展示和音乐剧三种艺术元素,但却不归属于其中任何一类"②,整场演出最大的亮点体现在舞美设计上。舞台上色彩流动、千变万化,营造出超越传统剧场空间的幻想世界。灯光与舞者的互动赋予表演一种庄严和威仪。然而,音乐表现稍显乏力,更接近当代美国风格,而非15世纪的中国曲风。故事虽围绕主题曲《山高谷深》展开,却未能持续吸引观众。主演马汀的表演太过美国化,不像中国人。她的歌唱得不错,却不感人,无法深刻表现女主角乞丐寻夫途中应有的谦卑与忠贞形象。有人认为《琵琶吟》是恢宏巨制,有人则持保留态度。不过,至少它称得上是一部"英雄之作"——它大胆挑战了百老汇音乐剧的常规俗套。艺术家们满怀诚意,全力以赴,实现了艺术创新。即使演出最终未能完全达到预期,责不在作品(舞台制作不粗糙),也不在制作人(制作人勇气可嘉)。总体来看,《琵琶吟》实现了百老汇艺术家设定的真诚而崇高的艺术目标,它理应获得尊重。《每日新闻》给出了"视觉壮观、表演浮夸"③的综合评价,认为在视觉表现上,《琵琶吟》堪称一部最精致、最激动人心的演出。

①(法)弗雷德里克·马特尔著,傅楚楚译《戏剧在美国的衰落:又如何在法国得以生存》,商务印书馆2020年版,第19页。
②Lewis Nichols, "*Lute Song*: The New Play Taken from the Chinese Has a High and Sincere Aim," *The New York Times*, Feb. 17, 1946
③John Chapman, "*Lute Song* Visually Magnificent But Self-conscious as to Drama," *Daily News*, Feb.8, 1946:131.

琼斯不负众望地再次证明他是美国一流的舞美设计师。然而,舞台设计只是整个演出中的一环,它是表达故事的形式和手段,而不是故事的全部。舞台上呈现的生活,也不能仅仅局限于讲故事。《琵琶吟》的叙事方式略带浮夸,流露出一种附庸风雅的痕迹,不禁让人想起每年六月女子学校里那些笨拙的戏剧演出。这表明,无论舞台设计多么引人入胜,它都应该服务于情节的展开,而不应成为主导。华美的舞台设计应与有深度的情节相匹配。《天主世界》认为《琵琶吟》舞台布景的奢简程度把握得恰到好处:"简约的舞台布景中蕴含着奢华,但这份奢华又恰如其分地限制在高贵设计的界内。灯光如魔法般迷人,天国与佛寺的场景让人不禁加快呼吸。"[1]然而,《周六评论》却批评奢华布景与平实情节存在矛盾:"简单的情节被布景淹没了。"大多数评论家批评演出节奏过于松缓,配乐也缺乏吸引力。《年度剧场书籍》却持不同意见,坚称《琵琶吟》的演出"扣人心弦且令人动容,尽管不可否认地间或出现拖沓和失误,但它就像是在铜管乐器震耳噪音中响起的曼陀林之声"[2]。甚至有评论者指出,《琵琶吟》制作精良,品味高雅,需要有一定的鉴赏眼光,那些囫囵吞枣般评价中国戏曲的人,可能更适合观看皮卡迪利马戏团或百老汇的讽刺剧。

美国戏剧界对《琵琶吟》的矛盾性评价与其自身的实验性质有关。一定意义上可说,《琵琶吟》是一部诞生于百老汇音乐剧黄金时代的"实验音乐剧"。该剧探索了如何将中国戏曲艺术元素融入西方音乐剧的实验过程。其艺术上的创新不仅挑战了美国主流

①Samuel L. Leiter, *The Encyclopedia of the New York Stage 1940—1950*, Westport:Greenwood Press, 1989:381.
②Ibid.

音乐剧的制作模式,也重塑了现实主义戏剧舞台。在这个过程中,不论是赞誉还是批评,都是实验剧需要面对的。多元混杂的声音也表明,将"歌舞演故事"的中国戏曲搬到百老汇音乐剧舞台可能遭遇的困境与挑战,既包括艺术制作上的技术难题,也包括专业剧评和大众审美的心理隔阂。媒体批评《琵琶吟》制作"太中国化",又有评论说其"不够中国化",恰恰展示了这种矛盾。坦白说,连演4个月共142场的演出并不能说明《琵琶吟》在百老汇的演出遭遇彻底失败,但充其量也只能说其表现平平。年度"十大最佳戏剧"的荣誉,更多是对舞美设计的局部认可。下文将重点介绍《琵琶吟》百老汇演出的布景、服饰、灯光等舞美设计特色,并探析其情节为何被"布景"吞噬,以及演出整体上不卖座的原因。

二、《琵琶吟》百老汇演出的舞美设计

1945年,美国现代戏剧第一代最具影响力的舞美设计师——罗伯特·埃德蒙·琼斯(Robert E. Jones,1887—1954)①受邀为《琵琶吟》担纲布景、服装和灯光设计。琼斯耗时14个月,精心设计了16个场景和数百套服装,为观众献上一场无与伦比的视觉盛宴。时任纽约大都会博物馆远东艺术馆馆长的阿伦·普里斯特

---

① 琼斯是美国杰出的现代舞美设计师、导演和戏剧理论家,早年就读于哈佛大学,师从乔治·贝克(George Baker),后到柏林问学于布景大师马克思·莱因哈特(Max Reinhardt)。他为百老汇留下了众多经典舞美设计,其中最广受好评的作品包括《理查三世》《麦克白》《哈姆雷特》《荒野》《海鸥》《绿茵牧场》《艾里特拉戴孝》《送冰的人来了》《大神布朗》等。此外,琼斯在舞台设计理论方面也有建树,曾多次走进大学校园,巡回宣讲"新戏剧艺术"(the New Theatre)的理念,其理论著作《戏剧的想象》(*The Dramatic Imagination*,1941)对戏剧的本质、舞台表达和艺术形式进行了深入的思考和研究。该书被列为美国大学舞台设计专业必读书目。

(Alan Priest,1898—1969)盛赞:"琼斯先生的布景设计宛若一幅徐徐展开的中国画卷,其精妙绝伦,可谓迄今西方舞台对中国戏剧最美且最为真实的视觉呈现。倘若《琵琶吟》有幸在中国演出,舞台布景与整个演出的精湛之处必将赢得中国观众的掌声。他们会从头到尾看懂,并喜欢上这部作品。"①琼斯如何巧妙地将写意舞台和写实舞台融合? 如何成功实现戏剧空间灵活地在陈留和京城之间切换? 要回答以上问题,首先有必要对琼斯的设计理念作简要介绍。

(一)琼斯:诗性写意的简洁舞台

有学者称,琼斯是一位超越时代的先锋人物,他虽生于19世纪,却属于21世纪。他是首位将欧洲"新舞台艺术"(New Stagecraft)引介至美国的先驱,对美国舞台实践的革新及理论构建方面贡献卓越,被誉为"美国舞美设计之父"。在现实主义舞台艺术大行其道的时代,琼斯对之厌恶难忍。他摒弃纽约舞台上盛行的"虚假现实主义",穷尽毕生才华,从实践和理论上构建一种梦幻、象征、诗意的极简舞台。戏剧评论家阿特金森(Justin Atkinson,1894—1984)将之高度概括为"诗性的写意舞台(Poetic idealism)"②。

琼斯的设计理念深受现代心理学和电影技术发展的影响③。他力图在舞台设计中捕捉并展现人物的外在世界与内在心灵,追

①Donald Oenslager,"*Settings by Robert Edmond Jones*," Ralph Pendleton,ed., *The Theatre of Robert Edmond Jones*,Middletown:Wesleyan University Press, 1958:138.

②Anthony Hostetter and Elisabeth Hostetter,"Robert Edmond Jones:Theatre and Motion Pictures,Bridging Reality and Dreams," *Theatre Symposium*,2011,19:26.

③1926至1927年期间,琼斯定居苏黎世,接受了著名瑞士心理学家卡尔·荣格(Carl Jung,1875—1961)为期一年的精神分析。荣格关于梦境、原型、意识和潜意识等领域的最新心理学研究成果影响了琼斯的舞台艺术理念。

求一种既能表现客观形式又能传达主观精神的舞台风格,旨在在舞台上营造一种梦幻境界,反对过于贴近现实,缺乏戏剧性与生机的散文式(prose)现实舞台。他坚信,舞台设计师的真正身份"不是建筑师、画家、雕塑家或音乐家,而应当是诗人"①,要擅长运用富有表现力的语言——意象来传达深邃思想和感情。如诗如梦的舞台,正是由一系列暗示性、象征性、隐喻性的意象所构成的奇妙集合。启动舞台设计升华的关键在于它们能否激发观众的想象力,因为"好的布景不应是一幅画,而是一种想象。它可以眼见,又要意会;这是一种感受,也是一种唤醒"②。从"眼见"到"意会"的过程,与中国古典文论中所述的从"物象"到"意象"的升华过程颇为相似。观众和读者都需要动用自己的想象力,形成一幅心理图景。正如琼斯在其标志性理论著作《戏剧的想象》中强调,"想象是人类用心灵之眼(the eye of the mind)观物的特殊能力,想象是戏剧本质的核心"③。

显然,堆砌着各种道具和照相式布景的现实舞台会扼杀人的想象力,肉眼所及的有限空间无法与"心灵之眼"激发出的无限世界相媲美。所以,琼斯偏爱在空荡的极简舞台上,运用尽可能少的象征性布景来唤醒观众的想象力。为了突出演员的主体性和表演的主导作用,琼斯提倡回归古老、简约的舞台艺术,甚至曾言:"在我们这个时代,剧院里能发生的最美好的事情,就是为剧作家、演员和导演提供一个没有任何布景的空荡舞台。"④琼斯始终认为,布景应服务于演员的表演;布景不是用来看的,而是用来被遗忘

---

① Robert E. Jones, *The Dramatic Imagination*, New York:Theatre Arts Books, 1941:77.
② Ibid., p. 26.
③ Ibid., p. 90.
④ Ibid., p. 35.

的。"伟大的舞台设计,仿佛游离于空间维度之外,其辽阔无垠,宛如空气般遍布无际。"①好的布景又若交响乐的伴奏,既能引起观众的共鸣,却又仿佛无迹可寻。琼斯的理念在于在"虚无"中创造无限,这与中国古代哲学家所提倡的"大音希声、大象无形"和"大乐必易、大礼必简"的思想有着异曲同工之妙,体现了深邃的智慧与美学追求。

琼斯倡导的"诗性的写意舞台"与中国戏曲的"假定性舞台"有着不谋而合的美学内涵。不可否认,中国戏曲空舞台的产生部分源于社会发展的滞后和物质条件的匮乏,而琼斯推崇的极简舞台,更多地反映了西方艺术家对物质过剩的现实舞台的自觉抛弃和有意的反叛。然而,横亘时空的东西方戏剧美学在20世纪中叶相遇并相融,两者都提倡简约的舞台布景,强调布景与演员表演的和谐统一,以象征性的舞台符号激发观众的想象力,引导他们用"心灵之眼"观看剧目。当琼斯受邀为改编自中国戏曲的百老汇音乐剧设计舞台美术时,他的戏剧理念如何得以实现? 这种舞台艺术展现何种新颖特色? 观众又将如何接受和理解这种美学范式?

(二)《琵琶吟》的舞美设计特色

南戏《琵琶记》采用生旦各领一线的双线叙事结构,故事在陈留和洛阳两地贫富贵贱的强烈对比中交替展开,时间跨度约四至五年。《琵琶记》戏剧时空的频繁转换,对于"布景在演员身上"的戏曲舞台而言不会造成太多不便。因为"戏曲分场的特点,在于扮演者对待舞台的态度,主要不是依靠物质环境的诱导而进入角色的情景的,而是靠自己特殊的表演——一边虚拟环境,同时就在虚

---

① Robert E. Jones, *The Dramatic Imagination*, New York: Theatre Arts Books, 1941:76.

拟环境的过程创造生活幻觉进入角色的生活的"①。台上演员的一句念白、唱词或者一个动作,就足以交代和改变场景,实现时空的自由转换。历史上物质条件匮乏的客观原因促使中国传统戏剧寻求非物质手段来实现场景转换,不期然地实现了戏曲时空的自由转换。然而,20世纪中叶的西方舞台,仍处在"后戏剧剧场"尚未到来的"戏剧剧场"阶段,其戏剧时空主要通过景物造型和灯光技术等物质手段来呈现,是一种物质写实主义(material realism)②。有学者指出:"在时空转换方面,中国传统戏剧和西方写实主义的区别不在于时空本身接续与并存的秩序,而只在于确定时空的手段是物质的还是非物质的。"③陈多先生曾简洁地定义戏曲:"戏曲是以歌、舞、诗为主要物质媒介来表演的戏剧。"④但这里所说的物质媒介——歌、舞、诗——实质上是三种艺术表现形式或手段,它们独立于日常物品,却必须依赖演员的"四功五法"才能实现,与西方现实主义舞台上可触摸的有形物体所指的意义不同。对于琼斯而言,在依赖物质手段的写实舞台上实现频繁的时空转换是个巨大挑战。他甚至与设计大师贝拉斯科一起探讨解决方案的可行性。最终,琼斯采用了一种半自由的时空转换方法,出色地解决了这一难题。

1. 半自由的时空转换

琼斯曾表示,他要为《琵琶吟》"打造一种印象派舞台,让布景

①阿甲《戏曲表演论集》,上海文艺出版社1962年版,第5页。
②Christopher Baugh, *Theatre, Performance and Technology: The Development and Transformation of Scenography*, Hampshire: Palgrave Macmillan, 2013.
③陈恬《无意识的自由:论中国传统戏剧舞台时空》,《戏剧艺术》2016年第6期,第34页。
④陈多《戏曲美学》,四川人民出版社2001年版,第67页。

在东方的叙述方式中逐一呈现"[1]。整个舞台呈极简风格,一如中国传统戏曲的空舞台。舞台中央的平台和阶梯装置将舞台空间划分为高台表演区和平台表演区,也可称为内舞台与外舞台。这组装置构成整个舞台的基础布景,贯穿全剧始终如一,体现了"只有艺术大师才能创造的终极美——简洁"[2]。演员从舞台正后方的幕布入口进入,通过高台表演区左、右、前三方的阶梯,实现高台和平台表演区之间自由的舞台调度。高台表演区主要用于内景展示,依次作为蔡屋、牛府、牛府后花园的亭子、皇宫外景、粮官的公堂以及寺庙内堂等场景。平台表演区则用作展示牛府后花园、蔡屋外景、卖发的街道、葬礼地点等外景(图3-3)。

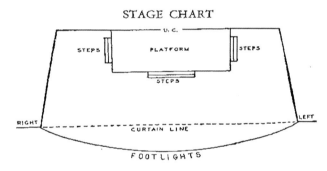

图3-3　百老汇《琵琶记》(1946)演出舞台区位图
来源:*Lute Song*剧本 [3]

---

[1]Donald Oenslager,"Settings by Robert Edmond Jones,"Ralph Pendleton,ed.,
The Theatre of Robert Edmond Jones,Middletown:Wesleyan University Press,
1958:135.

[2]Thomas B. Sherman. "*Lute Song* Opens at American Theater,"*St. Louis Post-Dispatch*,Nov. 5,1946:19.

[3]Will Irwin and Sidney Howard,adapt.,*Lute Song*,Chicago:The Dramatic
Publishing Company,1946:9.

　　这组看似简单实则蕴含复杂的艺术构思的基础布景堪称大师级作品,成功地解决了戏剧空间频繁转换的难题。内舞台上,不同颜色的垂帘被用来巧妙暗示场景的变化:浅蓝色代表蔡家,金黄色象征牛家,黑白色暗指卖发街道,黑金色代表粮官公堂,红金色则暗示皇宫场景。琼斯深入挖掘了中国文化语境中颜色的独特内涵,巧用垂帘颜色所产生的联想与象征意义来实现场景的变换。当不同颜色的垂帘与戏剧情境相结合,观众在想象力的驱动下用心灵之眼去感受和理解,眼前的垂帘便转化为"心灵之眼"中的生活场景。难怪乎评论家惊叹道:"利用垂帘颜色来象征场景,使得场景转换轻而易举,犹如掀起一层面纱。"①但由谁来"掀面纱"?答案是"隐形的检场"。琼斯巧妙结合传统戏曲舞台上"视而不见"的检场角色,因为他们可以自如进出舞台空间,更换垂帘和道具,从而实现戏剧空间的转换。观众发挥想象力构建的场景,"远比贝拉斯科或莱因哈特等现实主义布景大师的作品更为宏伟"②。

　　此外,舞台上具有暗示性功能的道具也有助于戏剧空间的转换。这一功能的有效实现,同样离不开检场的协助。如第2幕第5场,黑白相间的垂帘为舞台营造出一种凄凉而沉重的氛围。观众首先看到的是五娘街头卖发的场景。随后,两位检场登场,搬来写有汉字的墓碑、白花树枝、碗等道具,舞台空间便瞬间从街道自然过渡到葬礼地点。检场进入舞台空间,既是彰显中国传统戏剧演剧惯例的标志性动作,也是打破西方现实舞台幻境,营造间离效果的有效手段,比较契合当时西方剧场转向"叙事性戏剧"的舞台

①John K. Sherman,"*Lute Song*,at the Lyceum,Has Charm and Poignancy,"*The Minneapolis Star*,Oct. 22,1946:14.
②Will Irwin,"The Drama That was in Chinatown,"*The New York Times Book Review and Magazine*,April 10,1921:3.

实践。

　　音乐剧《琵琶吟》还借鉴了中国戏曲的程式化动作来推动布景的构建与转换。尽管西方戏剧舞台上有哑剧表演的传统，但通常多见于滑稽喜剧。戏曲的程式化动作被移植到西方舞台上，并以哑剧表演（pantomime）命名，成为中国戏曲文化与西方戏剧文化交汇、嫁接而生的一种新的表演形式。在本质上为写实的舞台上，演员偶尔表演几个戏曲的程式化动作，如开门状、关门状、倒米状、吃饭状、剪发状，不免显得有些怪异和突兀，但从构建和转换舞台时空的角度来看，这些哑剧动作却是成功的，在一定程度上实现了戏曲"布景部分在演员身上"的效果。例如第3幕第3场，张太公到访蔡家，劝说伯喈进京赶考的场景，舞台提示如下：

　　　　张太公向着高台右方走了几步，作敲门状。此间，蔡邕放下手中的书，起身，作开门状，见是太公，深鞠躬，挥手示意太公进屋。太公神气地摇扇以示回应，进了屋。[1]

　　这一系列敲门、开门、进门的哑剧动作，虽然没有实际的门存在，却暗示了高台内亭场景转换为蔡屋。太公在屋外，蔡邕在屋内。太公摇着扇，进入那道假想的门，他就进了蔡屋，场景瞬时就从屋外转换至屋内，实现了戏剧时空的线性发展。同样，当惜春作开门状，从亭子出来，随手关上这道不存在的门时，金黄色幕布发挥着共时的隐喻性象征作用。观众眼前立刻浮现出一座金碧辉煌、庭院深深的朱漆大门。牛府的这道门与蔡屋的那道门有所不同。它们无形，无具象。它们是空，也是无，但观众丰富的想象力为这些"空无"赋予了无垠的多姿多彩。在虚拟动作中构建的"门"

---

[1] Will Irwin and Sidney Howard, adapt., *Lute Song*, Chicago: The Dramatic Publishing Company, 1946: 12.

布景,内容之丰富,换景之迅捷,超越了写实主义布景设计师所能达到的境界。

《琵琶吟》的简约舞台为观众的戏剧想象提供了无限空间。其极简风格利用垂帘、暗示性道具、灯光等物质条件展示戏剧空间,转换手段在本质上是物质性的。同时,又巧妙地融入了中国戏曲舞台艺术的非物质手段,如检场人自由进出舞台空间,演员表演开门、关门等虚拟化动作实现时空的顺畅转换。如果说中国戏曲舞台因物质条件有限,不自觉地以非物质手段——演员的表演代替布景技术,实现时空的自由转换,那么《琵琶吟》的舞台设计者则是自觉减少对物质手段的依赖,寻求物质与非物质手段之间的最佳平衡点。在写实与写意的艺术形式中达到微妙的融合,实现戏剧时空的"半自由"转换,有效解决了东方写意戏剧在西方写实舞台上频繁转换时空的难题。

2.诗性写意与物质写实的杂糅舞台

《琵琶吟》的舞台设计展现了一种抽象、符号化且富有诗性的风格。这些符号的象征与联想意义,并非无端臆想,而是植根于剧作的源头文化之中。琼斯曾投入数月时间,深入研究中国戏曲舞台的相关文献,以确保舞台设计的文化底蕴与真实性。台上的景物,构成一个个隐喻的场域,处处彰显了东方文化。富含中国文化韵味的物件(图3-4),如传统的一桌二椅、神龙图案、青铜门、屏风、扇子、假山、笔墨纸砚、庙宇、画轴、跷跷板以及汉字"啸"、"虎"、"妣"、墓碑、纸雕佛像、菊花、风筝、胭脂盒等,都根据剧情的需要灵活地融入舞台之中。它们不仅作为民族文化的符号参与戏剧时空的构建,还以象征和隐喻的方式,展示角色的社会身份和当下的情感状态。当布景符号的象征意义与演员的在场表演达成和谐统一时,文化物件成功地定义和展现了舞台的中国性,也体现了"民族

图3-4　百老汇《琵琶吟》(1946)舞美设计团队工作现场图
威廉·德莱克(William Drake)拍摄,来源:个人收藏

文化、精神文化和心灵文化对作品风格的限制与定义"①。

　　总体来看,琼斯并未简单地对文化物件进行"照相机式"的复制或照搬,而是"将实际物体转化为夸张的剧场语言"②,以此增强物件的艺术魅力,凸显戏剧张力。琼斯曾以柏拉图的名言"我追求的

①Stark Young, "Robert Edmond Jones:A Note," Ralph Pendleton, ed., *The Theatre of Robert Edmond Jones*, Middletown:Wesleyan University Press, 1958:6.
②Donald Oenslager, "Settings by Robert Edmond Jones," Ralph Pendleton, ed., *The Theatre of Robert Edmond Jones*, Middletown:Wesleyan University Press, 1958:134.

是美,而不仅仅是美的东西"来诠释他对好的布景的理解。在他看来,"一组布景不只是美的东西或美的集合,而是一种风格、一种氛围、一段戏剧交响乐伴奏,一阵吹旺戏剧火焰的风。它无声,却表达了一切"①。《琵琶吟》台上的文化物件通常是以变形的、抽象的方式呈现。它们是实物具象经过抽象与升华后,更具美感的意象符号。

第3幕第6场表现牛府后花园的场景中,内舞台设置了两块竖立的屏风,屏风之间有两座钴蓝色的高大假山石。假山是亭内唯一的装饰,也是《琵琶吟》作为中国剧的重要象征。然而,假山石造型不以正面示众,而是通过两侧轮廓剪影的叠加形成侧影形象。异形后的假山,相比真实假山更显抽象,更具舞台化形象,不但为牛府后花园剧情的展开提供了基本的活动空间,也为剧中伯喈与牛氏二人情感纠葛营造了外在氛围,并为更好地激发观众的想象力提供了必要的视觉焦点(图3-5)。

图3-5　百老汇《琵琶吟》(1946)牛府后花园布景稿图
来源:《罗伯特·琼斯的戏剧舞台》,第121页

① Robert E. Jones, *The Dramatic Imagination*, New York: Theatre Arts Books, 1941:26.

再举一例,剧初,大幕升起,舞台监督登场介绍剧情。此时,整幅大幕是一堵由看似汉字却非汉字构成的"草书体汉字墙"(图3-6)。文字密集排列,纵向展开,多达30多列,仅在大幕的左右上端以两片祥云图进行点缀。大幕上的汉字,似字非字,似图非图。它们显然不承担传统的表意功能,而是作为文化意象的集合体存在。它们"不是描述性的,而是唤起性的"[1] 。当舞台监督向观众概述故事背景,提出引人深思的问题时,这堵"汉字墙"以其图示意,以形会神的方式,仿佛将舞台监督口中的每一个字变成书写的符号,并在大幕上逐一呈现,成功地营造出了一种中国舞台的文化意境,预示即将上演的是一部与文人书生主题相关的中国剧作。大幕布景与舞台监督的表演相辅相成,互为补充。舞台监督的文字叙述赋予大幕上的图像以文字的身份,而"汉字墙"的存在又加强了舞台监督表演的叙事功能。正如琼斯自己所言,"舞台布景没

图3-6　百老汇《琵琶吟》(1946)舞台监督开场大幕稿图
来源:《罗伯特·琼斯的戏剧舞台》,第117页

---

[1]Robert E. Jones, *The Dramatic Imagination*, New York: Theatre Arts Books, 1941:81.

有独立的生命。它的使命是服务于演出。没有演员,布景便失去了存在的意义"①。

　　与之类似的还有第2幕第5场《街铺》(图3-7)的设计。五娘走上街头,想要卖发祝坟,安葬公婆。街道上的一家家店铺被抽象为一幅幅带有铺名的旗标,观众仿佛置身于中国古代街道市集中。每幅旗标的上部分绘有图案,下部分配有文字。图案和文字都采用了抽象、象征、符号性的表达方式,模糊地暗示了店铺类型和营业范围。琼斯放弃了具象表达,代之以抽象描述,让布景成为剧情的有效衬托,体现了他一贯的设计风格:"从不刻意凸显现实主义,而是低调地暗示氛围,通过戏剧性的想象来揭示场景的本质特征。"②弥陀寺布景(图3-8)风格亦然。

图3-7　百老汇《琵琶吟》(1946)五娘卖发街铺布景稿图
来源:《罗伯特·琼斯的戏剧舞台》,第118页

①Robert E. Jones, *The Dramatic Imagination*, New York: Theatre Arts Books, 1941:70.

②Donald Oenslager, "Settings by Robert Edmond Jones," Ralph Pendleton, ed., *The Theatre of Robert Edmond Jones*, Middletown: Wesleyan University Press, 1958:131.

图3-8　百老汇《琵琶吟》(1946)弥陀寺布景稿图
来源：美国斯旺文画廊网站①

3.异国情调的东方服饰

在戏剧艺术的舞台呈现中,服饰是舞台布景的核心组成部分,承载着极为重要的符号学意义与美学价值。它们不单是对角色身份和故事情境的简单的视觉再现,更要通过色彩、样式与材质的精心选取与搭配,丰富戏剧的叙事深度和情感层次,为观众提供一种沉浸式和多元化的审美体验。在琼斯的设计理念中,"演员和其服装是他最优先考虑的;然后再围绕这一中心,精心设计和谐的舞台布景或演出环境"②。琼斯埋头四个月钻研东方服饰,承担了剧中

①https://catalogue.swanngalleries.com/Lots/auction-lot/(THEATER)--ROBERT-EDMOND-JONES-The-Temple?saleno=2423&lotNo=176&refNo=716792

②Donald Oenslager,"Settings by Robert Edmond Jones,"Ralph Pendleton,ed., *The Theatre of Robert Edmond Jones*,Middletown:Wesleyan University Press,1958:132.

除女主角外所有角色的服装设计,共计150套。他的服装设计堪称一绝,"不失为极品"①。每套服饰都完美贴合角色身份,充满东方特色:"乞丐服的破烂,王公贵族服的奢华及那份异国情调,恐怕除了琼斯再无他人可以想象出来。"②尤其是京城人物衣服之精致与华丽赢得了广泛赞誉,其制作成本之昂贵也是百老汇史上少有的。根据纽约州《民主与纪事报》③的报道,《琵琶吟》的制作总成本高达20万美元,其中服饰支出占据了一大部分。女主角马汀的服装由顶级奢侈品牌华伦天奴量身定制,开销尤为显著。超过60套服装须用到特别订购的高价绫罗绸缎,几乎将美国市场上的丝织品搜罗一空。这些服装每套用料超过21米,设计复杂、做工精细,单单布料成本便达到1500美元。演员们身着华丽服装,行走在简约的一桌二椅舞台上,东方的仪式感和造型感扑面而来。主要角色的服饰造型如下组图(图3-9至图3-14)。琼斯所设计的服装与布景、灯光三者完美融合,为观众献上一场视觉盛宴。演出既有悦耳目之感,又有动心魄之情,被誉为近年来百老汇舞台上"最具品味的戏剧奇迹之一"④,"唯美"一词遂成为戏剧界评价此剧的关键词。有剧评家如此描述:

> 舞台场景在视觉上显得丰富而壮观,生动描绘了中国的典礼游行、宗教仪式和宫廷生活。富丽堂皇的服装与布景,充

---

① John Chapman, "*Lute Song* Visually Magnificent but Self-conscious as to Drama," *Daily News*, Feb. 8, 1946:131.

② John Chapman, "Season's Fines: Michael Myerberg Gives *Lute Song*, A Memorable, Beautiful Production," *Daily News*, Feb. 17, 1946:345.

③ "Theater Taste Unchanged, Says *Lute Song* Producer," *Democrat and Chronicle*, Sep. 14, 1946:14.

④ Jack O'Brian, "Beautiful Sets Feature New Broadway Play *Lute Song*," *Daily Press*, Feb. 17, 1946:19.

满异国情调。多彩的颜色如红、金、银、孔雀蓝、橙、青铜、白、
黑、淡紫、绿等如万花筒般装饰着舞台。布景上绣有龙、踩高
跷者、杂技表演者和蒙面舞者等图案,处处彰显东方的异域
风情。①

图3-9　百老汇《琵琶吟》(1946)
　　　百老汇演出剧照
前排:赵五娘(玛丽·马汀饰);后排:牛丞
相(麦凯·莫里斯饰)、蔡伯喈(尤尔·布
林纳饰)、牛小姐(海伦·克雷格饰)
　　　来源:网络②

图3-10　百老汇《琵琶吟》(1946)蔡伯喈
　　　(尤尔·布林纳饰)剧照
　　　来源:网络③

---

① E. B. Radcliffe, "Extraordinary Diversion Offered in *Lute Song*," *The Cincinnati Enquirer*, Oct. 18, 1946:17

② https://www.facebook.com/DossHeritageandCultureCenter/videos/lute-song-volume-1-a-very-unusual-show-for-mary-martin/706528890105348/

③ http://misgalgasyoy.blogspot.com/2011/04/yul-brynner-interpretando-mad-about-boy.html

图3-11　百老汇《琵琶吟》国内巡演
（1946）牛小姐（多罗西·比蒂饰）剧照
拍摄：Harry A. Atwell，来源：网络①

图3-12　百老汇《琵琶吟》（1946）
赵五娘和蔡公剧照（奥古斯汀·邓肯饰）
来源：网络②

　　东方风情的服饰与中国式一桌二椅、亭阁、屏风、太湖石、寺庙、垂帘、幕布等布景相得益彰，在灯光的细腻渲染下，共同营造出一种如诗如画的中国风情。从舞台美术设计的视角来看，琼斯的服饰贴合角色，又自然融入布景，但令人目不暇接、缤彩纷呈的服饰是否能"无声无息"地推进戏剧情节的流畅发展？过度的视觉之娱是否会分散观众的注意力，降低他们对戏剧情境的心感神悟？这些问题值得进一步考察。

---

①此图由 Shields Collection ex-Stage Magazine Archive 收藏，网址 https://broadway.
　library.sc.edu/content/dorothy-beattie-lute-song.html
②https://collections.mcny.org/asset-management/2F3HRGH5XTM

图3-13　百老汇《琵琶吟》(1946)
院公服饰稿图
来源:网络[1]

图3-14　百老汇《琵琶吟》(1946)
踩高跷人服饰稿图
来源:网络[2]

4.过于耀眼的舞美设计

亚里士多德的《诗学》提出悲剧构成的六要素:情节、性格、言语、思想、戏景和唱段。其中,情节、性格与言语是摹仿的对象,言语和唱段是摹仿的媒介,而戏景是摹仿的方式。在亚里士多德看来,情节是悲剧的核心,居六要素之首。戏景最不重要,位列最后,因为"戏景虽能吸引人,却最少艺术性,和诗艺的关系也最疏"[3]。

————————

[1]https://www.vmfa.museum/piction/6027262-59112867
[2]同上。
[3](古希腊)亚里士多德著,陈中梅译注《诗学》,商务印书馆2005年版,第65页。

随着西方社会的发展及戏剧美学与舞台理念的革新,戏景或布景从"前戏剧剧场"到"戏剧剧场",再到"后戏剧剧场"的演变过程中,其作用和地位不断发生变化。如果说,在戏剧剧场时代,"唱段"的作用已退化甚至消失,那么"戏景"或布景却成为西方舞台创设戏剧情境、营造氛围的重要手段。彼得·布鲁克(Peter Brook)曾说:"我可以把任何一个空的空间,当作空的舞台。一个人走过空的空间,另一个人看着,这就已经是戏了。"①然而,这样的"空的空间"虽能展示有限的情节发展,但不足以连续承载广泛意义上完整的"对话体戏剧"。舞台设计在现代西方主流剧场的重要地位仍然牢不可破。

琼斯追求极简舞台,希冀能将布景、灯光和服装等视觉要素无缝衔接,以此烘托导演的意图和演员的表演。他认为:"假如设计师的作品是好的,舞台布景会从观众的知觉中消失。观众不再注意它。它不复存在,演员占领了舞台。设计师唯一的回报只能从观众对演员的赞美声中获得。"②换言之,成功的舞美设计应当烘托演员的表演,让观众忘记布景的存在。然而,《琵琶吟》的舞美设计在评论界引起的关注和获得的赞誉,甚至超过了演员的表演,恐怕与琼斯的初衷相去甚远。

《纽约时报》指出:"这出戏最大的亮点是舞美设计。琼斯通过这部作品实现了自我超越。"③纽约著名剧评家约翰·查普曼观看了两次演出,都把演出的最高赞誉赠予琼斯。他说:"琼斯再次

---

① (英)彼得·布鲁克著,王翀译《空的空间》,中国友谊出版公司2019年版,第3页。
② Robert E. Jones, *The Dramatic Imagination*, New York: Theatre Arts Books, 1941:27.
③ Lewis Nichols, "*Lute Song*: The New Play Taken from the Chinese Has a High and Sincere Aim," *The New York Times*, Feb. 17, 1946.

用实力证明他是美国当代顶尖的舞台设计师。琼斯才是这场演出中最闪耀的明星。他的舞美设计，无论是简单的垂帘、寺庙场景，还是天堂的幻象和尘世的庆典，都是大师级别的作品。他设计的服饰精致华丽，堪称一流。"[1]查普曼还表示："对于爱美的观众来说，这绝对是一场不容错过的演出。"[2]《威斯康星州报》也认为："将琼斯列入演出的明星之列，他当之无愧。他为观众呈现了一个色彩与情节交互的全景。"[3]评论界把最热烈的掌声献给了舞美设计，这是对琼斯艺术才华的认可与致敬。然而，若一场演出的吸引力主要来自于纯粹的视觉要素，布景、服装和灯光效果将舞台变成一场壮丽的奇观表演时，演员的表演便可能黯然失色，从而严重降低戏剧"净化心灵"或"陶冶心性"的效果。按照琼斯对成功舞台设计的标准——设计师的唯一回报应来自于观众对演员的赞美，他本人可能也不希望看到舞美设计如此"抢镜"。

《琵琶吟》的舞台上，身着东方风格、样式各异服饰的角色陆续登台，在极具东方神韵的环境中展示如状元游街的繁华场景、王公贵族的奢华生活、喜庆的婚礼仪式、庄严的寺庙佛会以及丧礼仪式等多彩多姿的剧情时，舞台场面显得格外壮观、艳丽，俨然成为一场充满东方风情的"奇观表演"（pageantry）。显然，过多的视觉奇观会干扰情节的流畅展开。一些评论家严肃指出，华丽的服装和场景设计与简单的剧情显得格格不入。"《琵琶吟》的故事简单，却用最夸张的方式讲述。舞台风格也许适合，但整体上呈现出的壮丽风格

---

[1]John Chapman, "*Lute Song* Visually Magnificent but Self-conscious as to Drama," *Daily News*, Feb. 8, 1946:131.

[2]John Chapman, "Season's Fines: Michael Myerberg Gives *Lute Song*, A Memorable, Beautiful Production," *Daily News*, Feb. 17, 1946:345.

[3]Helen Matheson, "Notes for You," *Wisconsin State Journal*, Nov. 19, 1946:7.

更像是马戏团般的斑斓色彩和虚假华丽,将戏剧中的简约和普遍元素降到最低。"①"情节的发展被一流的舞美设计所吞噬,演出理应为情节留下足够的空间。"②总的来说,《琵琶吟》"是一部视觉上精彩、成功的作品,但作为戏剧却略显不足"③。笔者认为,导致情节被舞台设计"吞噬"的现象,既与百老汇音乐剧固有的艺术属性有关,也与英语《琵琶记》作为一部追求艺术创新的实验音乐剧,在探索物质性现实舞台上呈现非物质的写意戏剧时遇到的挑战相关。

图3-15　百老汇《琵琶吟》(1946)"书馆悲逢"场景剧照
来源:《罗伯特·琼斯的戏剧舞台》,第138页

①Reed Hynds, "*Lute Song* is Simple Story Told in an Extravagant Way," *The St. Louis Star and Times*, Nov. 5, 1946:7.

②*The Philadelphia Inquirer*, June 2, 1946:53.

③John Chapman, "*Lute Song* Visually Magnificent but Self-conscious as to Drama," *Daily News*, Feb. 8, 1946:131.

　　首先,用大场面制作,特别是具有东方情调的奇观表演吸引观众眼球,提高票房盈利,这是百老汇音乐剧常用的制作方式。奇观表演是为迎合市场需求而特意安插在演出中的环节。虽然它们在内容上与情节有关,但当舞台效果被过度放大时,就可能与剧作平和、细腻处理生旦间爱与忠诚美德的主题产生矛盾,造成舞台设计与情节发展之间的不协调,这也是《琵琶记》未能取得圆满成功的一个重要原因。正如《纽约时报》著名戏剧评论家路易斯·尼克尔斯(Lewis Nichols)所指出:"《琵琶记》的演出未能将其各个部分有效地融合。情节、舞美和音乐形成了三条走向不同的支流,而没有汇聚成一条流畅的大河。这个故事的最大魅力在于其内容的简洁与深刻。"[①]

　　其次,将写意的中国戏曲改编为西方的写实戏剧,即在物质性的写实舞台上呈现非物质性的写意戏剧,涉及两种截然不同的表演体系和美学理念。改编和演出过程中若缺少精通双方艺术的专家参与,势必出现不可轻易调和的分歧和困境。物质性写实舞台通过具体的物质手段,使情节变得可视化、可感触,形成了剧场空间中"眼见为实"的表演效果。这就要求设计师和演员利用"具象"的物质载体,如布景、服装、灯光和舞台调度等,将舞台场景切实地设计和摹拟出来。以第3幕第2场为例,蔡邕到弥陀寺为双亲祈福,碰巧与千里寻夫沿街卖唱的五娘相遇。然而,夫妻相见不相识,最后五娘从蔡邕眼皮底下悲愤离去。开场舞台提示如下:

　　　　一位残疾乞丐跪立在台右侧,向来往行人作乞讨状。来往行人多为苦力和商贾,有的独自行走,有的结伴同行。一位

---

①Lewis Nichols, "*Lute Song*: The New Play Taken from the Chinese Has a High and Sincere Aim, " *The New York Times*, Feb. 17, 1946.

艺人正在表演风格怪异的舞狮,围观的孩子们欢快地跳跃着。一名女乞拄着拐杖,一瘸一拐地从右侧进入舞台。开场时阳光明媚,但随着剧情发展,天气逐渐变化,暴风雨即将来临,雷声渐响,闪电划过天际,最后变成倾盆大雨。舞台前可使用雨帘,后台制造出雨声效果。①

　　闪电、雷声、雨声以及庙前的周围环境无不是通过现代声光电技术等物质手段精心"摹拟"而成。使用肉眼可见的方法"再现"舞台场景,使得实际"参演人员八十人,对话者四十八人,换景高达十七次"②,弥陀寺佛会中造型各异的菩萨全部由戴面具的真人扮演,舞台演出环境因此显得拥挤而塞目。写实舞台上的这种物质性再现,与基于假定性原则的写意戏曲形成鲜明对比。写意戏曲虽然以代言体为主,但仍保留着说唱文学的遗韵,其戏剧情境可以通过演员的言语描述、程式化动作等非物质手段虚构出来,为戏剧情节创设一个广阔的表演环境。观众则通过想象力,用"心灵之眼"感知剧场中的视觉意象。此例只是《琵琶记》在西方写实舞台演出所遇困境之一。中国写意戏曲被改编成西方音乐剧,其终极指向仍趋向于写实戏剧。舞台布景容易改造为写意风格,但戏曲的表演手段和美学理念短时间内却难以效仿和内化。

　　20世纪中叶,美国戏剧正处在一个复杂的"吐故纳新"的发展阶段,各种艺术形式蓬勃生发,活跃跳动:"欧洲'新舞台技术'的

①Will Irwin and Sidney Howard, adapt., *Lute Song*, Chicago: The Dramatic Publishing Company, 1946:74.

②以上数据来自1948年9月22日《申报》第3版题为"《琵琶记》将在伦敦上演"的新闻报道。此外,根据《琵琶吟》的英文剧本提供的人物名单统计,共有35位有名有姓的角色,同时还需扮演旅人、乞丐、侍卫、随从、神明等多种角色的群众演员共18人,这一数据表明,至少要53名演员才能满足演出需求。

引入；本土剧作家的崛起；电影作为独立艺术媒介的成熟；对实验
戏剧和教育戏剧的倡导；寻找融合歌剧和芭蕾舞剧视听元素的新
方法。"①《琵琶记》正是在这样的时代背景下登上百老汇音乐剧舞
台的。与其说，西方戏剧实践者对《琵琶记》的故事感兴趣，倒不如
说，中国戏曲将"诗、歌、舞"三者有机融合为一体的特点，为他们
探索新的舞台表现手段提供了灵感和参考。琼斯追求的"诗性的
写意舞台"与中国古典戏曲的空舞台美学有一定程度的交叠。他
自觉地减少对物质性手段的依赖，借助简洁的象征性布景、检场人
及少量程式化动作等综合手段的辅助，巧妙地实现了戏剧时空的
"半自由"转换。然而，"摹拟"与"再现"仍是改编剧《琵琶吟》舞台
表现的核心。某种程度上，《琵琶吟》的情节发展被琼斯精湛的舞
美设计所掩盖。诗性写意和物质写实杂糅的舞台风格，有其创新
却也难逃其困境。总体而言，英语《琵琶记》在百老汇的上演，为西
方戏剧艺术家探索艺术创新与舞台新美学提供了跨界想象和创新
空间。

三、《琵琶吟》百老汇演出不卖座原因分析

　　《琵琶吟》百老汇演出反响平平，背后有其客观原因。首先，
中国戏曲与百老汇音乐剧在表演形态和风格上存在显著差异，某
些难以逾越的鸿沟导致了一些无法克服的表演难题的产生，表演
上的妥协、瑕疵甚至是病症因而难以避免。其次，观众的审美心理
定式短时间内无法改变。"观众的审美心理定式"即观众的审美心
理习惯，是观众审视艺术作品时长期积累的审美经验和审美惯性

---

① Ralph Pendleton, ed., *The Theatre of Robert Edmond Jones*, Middletown: Wesleyan University Press, 1958: xi.

的内化和泛化过程。"所谓内化,是指审美经验、审美惯性的内心沉淀,成为心理结构,进而成为今后在审美上接受、排斥、错位、误读的基点。所谓泛化,是指这种心理结构的普遍化。"①观众作为一个接受群体,并不是仅仅作为一种反应而存在。相反,它自身就是历史的一个能动的构成。《琵琶吟》是一部以悲苦为主题的非主流音乐剧,其演出风格和大胆创新的艺术手段打乱了百老汇观众习惯的轻松、愉快的审美体验和心理结构。一旦观众的期待视域没有得到恰当满足,舞台上的艺术创新都有可能遭致误解、排斥而难以被接受。此外,从南戏《琵琶记》到音乐剧《琵琶吟》,舞台上缺失的文化语境也不是短时间内就可以调整和构建起来的。总之,音乐剧《琵琶吟》的实验性质潜伏着失败的客观因素,但导致其票房不佳的更关键原因在于人为的判断失误和破坏性介入等主观因素。

(一)主要演职人员的配置存在试错风险

《琵琶吟》的百老汇演出不属于典型的"音乐剧"(musical)类型。如果引用首演节目单的介绍,更准确地说,它是一部"音乐戏剧"(a play with music)。两者区别在于,音乐剧注重演唱,演员需具备出色的唱功;而音乐戏剧虽包含演唱元素,但更多着眼于戏剧表现,演员通过对话、演唱、独白等语言手段及肢体、眼神、表情等非语言手段来塑造角色,其中歌唱仅是一种表演手段。音乐戏剧要求演员兼具演唱和表演的双重能力,而娴熟的戏剧表演正是女主角玛丽·马汀所欠缺的。马汀此前以音乐喜剧明星身份闻名,尽管其丈夫兼经纪人理查德看好她成为优秀的戏剧演员,但这一转变非一日之功。马汀习惯于舞台上的静态演唱,对于以肢体语

---

① 余秋雨《观众心理学》,长江文艺出版社2013年版,第47页。

言演绎赵五娘这样的角色颇感生疏。她甚至曾表示："一旦我掌握了走路的方式和台上的站姿，角色便会随之生动地呈现出来。"[1]尽管她在《琵琶吟》正式排练前，投入三个月时间学习芭蕾舞，练习角色所需的肢体动作，但即使是表演功夫深厚的西方演员，想要在短短几个月内充分展现中国古代社会传统女性的风采仍具挑战。皮相易学，神韵难传。马汀（图3-16）歌声绕梁，婉转动人，但演技上的不足影响了角色的深度塑造，成为演出票房不佳的原因之一。《琵琶吟》在美国各州巡演时，马汀离开剧组，由德裔美籍演员多莉·哈斯（Dolly Hass，1910—1994，图3-17）接替出演赵五娘。巡演的整体评价优于百老汇演出，尤其是在芝加哥的反响极为热烈，门票在短短几天内便告售罄。马汀看完哈斯的表演后坦言："虽然我不愿意承认，但不可否认，哈斯确实比我更适合这个角色，她的表演经验明显更为丰富。"[2]讽刺的是，《琵琶吟》虽为爱情戏剧，但百老汇首演的宣传主要聚焦于马汀（图3-18），而蔡伯喈的扮演者尤尔·布林纳作为新晋演员或因名气尚浅，未能亮相封面宣传照。然而，正是布林纳的表演获得了评论界的一致好评，而马汀的表现未达预期。国内巡演的宣传则转向布林纳和哈斯的合照（图3-19、3-20），突出俩人在演出中的同等作用。

　　尤尔·布林纳是一位拥有东亚血统的俄裔艺人，因其独特的东方面孔和充满活力的气质，在夜总会弹奏吉他演唱吉普赛歌曲时被制片人发掘。他并非职业歌手或演员，却以自然未经雕琢的声音和风趣的谈吐，满足了《琵琶吟》中"性感、说话风趣，具有异国

---

[1]Ronald L. Davis,*Mary Martin*,*Broadway Legend*,Norman:University of Oklahoma Press,2008:91.

[2]Mary Martin,*My Heart Belongs*,New York:William Morrow and Company,1976:122.

图3-16　百老汇《琵琶吟》(1946)
赵五娘(玛丽·马汀饰)剧照
来源:网络①

图3-17　百老汇《琵琶吟》国内巡演
(1946)赵五娘(多莉·哈斯饰)剧照
来源:个人收藏

情调,带有隐约东方气质"②的男主角形象。尽管布林纳的歌唱技巧未经专业训练,演唱水平尚未达到专业标准,但其东方面孔特征为他赢得了男主角的机会,《琵琶吟》成为布林纳涉足百老汇的首秀。不过,布林纳作为演艺圈新人,演唱能力又有限,在一定程度上削弱了他所饰演的男主角蔡邕在剧中的戏份。马汀承担了剧中绝大多数歌曲的演唱,而布林纳仅在《山高谷深》主题曲中与女主角合唱。总之,《琵琶吟》的演出中,女主角的表演技艺尚显欠缺,而男主角演唱技能的专业性不足,构成主要角色配置上的明显短

---

①https://www.gettyimages.hk/圖片/mary-martin
②John Houseman, *Front and Center*, New York:Simon & Schuster,1980:165.

图3-18　百老汇《琵琶吟》首演
（1946）节目册封面
来源：个人收藏

图3-19　百老汇《琵琶吟》美国国内巡演
（1946）节目册封面
来源：个人收藏

图3-20　百老汇《琵琶吟》芝加哥巡演
（1946）节目册封面
来源：个人收藏

板,为演出的整体艺术成就设置了隐性障碍。

《琵琶吟》在音乐创作方面的人选同样带有试验性质。制作人迈尔伯格认识到《琵琶吟》作为跨文化戏剧的特殊性,对音乐风格提出了特别的指导要求:"该剧若要获得成功,必须创造一种与传统商业音乐剧迥异的迷人氛围和流畅节奏。"[1]正是基于这种考虑,迈尔伯格打破常规,选择了没有百老汇音乐剧创作经验的音乐人为剧作创作音乐。美国知名作曲家雷蒙德·斯科特(Raymond Scott,1908—1994)受邀担任谱曲工作。斯科特在爵士乐和乐器编曲方面经验丰富,曾任CBS广播公司音乐总监,但遗憾的是,他在百老汇音乐舞台剧创作方面缺乏实战经验。负责作词的伯纳德·哈尼根(Bernie Hanighen,1908—1976)是美国才华横溢的词作家。他的歌词情感丰富、富有诗意,通常能够紧密结合音乐的旋律和节奏。不过,哈尼根此前同样没有为百老汇作品撰写歌词的经历。两位音乐主创在百老汇音乐剧的创作上均显得经验不足,演出评论也证实,他们的作品并未给观众带来过多惊喜。

斯科特的音乐虽避免了当时流行的"锡盘巷"音乐风格,乐器运用娴熟,个性突出,但总体上并未获得剧评家的高度评价。少数肯定的声音,使用了诸如"好听"、"有趣"、"风格丰富"、"悦耳但不够震撼"等克制言辞来评价,说明音乐的整体艺术表现中等。批评声音主要是针对音乐风格与剧作主题和民族特质之间的和谐度不足。斯科特作为一名器乐编曲家,一直对不同寻常的音乐和音效表现出浓厚兴趣。他的个人音乐风格赋予了《琵琶吟》的音乐创作鲜明的个性,所有曲目都透露出一种"迷人而生动的幻想

---

[1] Ronald L. Davis, *Mary Martin*, *Broadway Legend*, Norman: University of Oklahoma Press, 2008: 94.

旋律"。有些曲目虽制作精良,但未能营造出应有的中国音乐氛围。《波士顿环球报》[1]指出,斯科特的配乐巧妙、有感染力,有时不禁让人想起挪威浪漫主义作曲家爱德华·格里格(Edvard Grieg,1843—1901)的作品。杏园游街的配乐节奏活泼,却带有19世纪末至20世纪初的"切尔曼乐队"(Cherman band)之风——一种深受德国和中欧民间音乐影响,以管乐器和打击乐为主,节奏欢快、曲风雄壮,常用于舞会社交和庆典活动的音乐风格。《圣路易斯快邮报》[2]则批评总结,剧中的大多数插曲不过是百老汇式的中国音乐。所谓"百老汇式的中国音乐"通常是指在百老汇音乐剧中为了创造"中国"氛围而制作的音乐作品。这类音乐往往采用西方作曲技术和音乐结构,同时融入一些中国音乐的元素,如特定的旋律模式、乐器声音或节奏。然而,这种音乐并非纯粹的中国传统音乐,而是一种文化融合的产物,旨在为西方观众呈现一个浪漫化、简化的"东方"图景。《琵琶吟》中的"百老汇式的中国音乐",不论是在时代背景还是风格上,都未能准确反映中国传统音乐的真实面貌。相反,它可能更符合西方对东方文化的想象和期望,展现出一种鲜明的美国现代音乐风格。《纽约时报》尖锐地批评:

> 《琵琶吟》的音乐虽避免了粗俗和超现代化的元素,但听上去更像20世纪的美国音乐,而非15世纪的中国音乐。即使是其中的重要曲目《山高谷深》和《猴看猴做》,也缺乏中国音乐特色,更像是为一群饥饿的百老汇音乐喜剧爱好者准备

---

[1] Cyrus Durgin, "The Stage Shubert Theatre *Lute Song*," *The Boston Globe*, Jan. 16, 1946:6.

[2] Thomas B. Sherman, "*Lute Song* Opens at American Theater," *St. Louis Post-Dispatch*, Nov. 5, 1946:19.

的试探性的音乐晚餐。①

　　评论中所用的"试探性"一词耐人寻味。斯科特摒弃他熟悉的音乐风格,尝试创作与众不同的作品,以适应《琵琶吟》的独特要求,但还是挑战失败,未能成功将观众带入中国的时空背景和戏剧情境中。《每日新闻》对《琵琶吟》的作曲作出了严苛的评价,斥之为"平淡无奇,缺乏任何闪光点"②;歌词部分亦被认为"未能展露出分毫的独特艺术气息",从而使音乐环节成为整个演出中的"最薄弱环节"③。如此一来,音乐剧《琵琶记》失去了其灵魂的支撑,难以达到完美的成功之境。

　　(二)主演与角色存在心理距离和疏离感

　　尽管尤尔·布林纳凭借其在《琵琶吟》中对蔡邕角色"忠实和克制的演绎"④,赢得观众和评论家的赞誉,还荣获百老汇"唐纳森年度新人奖"(Donaldson Award),但他个人对此角色的体验却并不愉快。布林纳公开表示对蔡邕这一角色缺乏敬意:"我根本不喜欢这个角色……他软弱、缺乏决断力,我对他毫无敬意。作为演员,我很难公正地对待他。"⑤没有经过专业表演训练的布林纳在演绎上缺乏自信,试图通过早年学习的哑剧技巧来掩饰自己的害

①Lewis Nichols, "*Lute Song*: The New Play Taken from the Chinese has a High and Sincere Aim, " *New York Times*, Feb. 17, 1946.

②Jack O'Brian, "Beautiful Sets Feature New Broadway Play: *Lute Song*, " *Daily Press*, Feb. 17, 1946: 19.

③Thomas B. Sherman, "*Lute Song* Opens at American Theater, " *St. Louis Post-Dispatch*, Nov. 5, 1946: 19.

④Howard Barnes, "The Theater: Fifteen Century Contributes to Broadway, " *Herald Tribune*, Feb. 17, 1946: 32.

⑤Ronald L. Davis, *Mary Martin*, *Broadway Legend*, Norman: University of Oklahoma Press, 2008: 94.

羞。他透露："我躲在程式化的表演之下,许多人误认为这是高超的技艺,但我心知其非。我羞愧于扮演这个角色,每一次登台对我而言,都是尴尬与痛苦的挑战;我讨厌自己的表演。"[1]布林纳对自己饰演的角色和表演风格作出如此尖锐、彻底的自我否定,很难想象他在台上能真正做到与角色融为一体,达到"忘我"的境界。布林纳内心深处的挣扎和对角色的不认同,无疑会影响他对角色的全情投入,造成与角色之间的心理距离和疏离感。此外,他对东方的程式化表演手法也持有偏见,似乎认为这种风格不及写实手法精深。可见,观众所见的蔡邕一角并非完整的呈现,冰山下的暗流涌动才是演员内心的真实世界。

　　女主演玛丽·马汀接演五娘一角,并非出于对角色或剧本的喜爱,而是为实现演艺生涯的风格转型。多年后,当被问及《琵琶吟》有哪些地方吸引自己时,马汀简洁而直接地回答:"其实不多。那个角色曾令我心惊胆战。然而,它代表了一次挑战。"[2]她的丈夫兼经纪人希望将她打造成一名戏剧明星,而非仅限于音乐剧歌手。尽管《琵琶吟》是专为马汀量身打造的,但马汀一开始就感到不适应新角色,甚至有些茫然和无所适从,但在丈夫的支持和鼓励下,她勇敢地选择了坚持。五娘角色的挑战性,令马汀不断陷入矛盾和徘徊之中。即使在排练的后期,马汀仍然觉得难以在剧中展现真实的自我。马汀高傲的气质与糟糠之妻五娘的角色设定之间存在显著距离。与她对戏的布林纳也认为,尽管马汀在舞台上表现出色,但她并不适合饰演五娘:"五娘的感伤、凄楚形象与玛丽的

①Michelangelo Capua, *Yul Brynner: A Biography*, Jefferson, North California, and London: McFarland & Company, Inc., 2006:22.
②Ronald L. Davis, *Mary Martin*, *Broadway Legend*, Norman: University of Oklahoma Press, 2008:91.

活泼、欢快的风格相去甚远,这种角色设定根本无法让她在百老汇走红。"①显然,男女主演与各自角色之间的心理疏离,影响了剧作达成更高艺术成就的可能性。

(三)经纪人的不当干预

《琵琶吟》的排演过程还遭到一系列人为的不当干预,迫使剧组作出违背原则的退让。排练期间,琼斯的舞台设计成为演出的大亮点,马汀的丈夫兼经纪人哈利迪担心一身素衣的马汀难以成为舞台的焦点,朴素装扮无法突显她平常的雅致魅力。在没有征求任何人意见的情况下,他私下请时尚设计师瓦伦蒂娜为马汀设计新潮时装。这种背信弃义的行为直到最后一次带装演出才公开,不仅引起制作团队的不悦和反感,更是饱受剧评家的诟病,沦为乞丐的赵五娘身穿华丽的高端定制白色丝袍(图3-21),越发显得马汀的表演做作与

图3-21　百老汇《琵琶吟》(1946)
乞丐抢夺五娘义粮剧照
拍摄:乔治·卡格尔,来源:网络②

---

①Ronald L. Davis, *Mary Martin, Broadway Legend*, Norman:University of Oklahoma Press,2008:95.

②此图由 Shields Collection ex-Stage Magazine Archive 收藏,链接网址 https:// broadway.library.sc.edu/content/mary-martin-tchao-ou-niang-and-cast.html

不自然。

更糟糕的是,哈利迪坚持认为,像马汀这样的大明星与他人共享丈夫实在不够体面。他向制作人施压,要求将原剧一夫二妻的大团圆结局改为五娘独占蔡伯喈。尽管这一无理要求遭到编剧和导演的一致反对,但在面对已亏损超过十万美元的投资压力下,制作人不得不作出退让。被篡改的结尾是否有助于维护马汀的公众形象,尚无定论,却彻底改变甚至颠覆了剧作的主旨。丫鬟惜春由后来成为美国第一夫人的南希·戴维斯(Nancy Davis)饰演,其选角也受到了干预。[①]此外,部分场景的舞台表现也被重新设计。为了突出女主角的演唱表现,经纪人还要求调整灯光,导致音乐和舞美设计产生不协调。这些人为的负面干预,加上男女主角的表演经验不足,进一步加剧了《琵琶记》百老汇成功演出的挑战。

虽然男女主角表演经验不足,但剧中其他角色,如舞台监督、张太公、蔡公和牛氏等的表演均有可圈可点处。《琵琶吟》在纽约连演四个月,共142场,就匆匆结束了"战绩平平"的百老汇演出。尽管存在瑕疵与不足,百老汇演出仍是英语《琵琶记》北美传播史上最具影响力和专业水准的精彩演出,不仅提升了《琵琶记》在北美舞台上的历史地位,还促进了其在斯德哥尔摩和伦敦的重排演出,扩大了其在欧洲的知名度和影响力,为《琵琶记》在西方的传播做出重要贡献。

---

① 南希·戴维斯(Nancy Davis)1952年与里根结为连理,后成为美国第一夫人。导演起初对她的表演不太满意,考虑要解雇她,但马汀出面干预,并以退出演出作为威胁条件。原因是南希的父亲是美国杰出的骨科医生,而马汀患有慢性背部疾病,需要长期在其父诊所接受治疗。

第三节　英语《琵琶记》美国校园演出与批评

英语《琵琶记》在北美近半个世纪的舞台传播历程,折射出美国戏剧发展史的阶段性特征。百老汇演出结束后,英语《琵琶记》获得美国戏剧协会的资助,于1946年秋季启动了为期九个月的全国巡回演出。剧团从纽约州出发,途经宾夕法尼亚州、密苏里州、密歇根州、俄亥俄州、印第安纳州、伊利诺伊州、威斯康星州至加利福尼亚州等9个州。按照美国的九大地区划分,百老汇的巡演仅到达中大西洋、中西部、上密西西比-五大湖区和太平洋沿岸这四个文化相对"发达"的地区,而其他地理位置偏僻,远离纽约文化中心的五大地区(东北部的新英格兰地区、东南地区、南方地区、落基山区和西南地区)的观众,还是无缘欣赏这部改编自中国古典名剧的演出。历史的遗憾将在《琵琶记》的"后百老汇时代",即校园戏剧的演出中得到弥补。

一、英语《琵琶记》校园演出概述

根据笔者在美国在线报纸档案库的搜索统计(见附录二),从1949至1989年这四十年间,美国本土约38个州近200多个校园剧社和社区剧社正式上演了英语《琵琶记》,演出场次累计超过1000场。百老汇巡演未曾抵达的五大地区也逐渐出现演出英语《琵琶记》的媒体报道,说明《琵琶记》在北美舞台上的传播的范围、知名度和影响力得到了进一步扩大。1949年,位于落基山区的犹他大学在百年校庆活动中首次演出了英语《琵琶记》。紧随其后,西南地区亚利桑那州的北凤凰中学(1954)、新英格兰地区康涅狄格州的托林顿高中(1955)、南方地区田纳西州的兰布斯大学(1955)和东南地区佛罗里达州的麦默瑞大学(1959)成为本地区最早搬演英语《琵琶记》的演出团体。至此,英语《琵琶记》在北美的演出已覆盖美国绝大部分地区,创造了中国古典戏曲在北美传播范围最广、演出场次最多的历史纪录。美国九大地区各州演出英语《琵琶记》的最早记录(表3.1)表明了其广泛的影响力。

表3.1　美国本土九大地区各州校园最早演出英语《琵琶记》记录

九大地区	各州最早演出年份(※号表示该州未曾有演出记录)
新英格兰地区(东北地区)	康涅狄格州(1955)、马萨诸塞州(1957)、缅因州※、新罕布什尔州※、佛蒙特州※、罗得岛州※
中大西洋地区	纽约州(1955)、宾夕法尼亚州(1955)、弗吉尼亚州(1955)、特拉华州(1957)、华盛顿哥伦比亚特区(1960)、新泽西州(1963)、马里兰州(1963)、西弗吉尼亚州(1956)
东南地区	佛罗里达州(1959)、北卡罗来纳州(1968)、南卡罗来纳州※、佐治亚州※
南方地区	田纳西州(1955)、路易斯安那州(1958)、阿肯色州(1962)、肯塔基州※、密西西比州※、亚拉巴马州※
中西部地区	明尼苏达州(1953)、艾奥瓦州(1953)、密苏里州(1955)、南达科他州(1957)、堪萨斯州(1952)、俄克拉何马州(1960)、内布拉斯加州(1964)、北达科他州※
上密西西比-五大湖区	伊利诺伊州(1949)、印第安纳州(1955)、俄亥俄州(1956)、威斯康星州(1960)、密歇根州(1965)
落基山区	犹他州(1949)、蒙大拿州(1956)、科罗拉多州(1959)、爱达荷州(1956)、内华达州※、怀俄明州※
太平洋沿岸地区	加利福尼亚州(1953)、华盛顿州(1960)、俄勒冈州(1961)
西南地区	亚利桑那州(1954)、得克萨斯州(1956)、新墨西哥州(1961)

　　从纵向维度分析,作为教育戏剧的英语《琵琶记》在美国本土的四十余年演出与传播历程,可划分为四个阶段:起步期、高潮期、回落期和冰点期。起步期始于1949年,即百老汇商业巡演结束的第二年。这一年内美国本土有6个校园剧社搬演了《琵琶记》,标志着英语《琵琶记》在美国校园舞台的初始传播和接受。20世纪五六十年代形成高潮期,演出团体数量和传播范围都实现了显著提升,演出剧社的数量达到160个。然后进入1970年代的回落期。在这十年间,排演英语《琵琶记》的社团数量显著减少至8个,反映出校园舞台对这部作品的兴趣和关注度有所下降。最后是80年代的冰点期,这一时期搬演《琵琶记》的热潮进一步减退,达到了最低点。1989年马萨诸塞州伯克希尔戏剧节上的演出是唯一检索到的演出记录。

　　从传播的横向维度来看,美国各州排演英语《琵琶记》的频率存在显著差异。伊利诺伊州超过20支戏剧社团演出过英语《琵琶记》,其演出团队的数量位居首位,其次是加利福尼亚州(15支)和宾夕法尼亚州(11支)。演出社团数量接近或达到10支的州包括纽约州、得克萨斯州、威斯康星州、俄亥俄州、印第安纳州、马萨诸塞州和田纳西州等。只出现两支社团演出《琵琶记》的州主要包括密苏里州、俄勒冈州、佛罗里达州、西弗吉尼亚州及华盛顿哥伦比亚特区等。而在科罗拉多州、路易斯安那州、俄克拉何马州、新墨西哥州、内布拉斯加州和密歇根州等仅有一支戏剧社团演出了英语《琵琶记》。值得注意的是,百老汇巡演剧团曾演出的四大地区——中大西洋地区、中西部地区、上密西西比-五大湖区和太平洋沿岸地区,正是校园和社区等非营利性剧团搬演英语《琵琶记》数量最多的地区。这些地区或城市因其浓厚的戏剧氛围和成熟的观众基础,首先吸引了百老汇剧团优先到此巡演。百老汇巡演所带来的市场知名度,也为这些地区的观众提供了早期接触英语《琵琶记》的机会,从而促使这些地区和城市在非职业剧场的舞台上较早地上演该剧。由此可见,本地区良好的戏剧传统和百老汇剧团巡演所营造的传播声誉,共同影响了英语《琵琶记》在美国非营利性舞台上演出的广泛性和深入性。

英语《琵琶记》作为非商业戏剧的主战场是校园演出,这一时期正值美国教育戏剧的蓬勃发展期。《琵琶记》已公开出版的英语剧本、百老汇演出累积的显赫声誉和现成的排演方案,加之其独特的东方戏剧美学和充满异国情调的氛围,成功地吸引了美国众多高等院校和中学校园剧社的关注。探讨英语《琵琶记》校园演剧特点之前,有必要对美国教育戏剧的发展历程和内涵做个简要梳理。

美国校园自17世纪就已出现学生演剧活动,但迟至1900年,戏剧仍未成为大学的正式课程。打破这一沉寂,为美国大学戏剧教育的发展做出开创性贡献的是现代戏剧理论家和教育家乔治·贝克(George Bake,1866—1935)。1903年,贝克在拉德克利夫学院(Radcliffe College)开设了剧作法课程。两年后,该课程向哈佛大学开放。1913年,他在理论课的基础上增设更注重戏剧实践的"47-工作坊"①,为美国培养了一批杰出戏剧人才。随后,一系列促进高等教育戏剧教育发展的项目相继出现。1914年,卡内基技术学院设立了全美第一个授予学位的戏剧课程。1918年,具有全国影响力的卡罗莱纳戏剧家协会成立。1925年,耶鲁大学戏剧系的成立标志着美国戏剧高等教育开始了新篇章。其他众多项

---

① 贝克教授的编剧课是哈佛大学全校课程中排列号为47的一门课程,因此得名为"英语47"。

目也纷纷跟进,齐头并进。到1940年,戏剧教育已在大多数美国大学中得到认可。二战后,美国高等教育继续迅速发展,戏剧教育无论是作为培养职业人才还是通识教育的手段,凭借其卓越的体验式学习理念和"全人教育"的功能,促进了戏剧教育在各州的大规模培育和发展。到了1960年代,这一趋势得到进一步扩大和巩固。以1958年排演过英语《琵琶记》的圣本尼迪克学院和圣约翰大学(CSB& SJU)戏剧系为例,其建系宗旨反映了这一时期戏剧教育的发展态势和核心理念:

> 戏剧系致力于激发所有参与者——学生、观众和艺术家——的创造性戏剧体验。……我们的使命是引导学生深入理解戏剧的本质:戏剧是人类经验的礼仪化再现,戏剧是探索人类存在意义的途径;它既是发掘和阐释现实多元面貌的工具,也是赞颂人类精神的媒介。通过系统的课程学习和舞台实践,学生将逐步领略到演剧所需的艺术力量。他们从做中学,不断提升个人协作、时间管理、团队建设、领导力、自律、沟通、批判性分析、创新思维和创造力等方面技能,为未来的职业生涯打下坚实基础。[①]

要言之,美国教育戏剧不仅重视戏剧艺术的教学与实践,还强调戏剧作为教育工具的价值,旨在通过戏剧培养学生的创造力、沟通能力和团队合作精神。在这样的教育背景下,英语《琵琶记》以其丰富的文化内涵和艺术魅力,为校园舞台提供了探索不同文化和戏剧表达方式的宝贵机会。《琵琶记》在美国校园戏剧中的普及,不仅是对中国古典戏剧的传播,更是对跨文化交流和戏剧教育的深入探索和实践。教育戏剧与商业戏剧演出目的上表现出的根

---

①https://www.csbsju.edu/theater/learning-outcomes

本区别,为这一中国戏曲经典在北美的演出和接受过程增添了独特的色彩。可以说,如果没有校园演出的广泛开展,英语《琵琶记》在北美舞台的传播范围、持续时间和影响力都将大为缩减。

二、英语《琵琶记》校园演出特点

相较于百老汇以票房为导向的商业演出,校园舞台高擎《琵琶记》东方古典名剧的旗帜,更加注重展现其作为中国戏剧艺术的代表性和独特性,充分挖掘、表达、创新舞台艺术,以演促学,从理论到实践增进学生对东方戏剧艺术的理解和学习,促进东西方戏剧文化的碰撞与融合。

(一)突破与创新

校园演出的英语《琵琶记》呈现出两种趋势:一些因袭百老汇的制作风格,甚至出现拙劣的模仿;而另一些却努力克服百老汇演出的不足,寻求突破与创新。1949年,伊利诺伊州立师范大学在排演前,深入研究了百老汇版演出的问题所在:"一个古老的故事在音乐、舞蹈和壮观场面的不断干扰下,失去了情节的流畅性和情感的深度释放。"[①]为此,他们把尽量减少或彻底省去这些干扰作为创作的首要任务。演出采用伊丽莎白时代的戏剧手法,力求质朴、简约,还原《琵琶记》作为中国古典戏剧的舞台风格。威尔·欧文第一次看到粤剧《琵琶记》的演出时,就惊叹中国戏曲与伊丽莎白时代戏剧的相似。洗去百老汇音乐剧奢华的大场面制作后,校园版《琵琶记》强调回归古典戏剧的本质,更加接近其历史原貌。此外,一些校园演出在沿用百老汇版的独唱、对唱形式的基础上,还引入了歌队合唱,并延长了芭蕾舞的表演时长等。

---

① "ISNU Group to Stage Old Chinese Drama," *The Pantagraph*, May 15, 1949:10.

（二）发挥教育意义

校园艺术节上演的英语《琵琶记》，代表了一种独特的戏剧身份：它源自中国，具有悠久的历史，名望堪比西方的《哈姆雷特》，并被视为中国传统戏剧的典范。因而，英语《琵琶记》成为参演者和观众共同学习、了解和展示中国戏曲艺术的文化载体。1958年6月，在美国西北大学的夏季戏剧节上，英语《琵琶记》与莎士比亚的《皆大欢喜》、莫里哀的《太太学堂》以及英国当代剧作家克里斯托弗·弗赖的诗歌剧《不该烧死她》分别作为四种不同风格的代表剧目同台献演，共同展示世界戏剧文化的多样性。英语《琵琶记》代表东方戏剧艺术，其独特的文化身份被表演、彰显和承认。作为一部教育戏剧，英语《琵琶记》的价值在于它与西方戏剧的"差异性"，"它的制作风格化，演员的一举一动，一言一行，一哭一笑，都与西方舞台上习以为常的自然主义戏剧有着截然不同"[1]。这种"你有我无"的特性正是中西戏剧文化交流与互鉴的基础和前提。大中院校排演英语《琵琶记》的过程中，学生不仅有机会学习制作东方戏剧的服饰、音乐和舞台设计，探索现实主义戏剧之外的表演形式，还能通过这部中国古典名剧深入了解莎士比亚时代的剧场艺术，思考世界戏剧艺术的共性与差异，真正发挥教育戏剧的深远文化影响。

（三）关注艺术本身的剧评

百老汇剧评主要关注男女主角的表演和检场人这一特殊角色，往往忽视中国戏曲艺术的其他方面，表现出一种漠视源文化、霸权主义式挪用的文化态度。校园演出的剧评则通过《琵琶记》这

---

[1]Helen Wallace Younge, "Classic Chinese Play Scheduled," *Arizona Daily Star*, Mar. 2, 1958:21.

一具体作品，深入阐述和评论中国戏剧艺术的独特性，体现了一种
基于东西戏剧文化平等交流的文化心态。戏曲的检场、服装、象征
性道具、程式动作、化妆艺术，以及欣赏戏曲的门道等方面均被广
泛讨论；戏曲的虚拟性、象征性和综合性的核心特征也有所触及。
例如，评价西南路易斯安那理工学院制作的英语《琵琶记》的剧评，
强调人物化妆应充分体现中国古典戏剧风格化、象征性和复杂化
的特点，因为中国古典戏剧人物的妆容与西方象征性、流动性的面
具有着异曲同工之妙。奥斯汀高中的戏剧导演则要求观众激发想
象力，以"假定性态度"参与舞台互动，更深入地欣赏演出。一篇校
园通讯稿精准地解释了中国戏曲艺术的基本特征："中国古典戏剧
的布景主要依赖观众的想象力。道具往往具有象征性，以少示多。
树枝代表树，花瓶代表房间。观众需要发挥想象力，判断演员表演
的内涵。一个手势能取代长篇大论，一个面部表情也可以成为营
造气氛的重要手段。"[1]一位戏剧学博士的剧评也深入浅出地剖析
了中国戏剧艺术的精髓："它是一种儿童'过家家式'的假扮行为，
这种被提升的假定性蕴含着高度的艺术价值。中国戏剧艺术之所
以独树一帜，在于其将各种艺术形式和手段巧妙地融为一体，正
是这一点深深吸引了西方戏剧家、制作人和演员。"[2]这类面向东
西戏剧艺术交流的专业剧评，有助于引导西方观众更好地欣赏英语
《琵琶记》，更深入地理解中国戏曲艺术内涵。英语《琵琶记》作为一
种教育戏剧，其核心目的不是为了迎合观众口味或追求商业利润，
而是在更广阔的视野中展现东西戏剧文化的交融，推动中国戏曲文

[1]Merv Kolb, "*Lute Song* to be Staged by North High," *Arizona Republic*, Nov.
11, 1954:11.

[2]Pat Donat, "Traditional Chinese theater schedule Here," *Northwest Arkansas
Times*, April 7, 1974:7.

化从书本、课堂走向舞台与剧场。

（四）表演与想象中国

教育戏剧的根本在于教育本身，涵盖艺术教育与素质教育两个方面。戏剧系师生运用现代西方戏剧艺术手段来排演中国古典戏曲名著《琵琶记》时，既要深入探究剧本的文学内涵和舞台表现力，还要精心策划如何巧妙地融合西方与中国、现代与传统的艺术元素。他们在有限的能力和条件下，尽可能地再现英语《琵琶记》的中国特色。为此，指导教师带领学生观摩中国戏剧的演出录像，深入研究大量东方历史书籍和百科全书，为后续的服装设计打下坚实基础。为了使配乐更具中国风情，一些团队特地请教当地的中国音乐专家，有的甚至向中国驻美使馆寻求帮助，条件允许的则使用锣鼓、竹笛、筝、琵琶等传统中国乐器。蒙大拿学院的戏剧系与音乐系教师联手，为《琵琶记》创作融合了中国古典五声音阶和西方七声音阶的创新配乐。此外，为营造中国剧院的观剧体验，一些演出中场休息时还特别为观众提供茉莉花茶。校园社团排演英语《琵琶记》的过程，既是师生探索中西戏剧艺术融合的舞台实践，也是他们表演和想象中国的过程。舞台上出现的各种东方元素的想象，无论是合理还是不合理，共同构建了20世纪西方教育戏剧认识中国戏曲艺术的舞台世界与想象空间。

1.想象的龙图腾

龙是中华民族数千年的文化图腾和精神崇拜对象，承载着深厚的文化意义。假如向英语《琵琶记》的导演提问：如何让观众一眼看出，台上演出的是一场中国剧？估计不少人会不约而同回答："中国龙。"事实正是如此，校园《琵琶记》的舞美设计频繁地将中国龙这一鲜明的文化符号应用于其中（图3-22至3-25）。

图3-22　纽约伊朗德阔伊特高中
《琵琶记》(1955)龙图腾布景
来源:《民主与纪事报》[1]

图3-23　印第安纳州拉斐特小剧
场《琵琶记》(1960)龙图腾布景
来源:《报刊与速览》[2]

图3-24　圣本尼迪克学院和圣约翰大学《琵琶记》(1958)龙图腾布景
来源:学校官网[3]

---

[1] "Irondequoit Seniors Plan Chinese Play," *Democrat and Chronicle*, Nov. 28, 1955:11.

[2] "Arty Family in Backstage Act," *Journal and Courier*, April 23, 1960:24.

[3] https://www.csbsju.edu/theater/productions/lute-song-fall-1958

图3-25　伊利诺伊州莫林高级中学《琵琶记》(1960)龙图腾布景
来源:《莫林高级中学1960届毕业生年鉴》①

上述组图中的龙形象各异,却又有某种吊诡的相似。一抹中国红天幕,两根醒目的"龙柱"(图3-25),体现了舞台设计师对中国龙图腾的想象与应用。使用象征皇权和尊贵的龙来隐喻皇宫或牛府等场景,无疑是巧妙的设计手法。然而,这些抽象和印象派风格的龙形象,其夸张和激烈的特征与中华民族传统龙的形象相去甚远,反而更像西方文化中象征罪恶与邪恶的火龙。这种舞台布景,与其说是为了激发观众想象,唤起代表权势和尊荣的舞台意象,倒不如说是为了增强文化符号的视觉辨识度,快速营造出一种别样的东方情调。

2.人物服饰和造型的想象

英语《琵琶记》没有明确交代故事发生的具体时间或年代,而是借舞台监督的开场白,将故事设定在一个"众神降临凡人世间,

---

①*Molin Senior High School*-1960 Yearbook(Vol.48),Illinois:Molin High School,1960:133.

共创人世奇迹经典"的时代。那时,世纪之风席卷中国大地,朱红大
门已然推倒,绿石王座化作尘埃,一支古调的琵琶曲仍在传唱。如
此模糊的背景设定为演出提供了广阔的想象空间和发挥余地。服
饰造型是否符合某个具体朝代风格已变得无足轻重,只需体现古
代中国或东方的整体风格即可。因而,不同舞台上出现了唐代至民
国,乃至日本和服及东南亚特色元素风格的多元化服饰。多样风格
服饰的运用,既源于剧本时间背景的模糊设定,也反映了校园演出
多维度想象中国的创意诠释,却在无意识间导致了"中国"与"东方"
被笼统地等同化。整体上,校园舞台上的服饰造型更强调角色身份
和性格的区分,而非追求历史的精确性。正如导演罗伯特·G. 埃默
里奇(Robert G. Emerich)在导演阐释中指出的,《琵琶记》的布景简
洁,人物动作和戏剧冲突有限,因此搭配引人入胜、美观动人的服饰
显得尤为必要。但服饰设计无需过分追求历史的精确重现,而应着
重于线条与色彩的和谐搭配。尽量选用剪裁精致、色彩对比鲜明、突
显角色个性的中国民族服饰。人物服饰还需要适度夸张,与日常装
束形成鲜明对照,将观众带入充满东方风情的奇幻世界。此外,"设
计者从东方艺术宝库选材时还须保持谨慎,确保创意和自由构思在
合理范围内,避免过度想象或发挥,以免超出职责所及"[①]。因此,尽
管英语《琵琶记》的服饰设计传达剧作的态度、主题、情感与观念,呈
现的"不是历史化的,而是风格化的"[②]的舞台空间,却始终提醒观
众台上构建的是与中国主题相关的剧场空间(图3-26至3-55)。

[①]Robert G. Emerich, *Lute Song*, Adapted by Sidney Howard and Will Irwin from
the Original Chinese Classic "Pi-Pa-Ki" by Kao-Tong-Kia: A Production
Project by Robert G. Emerich, New York: Fordham University, 1952: xx-xxi.

[②](美)罗伯特·科恩著,费春放、梁超群译《这就是戏剧》,北京大学出版社2020年
版,第537页。

图3-26　芝加哥圣母学院《琵琶记》(1949)剧照
来源:《芝加哥论坛报》①

图3-27　芝加哥曼德琳高中《琵琶记》(1949)剧照
来源:《芝加哥论坛报》②

① "Academy of Our Lady Seniors to Give *Lute Song*," *Chicago Tribune*, April 17, 1949:48.
② "Mundelein to Present *Lute Song*," *Chicago Tribune*, April 21, 1949:37.

图3-28　犹他大学《琵琶记》（1949）剧照
来源：《犹他州每日纪事报》①

图3-29　伊利诺伊州帕洛斯村剧团《琵琶记》（1953）凤凰舞者、山神造型
来源：《芝加哥论坛报》②

①Anne Mattison，"*Lute Song* to Begin Run Wednesday，" *The Daily Utah Chronicle*，Oct. 24，1949：1.

②"Palos Village Players to Open Classic Chinese Musical，*Lute Song*，" *Chicago Tribune*，May 31，1953：51.

图 3-30　亚利桑那州北凤凰高中《琵琶记》(1954)剧照
来源:《亚利桑那州共和报》①

图 3-31　纽约拉塞尔塞奇学院《琵琶记》(1955)剧照
来源:《时报纪录》②

① "North Production," *Arizona Republic*, Nov. 21, 1954: 16.
② "Russell Sage Play," *The Times Record*, Apr 21, 1955: 39.

图 3-32　费城圣家学院《琵琶记》　　图 3-33　加州圣约瑟夫高中
　　　　　（1957）剧照　　　　　　　　　　《琵琶记》（1959）剧照
　　　来源:《每日邮报》①　　　　　　　来源:《奥克兰论坛报》②

图 3-34　圣本尼迪克学院和圣约翰大学《琵琶记》（1958）剧照 1
　　　　　来源:学校官网③

---

① "Florence Chinnici Has Lead Role in College Play," *The Daily Journal*, Oct. 28, 1957: 7.

② "Oriental Drama," *Oakland Tribune*, Mar. 25, 1959: 61.

③ https://www.csbsju.edu/theater/productions/lute-song-fall-1958

图3-35　圣本尼迪克学院和圣约翰大学《琵琶记》(1958)剧照2

图3-36　圣本尼迪克学院和圣约翰大学《琵琶记》(1958)剧照3

图3-37 圣本尼迪克学院和圣约翰大学《琵琶记》(1958)剧照4

图3-38 伊利诺伊州莫林高级中学　　图3-39 威斯康星州埃奇伍德中学
　　《琵琶记》(1960)剧照　　　　　《琵琶记》(1960)剧照
来源:《莫林高级中学1960届毕业生年鉴》　拍摄:Vinje,Arthur M.,来源:威斯康
　　　　　　　　　　　　　　　　　　　　星州历史协会①

———————

① "Edgewood Students to Open *Lute Song* Series Tonight," *Wisconsin State Journal*, April 21, 1960:29.

图3-40　艾奥瓦州阿萨姆森中学《琵琶记》(1960)剧照
来源:《四城时报》①

图3-41　伊利诺伊州莫林高级中学《琵琶记》(1960)剧照
来源:《派遣报》②

---

① "*Lute Song*:Chinese Dancers to Glow in Dark," *Quad-City Times*,May 8, 1960:48.

② "Ancient Chinese Legend," *The Dispatch*,Feb. 24,1960:19.

图3-42 纽约州本杰明·富兰克林中学《琵琶记》(1962)剧照
来源:《民主与纪事报》①

图3-43 田纳西州玛丽维尔中学《琵琶记》(1962)剧照
来源:《玛丽维尔每日论坛》②

①Maxine Hollander, "Franklin to Stage *Lute Song*," *Democrat and Chronicle*, Mar. 25,1962:118.

②"Hundreds of Hours are Devoted to Preparation of *Lute Song*," *The Maryville Daily Forum*,Mar. 3,1962:3.

图 3-44　菲利普斯大学《琵琶记》(1960)剧照
来源:《俄克拉何马日报》[1]

图 3-45　阿萨姆森中学《琵琶记》(1960)剧照
来源:《每日新闻》[2]

[1] "East and West," *The Daily Oklahoman*, April 17, 1960:70.
[2] "AHS Play to Feature Black Light," *The Daily Times*, May 11, 1960:20.

图3-46　伊利诺伊州依马库雷塔高中《琵琶记》(1963)剧照
来源:《芝加哥论坛报》①

图3-47　威斯康星州维特尔波大学《琵琶记》(1966)剧照
来源:《拉克罗斯论坛报》②

① "Immaculata Students Will Give *Lute Song*," Chicago Tribune, Feb. 10, 1963:23.
② "Viterbo's *Lute Song* Has a Five-Day Run," *The La Crosse Tribune*, Nov. 15, 1966:16.

图3-48　维拉玛丽亚高中《琵琶记》(1967)"牛氏规奴"剧照
来源:《纽卡斯尔新闻》[1]

图3-49　爱德克利夫学院《琵琶记》(1967)牛氏和伯喈剧照
来源:《辛辛那提探询者报》[2]

---

[1] "Villa Maria to Present *Lute Song*," *New Castle News*, Dec. 5, 1967:6.
[2] "A Princess and a Pauper," *The Cincinnati Enquirer*, Feb. 9, 1967:21.

图3-50　伊利诺伊州三一中学《琵琶记》(1964)侍女坐跷跷板剧照
来源:《芝加哥论坛报》①

图3-51　威斯康星州维特尔波大学《琵琶记》(1966)剧照
来源:《拉克罗斯论坛报》②

① "Three for the Sea-Saw," *Chicago Tribune*, Nov. 29, 1964:56.

② "Viterbo's *Lute Song* has a Five-Day Run," *The La Crosse Tribune*, Nov. 5, 1966:16.

图3-52　康涅狄格州韦弗高中《琵琶记》(1960)后台剧照
来源:《哈特福德报》[1]

① "Weaver High Play," *Hartford Courant*, June 5, 1960:149.

图3-53　威斯康星州圣玛丽中
学《琵琶记》(1960)剧照
来源:《每日时报》①

图3-54　拉瑟福德县"中国日"
艺术节《琵琶记》(1977)剧照
来源:《阿什维尔公民时报》②

图3-55　马萨诸塞州伯克希尔戏剧节《琵琶记》(1989)海报
来源:《哈特福德日报》③

---

① "Ancient *Lute Song* Proves Different Fare," *The Journal Times*, Feb 15, 1960:
19.
② "*Lute Song*," *Asheville Citizen-Times*, Nov.16, 1977:13.
③ "*Lute Song*," *Hartford Courant*, June 22, 1989:113.

3.简洁的舞台设计

校园英语《琵琶记》旨在打造具有东方风情的中国剧场体验。舞台上除了大量使用中国韵味的服饰、音乐、龙图腾、摇扇、虚拟性动作等文化元素外,还特别强调通过简洁的舞台设计和自由进出戏剧的检场来展现中国戏曲独有的艺术美学(图3-56至3-63)。空荡荡的舞台上,几组台阶、横木、亭子等装置构成主要表演区;"一桌二椅"的经典布局用于舞台空间的划分与构建。时空的转换通过悬挂不同颜色的帘布和少量象征性道具来实现。对于当时的西方观众而言,中国剧最具代表性或不可缺少的元素是"视而不见"的检场人。他们身穿黑衣,在观众视线中随时进出舞台更换道具和设置场景,偶尔制造幽默,引得观众发笑。这种"陌生化"的舞台处理方式,为西方观众带来一种独特的观剧体验,即真实与虚幻的界限是模糊的,舞台和现实生活之间的边界也是流动和可渗透的。

图3-56　莫林高级中学《琵琶记》(1960)"隐形"检查上台更换道具
来源:《莫林高级中学1960届毕业生年鉴》

图3-57　莫林高级中学《琵琶记》(1960)台上一桌二椅摆设
来源:《莫林高级中学1960届毕业生年鉴》

图3-58　爱达荷大学《琵琶记》(1958)简洁舞台设计
来源:爱达荷大学图书馆官网①

①https://www.lib.uidaho.edu/digital/pg2/items/pg21838.html

图3-59 南达科他州大教堂高中《琵琶记》(1960)简洁舞台设计
来源:《守卫领袖报》①

图3-60 得州德尔玛学院《琵琶记》(1961)印象派舞台设计
来源:《科珀斯克里斯蒂号召者时报》②

① "Senior Play Brings Oriental Flavor to CHS," *Argus-Leader*, May 8, 1960:20.
② "Del Mar Theatre to Open Season with Musical Fantasy on Dec. 8," *The Corpus Christi Caller-Times*, Nov. 26, 1961:19.

图3-61　阿堪萨斯大学《琵琶记》(1974)简洁舞台设计
来源:《西北阿肯色州时报》①

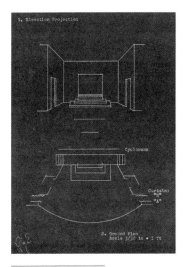

图3-62　艾奥瓦州洛拉斯学院《琵
琶记》(1948—1949)舞台设计图
(罗伯特·G.埃默里奇导演设计)
来源:罗伯特·G.埃默里奇制作
《琵琶吟》的导演阐释②

①Pat Donat,"Traditional Chinese Productions Schedule Here,"*Northwest Arkansas Times*,April 7,1974:7.
②Robert G. Emerich,*Lute Song*,Adapted by Sidney Howard and Will Irwin from the Original Chinese Classic "Pi-Pa-Ki" by Kao-Tong-Kia:A Production Project by Robert G. Emerich,New York:Fordham University,1952:100.

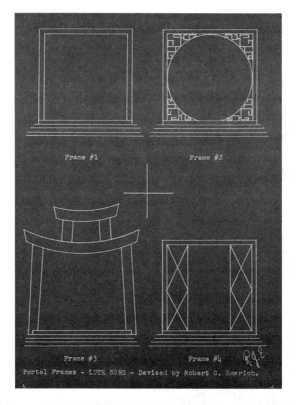

图3-63　艾奥瓦州洛拉斯学院《琵琶记》(1948—1949)舞台门架图
（罗伯特·G.埃默里奇导演设计）
　　来源：罗伯特·G.埃默里奇制作《琵琶吟》的导演阐释[1]
门架#1：主台亭子门架，演出中一直保留，土色，用于蔡家、粮仓。
门架#2：可拆，金色、黄色，用于牛府后花园、牛氏闺房。
门架#3：可拆，灰色、深红，用于弥陀寺庙。
门架#4：可拆，红色、金色，用于牛府、皇宫。

---

[1]Robert G. Emerich, *Lute Song*, Adapted by Sidney Howard and Will Irwin from the Original Chinese Classic "Pi-Pa-Ki" by Kao-Tong-Kia: A Production Project by Robert G. Emerich, New York: Fordham University, 1952:95.

三、教会学校频繁演出英语《琵琶记》探析

英语《琵琶记》作为教育性戏剧,频频亮相于美国大中院校的戏剧课堂、艺术节及校园公开演出中。尤值一提的是,许多教会学校对于排演《琵琶记》格外青睐。根据美国在线报纸档案库的不完全统计,从1949年至1971年,美国本土至少有17所天主教和3所基督教学校上演了英语《琵琶记》,其中包括圣母学院(1949)、玛丽蒙特学院(1952)、圣母女子中学(1955)、圣家学院(1957)、圣心学院(1959)、圣约瑟夫高中(1959)、拿撒勒学院(1961)、三一中学(1964)、圣查尔斯高中(1965)、圣文森特学院(1965)、美国天主教大学(1966)、圣罗斯学院(1971)等。教会学校对学生的行为和思想教育要求通常更为严格,而戏剧便是其中一种有效的思想教育媒介。教会学校排演《琵琶记》,既是借中国戏剧经典实现戏剧理论教学与舞台艺术实践创新之目的,也是借戏剧演出把《琵琶记》作为教育戏剧的"品格教育"的意义落实到位。以1965年圣诞前夕康涅狄格州天使圣母学院上演的《琵琶记》为例,该校之所以安排高年级女生排演《琵琶记》,不仅因为它之于中国戏剧,犹如莎士比亚作品之于英国戏剧那样重要;更是因为姑娘们结束《基督徒生活守则》的课程教学后,恰好有这么一部东方戏剧"帮助她们形成正确的婚姻观,为她们更好地面对未来的婚姻生活做好准备"[①]。无论是孝敬温顺、忠贞不渝的"贞妇"五娘,还是通情达理,成人之美的"贤妇"牛氏都堪称是拥有完美妇德的楷模,完全有资格成为教会女生学习和效仿的典范。

---

① Jane Bachiochi, "Annual Play is Held at Angels Academy," *Hartford Courant*, Dec. 26, 1965: 127.

　　教会学校排演《琵琶记》还蕴含着虔诚信奉上帝的宗教意义。英语《琵琶记》讴歌了赵五娘与蔡伯喈至死不渝的忠贞爱情。他们的爱情既建立在夫妻情感之上，又深受天神无处不在的神力指引。夫妻二人的团圆，被描绘为上帝显灵和庇护的结果，彰显了对神的信仰和依赖。因此，他们忠贞不渝的爱情成为上帝恩宠的象征，是劝诫人们虔诚信仰上帝的美丽寓言。改编本《琵琶记》是对忠贞爱情和虔诚敬神的共同颂扬，其精神内核与天主教倡导的守贞、虔诚等原则高度契合。教会学校重视品格教育，通过上演这部中国剧，实现了教育戏剧的艺术性和工具性。舞台上的表演生动展现了基督教的教义和教规，为学生树立了如何为人妻、为人夫、为神子民的道德榜样，这或许可以部分解释教会学校偏爱演出《琵琶记》的原因。南戏《琵琶记》宣扬忠、孝、节、义、贞等"风化"主旨，尽管因跨文化改编而导致了一定程度的"变形"与"变质"，但在教会学校的演出中，其教化意图依然显著，展现了与原作主题的某种精神交汇与文化融合。

四、大学生职业剧团巡演英语《琵琶记》与演出批评

　　英语《琵琶记》北美舞台传播中，还有一个介于校园剧社和职业剧团之间的非营利组织——国民剧场（National Players）发挥了重要作用。该剧社由美国天主教大学戏剧系主任、著名艺术教育家吉尔伯特·哈特克神父（Gilbert V. Hartke, 1907—1986）于1949年创建，是美国历史最悠久且负盛名的古典剧目巡演团体。剧社每年在全美范围内招募戏剧系毕业生，组成巡演剧团，旨在为偏远地区或经济条件有限的观众奉上世界经典戏剧的现场演出，同时也为刚毕业的戏剧青年提供首个专业演出平台。国民剧场以独立排演原创剧目、莎士比亚的经典作品以及其他世界古典名剧而闻

名,成为美国艺术合作和戏剧教育推广的典范[1]。在1967—1968
年的第19个演出季中,国民剧场排演了英语《琵琶记》和莎士比亚
的《无事生非》两部剧作。截至2022年,英语《琵琶记》是国民剧场
演出过的唯一的东方古典剧目。1966年12月9日至21日,国民剧
场为当地高校师生及社区民众带来为期12天的英语《琵琶记》演
出。1967年10月至1968年春,剧社从东海岸到西海岸,到达了宾
夕法尼亚州、马萨诸塞州、纽约州、威斯康星州、得克萨斯州、北卡
罗来纳州、伊利诺伊州、印第安纳州、田纳西州、西弗吉尼亚州、俄
亥俄州等11个州的21个城市进行全国巡回演出(见附录二)。此
次巡演历时六个月,与1946—1947年百老汇版英语《琵琶记》的巡
演时长相当。两次巡演均扩大了《琵琶记》在北美的传播范围,使
更多普通民众有机会感受东方古剧的魅力。然而,值得注意的是,
1940年代百老汇版英语《琵琶记》是一部商业音乐剧,而1960年代
国民剧场版英语《琵琶记》却是一部非营利性话剧。两次巡演目的
和意义明显不同,影响了演出形式和受众反响。相较而言,国民剧
场的演出更加注重专业性、艺术性和教育价值,体现了更高程度的
独立探索精神和艺术价值。

---

[1] 国民剧场每年精选1至3部世界级的古典名剧,其中必定包含一部莎士比亚的经
典作品,并于每年10月起至翌年5月在美国各地巡回演出。截至2022年,国民
剧场已成功举办了73个巡演季,在美国41个州共呈现约6600场精彩演出。期
间,共上演了151部剧目,涵盖了莎士比亚、莫里哀、索福克勒斯、埃斯库罗斯、
阿里斯多芬、萧伯纳、王尔德、谢立丹、奥尼尔、卡夫卡等多位世界文学巨匠的杰
作。目前,国民剧场隶属于马里兰州奥尔尼剧院中心外拓部门,继续发挥其文
化使命。(参见国民剧场官方网站。)

（一）独立的艺术性

演出目的上，百老汇的商业演出重视明星效应，依靠明星的知名度和表演实力来吸引观众，提高上座率，确保票房收入。相比之下，国民剧场作为一个非营利性的职业剧团，其创立宗旨是向那些无法亲临戏剧现场的偏远地区居民和经济条件有限的观众呈献世界级的古典剧目。每季的巡演不仅传承经典，还赋予其全新的解读，体现了国民剧场追求传承与创新的精神。国民剧场的所有演职人员均为美国大专院校戏剧系的应届毕业生或已成为职业演员的校友，他们有着相似的人生经历和培训背景，确保了演出目的的一致性。团队的艺术创新能力和协作意识保证了演出的高水准。国民剧场在得克萨斯理工大学的演出就受到高度赞扬。与百老汇关注明星的模式不同，国民剧场强调团队合作，"演员之间实力均衡，没有谁的表演盖过他人的表演，所以无需突出个别演员给予单独的赞美"①。国民剧场版英语《琵琶记》充满了浓郁的艺术氛围：朱红和金色的舞台布景极具戏剧效果。剧中的抒情场面、优雅的形体动作和生动的静态画面（tableaux），让人赞叹不已②。悠扬的琵琶声与带有印度风情的配乐相得益彰。音乐与肢体动作的完美配合、美轮美奂的服装和精心设计的舞台美术，共同营造出一种古色古香的氛围，令观众陶醉其中。

国民剧场坚守艺术至上的原则，不以票房利润和大众喜好为转移，但这种坚持有时也使它难与普通观众产生共鸣。演出形式

---

①Jack Sheridan,"Classic *Lute Song* Plays Before Sparse Audience," *Lubbock Avalanche-Journal*,Dec. 6,1967:48
②在戏剧表演中，"静态画面"或"定格场景"指的是一些精心设计的静态场景，主要通过演员的静止姿势和表情，配合服装、道具和灯光等来展现故事的关键时刻，创造出强烈的视觉和情感冲击力。

上,国民剧场大胆摈弃了百老汇版《琵琶吟》的音乐剧风格,转而采用改编本最初的对话体来展开故事,讲述一个"诗意而深刻、平实的爱情故事"①。这种改变似乎打破了某些观众对于百老汇流行音乐剧的审美期待,使他们感到不适与失望。有评论说,"剧中去掉了演唱和舞蹈环节,只剩下少得可怜的中国戏曲元素,使得演出效果大打折扣"②,整个表演显得沉闷乏味。一些评论家甚至质疑:"想象一下,观看一场没有歌舞表演的《俄克拉荷马》会是什么样的体验?"③这里暗含的意思是,百老汇的音乐剧版《琵琶记》比起国家剧场的对话版《琵琶记》更加热闹,更受普通大众的喜爱。

(二)艺术创新得失

国民剧场专为《琵琶记》设计了独具创意的演出面具。这些面具由珐琅材质制成,采用半脸设计,仅露出演员的嘴巴和下巴(图3-64至图3-66)。尽管面具的使用增加了戏剧的神秘感和吸引力,提供了不同于日常生活的视觉和感官体验。但从实际演出效果来看,面具并未为演出增色,反而妨碍了演员表情的传达和声音的清晰表现,影响了整体演出效果。更为严重的是,"演员戴上面具后,仿佛变成了精致的瓷器雕像,失去了真实感。手势、摇扇、鞠躬等仪式化表演动作进一步削弱了演出的真实性,使得剧中的戏剧性对话沦为最拙劣的情节剧表演,原本动听而富有哲理的台词

---

① "*Lute Song* at C. U. in Washington," *The Baltimore Sun*, Dec. 27, 1966: 98.
②Leslie Riley, "*Lute Song*," *The Cincinnati Enquirer*, Mar. 25, 1968: 26.
③Ibid.注:《俄克拉荷马》是一部具有历史意义的美国音乐剧。它于1943年在百老汇首演,并迅速成为全美热门话题,不仅标志着美国音乐剧的成熟,还因其2212场的演出记录开启了美国音乐剧的黄金时代。演出的成功归功于其在音乐、舞蹈和剧情的紧密融合,这在当时是具有创新性的。故事围绕着俄克拉荷马州农民和牧场工人的生活而展开,展现了20世纪初美国中西部的生活场景。

也失去了光彩"①。

图3-64　国民剧场巡演《琵琶记》(1967)五娘和伯喈剧照
来源:《希博伊根新闻》②

　　国民剧场版英语《琵琶记》追求艺术创新,其不落俗套的演出风格恰似阳春白雪,曲高和寡,与普通大众的审美距离较远。《琵琶记》在威廉姆斯学院的校园演出中,部分观众中途退场。在得克萨斯理工大学演出时上座率较低。在科勒剧场演出中,观众反应也相对平淡。甚至专业剧评人对其选剧眼光提出直率的批评:"人们不禁疑惑,为什么朝气蓬勃、卓尔不群的国民剧场会选择《琵琶记》这粒老菱角,还将其作为年度保留剧目? ……尽管昨晚的演出

①Clara Hieronymus, "*Lute Song* Fits Year of Monkey, Fails to Match Players' Acting," *The Tennessean*, Feb. 4, 1968:52.

②"*Lute Song* to be Presented at Kohler by National Players," *The Sheboygan Press*, Nov. 8, 1967:4.

图3-65　国民剧场巡演《琵琶记》　　　图3-66　国民剧场巡演《琵琶记》(1968)
　　　(1968)牛氏与牛相剧照　　　　　　　伯喈和五娘剧照
　　　来源:《曼西晚报》①　　　　　　　　来源:《奥兰多晚星报》②

表现不俗,但这份赞誉主要基于剧团在拓宽演出风格上所作的努
力。除此之外,演出并未呈现其他值得称道的亮点。"③

　　事实上,对于他者文化缺乏包容性,可能是导致国民剧场演出
中途退场和观众稀疏的深层原因。有剧评人如是诘责:"那些希望
在本地区看到所谓的'文化中心'的传统演出的观众,断断续续地

---

① "Chinese Drama Will be Given," *Muncie Evening Press*, Jan. 5, 1968:15.
② "To Open New Theatre," *Orlando Evening Star*, Feb. 16, 1968:15.
③ Clara Hieronymus, "*Lute Song* Fits Year of Monkey, Fails to Match Players'
　　Acting," *The Tennessean*, Feb. 4, 1968:52.

选择了中途退场。人们可能会问,对这些人而言,'文化'的内涵究竟是什么?"①"文化中心"即以欧洲戏剧文化为中心,外来戏剧文化,哪怕是跨文化的戏剧作品也难以突破文化壁垒而被认可与接受。有评论甚至大胆假设,就算国民剧场排演的《琵琶记》既非纯正的东方剧也非纯正西方剧,"如果剧情更吸引人,节奏更快,对白更有趣,即便是东西方混杂的戏剧作品也是可接受的"②。然而,如果《琵琶记》引入更多西方戏剧元素,加快节奏,并用更富哲理的对白推进剧情,就会导致它失去中国古典戏剧的独特韵味,转而变得过于西式化,更像欧美戏剧,反映了多数剧评人对外来东方戏剧的文化保守主义态度。只有极少数睿智且持开放态度的剧评人能够领会国民剧场演出《琵琶记》的独特艺术价值。雪莉·贾维斯(Shirley Jarvis)认为,该剧是"一场视听盛宴,一首流动的诗,整个制作几乎完美无缺。演员们忠于13世纪中国人的行走、交谈和表情节奏,没有严重失误或矫揉造作之处。即使某些时刻表演略显凝滞,这也是因为作品忠实于原作时代的艺术性和真实性所致"③。

综上,国民剧场排演的英语《琵琶记》虽然高雅却不够大众化,未能成为广受欢迎的演出,恰恰体现了非营利性职业剧团的使命:致力于传播和推广世界古典剧目,同时为美国戏剧艺术注入创新与活力。国民剧场的演出努力保持中国戏剧的本色,凸显中西戏剧的差异,而非迎合普通观众的口味,彻底将其西式化。无论这一理想抱负实现到何种程度,国民剧场都在艺术创新的道路上稳

---

①J. Gordon Bullett,"Too Many Stayed away from *Lute Song*," *The North Adams Transcript*,Oct. 25,1967:4.

②Leslie Riley,"*Lute Song*," *The Cincinnati Enquirer*,Mar. 25,1968:26.

③Shirley Jarvis,"*Lute Song*:Poetry in Motion," *The Sheboygan Press*,Nov. 14,1967:4.

步前行。正如一位剧评家所总结:"《琵琶记》虽然不属于日益商业化剧场中的热门剧目,但它为观众带来了独特的观剧体验。遗憾的是,社区中很少有人充分认识到国民剧场演出这部剧的深层意义。"①抛弃票房盈利的枷锁,仅从戏剧艺术交流的角度而言,《琵琶记》在北美的跨文化演出有其重要的存在价值和文化意义。伊利诺伊州莫林高级中学对演出《琵琶记》的动机做出了精辟总结:

> 《琵琶记》包含着众多成功要素:古老中国的传奇故事、现代百老汇热门剧作的吸引力、迷人的音乐、动人的情感、华美的服饰和别具一格的舞美设计。它的魅力在于,为观众呈现了一个全新的文化视角,通过男女主角的生活经历,生动展现了中国百姓的苦难、幸福和理想抱负的全貌,其间还融入了迷人的中国儒家思想。②

第四节　英语《琵琶记》夏威夷演出与批评

夏威夷地处太平洋十字路口,是亚洲和美洲之间的咽喉要道,也是东西文化交汇的重镇。岛上的居民构成独特,除了夏威夷土著后裔外,还包括中国、日本、韩国、菲律宾等亚裔、欧美白人及混血人种等,共同组成了一个多种族混居的社会。在此多元文化背景下,多种生活方式和文化观念的碰撞与融合日渐成为常态。据1930年至1950年的人口普查数据来看③,这二十年间,亚裔成为

---

① Jack Sheridan,"Classic *Lute Song* Plays Before Sparse Audience,"*Lubbock Avalanche-Journal*,Dec. 6,1967:48.

② *Molin Senior High School-60 Yearbook*(Vol.48),Illinois:Molin High School,1960:134.

③ 数据来源:http://www.ohadatabook.com/T01-03-11u.pdf

岛上的最大族群,占总人口的57%以上。一代又一代的亚裔将他们丰富的民族传统与习俗带入夏威夷群岛,促进了东方文化在岛上的根植与传播,形成一股重要的文化影响力。自1789年第一位中国人抵达夏威夷起[①],华人及其后代在岛上的政治、经济、文化和教育领域中逐渐占有一席之地。夏威夷独特的地理位置、受东西两种文化浸润以及多种族杂居的人文环境,使得夏威夷大学戏剧社(1932)和夏威夷华系公民会(1950)排演英语《琵琶记》之目的、风格和受众接受度上都与美国大陆有所区别;更为特别的是,演出全部起用华裔演员,展现了更鲜明的中华文化表征。

一、中西合璧:夏威夷大学戏剧社的东方实验剧

夏威夷大学的前身为1907年成立的夏威夷农业和机械工艺专科学校,后经叶桂芳等夏威夷华人的积极倡导与推动,扩建升级,于1920年正式更名为夏威夷大学。与群岛的社会结构相呼应,夏威夷大学内部亦形成了一个由亚裔、高加索人(白人)、夏威夷土著等多族群混杂的校园环境。东西文化犹如两股发源相异的山泉在此汇聚一池,而夏威夷大学排演的英语《琵琶记》便是这池中激起的一朵晶莹浪花,折射出东西戏剧文化交融的璀璨光彩。

(一)演剧动机

"夏威夷大学之父"叶桂芳先生在其著作《夏威夷大学创立小史》中述及,夏威夷大学自改名扩建以降,学校发展迅速,学生兴趣日益广泛,戏剧逐渐成为一项重要的课外活动。"有时每年演剧两

---

①1789年,一名中国木匠来到夏威夷群岛为酋长安装大炮,这是有关中国人到达夏威夷的最早记载。资料来源:Tin-Yuke Char, *The Sandalwood Mountains: Readings and Stories of the Early Chinese in Hawaii*, Honolulu:The University Press of Hawaii, 1975:31—32.

次,但演剧者仅高加索人当选,两年半(1930)以前,始觉其他各国人民,亦非不能入选。"①叶先生在此指出,除欧美白人外,包括亚裔和夏威夷土著后裔在内的其他族裔学生也应有机会参与戏剧演出活动。夏威夷大学戏剧社(以下简称"夏大戏剧社")的发起人兼戏剧系主任亚瑟·怀曼(Arthur Wyman)教授也认识到为亚裔学生提供演剧机会的必要性。他曾说:"我注意到许多学生缺乏展示个人才艺的机会。中国学生和日本学生如同未经雕琢的璞玉,一旦摘下平静的面具,个个也是情感丰富的。"②因此,打破种族歧视和对亚裔的刻板印象,为校园内不同族群学生提供平等的戏剧演出机会,促成了夏大戏剧社的诞生。戏剧社计划每年排演四个族群的经典戏剧——高加索剧(欧美剧)、中国剧、日本剧及夏威夷本土剧。"此四剧非仅使观众快愉,并能使观众得见以上各国之风俗、服装,及文化之不同。"③夏大戏剧社提倡并坚持消除种族歧视,推动族群和谐共处以及文化多样性的理念,致力于提升学生的英语口语表达、戏剧素养和跨文化沟通能力:"培养学生对东西方文化的深度鉴赏力,同时激发夏威夷民众对各种戏剧风格的认识和欣赏。"④在此文化背景和演剧动机的指引下,英语《琵琶记》成为夏大戏剧社排演的第一部中国剧。这里的"中国剧"指的是那些"表现中国题材、运用中国戏剧形式、具有鲜明中国文化特征的戏

①叶桂芳编,陈叉宜译《夏威夷大学创立小史》,上海广协印书馆1933年版,第5页。
②Betty MacDonald,"Drama of 2 Hemispheres,"*Honolulu Star-Bulletin*,Feb. 24,1940:29.
③叶桂芳编,陈叉宜译《夏威夷大学创立小史》,上海广协印书馆1933年版,第7页。
④Betty MacDonald,"Drama of 2 Hemispheres,"*Honolulu Star-Bulletin*,Feb. 24,1940:29.

剧作品"①。

(二)选剧理由

英语《琵琶记》的选材和排演由亚瑟·怀曼教授和爱德娜·劳森(Edna Lawson)教授共同承担。怀曼是美国戏剧界的重要人物,曾在纽约发起影响深远的霍博肯戏剧实验,以其卓越的戏剧才华和创新能力闻名。而劳森教授在夏威夷大学深造期间即已开始研究中国戏剧,此前她成功执导了《黄马褂》和《灰阑记》两部中国剧,积累了丰富的中国戏剧编导经验。选定《琵琶记》作为首部排演的中国剧,是经过导演深思熟虑的决定。

首先,《琵琶记》英语剧本已经问世。中国戏剧虽早在18世纪传入西方,但多数是以文学译本的形式存在。直到1920年代,西方戏剧舞台上还只有《赵氏孤儿》和《灰阑记》两部"正宗"的中国剧在演出。中国戏剧英语剧本的稀缺,限制了演出的选本范围。而1930年最新完成的《琵琶记》英语剧本,为夏大戏剧社的演出计划提供了新的选择。他们甚至认为,夏大戏剧社的制作将会是英语《琵琶记》在"世界范围内的首演"②,如其宣传海报所示(图3-67)。

其次,法国汉学家巴赞对《琵琶记》的推崇也提升了演出的重要性。夏大戏剧社的宣传海报反复强调,《琵琶记》是一部拥有500多年演出史的古典剧目,其在中国戏剧史上的重要性足以与

---

① 陈茂庆《中国戏曲在夏威夷的传播与接受》,中国戏剧出版社2021年版,第127页。

② 严格来说,夏大戏剧社排演的英语《琵琶记》并不能称为世界首演。如前所述,早在1925年,中国留美学生会在美国波士顿美术剧院上演了自导自演的英语《琵琶记》。1930年,由亚历山大·科克兰执导的英语《琵琶记》在马萨诸塞州的斯托克布里奇市公演。这两场演出都早于1932年。

欧洲的《哈姆雷特》相提并论。如
此古老而意义深远的经典剧目无
疑值得精心排演和观赏。再者,劳
森导演熟悉《琵琶记》。她的硕士
论文专注于中国戏剧的起源和发
展,其中包括对《琵琶记》的细致分
析,这为《琵琶记》的文本解读和排
演方案奠定了文献基础。此外,如
前所述,夏大戏剧社的创建宗旨之
一,是借助戏剧表演深化学生对东
西文化的理解和鉴赏。儒家文化的
忠、孝、节、义等核心道德思想都在
《琵琶记》中得到精彩诠释。因此,
蕴含着丰富中国儒家文化记忆的英
语《琵琶记》自然成为戏剧社的首选
剧目。

（三）演出批评

1932年3月17日,英语《琵琶
记》在夏威夷大学校园礼堂举行了
首场公演。演出十分精彩,赢得专
业剧评人的高度肯定:"对于那些密
切关注用英语表演东方戏剧的观众

图3-67　夏威夷大学《琵琶记》
（1932）宣传海报
来源:《檀香山广告报》[1]

而言,这部作品无疑具有极高的吸引力。夏威夷戏剧界正在开展
融合东西方戏剧艺术的尝试,《琵琶记》的成功演出标志着这一戏

---

[1] "English World Premiere *Pi Pa Ki*," *The Honolulu Advertiser*, Mar. 13, 1932:21.

剧实验取得里程碑式进展。"①换言之,英语《琵琶记》作为一部融合了东西方戏剧艺术的实验性作品,其演出意义不仅在于它作为一部剧目的艺术成就和创新性,还在于它作为一种文化桥梁,促进了中西戏剧理念和表演风格的交流与融合。

　　英语《琵琶记》的成功,首先归因于它真实营造了具有中国特色的舞台场景和戏剧空间。20世纪20年代前后,美国文化正处于繁荣多元的"喧嚣的20年代"。美国戏剧界对充满浪漫与神秘色彩的中国表现出浓厚的兴趣,涌现一批以中国为主题的戏剧作品。其中最为成功和最具代表性的是《黄马褂》(1912),而类似的其他作品还有《中国情人》(*Chinese Lover*,1921)、《中国灯笼》(*Chinese Lantern*,1922)、《爱之焰》(*Flame of Love*,1924)、《中国玫瑰》(*China Rose*,1925)、《观音》(*Kuan Yin*,1926)、《琪琪》(*Chee-Chee*,1928)等等。这些充满异国情调的作品,大多是基于对中国社会、文化、历史和戏剧艺术的想象而创作的。台上白人演员拙劣地模仿中国人的言行,即"黄脸"扮演,反映了东方主义在剧场的具体表现。然而,与此情况不同的是,夏大戏剧社排演的英语《琵琶记》强调表演真实中国。演出从演职人员的种族背景、专业表演技巧到服装、布景、道具和音乐等各方面,全力打造一台中国风情浓郁的表演。夏威夷独特的地理位置、庞大的华人社群和深厚的粤剧文化积淀,为实现这一艺术追求提供了丰富的人才和物质资源。

　　除了两位白人导演之外,其余40余名演职人员皆为华裔青年。身着中华传统服饰(主要是粤剧服饰)的华裔演员首先在视觉上确保了演出的"中国性"。舞台上中国特有的文化元素,如龙、

①Loraine Kuck,"Chinese Play is Experiment," *Honolulu Star-Bulletin*,Mar. 18, 1932:26.

汉字、版画、陶器、卷轴画、灯笼和挂毯等，共同营造出浓厚的中国风情。音乐部分全部采用中国传统乐器，由夏威夷大学联谊会的华裔女生现场演奏。戏剧社还特别邀请专业的粤剧演员担任艺术指导。他们向演员展示、传授戏曲的表演技巧和程式化动作，如黄门官舞步和不同角色特有的台步等。夏大戏剧社制作的《琵琶记》因其专业性和中国性而独具特色。剧评家如此评价："即便是环游世界的旅行者，也难以找到一场比这更具中国戏剧艺术特色，展示如此多样且得体的中国服饰，以及如此精心制作的中国剧演出。"①

另一方面，夏大戏剧社英语《琵琶记》演出的成功，又归功于它未完全照搬中国戏曲艺术，而是按照恰当比例融合东西方戏剧文化精髓，实现艺术风格的创新性"调和"。怀曼和劳森导演的手法独树一帜，他们采撷中西戏剧艺术之精华，在《琵琶记》的舞台上实现了前所未有的深度融合。普通观众看了觉得新颖有趣，专业人士看了觉得耳目一新有创意，实现了一种全新的表演效果。不过，这种创新表演其实质是一种"外中内西、中形西质"的艺术表现。英语《琵琶记》的舞台风格基本美国化，只保留了古典戏曲的东方氛围和一些经典的程式化表演。舞台设计完全遵循西方模式，依赖频繁的幕布变换和72次以上的灯光效果来实现场景转换。为适应美国戏剧的快节奏，演出采取了西方的写实风格，删减了中国戏曲中一些不必要的虚拟动作，如在舞台绕一圈表示长途跋涉、爬山、上楼等。剧评家库克准确捕捉到英语《琵琶记》的"中体西用"特征："舞台上的演员虽身着中国戏服，却摒弃了传统戏

---

① Charles Eugene Banks, "*Pi Pa Ki* Presented in Fine Style Though Lead Players Ill," *The Honolulu Advertiser*, April 8, 1932：2.

曲中妨碍表演的程式动作,转而追求更写实的表演风格。这部作品虽源自中国,但像参演的华裔演员一样,其外在虽呈现了中国特色,内核却经历了微妙的西化过程。"① 舞台上东西戏剧文化融合的过程,也反映了华裔群体融入美国社会的过程。华裔群体要在美国社会立足,需要适度西化,包括掌握英语沟通能力和思维模式,还有必要学习西方的社交礼仪,实现顺畅的人际交往。同样,将中国戏曲改编为英语话剧搬上西方舞台,演出风格也须适当西化,以确保西方观众的认可和接受。总之,夏大戏剧社制作的英语《琵琶记》将中国戏曲重细节和形式的特点融入西方写实舞台后,形成了一种新颖的表演风格,这是中西戏剧文化交流的直接成果。大量来自中国戏曲的独特符号给英语观众带去新鲜的感官体验,满足了观者视觉、听觉"趋新"、"好奇"的需求,增强了演出的观赏性,"演出效果令人赞叹"②。

　　夏大戏剧社排演的英语《琵琶记》及后续制作的近十部"中国剧"③,尽管只有《琵琶记》《赵氏孤儿》《王宝川》三部是名副其实的中国剧,其他作品只是或与中国情节相关,或取材于中国文学,或部分借用中国戏曲元素的剧作而已。这些"真真假假"的中国主题剧在多族群杂居的夏威夷上演,首要意义在于通过戏剧媒介让

---

①Loraine Kuck,"Chinese Play is Experiment," *Honolulu Star-Bulletin*, Mar. 18, 1932:26.

②Ibid.

③夏大戏剧社排演过的中国剧主要包括:《琵琶记》(*Pi Pa Ki*,1932)、《蓝色蝴蝶》(*Blue Butterfly*,1933)、《赵氏孤儿》(*The Son of Chao*,1934)、《幸福面纱》(*Veil of Happiness*,1935)、《王宝川》(*Lady Precious Stream*,1936)、《一千年之前》(*A Thousand Years Ago*,1937)、《邵功偶像》(*The Idol of Shao Kung*,1938)、《马克百万》(*Marco Millions*,1939—1940)、《颜明的愉悦背叛,或一夜失足》(*The Delightful Perfidy of Yen Ming,or the Mistakes of a Night*,1941)

世界了解中国文化和戏剧艺术;其深层目的是打破种族壁垒,促进不同种族的和谐共处,"使太平洋国际有大同之精神焉"。戏剧演出从来不只是艺术符号的堆砌,而是思想与文化交锋的文学场域、想象空间、社会空间与交际空间。如何促进夏威夷校园和社会中多族群的和谐共处,既是一项政治任务,也是一种文化使命。卡耐基基金会的语言学家强调,促进国与国之间更好的相互理解应来自文化交流,而非政治会议。"夏威夷是启动这一倡议的理想场所,夏大戏剧社朝着这个正确方向迈出了正确的第一步。"①在夏威夷,戏剧不仅是艺术的展现,也成为文化交流的桥梁。"夏威夷舞台上东西方戏剧融合的实践与岛上民族融合的过程是同步进行的"②。英语《琵琶记》和其他中国剧的演出,将中国故事和戏剧艺术呈现于舞台,有效促进了不同文化观众间的理解与共鸣,为推动夏威夷乃至环太平洋地区中西文化的交流,加深多元文化社会的相互尊重与和谐共处发挥了应有的文化作用。

二、表演与身份建构:夏威夷华系公民会的演出

二战后,美国、欧洲、日本等地区的经济迅猛增长,社会治安显著改善,为旅游业的蓬勃发展奠定了良好基础。夏威夷凭借其迷人的海岸线、活跃的火山和丰富的温泉资源而闻名,迅速成为美国退伍军人和国际游客疗养与观光的旅游胜地。除自然景观和本土文化外,岛上亚裔群体特有的东方文化同样受到游客的青睐。中国寺庙和传统节日文化活动成为旅游宣传的重要组成部分。自

①Betty MacDonald,"Drama of 2 Hemispheres,"*Honolulu Star-Bulletin*,Feb. 24,1940:29.

②Loraine Kuck,"Chinese Play is Experiment,"*Honolulu Star-Bulletin*,Mar. 18, 932:26.

1946年起,夏威夷旅游局举办的年度"阿罗哈节"(Aloha Week)上,华裔团体精心组织的中国传统文化庆典成为亮点,多方位展示了中国的音乐、舞蹈、习俗和历史等方面。夏威夷地区坚持的多元文化发展的人文环境,推动了"一种独特的中国文化复兴"①。例如,为了重塑夏威夷华人社群的贸易关系和公共形象,1949年,夏威夷中华总商会成功举办了首届"水仙花文化节"(The Narcissus Festival)。该文化节一般安排在中国农历春节期间举行,不仅展示丰富多彩的中国传统文化活动,如舞龙、醒狮、传统服饰展示、美食品尝、传统音乐和舞蹈表演等,还特设了年度盛事——"水仙花皇后"选美大赛。比赛角逐产生的水仙皇后和公主,将肩负起推广中国传统文化和友好交流的使命。经过数十年的发展,"水仙花文化节"已经成为夏威夷华人社区中与端午节、中秋节及农历新年齐名的最具标志性的文化庆祝活动。1948年,为了进一步丰富夏威夷华人的文化生活,夏威夷华系公民会②成立了戏剧分会(Hawaii Chinese Civic Association Dramatic Chapter),计划每年排演一部中国剧③,英语《琵琶记》是其中的第二部。这些演出不仅面向岛内华裔观众和其他族裔居民,也吸引了外来游客的目光。

---

① Clarence E. Glick, *Sojourners and Settlers：Chinese Migrants in Hawaii*, Honolulu：The University Press of Hawaii, 1980：317.
② 1925年1月6日,为了抗议美国联邦政府不承认夏威夷华人享有美国公民权的歧视行为,夏威夷华人大学联同华人商会共同发起成立夏威夷华系公民会(Hawaii Chinese Civic Association),旨在促进和维护夏威夷华裔公民享有平等的政治权利和公民福利。此外,公民会还会定期举办各类文化活动。
③ 夏威夷华系公民会演出过的中国主题剧主要包括:《黄马褂》(1949)、《琵琶记》(1950)、《王宝川》(1951)、《灰阑记》(1952)、《一千年前》(1953)、《四郎》(*The Fourth Son*, 1955)、《十三女》(*13 Daughters*, 1956,夏威夷本土音乐剧)、《黄马褂》(1957)、《王宝川》(1958)、《白蛇传》(*White Snake Lady*, 1959)、《隐姬》(*A Secret Concubine*, 1960)。

　　1950年2月23日，适逢中国农历春节，夏威夷华系公民会制作的英语《琵琶记》在罗斯福中学大礼堂举行首演。此次演出风格与1932年夏大戏剧社的制作有相似之处，但亦有所不同。

　　两者的共同点包括：使用相同的剧本；均以英语话剧形式上演，而非百老汇采用的音乐剧形式；演出都广受好评，批评声音较少；演出阵容全部由华裔演员参与，其中一些演员甚至参与了1932年的演出。华裔演员天生的华人特质、言谈举止都更接近中国文化，确保了演出从视觉上彰显"中国性"。他们坚守中国传统戏剧的舞台特色，使用经典的戏曲服饰、音乐和舞蹈。尽管执行导演为西方人，但同时也聘请华裔戏曲艺术家作为艺术总监，以保证舞台上戏曲艺术的地道性和原汁原味。舞台艺术呈现出鲜明的中西戏剧艺术相融的特色。演出场景从中国南方的小村庄到北方的皇宫，既运用西方的写实手法，又融入东方戏剧的虚拟性和象征性艺术手段。演出收入都用于为大洋彼岸的中国同胞谋福祉。夏大戏剧社的收益捐赠给中国赈灾基金会，支援上海的抗日战争，救助战争难民和饥荒灾民。华系公民会的收入则投入华人社区青年活动中心大楼的建设。用英语演出中国戏曲经典，不仅"传承了中国戏剧艺术，也丰富了夏威夷人民的文化生活"①，还在传达爱国情怀和构建文化身份方面发挥了积极作用。

　　两者存在两方面的不同：其一，演出目的上，夏大戏剧社的演出，由白人发起并在校园内上演，旨在提升学生的语言和戏剧技能，深化对东方文化的理解，并增强对其人性的尊重，进而促进校园内不同族群的和谐相处。而1950年的演出由华人团体发起，特

---

① "The *Lute Song* to Have 6 More Performances," *Honolulu Star-Bulletin*, Feb. 25, 1950: 31.

意选择在春节这一中华民族特别重视的传统佳节期间上演。台上的华裔演员与台下的华裔观众共同构成了一个社会共同体。在剧场内,华裔群体一同观看民族戏剧经典,不仅是加强群体内部的社会互动和情感交流的难得机会,也是一次领会民族传统文化和寻找民族根性的文化实践。剧场是有形的建筑空间,更是具备文化构建能力的创意空间。舞台上的中国剧演出和观众席上的华裔面孔,共同构成一种独特的大中华文化符号,既鲜明彰显华裔的文化身份,也有力建构华裔的民族身份。

其次,演出性质上的不同。夏大戏剧社的演出是面向学生和社区居民的教育戏剧;而华系公民会的演出则更多地面向整个社会,是展示中国文化与艺术独特性的文化演出。华系公民会作为夏威夷华人社群中最具影响力的民间组织之一,拥有更广泛的社会成员和人脉资源,以及更专业的中国戏曲演艺实力。更为关键的是,如前所述,夏威夷旅游业的发展凸显了东方文化对国际游客的吸引力,从而增强了华裔展示本民族独特文化的信心。公民会的目标是为观众提供一种全方位、沉浸式的中国文化剧场体验。演出中,他们不仅重视再现传统戏曲的舞台美学,还全面展示了民族节庆、典礼和服饰文化。大幕升起时,礼堂外燃放烟花爆竹,寓意新年的吉祥。每一幕开演前,道具员上台敲锣,以示演出开始。中场休息时,观众可到露台上品茶交谈。身着民族服装的引座员在剧场内外穿梭,为演出增添了独特的东方韵味。演出还融入了与剧情相关的宫廷礼仪、寺庙仪式、列队游行、狮虎猿凤舞等特色民族典仪的表演。120多套风格独特、色彩绚丽的戏曲服饰,更是将民族文化的展现推向了高潮。主角服饰部分由当地华裔戏班提供,部分得到知名华裔戏曲演员的私人赞助,还有来自祖国大陆(上海和广州)剧团的友好支持;配角服装则由华裔设计师严格

遵循中国戏曲的传统标准精心设计。演出海报和剧评强调此次演
出展示了大量华美的中国戏曲服饰,数量之众可能为檀香山之最。
京城一线的角色身着华丽的粤剧服饰,尊贵风范毕显。牛小姐凤
冠霞帔、珠翠步摇;蔡邕、牛丞相和黄门官的装扮也极为精美繁复,
皆光彩夺目(图3-68至3-71)。而陈留郡一线人物的服饰则朴素
日常,带有晚清民国风格。蔡公和张太公头戴瓜皮帽,身着长衫。
蔡母和五娘身穿宽袖衫裙和旗袍,头上的发髻简约,少(无)配饰

图3-68　夏威夷华系公民会《琵琶记》　　图3-69　夏威夷华系公民会《琵琶记》
　　(1950)牛氏与蔡邕剧照　　　　　　　(1950)惜春、牛氏和蔡邕剧照
　　来源:《檀香山广告报》①　　　　　　　来源:《檀香山星报》②

---

① "*Pi Pa Ki* Will Reopen Tonight at Roosevelt," *The Honolulu Advertiser*, Mar. 2,
　1950:24.
② "The Marriage Tea is Bitter," *Honolulu Star-Bulletin*, Feb. 23,1950:30.

图3-70　夏威夷华系公民会　　　　　图3-71　夏威夷华系公民会《琵琶记》
《琵琶记》(1950)黄门官剧照　　　　　　　(1950)牛相与牛氏剧照
来源:《檀香山星报》①　　　　　　　来源:《檀香山星报》②

(图3-72、3-73)。

　　这些"穿在演员身上的布景"和"不断移动的华丽彩展"赢得
了国际游客的赞赏,吸引众人纷纷前来观赏这部被戏剧评论家高

---

① "Tourists Flock to See Ancient Chinese Drama," *Honolulu Star-Bulletin*, Mar. 2, 1950:30.

② "The *Lute Song* is Classic Chinese Drama of a Faithful First Wife," *Honolulu Star-Bulletin*, Feb. 4, 1950:13.

图3-72　夏威夷华系公民会《琵琶记》　　　图3-73　夏威夷华系公民会《琵琶记》
（1950)蔡母、蔡公、张太公剧照　　　　　（1950)"蔡母嗟儿"剧照
来源:《檀香山广告报》①　　　　　　　来源:《檀香山星报》②

度推荐的"必看"③演出。同时观看过百老汇与夏威夷两场演出的观
众认为,两场演出风格迥异,但华系公民会的演出"在服饰和戏曲
艺术运用上更显地道和精彩"④。华系公民会演出的成功,不仅体
现在中西戏剧艺术的有机融合上,更在于呈现了大量引人注目的
中国传统服饰。它们既为舞台增添视觉美感,也有助于角色识别
与人物塑造,反映了角色的社会地位和性格。而且,服饰作为文

---

①"*Pi Pa Ki* Play Will Feature Dazzling Costumes,"*The Honolulu Advertiser*,
　Feb. 12,1950:28.

②"A Mother's Grief,"*Honolulu Star-Bulletin*,Feb. 17,1950:17.

③"Tourists Flock to See Ancient Chinese Drama,"*Honolulu Star-Bulletin*,Mar.
　2,1950:30.

④"*Pi Pa Ki* Will Reopen Tonight at Roosevelt,"*The Honolulu Advertiser*,Mar. 2,
　1950:24.

化和艺术的载体,蕴含了丰富的历史和文化内涵,赋予了戏剧以仪式感和象征性,对提升演出的整体艺术效果和观众体验发挥着关键作用。人类学家格雷格·厄本(Greg Urban)指出,文化之所以能够传播,是因为"它以物质形式留下了短暂或永久可感知的印记"①。中国戏曲艺术海外传播在英语《琵琶记》一件件独特的行头里留下了不灭的印记。

二、华裔出演英语《琵琶记》的文化意义

自19世纪中叶起,随着夏威夷王国甘蔗和菠萝种植业的迅猛发展,大量广东人涌入夏威夷务工,粤剧随之传入,成为早期中国移民休闲娱乐和抒发乡愁的主要方式。1879年,夏威夷首家华人戏院——盛庆戏院在檀香山开幕,标志着粤剧在固定剧院的演出时代的开始。随着更多华人戏院的建立,粤剧逐渐盛行,观众群体也逐步扩大。然而,由于语言、文化和审美差异的隔阂,粤剧始终处于夏威夷戏剧文化的边缘,未能真正进入白人社会的视野,只是华人社群内部的娱乐方式。20世纪初,受过西式教育的夏威夷新一代华人开始用英语演出中国剧,即"中戏西演"。1916年,夏威夷华人男子学校求真书院首次用英语上演中国剧《黄马褂》,不仅展示了中国戏曲的服饰、音乐和表演艺术,还通过西方听众能理解的语言,传播中国思想和文化。这就不难理解,为什么西方剧评人特别强调在英语《琵琶记》的舞台上,"几乎每个演员的英语发音都很好"②,反映出语言是实现沟通和平等对话的重要工具。用英语

---

①Greg Urban, *Metaculture: How Culture Moves through the World*, Minneapolis: University of Minnesota, 2001: 42.

②Loraine Kuck, "Chinese Play is Experiment," *Honolulu Star-Bulletin*, Mar. 18, 1932: 26.

演出中国主题剧的舞台活动,折射出早期夏威夷华人社会生存的真实状态。面对种族歧视,几代华人经过不懈努力,终于获得了平等的教育机会和社会资源,华裔社群才得以能用英语向外界展示自身文化。中国戏曲文化借助英语这一传播媒介正式进入西方舞台,实现了与西方戏剧文化的交流与碰撞,或被否定,或被借鉴乃至融合创新。1930年,梅兰芳访美演出最后一站到达夏威夷,进行了为期六天的公演(1930年6月23—28日),或许对戏曲文化在夏威夷群岛的宣传与推广起到了推波助澜的作用。

　　华裔青年演出中国剧,既是艺术表演和文化展示,更是对民族身份的构建与确认。在西方文化中长大的夏威夷新一代与祖辈存在明显差异,他们可能对中文不再熟悉,对中华文化感到疏远,思维方式已经西化。"华裔用英语演出中国戏剧并非全是出于利他主义"①,也是"黄皮白心"的华裔青年接触、学习并了解民族文化底蕴的机会。配合着身体性、仪式性场面的剧场是故土风俗和价值理念的重现,不仅加强了群体的情感沟通,也成为构建族群文化,寻找文化认同的有效途径。如果说,中国戏剧文化之于西方演员是纯粹的"他者"文化,对于夏威夷华裔演员来说,则是介于"他者"与"自我"属性的"间性"文化,蕴含一种血浓于水的文化觉醒意识与民族身份表达的迫切需求。戏曲为海外华人展示民族文化提供了平台。对新生代华裔青年而言,《琵琶记》的故事强化了父辈口述的中国家庭的伦理观和人生观,通过戏剧观演形式重新内化了从父辈那里继承的集体文化认同。华裔青年参演英语《琵琶记》的过程,也是他们重建与维系集体记忆的过程。海外场域的"戏

---

①Charles E. Hogue,"Hawaii's Chinese Players,"*The Honolulu Advertiser*,April 1,1951:6.

曲既传播也重塑了信仰、价值观和文化符号"①。从这个意义上说，英语《琵琶记》在夏威夷华裔社群中的演出，构建了华裔青年的社会记忆和审美境界，也增强了他们对华人身份和文化的认同与归属感。

---

① （美）绕韵华著，程瑜瑶译《跨洋的粤剧：北美城市唐人街的中国戏院》，广西师范大学出版社；上海音乐学院出版社2021年版，第8页。

第四章　《琵琶记》在英语世界的研究

　　文艺思潮与文艺研究范式之间犹如风与浪的互动关系：文艺思潮如风，能够激起一波又一波的研究范式新浪潮。新古典主义戏剧、比较文学、女性文学、文化研究等理论与思潮，都对英语世界《琵琶记》的研究范式产生了重要影响。英语学界的《琵琶记》研究，不仅成果丰硕，还折射出其对中国戏曲的整体研究态度、方法和模式。本章将英语学界《琵琶记》研究的重要成果，依据研究内容的相关性，分为四大主题：瞭望中国风俗文化之窗、比较视阈下的中国戏剧、戏剧文学内部的专门研究及后现代思潮影响下的跨学科研究。最后，从"文学经典"概念出发，理析《琵琶记》海外传播"去经典化"趋势的深层原因。

第一节　瞭望中国风俗文化之窗

　　作为一部文学成就卓著的经典之作，《琵琶记》以其精妙的艺术手法，全方位展现了中国古代社会的日常生活、伦理道德、科举制度、婚姻习俗以及儒、释、道三教文化。这些体现了中国特色的文化因子，最先吸引了西方学者的研究兴趣，一度成为西方学者洞察中国社会风俗的重要窗口。《琵琶记》承载的文化价值几乎掩盖了其文学价值。这其中,比较有代表性的观点主要来自法国汉学家巴赞(1841)、英国历史学家沃德(1879)及美国汉学家祖克(1925)等学者的论述。

一、法国汉学家巴赞:展示未受欧洲文明影响的真实中国

法国杰出汉学家安东尼·巴赞在其法文《琵琶记》译本的序言中,清晰阐述了他的三个选译理由。

第一,了解更多元化、更优秀的中国戏剧文学的需要。巴赞指出,迄今为止,法国汉学界所译的中国戏剧作品主要选自元杂剧。然而,哪怕是元杂剧中的佼佼者如《赵氏孤儿》《汉宫秋》《窦娥冤》等作品,与明初的《琵琶记》相比较,可以明显看出后者在文学艺术上的进步。因此,翻译《琵琶记》不仅能将元曲之外的中国戏剧样式引入欧洲,还可帮助西方"了解14至15世纪这一百年间,中国戏剧艺术领域所取得的显著进步"[1]。

第二,了解中国文学批评的现状。明清戏曲评点家对《琵琶记》的持续关注与研究,突显了该作品的独特文学品质。巴赞认为,译介明清戏曲评点家为《琵琶记》所作的序,可以更深入地"了解中国文学批评在康熙年间所取得的进步"[2],反映中国文学评论的发展趋势。文学作品和文学批评相统一,为西方读者提供更全面解读中国文学的观察视角。

---

[1]Antoine P. L. Bazin, *Le Pi-Pa-Ki : ou L' Histoire du Lute*, Paris: A L' imprimerie Royale, 1841: XIX.

[2]Ibid., p. XII.

第三,向欧洲展现尚未受基督教文明影响的中国社会风俗。巴赞坦言:"虽然我可以选译近代作品,但即便在中国,文学巨著也是罕见的。此外,近代作品留下了欧洲对中国影响的痕迹。然而,《琵琶记》展现了15世纪初中国社会风俗的真实状态,这一时期在亚洲文明史上极为重要,值得历史学家和哲学家的深入关注。"①巴赞认为,《琵琶记》呈现的是一个未受欧洲文化影响的真实中国。那时,法国耶稣会传教士和基督教文明还未传入中国。中国社会中儒、释、道三教和谐共处、相互包容。明朝建立后,佛教影响力达到高峰。中国大地布满佛塔和寺院,民众的宗教信仰发生显著变化。"仔细研读《琵琶记》,可以从中找到佛教影响和中国文明进步的确凿证据。"②文学作品、社会风俗、宗教文化和哲学观念相互交织、渗透,互为映射。巴赞后又在其论著《现代中国》中再次强调"才子书"对西方汉学界的重要意义——它们"真实地描绘了社会习俗和礼仪"③。由此可见,了解未受欧洲文明影响的中国及其风俗文化成为巴赞选译"第七才子书"《琵琶记》的最主要原因。

二、英国历史学家沃德:管窥中国科举制

1879年,英国知名学者、历史学家阿道夫·威廉·沃德爵士(Sir A. W. Ward,1837—1924)在一次学术年会上宣读了题为"《琵

---

①Antoine P. L. Bazin, *Le Pi-Pa-Ki : ou L'Histoire du Lute*, Paris : A L'imprimerie Royale,1841:XV.

②Ibid.,pp. XVI-XVII.

③Antoine P. L. Bazin, *Chine Moderne* (Seconde partie),Paris:Firmin-Didot frères,1853:474.

琶记》(Pi-Pa-Ki)"的论文①。沃德从"书生剧"角度对《琵琶记》进行了跨文化解读。他指出,《琵琶记》"赢得了众多读者的共鸣,尤其是那些渴望考取功名、改换门闾的书生"②。沃德详细解读了"才俊登程"和"文场选士"两个回目,意在揭示中国古代书生的丰富形象和科举现场的诙谐与荒诞。他指出,中国古代书生群体中,既有像蔡邕这般勤奋好学,欲报君恩并报亲的谦谦君子,也有那意在"云梯月殿"或"红粉芳樽"的庸流之士,而应考现场犹如一部"文场现形记",以其诙谐、夸张之调,再现了读书人的千姿百态。蔡邕的故事生动揭示了中国古代书生求学立命过程中所遇的道德困境。蔡邕不过是众多通过科举改变命运的书生中的一个典型代表。沃德强调,科举选拔对个人命运的影响福祸相依,不能轻易定性好坏。

沃德还从史学视角,分析了文学创作与社会现实的影射关系。他指出,偏好才子主题的中国戏剧文学,生动描绘了科举制下的社会现状。中国社会尽管存在等级差异,但贵族身份并非完全由血统决定。科举考试为读书人提供了凭借个人才能和功绩实现加官进爵的机会。中举的贤才被视为国之栋梁,委以重任,担任帝国和吏部的高级官员。除非犯下重大过失,才会失去这一地位,贬为庶民。他们是国家事务的管理者,其失范行为会妨碍国家政体的运行。科举殿试的榜首叫"状元"。他们在社会上备受尊崇,其地

---

① 阿道夫·威廉·沃德爵士是英国杰出的历史学家和文学教授,代表性学术成果主要包括《安妮女王时代的英国戏剧文学史》《剑桥现代史》《剑桥英国文学史》等。1921年,剑桥大学出版社将其论文和随笔结集出版,共5卷,论文"《琵琶记》"收录于其中的第五卷。

② Sir A. W. Ward, "Pi-Pa-Ki," *Collected Papers of Sir Adolphus William Ward* (Vol. 5), Cambridge: The University Press, 1921: 234.

位之高甚至超越了剑桥学生所能获得的最高荣誉——"高级优等生"①的社会认可度。因此,中国戏剧的男主角多是状元郎。而科举考试的落榜者,因为社会地位和前途的失落,有时会陷入绝望,甚至误入歧途犯下抢劫、内斗等极端不义之举。总而言之,科举制对个人命运和社会秩序影响深远。

　　不管沃德对中国科举制的剖析准确与否,他精准地从蔡邕的故事中提炼出科举改变读书人命运的经典叙事,即科举为个体带来抱负和责任、富贵和繁华,也可能导致失落、彷徨和悲伤。沃德总结道:"《琵琶记》之所以引人入胜,在于它以创新的手法展现了一个古老命题——理想和责任间的冲突。有时,理想似乎是责任的最强驱动力;有时,责任又与最高理想不谋而合。"②《琵琶记》的故事让读者在笑泪中领悟到,即使是智者,也难以洞察一切,而纯真的心灵往往能够触及真理的核心。《琵琶记》向世人传达了谦逊之美的重要性。世上没有完美无瑕的成功,却存在永恒完美的善与德。

---

① "高级优等生"(Senior Wrangler)是剑桥大学数学专业顶尖本科生的荣誉称号,源自该校极具挑战性且竞争激烈的数学三级考试。这一称号代表了该校最高的数学荣誉,虽于1909年被废除,但它作为剑桥的传统和历史仍然保留下来,象征着卓越的数学能力和最高的智力成就。从历史上看,许多"高级优等生"获得者后来在数学、学术界和其他领域取得了杰出成就,与中国科举制度选拔出来的"状元"有一定的相似之处,两者都代表了各自体系中的最高学术或考试成就。

② Sir A. W. War,"Pi-Pa-Ki," *Collected Papers of Sir Adolphus William Ward* (Vol. 5),Cambridge:The University Press,1921:247.

三、旅华美国汉学家祖克:解读20世纪中国知识分子现状

　　1925年,美国德裔戏剧专家阿道夫·爱德华·祖克①(Adolf
Zucker,1890—1971)在其论著《中国戏剧》②中,特别选取《琵琶
记》作为明代戏剧的唯一代表进行专章探讨。值得注意的是,祖克
对作品的理解和评价主要基于巴赞翻译的法文版《琵琶记》③,而
非中文原著。这个法文版本的体例更接近西方的对话式戏剧,在
一定程度上影响了他对《琵琶记》原貌的全面认识。与巴赞类似,
祖克的论述强调了《琵琶记》作为反映社会现实的"镜子价值",而
非其作为文学作品的艺术价值。祖克在《序言》部分提议:"想要了
解中国人,请先从他们的戏剧入手。"④他认为,中国戏剧与其他民
族戏剧一样,深刻关注人性,其舞台艺术是对生活的映射。戏剧为

---

①1918年,刚从宾夕法尼亚大学获得博士学位不久的祖克,远赴中国,并受聘于北
　京协和医学院担任教职,主要讲授西方文学课程。1923年,祖克返回美国,在马
　里兰大学人文科学院担任部门主席,并荣获名誉教授的称号。他的学术成果颇
　丰,特别是在研究易卜生和莎士比亚的戏剧作品,以及梅兰芳的京剧艺术方面,
　成就斐然。
②《中国戏剧》是20世纪20年代欧美学界研究中国戏剧的一部重要学术成果。该
　书梳理了中国戏剧从起源到发展的历史脉络,包括《早期戏剧》《元杂剧》《明代
　戏曲》《满清至民国戏剧》《中国戏剧的发展趋势》《中国戏剧的外部特征》《中国
　戏剧传统》《梅兰芳与京剧》和《东西戏剧比较》等九个章节。书中附有20余幅与
　戏剧主题相关的插图,以及胡适的肖像照。
③祖克在《中国戏剧》第三章《明代戏曲》中提及,他要为读者介绍一部24出的《琵
　琶记》。然而,中文全本《琵琶记》并不存在24出的版本,而巴赞编译的法译本
　《琵琶记》恰好是24出。此外,如前所述,威尔·欧文曾从祖克那里借得法译本
　《琵琶记》,从而解决了剧本来源的问题。这两方面的情况都表明,祖克研读的
　底本不是《琵琶记》中文原本,而是法语编译本《琵琶记》。
④Adolf E. Zucker,*The Chinese Theatre*,Boston:Little,Brown,and Company,
　1925:xii.

西方提供了正确认识中国人的一面文化镜子。中国人既不全都是西方旅行者笔下的东方圣贤,也非恐怖小说中的嗜血怪物,他们是活生生的普通人。祖克的评价也有不同于巴赞的一面。巴赞的译介旨在为西方读者提供一个窗口,了解15世纪的中国社会风貌,这是一种指向过去,回溯历史的"镜子"功能,反映未受西方文化影响的中国社会。而祖克的"镜子"则着眼于折射当下的中国社会,特别是追溯儒家思想对当代中国知识分子的影响。这种观点的形成与祖克在中国的工作生活经历,和他所结识的朋友以及特定时代背景有关。

祖克在北京工作生活的五年(1918—1923)正值中国新文化运动的高潮期。中国社会掀起一股提倡民族自觉、个人自由和解放个性的运动浪潮。孔子及其代表的传统儒学在反封建主义的呼声中遭受猛烈批判。传统儒家思想与"德先生"和"赛先生"等新思想展开激烈的碰撞与交锋。然而,知识分子在追求民主、科学、新道德和新文学的进程中,不可能轻易摆脱传统道德与旧文学等根深蒂固观念的制约,其思想与行动的自由仍受到三纲五常伦理不同程度的束缚。通过分析蔡邕这一文学人物形象,折射当代中国知识分子的真实生活状况,正是祖克解读《琵琶记》的目的所在。祖克与新文化运动旗手胡适保持私交①,使得他的观点和评述别具一格。

祖克没有开门见山介绍《琵琶记》的剧情梗概,而是讲述身边三个熟人的经历作为主题铺垫。一位是表面上放荡不羁、酗酒纳妾的年轻官员,看似与"孝顺"毫无关联,却为了在家尽孝道而放弃美国的高薪工作。另一位是受过西方高等教育、思想前卫的年轻

---

① 祖克《中国戏剧》的现代剧部分,译介了胡适的独幕剧《终身大事》;在论述《琵琶记》的孝道观念时,又多次参考了胡适的观点。

人,却因家族压力不得不婚配不喜之人。第三位是一名大谈政治改革,热衷游行示威的进步青年学生,面对官员挪用赈灾基金的不法行为时竟漠然置之,甚至坦陈自己若处于相同位置也会作出同样的选择。三位当代知识分子的故事分别涉及孝道、强婚和贪腐等问题,直接呼应了《琵琶记》相关章节的内容。为此,祖克提醒西方读者,这些在西方看来难以理解的社会现象,实则是《琵琶记》情节的一部分。他甚至指出:"如果美国民众多读一些中国文学,他们就不会对传说中的东方之谜或东方人的神秘感到匪夷所思。"①《琵琶记》有助于西方人理解中国当下社会的某些怪象;社会现实为戏剧提供了人物原型,尽管两者相隔数个世纪。蔡伯喈和赵五娘的故事不仅是历史,也是当代中国社会的写照。祖克解读《琵琶记》的关键情节时,也总是结合类似的社会见闻进行比较评论。

他从蔡公指责儿子"恋着被窝中恩爱,舍不得离海角天涯",而站立一旁的儿媳无权过问的剧情,联想到中国社会对男女公开表达情爱的普遍限制——某大学副校长因陪同妻子散步便遭非议;独自外出求学的已婚青年,与妻子远隔两地,却从未与妻子通过书信。祖克还从蔡邕夏夜弹琴泄闷的场景中,看到中国人内敛和克制的民族性格。即便是刚经历丧亲之痛的人,在被问及此情此景时,往往不会任由眼泪夺眶而出,反而露出一种紧张、尴尬的笑容。蔡邕携妻返乡,为亲结庐守孝三年,祖克借引胡适的观点,指出这种孝道的片面性:"中国之孝,重在子女事父母,酬养育之恩;父母施教责于子,鲜有所训。"②观其全文,与其说祖克是在评

---

①Adolf E. Zucker, *The Chinese Theatre*, Boston:Little,Brown,and Company, 1925:45.

②Ibid.,p.67.

述《琵琶记》，倒不如说他是在强调儒家伦理不仅左右了蔡邕的人生，还在继续影响现代中国知识分子的生活。20世纪20年代的中国社会里还有许许多多的"蔡伯喈"。可以说，蔡伯喈为祖克深入理解中国知识分子群体形象提供了有效参照。一旦读懂《琵琶记》，现代知识分子看似奇怪的行为就不足为怪。文学书写与时下风云互为注脚。

整体上，祖克对《琵琶记》中所体现的限制自由和民主选择的儒家伦常持否定态度，但他还是表现出了人文学者的专业公正及尊重异文化的宽广胸怀。他指出，中国的孝道虽在西方人看来过于极端，但对于成长于儒家文化中的中国人而言，却是至关重要、最令人称赞的道德伦理。欧美的亲子伦理则走向了另一极端，成年子女对父母漠不关心，不尽人子之责。他呼吁："无论是西方人还是中国人，都自认为本国伦理优于他国，难有公正裁决优劣。但西方人若要深入了解中国及其道德伦理，阅读《琵琶记》则大有裨益，可从中获得洞察更多中国问题的判断力。"①

第二节　比较视阈下的中国戏曲

中西戏剧在表现形态和理论诠释上存在显著差异。西方戏剧注重剧本结构和角色塑造，强调逼真的舞台效果；而中国戏曲则注重表演技巧和艺术性，偏爱夸张的表演和华丽的服饰。西方戏剧强调情节、角色和观众参与，注重对戏剧内在逻辑和结构的分析；而中国戏曲则更注重艺术性和审美价值，强调演员的表演技巧和

---

① Adolf E. Zucker, *The Chinese Theatre*, Boston: Little, Brown, and Company, 1925:68.

观众的审美体验。19世纪初次接触中国戏曲的汉学家,往往从西方戏剧传统出发,采用比较的研究视角,审视与之迥异的中国戏曲。然而,受到欧洲中心主义思想的影响,再加上文献资料的掌握有限,他们常常基于片面现象进行主观推断,甚至凭想象来描绘中国戏曲的全貌,导致了一系列以偏概全、讹误迭出的错误评价。有时,他们还出于文化优越感,贬低中国戏曲,中国戏曲的独特艺术价值和文化意义时常被忽视或误读,而其与西方戏剧的差异则被过度放大而贴上"非理性"的标签。爱尔兰比较文学先驱哈钦森·麦考莱·波斯奈特(H. M. Posnett)在其著作《比较文学》(1886)中关于中西戏剧差异的讨论便是这种观点的典型例证。

一、中西戏剧之异

(一)中国戏曲不遵守三一律

在19世纪,西方学者常以本土戏剧为参照,很快注意到中西戏剧结构上的显著差异。他们"惊讶"地发现,绝大部分中国戏剧未遵循"三一律"①。他们试图弄清原由,却因掌握资料的有限②以及优势文化自居的心态一叶障目。如波斯奈特错误地认为:"在中国的戏剧里,多种教化目的使得中国的剧作家特别钟情于各种历史人物和事件;而且几乎不用说,无论在哪里,只要任何形式的历史剧占据上

---

①George Adams, "The Chinese Drama," *The Nineteenth Century*, 1895, 37 (Jan.-June):509.

②18至19世纪早期,法国汉学界的中国戏剧研究主要集中在《元人百种曲》所涉剧目的译介上。这些剧本的法译本为西方汉学家认识中国戏剧提供了重要的二手资料。然而,由于地理条件的限制,身居中国领土之外的西方学者几乎没有亲临现场观看戏曲场上演出的机会。因此,他们对中国戏剧的研究基本局限于元杂剧作品案头文学的研究,鲜有涉及戏曲的舞台艺术以及元曲之外的其他戏曲作品。

风,不管它是宗教形式的还是世俗形式的,一直都没有人重视时间
一律。"①他还指出,戏曲对地点一律的破坏,乃是因为中国幅员广
大、地域辽阔,与希腊城邦的狭窄空间形成鲜明对比。正是这种
广袤无垠的地域特征影响了剧作家对地点固定性的关注和重视。
《琵琶记》采取双线并进的戏剧结构,戏剧场景在京城和陈留之间
频繁切换,成为西方学者批评中国戏曲忽视三一律的典型代表。

(二)中国戏曲的唱角主要承担教化功能

19世纪西方汉学家译介中国戏曲时,通常删其唱段,仅留宾
白,但他们确实注意到剧中唱角的存在,只不过牵强附会地认为唱
段的主要功能是用于传达剧作的道德教化目的。《琵琶记》法译本
的译者巴赞曾指出:"对于中国人来说,把道德效用作为他们戏剧
的表现目的来加以规定是远远不够的,他们也必须发现达到这一
目的的手段。因此就有了唱角这一角色,这是一个极为令人羡慕
的巧妙概念。从本质上来说,这是将中国戏曲同一切已经为人类
所知晓的戏剧区别开来的特征。"②巴赞认为,戏曲的唱角类似希
腊戏剧的歌队,充当着作家与观众间的沟通桥梁,但与希腊戏剧不
同的是,戏曲的唱角没有脱离情节,而是作为主角出现。灾厄降临
之际,他们动情吟唱,唤起观众怜悯之心,使其动容泣下。唱角可
能来自任何社会阶层,他们通过引用智者格言、哲学家箴言或历史
及神话故事,扮演着传递教化信息的关键角色。《琵琶记》开章明
义"不关风化体,纵好也徒然",明示作品重视道德教化之旨。《琵
琶记》的故事为西方学界理解中国戏曲中"道德至上"的观念提供

①(爱尔兰)哈钦森·麦考莱·波斯奈特著,姚建彬译《比较文学》,中国社会科学
　出版社2005年版,第334页。
②同上,第322—323页。

了典型案例。尤侗《第七才子书序》描述《琵琶记》场上演出时的感人画面，更是成为他们论证中国戏曲"重道德、轻艺术"观点的例证。他们相信，戏曲舞台通过刻画孝子、贞妇、义士和善人的或真实或虚构的形象，起到了引领观众践行美德的作用。这种高台教化的手段，对于文盲或教育水平较低的观众来说显得尤为重要。

（三）中国戏曲强调自然描写，缺乏个性人物

波斯奈特还注意到，自然描写在中西戏剧所占的份量不同。他提出，东方戏剧融入了大量生动的自然描写；而在西方戏剧中，除了莎士比亚的戏剧作品外，古希腊、英、法、德等国的戏剧都鲜有强调自然元素的。即便是以宏大自然环境为背景的剧作如《被缚的普罗米修斯》，其焦点也侧重于人性而非大自然。德国剧作家席勒的作品虽也有自然描写，但自然描写通常只出现在每一幕开头。坦诚地说，就算波斯奈特所述现象属实，其论证过程尽显理性之不足，而文化优越感却明显有余。他认为，东方戏剧之所以包含大量自然描写，源于其在人物个性描写上的不足，只有依靠自然描写来补足这一缺憾。此外，东方文明以乡村生活为主，自然描写因之成为戏剧文学的主体。而中国戏剧中个性化人物的缺乏，既受文学创作理念的影响，也与社会制度相关。中国戏剧作品过分强调教化功能，阻碍了文本对人物个性的深入分析；另一方面，中国社会赖以为基础的家庭制或集体生活影响了人物个性的发展。波斯奈特强调："处于中国的家庭制度下的个体生活没有能够达到像在西方那样的社会或者艺术的重要性。也正因如此，在东方戏剧里的大自然的面貌太过巨大、太过永久……。"① 诚然，在西方，个

---

① （爱尔兰）哈钦森·麦考莱·波斯奈特著，姚建彬译《比较文学》，中国社会科学出版社2005年版，第341页。

体生活通常被赋予更高的价值,反映在社会结构和艺术表现上,个体的经历、情感和抉择常常是叙事的核心。相反,在中国传统文化中,家庭和集体往往优先于个体,这种价值观影响了文学和艺术创作风格。但是,我们认为中国戏曲缺少个性化人物的原因应是多方面的,包括审美观念、剧目内容及表演形式等复杂因素的共同影响。审美观念上,中国戏曲注重人物形象的塑造和表演,往往追求形式上的美感,而忽视了对人物内心世界的深入挖掘和个性化表现。剧目内容上,中国传统戏曲多以历史故事、神话传说等为主,往往涉及社会、政治、道德等宏大主题,而较少关注个体人物的情感和内心世界。表演形式上,中国戏曲是以"脚色制"为本质特征的戏剧艺术。脚色制是指根据戏曲角色的类型、性格和特征将角色分为特定的类别,如生、旦、净、末、丑等脚色。每种脚色都有其独特的性格特征和表演规范,包括唱腔、身段、手势、步伐、表情、服饰等多个方面。演员表演时需要严格遵循规范和程式,不能随意发挥。因此,戏曲表演强调的是角色类型的典型化表现,而非个体的独特性。类型化的角色塑造有助于观众快速识别角色的社会属性和道德特征,但也可能导致角色缺乏深度和个性化特征。上文中,波斯奈特的分析脱离了中国戏曲文化的独特传统,再多的外围性解释,恐怕都难以透过现象看本质。

(四)中国戏曲重视道德教化与孝道主题

19世纪的西方学者普遍接受中国戏曲的核心价值是道德性的,而非艺术性的观点。他们认为,中国戏曲设立唱角以及对三一律的破坏,都深受道德教化功能的负面影响。《琵琶记》法译本问世后,西方学者进一步认识到,"孝道"是中国戏曲道德教化中更为具体而普遍的主题。

英国学者亚当斯(George Adams)说:"在我们看来,孝道和父母之爱这一主题缺乏戏剧性元素,然而它却为中国戏剧提供了源源不断的创作灵感,从古至今从未间断,历久弥新。对于西方人来说,这种现象简直难以理解。"①这类戏剧作品通常突出子女对父母的"孝"与"顺",而淡化父母对子女应尽的责任。亚当斯详细分析了《蔡公逼试》情节,揭示了中国"父命难违"的文化表征,从中找到了支持这一观点的生动场景和有力证据。强势、专横的蔡公由此成为中国式父亲的典型代表。在他看来,中国父亲之所以能无条件享受子女的孝顺,源于法律对父权的绝对支持,以及父亲对个人权利与义务的一种特殊认识——这在西方人看来是一种错误认识。尽管亚当斯认为《琵琶记》蕴含了中国特有的感人要素,也包括了诸多感人的普世情愫,但他仍认为将其视为戏剧杰作是"不可理喻且怪异的"②。一言蔽之,戏曲的孝道主题难以获得西方学者的理解或认同。

　　总的来说,部分西方研究者站在欧洲中心论的视阈来比较中西戏剧。他们试图辨析中国戏曲的异质,却因"身在此山中",故无法识得庐山真面目。凡异我者皆低劣于我的心态使他们难以真正领会和认同中国戏剧的独特价值。当然,西方学者除了辨识中西戏剧之"异",也注意到以《琵琶记》为代表的中国戏曲与西方戏剧之"同"。

二、中西戏剧之同

　　中西戏剧虽然源于不同文化背景和历史传统,但在表达人类情感和探索人性方面显示出许多共通之处。中西戏剧的核心都

---

①George Adams,"The Chinese Drama,"*The Nineteenth Century*,1895,37(Jan.-June):498.
②Ibid.,p. 501.

在于探讨人性的多元复杂性,通过丰富多样的角色和情节,展现人类情感的广泛范围,包括爱、恨、忠诚、背叛、勇气、恐惧、徘徊等情愫。

(一)《琵琶记》与《浮士德》

英国沃德爵士指出,《琵琶记》与德国经典诗剧《浮士德》有两点突出相似处①:首先,两剧的男主角同属知识分子;其次,两剧的开场基调显示出惊人的一致性。两位男主角的开场白摘录如下:

(高拱顶的、狭窄的哥特式房间。浮士德,不安地坐在书桌旁靠背椅里。)

浮士德　到如今,唉! 我已对哲学、

法学以及医方面,

而且,遗憾,还对神学!

都化过苦功,彻底钻研。

我这可怜的傻子,如今

依然像从前一样聪明;

……,

已经有了十年光景——

我知道,我们无法弄清!

真有点令我心痛如焚。

我虽然胜似那一切傻子,

博士、硕士、法律家和教士;

没有顾虑和怀疑打扰我,

也不怕什么地狱和恶魔——

①Sir A. W. Ward,"Pi-Pa-Ki," *Collected Papers of Sir Adolphus William Ward* (Vol. 5),Cambridge:The University Press,1921:233.

却因此而被剥夺了一切欣喜

我并不自诩有什么真知，

也不自信能有所教诲。

使人类长进而幡然改悔。

我既没有财产和金钱，

也没有浮世的名声和体面；

就是狗也不能这样贪生！

因此我就向魔术献身，

想通过精灵的有力的口舌，

使我了解到许多秘密；

……，

不再需要咬文嚼字。(第一场夜①)

(生上唱)〔瑞鹤仙〕十载亲灯火，论高才绝学，休夸班马。风云太平日，正骅骝欲骋，鱼龙将化。沈吟一和，怎离双亲膝下？尽心甘旨，功名富贵，付之大也。(第二出)

浮士德开场哀叹自己一生所学，徒劳无功。为了结束长期迷茫、无意义的生存状态，他决定放弃学问，潜心魔法，探索人生真谛。蔡伯喈开场唱述自己满腹经纶，学富五车，却无意凭学识换取功名富贵，只求在家尽心甘旨，侍奉双亲。两位主人公追求的人生理想殊异，却一致体现了知识分子的普遍困境，即学识的累积并不能让人收获内心的满足和真正的快乐。一段知足而有意义的生活离不开个体与自己、个体与家人、个体与社会和谐关系的厘清和构建。其次，两位主人公都经历了对自我认知的深刻探索和价值

①(德)歌德著，钱春绮译《浮士德》，上海译文出版社2013年版，第3—4页。

观的转变。浮士德从学术的自豪到对知识的失望,反映了一种对
人类智慧局限性的认识。而蔡伯喈则体现了从外在成就到内在精
神追求的转变。他们的经历揭示了深层的人类共通性:知识分子
在追求智慧和生命意义过程中的困惑、失望、抉择和最终的超越。
这种跨文化的共鸣不仅展现了人类经验的普遍性,也揭示了不同
文化背景下,人们对知识和存在意义的相似探索。

(二)《琵琶记》与《安提戈涅》

在中国传统文化中,"忠"和"孝"是最为重要的两种道德准
则。"忠"强调对国家的忠诚和责任,而"孝"则体现对父母和家庭
的尊敬与奉献。然而,自古忠孝难两全,《琵琶记》的男主角亦未能
逃脱这一宿命。蔡伯喈虽被描绘为"全忠全孝"的形象,实则既未
能忠于君王,也未尽到孝道。其不忠之由源于欲尽孝情,未尽孝则
因事君之困扰。蔡伯喈试图以忠规孝,最终却背负了"三不孝"的
罪名。蔡伯喈人物形象的丰满,恰恰在于展现了当忠孝准则发生
冲突时,他所经历的道德困境和心理挣扎。爱尔兰比较文学研究
者波斯奈特注意到,《琵琶记》的忠孝伦理冲突与古希腊悲剧《安
提戈涅》的戏剧冲突颇有相似之处①。《安提戈涅》是古希腊悲剧大
师索福克勒斯于公元前442年创作的一部杰出作品,被公认为古
希腊戏剧的巅峰之作。剧情围绕主人公安提戈涅的悲剧命运展
开。她的兄长波吕涅克斯因反叛而死,遗体被禁止安葬。安提戈
涅出于家族义务和道德信念,违抗国王克瑞翁的禁令,秘密埋葬兄
长,最终因此被判处死刑。刚愎自用的国王因冒犯天神而遭受失
去妻儿的沉重报应。从戏剧冲突的角度来看,黑格尔曾推崇《安提

①Hutcheson M. Posnett,"*Pi-Pa-Ki or San-Pou-Tsong*,"*The Nineteenth Century and After*,1901,49（Jan.-June）:310,London:Sampson Low,Marston & Company.

戈涅》为"最优秀最圆满"的艺术作品。因为剧中的冲突双方——
国王克瑞翁和安提戈涅——分别代表着国家利益和亲属之爱两种
理念。这两种理念都是神圣和正义的,但在特定的情境下却又显
示出片面性和不公正性。每一方均有充分的理由去反驳对方。国
内学者陈世雄则注意到两剧矛盾冲突既有相似性,也有各自的独
特性。"《琵琶记》和《安提戈涅》一样,都表现了两种伦理价值的冲
突,但又有一个重要的区别。在《琵琶记》中,'忠'和'孝'两种价
值并不处于同一层次,它们不是平行的、平等的,因此,不可能构成
像《安提戈涅》那种强烈的悲剧性冲突。"①《安提戈涅》的悲剧性,
源于冲突双方所代表的伦理价值处在同一层面上,彼此平等。当
两种理念同时付诸行动时,其结果必然是损害对立的理念,导致双
方共同受损,从而产生悲剧的崇高。蔡伯喈的悲剧在于他的个性
软弱、犹豫不决,缺乏像安提戈涅那样的勇气和果断行动。除了性
格因素外,更关键的是他无法摆脱儒家伦理的束缚。在儒家的"三
纲五常"中,忠和孝是两个有机部分,分别代表着"国"与"家"两种
理念。在忠孝冲突时,孝往往要服从忠,受到忠的约束。因此,在
《琵琶记》中,忠与孝处于上下级的关系,孝必须顺从忠,忠最终压
倒孝。忠孝之间最终达成妥协,形成中和之美,但这种美与《安提
戈涅》中那种深刻的悲怆之美相比,显得不够悲壮。

第三节　戏剧文学内部的专门研究

　　自20世纪中叶起,英美学者继承欧洲汉学语义学的研究方
法,在文学批评中采用文本细读法,注重作品内在结构的解读,形

---

① 陈世雄《戏剧思维》,厦门大学出版社2012年版,第143页。

成了指向文学与戏剧内部的专门研究。英语学界的《琵琶记》研究,既吸收和引用国内戏曲研究的见解,又运用西方文艺理论,从多元视角提出新阐释。美国汉学家让·莫利根的博士论文《〈琵琶记〉及其在传奇剧发展的历史作用》(1976)以"意象"为研究视角,探讨了剧中各类意象对加强全剧结构统一性的作用。美国汉学家白之(Cyril Birch,1925—2018)的论文《早期传奇剧中的悲剧与情节剧:〈琵琶记〉与〈荆钗记〉》(1973),运用西方戏剧理论中的二元概念——"分裂性"与"完整性",深入剖析了《琵琶记》的悲剧性。台湾学者胡耀恒(1972,1975)结合儒家学说与亚里士多德悲剧美学,对《琵琶记》的主题和悲剧性进行了深刻阐释。这些研究不仅体现了跨文化学术交流的深度,也展示了西方学者对中国古典戏剧的深入思考和独到见解。

一、意象与情节整一性

《琵琶记》开创了传奇戏曲体例的先河。传奇剧本体制庞大,动辄几十出,且一出说一事,形成铺张舒展的叙事风格。为了使全剧针线紧密,不漏破绽,剧作家必须十分注意关目经营。"每编一折,必须前顾数折,后顾数折。顾前者,欲其照映;顾后者,便于埋伏。照映、埋伏,不止照映一人,埋伏一事,凡是此剧中有名之人,关涉之事,与前此、后此所说之话,节节俱要想到。宁使想到而不用,勿使有用而忽之。"①情节缜密、结构统一成为衡量一部优秀传奇剧的重要标准之一。

《琵琶记》独具特色的情节结构和严密统一性,吸引了美国学

---

① 李渔《闲情偶寄》,《中国古典戏曲论著集成》(七),中国戏剧出版社1959年版,第16页。

者莫利根的深入研究。她认为,传奇剧篇幅较长,要求作家不仅要掌握多种创作技巧,还需要将这些技巧融合,创作出有机统一的艺术整体。然而,"无论是《琵琶记》同代或后代的戏剧和小说作品,通常呈现出片段式的情节结构,很少能够达到整体的统一性。反之,《琵琶记》的主要情节展现出良好的连贯性,因其运用了统一全剧的艺术手段"①。莫利根总结这些艺术手段为两个关键要点:一是运用对比的双线叙事结构;二是连贯使用各种意象,包括对比意象和复现意象。《琵琶记》的双线结构在实现全剧情节统一性方面起到关键作用,这一点易于理解,故此处略谈。下文将探讨剧作家如何通过反复使用象征生活起伏、食物、服饰和季节等四种意象,实现戏剧情境创造,提升悲剧主题及情节高度统一性的创举。

(一)人生起伏的意象

《琵琶记》全剧贯穿象征上苍与大地的对比意象,如"你身上青云,只怕亲归黄土"(第八出),其中"青云"与"黄土"一高一低,形成鲜明对比,描绘了人生的起伏变化。其他诸如"青云得路"(第五出)、"望青云之万里"(第二出)、"空原黄土谩成堆,谁把一抔掩奴骨"(第十九出)、"番教你为我归黄土"(第二十出)等语句,均展现了这一主题。文学典故如"鹏程鹗荐"(第四出)、"桂枝高折步蟾宫"(第五出)、"俺爹娘们不做沟渠中饿莩?"(第十五出)等,也包含了"天"、"地"、"上"、"下"等这类空间意象的隐喻意义。此外,一些戏剧性的对比场景,如五娘包裙驮土埋头为公婆筑坟之际,伯喈和牛氏正抬头赏清朗明月,同样也是借助上苍与厚土之间的强烈对照,象征人物命运的起与落。

---

①Jean Mulligan, *The P'i-P'a-Chi and Its Role in the Development of the Ch'uan-Ch'i Genre*, Chicago: Illinois, 1976: 56.

（二）食物意象

《琵琶记》中的食物意象运用极为广泛，不仅构筑了戏剧冲突的具体环境，还在整个剧情中扮演核心角色，具有重要的象征意义。蔡伯喈离家后，蔡家面临的最大困境便是食物匮乏，而伯喈高中之后，享受美酒佳肴，成为他的一项特权。从食物短缺到丰足的转变，既反映家庭的经济状况，也映射人物命运的起伏。陈留蔡家的饥饿场景与伯喈在京城享受珍馐美味的场景并置，揭示了人物在贫贱富贵之间的显著对比。在"糟糠自餍"中，五娘自拟为糟糠，而将伯喈比作白米粒。这种富有感染力的直抒胸怀，在很大程度上，来自俩人日常饮食上的差异。此外，剧作家还常运用食物象征来描绘对比场景。如在"春宴杏园"中，伯喈面对佳肴美酒，却因思念亲人而心怀愧疚："传杯自觉心先痛，纵有香醪欲饮难下我喉咙。他寂寞高堂菽水谁供奉？俺这里传杯喧哄。""蔡母嗟儿"中，蔡婆同样以食物意象来表达蔡公逼试终究是福祸难料："你图他三牲五鼎供朝夕，今日里要一口粥汤却教谁与你？"

食物意象在《琵琶记》中的反复运用，不仅契合全剧的主题——尤其是孝道的表达——而且深化了剧情的情感层次。伯喈被视为不孝子，原因之一是他未能为父母供甘旨。牛氏因未能为公婆奉上一杯茶而内疚。相反，五娘的孝心被塑造得英雄般高尚，在很大程度上得益于她排除万难，尽心尽力，确保公婆不受饥饿之苦。蔡家公婆的辞世同样与食物紧密相关。持续的饥荒导致他们身体羸弱，再加上伯喈三年不归以及他们对五娘误会的知悉，共同造成了二老含恨离世的悲剧。他们对伯喈的失望、对自己的愧疚，以及对五娘孝心的认识，都在食物的象征意义中得到深刻体现。

（三）服饰意象

食物意象是《琵琶记》情节发展不可或缺的要素，而服饰意象的使用,在更大程度上"倾向于纯粹的象征目的,成为证明剧作家精心使用意象实现结构统一性的有力例证"①。伯喈的成功,无论是想象的还是现实中的,往往体现在他着装的改变上。新科状元伯喈身着"绿云衣"(第九出)游杏园。他在京城享尽荣华富贵,日日"紫袍着体,金带垂腰"(第三十六出),渴望有一日能够"锦衣归故里"(第四十出)。五娘的孤独和穷困则通过她长久搁置、蒙尘的华衣和头饰来表达:"一旦远别离,镜匣掩清光。流尘暗绮练,青苔生洞房。零落金钗钿,惨淡罗衣裳。"(第八出)不同类型、不同等级和社会地位的衣服直接构成鲜明对比。伯喈的孝道表现在他宁愿"戴儒冠尽子情"(第二出),却不愿"为着一领蓝袍,却落后了戏彩斑衣"(第四出)。五娘临妆感叹,遥呼伯喈而告之:"你腰金与衣紫,须记得钗荆与裙布。"(第八出)五娘的钗荆裙布装扮也反映出她生活的艰辛。伯喈官邸忧思念亲:"斑衣罢想,纵然归去,又怕带麻执杖。"(第二十三出)五娘乞丐寻夫临别前,张太公良言警示:"伊夫婿多应是,贵官显爵。伊家去,须当审个好恶。只怕你这般乔打扮,他怎知觉? 一贵一贫,怕他将错就错?"(第二十八出)服饰意象的运用,丰富了人物性格的描绘,展现了人物内心的情感和社会地位的变化。

《琵琶记》结尾的几出戏,通过对象征人生起伏的食物和衣服意象的反复性运用,展现了作品卓越的艺术成就。尽管剧作以传统的大团圆结局、皇帝表彰和整体喜剧的形式收尾,却留给观众一种深藏的悲剧感,这在中国戏剧中颇为罕见。伯喈和两位妻子过上了舒适和谐的生活,但剧作者巧妙地利用贯穿全剧的意象,使观

①Jean Mulligan, *The P'i-P'a-Chi and Its Role in the Development of the Ch'uan-Ch'i Genre*, Chicago:Illinois,1976:60.

众和读者不忘他父母双亡的悲痛。"风木余恨"和"一门旌奖"的场景都发生在伯喈父母坟茔前。伯喈求得功名之时,父母却日渐走向衰亡。伯喈、五娘和牛氏三人与"九泉之下亡灵"的对话,增强了生死对比的戏剧效果。伯喈跪在双亲坟前的哀叹"都是孩儿不得归乡故,怎便归到黄土?"(第四十出)提醒观众,蔡家二老遭受饥荒之灾,饥肠辘辘时,儿子却不在身旁尽孝道,供膳食。五娘期盼公婆宽恕伯喈:"空劳死后设祭祀,何如在日供喉咙。"(第四十出)三人拒绝喝张太公的敬酒,因为他们想到二老乃是因饥致死就倍感痛心。五娘听完诏书时的反应,更加渲染了这份心酸的悲哀:"把真容再画取,如今日封赠伊。把这眉头放展舒,只愁瘦容难做肥。"(第四十二出)此外,"可怜衰经拜坟茔,不作锦衣归故里"(第四十出)一句,再次运用服饰意象,突出了功名纵得皆虚幻的徒劳性,有效营造了全剧的悲凉情绪。《琵琶记》反复使用意蕴对比强烈的食物意象和服装意象,不仅增强了双线对峙的戏剧效果,也提高了全剧情节的统一性。"如果全剧没有自始至终使用这些意象,剧尾的悲情就不可能显得如此浓郁。早期传奇剧中很难找到如此广泛、连贯使用意象的作品,足以证明《琵琶记》是一部艺术珍品。"①

(四)季节意象

莫利根认为,中国诗人向来擅长描写自然,借景抒情。《琵琶记》的作者则以一种富于创造性的独特方式,将季节描写与剧中主要情节——蔡家的衰败以及京城与陈留之间的对比叙事紧密相连。创新性地运用四季轮回的意象,使得《琵琶记》在情节连贯性与深度上达到早期南戏所未能及的高度。《琵琶记》的剧情时间跨

---

① Jean Mulligan, *The P'i-P'a-Chi and Its Role in the Development of the Ch'uan-Ch'i Genre*, Chicago: Illinois, 1976:63.

度约为八年。剧作家的高超之处，在于他利用四季轮回的结构，展现了八年时光的线性发展。

故事的起始设在春季，"高堂称寿"呈现了一幅温馨、祥和的祝寿场景："酌春酒，看取花下高歌，共祝眉寿。"蔡家四口，子孝亲慈，共享天伦之乐，与后续的凄凉景象对比鲜明。至"牛氏规奴"时已是暮春，"啼老杜鹃，飞尽红英"。牛府仆人在后花园里偷得闲暇，享受短暂的自由与美好春光，而牛氏一向恪守礼节，对眼前的春景波澜不惊。这一幕预示着剧情的深入发展，因为管家提及牛氏难觅良匹，春光的消逝暗示着剧情波折的开端。蔡伯喈趁春光美景，花下酌酒为亲称寿的喜乐情景，与牛氏漠视春景的冷淡态度形成对比，展现了京城与陈留之间的首次交错对比。伯喈被迫与牛氏成婚后，季节渐入夏日。"情诉荷池"的情节发生在一个"闲庭槐影转，深院荷香满"的炎夏傍晚。伯喈满腹愁绪地坐在牛府后花园，欲把闲愁付玉琴。文中提及的长日和漫漫无聊，反映了伯喈在京城日趋被动、郁郁寡欢的生活状态。结尾"只恐西风又惊秋，不觉暗中流年换"之句，预示了即将来临的秋日。

蔡家公婆相继去世后，戏剧时间进入秋季。"感格坟成"和"中秋望月"均发生于秋天，却展现了不同的氛围，再次强化了陈留与京城两线的贫富与悲喜的对比。五娘独自上山，为公婆筑墓，只见那"黄土伤心，丹枫染泪，漫把孤坟造"，"白杨萧瑟悲风起，天寒日淡空山里"，句中"丹枫"、"白杨"、"悲风"等秋天景物加剧了场景的萧索与孤寂。而在京城牛府中，中秋时节，月光明媚，牛氏邀伯喈一同赏月："玉楼金气卷霞绡，云浪空光澄澈。丹桂飘香清思爽，人在瑶台银阙。"牛府月圆花好，家人团聚的景象，反衬了伯喈离愁别绪、思亲之伤。

"风木余恨"的故事自然发生在冬季。蔡伯喈携两位妻子归乡,为亲结庐守孝。当他们来到蔡家坟头祭祀时,寒冬的气息使他们的悲伤愈发沉重。"只见朔风四起,瑞雪横空",顷刻间,"楼台银铺,遍青山浑如画图"。庐墓上的白雪,象征意味深长。五娘昔日的至孝曾感动天地,而今,蔡邕的孝行亦感动了天神,"天助孝子之哀,乾坤似他衣衰素,故添个缟带飞舞"。无所不覆的白雪,或许象征着伯喈在为自己的过往不孝寻求赎罪。莫利根最后总结,《琵琶记》中的季节描写承载着双重功能。首先,季节描写有助于故事主题和人物情感的表达。其次,整部剧作依循春、夏、秋、冬之序,情节随四季更迭而展开。季节描写"为情节的整体铺陈提供了一种独特的叙述方式,为全剧的连贯性和整体性创造了一种潜在的模式"①。

需要补充说明的是,莫利根并非唯一注意到《琵琶记》成功运用四季节令的学者。清代著名文学评论家毛声山在评点《琵琶记》时,已对作者高则诚将春夏秋冬四景巧妙融入剧中表示赞赏:

> 《琵琶》一书,四时之气皆备。帘幕风柔,花明彩袖,写春也;坐对南薰,新篁池阁,写夏也;长空万里,婵娟可爱,写秋也;楼台银铺,缟带飞舞,写冬也。写春,则纯写其乐;写夏,则乐中有悲;写秋,则悲多于乐;写冬,则纯写其悲,可谓极情尽致矣。予见传奇家,有以四节分作四事写者。春写杜甫郊游,夏写东山着屐,秋写坡公赤壁,冬写陶谷烹茶,各自成篇,不相联属,岂若《琵琶》合四景于一篇之为尤胜哉!②

---

① Jean Mulligan, *The P'i-P'a-Chi and Its Role in the Development of the Ch'uan-Ch'i Genre*, Chicago:Illinois,1976:65.
② 高明著,毛纶批注,邓加荣、赵云龙辑校《第七才子书:琵琶记》,线装书局2007年版,第470—471页。

毛声山与莫利根均对高则诚"合四景于一篇"之手法给予高度评价。细审二人之言,可见其评点同中有异。毛声山的评价,强调四季景致的生动多姿,突出自然景致与人物情境的相互关联和共振。或者说,写景之目的是为了抒情,烘托人物的内心世界。这种情景交融、借景抒情的手法,与中国传统文化的意象理论一脉相承。而美国汉学家莫利根的点评,则从西方戏剧理论的"三一律"出发,着重分析四季描写在提升剧作情节连贯性和统一性上的功效,是一种指向戏剧结构的分析。

二、悲剧之辩

《琵琶记》是悲剧吗?这个问题若问于1838年,即比较文学理论诞生之前,其答案是简单而明确的——"是的,《琵琶记》是悲剧。"因为剧作家开篇明义,"论传奇,乐人易,动人难"。不求"乐人",但求"动人"成为《琵琶记》的核心艺术追求。场上演出时,观众深受感动,"田夫里媪,牧童天叟,无不颊赤耳热,涕泪覆面,呜咽咄嗟而不能已"[1],成功实现作品的"动人"目的。中国古代戏剧理论并没有像西方戏剧那样的悲剧、喜剧、正剧等明确划分,在当时,所谓的"悲剧"大多泛指主题严肃、情节悲苦而感人至深的戏剧作品。从这个角度看,《琵琶记》无疑是一部感人肺腑的悲剧。然而,随着比较文学在全球的兴起和深入发展,当西方文艺理论中的"悲剧"概念正式引入中国文学研究后,"《琵琶记》是悲剧吗?"这一问题便变得复杂。甚至引发了更广泛的讨论,"中国有悲剧吗?"成为中西比较文学研究中充满争议的讨论。

---

[1] 尤侗《第七才子书序》,高明著,毛纶批注,邓加荣、赵云龙辑校《第七才子书:琵琶记》,线装书局2007年版,第245页。

　　20世纪之初，王国维先生引入西方戏剧美学范畴如"悲剧"、"性格"、"意志"等，认为中国确实有悲剧，不过只存在于元杂剧中。他指出，"明以后，传奇无非喜剧，而元则有悲剧在其中"①，并认为《窦娥冤》和《赵氏孤儿》这两部剧作具有鲜明的悲剧特质，"即列之于世界大悲剧中，亦无愧色也"②。至20世纪上半叶，胡适、朱光潜、蒋观云等学者坚持认为中国传统戏剧中不存在真正意义上的悲剧。而鲁迅、钱钟书等文学家早期对中国是否有悲剧持质疑态度，但后期则转向肯定中国悲剧的存在。20世纪后半叶，国内学界普遍接受中国戏剧存在具有民族特色的悲剧，并开始系统挖掘和整理中国悲剧理论及其创作成果。

　　1980年代出版的《中国十大古典悲剧集》（上·下）将《窦娥冤》《汉宫秋》《赵氏孤儿》《琵琶记》《精忠旗》《娇红记》《清忠谱》《长生殿》《桃花扇》《雷峰塔》等作品列为中国十大古典悲剧。这些作品展现了不同于西方悲剧的艺术形式和风格，其特点可归纳为四个方面："第一，塑造出一系列普通人民，特别是受压迫妇女的悲剧形象。第二，显示悲剧的社会作用，尤其是美感教育作用。第三，结构完整和富有变化。第四，曲词的悲壮动人。"③《中国十大古典悲剧集》和《中国十大古典悲喜剧集》等选集的出版，基本宣告这个议题国内讨论的完结。

　　西方学界长期以来普遍认为中国没有悲剧。黑格尔曾论述，中国及其他亚洲民族不仅缺乏悲剧，也没有喜剧，因为他们缺少自由独立的个人意识，这是悲剧和喜剧产生的精神前提：

---

① 王国维《王国维文学论著三种》，安徽师范大学出版社2014年版，第143页。
② 同上，第144页。
③ 王季思主编，李悔吾等副主编《中国十大古典悲剧集》（上），上海文艺出版社1982年版，第17—27页。

对于真正的悲剧行动而言,个人的自由意志和独立性至关重要,不仅体现在自我决定的坚定意志力上,还在于能够自省,从而理解个人行为及其后果的因果关系。更进一步来说,个人自由意志的绝对主权和自我认同在很大程度上是喜剧产生的必要条件。然而,在东方文化中,我们很难找到完全满足这些标准的悲剧或喜剧作品。①

美国汉学家祖克则认为,中国有喜剧,但无悲剧。"中国戏剧虽富于悲剧情境,却缺少激发尊严与崇高的关键元素,这些才是悲剧的本质。"②即使是如《赵氏孤儿》和《窦娥冤》这样的作品,也不过是"接近"悲剧而已。英国汉学家杜威廉也认同中国无悲剧的观点:"中国戏剧中并未出现类似拉辛风格的悲剧——那种纯粹真挚、完美实现、无法逃脱、无任何掺杂的悲痛命运的戏剧。"③他指出,大多数中国传统戏剧属于喜剧,或带有幽默成分的戏剧。即便有些戏剧遵循了三一律,但这或是巧合,或是情节发展的必然结果,或是为了实现特定的创作目的,而不是因为作品符合悲剧结构理论的一般特征。因此,如《西蜀梦》《汉宫秋》《梧桐雨》等元杂剧,最多只能算作"悲情剧",而非真正意义上的悲剧。然而,美国汉学家亨利·威尔斯(Henry Wells,1895—1978)提出了不同的看法,他认为中国戏剧虽以悲喜剧为主体,但"断言中国不存在悲剧或很少出现悲剧的绝对说法,实则带有误导性"④。他指出,中国戏剧或许

---

①G. W. F. Hegel, *Hegel on Tragedy*, New York: Harper & Row, 1975:59.

②Adolf E. Zucker, *The Chinese Theatre*, Boston: Little, Brown, and Company, 1925:37.

③William Dolby, *A History of Chinese Drama*, London: Paul Elek, 1976:47.

④Henry W. Wells, *The Classical Drama of the Orient*, Bombay; New York: Asia Pub. House, 1965:53.

未能达到古典或巴洛克悲剧的宏伟悲哀,但仍有以主角死亡为特征的严肃戏剧存在。这些作品虽不如欧洲悲剧般激昂,却减少了东方戏剧作品中过分程式化、重复性和人为加工的倾向。若以"感人至深"作为中国戏剧的核心追求,那么《窦娥冤》《长生殿》《汉宫秋》等富有人情味的剧目,无疑应当获得高度赞誉。

就《琵琶记》而言,美国汉学家石听泉[①]和雷伊娜[②]一致认为它是一部"浪漫喜剧",而汉学家白安尼则认为,《琵琶记》"彰显了丰富多元的戏剧张力:道德情节剧与滑稽闹剧的愉快相融,悲情色彩与讽刺意味的和谐交织"[③]。剧中既有高乃依《熙德》、布莱希特《巴尔》、普契尼《蝴蝶夫人》的影子,还有劳雷尔与哈德的电影风格,甚至包含马塞尔·马索的哑剧的元素,它们共同组成一幅戏剧拼贴画。在白安尼看来,《琵琶记》的文类超越了西方戏剧既有的分类范畴。20世纪70年代,白之和胡耀恒提出了《琵琶记》为悲剧的观点。尽管两人的理论基础、分析路径和重点各有不同,但他们共同认为《琵琶记》是中国及世界剧坛上名副其实的悲剧,就此反驳了"中国无悲剧"的主流观点。

(一)白之辩护《琵琶记》为悲剧

白之在其论文《早期传奇剧中的悲剧与情节剧:〈琵琶记〉与

---

①Richard E. Strassberg,"Book Reviews of *The Lute*:*Kao Mings P'i-p'a chi*,translated by Jean Mulligan,"*Harvard Journal of Asiatic Studies*,1981,(2):695.

②Regina Llamas,"Retribution,Revenge,and the Ungrateful Scholar in Early Chinese Southern Drama,"*Asia Major*,3rd Series,2007,20(2):100.

③Anne M. Birrell,"Book Reviews of *The Lute*:Kao Mings P'i-p'a chi,translated by Jean Mulligan,"*The Journal of the Royal Asiatic Society of Great Britain and Ireland*,1981,(2):240.

〈荆钗记〉》①（1973）中，采用文本批评的方法，对《琵琶记》和《荆钗记》两剧的戏剧体裁进行了平行对比分析。在其研究中，白之将《琵琶记》定性为悲剧，而把《荆钗记》归类为情节剧。这一判断不仅基于两剧在故事情节和语言艺术上的高下优劣，更重要的是它们在剧作主题和人物形象塑造上的差异。白之认为《琵琶记》可归为悲剧，其依据主要包括三个方面：

其一，剧中主要角色无一是纯粹的恶人。虽然剧中出现了几个恶人，如"义仓赈济"的里正和"拐儿赅误"的拐子，但他们都是次要人物，对剧情的推进影响甚微。牛相也不能算是个恶人，其性格随剧情发展呈现出由恶转善的过程。一开始，牛相固执己见、冷酷无情，执意要将女儿嫁给伯喈。后来，他开始理解伯喈的处境，甚至流露出怜悯之心，最终提议："彼久别双亲，何不寄一封之音信？"（第三十出）

其二，主人公伯喈所面临的困境，并非外界因素所致，而是源于其内在的"悲剧性分裂"（tragic dividedness）。"分裂"（dividedness）与"完整"（wholeness）是罗伯特·海尔曼（Robert Heilman）《悲剧与情节剧》论著中的核心概念。海尔曼认为②，悲剧人物的冲突源自内心，而情节剧的冲突则发生在人与人、人与环境之间。悲剧人物的核心魅力在于他们性格的复杂分裂性。他们时常夹在各种相互冲突的要求之间，且每种要求都有一定的合理性。他们的人格常被多重力量、动机或价值观所分裂，呈现出一

---

①Cyril Birch, "Tragedy and Melodrama in Early "Ch'uan-ch'i Plays: *Lute Song* and *Thorn Hairpin Compared*," *Bulletin of the School of Oriental and African Studies*, 1973, 33（2）: 228—247.

②Robert B. Heilman, *Tragedy and Melodrama: Versions of Experiences*, Seattle and London: University of Washington Press, 1968: 78—79.

种双重乃至多重的性格特征。性格上的深层分裂,赋予了悲剧人物异常丰富和矛盾的内心世界。伯喈身为孝子,却被"名缰利锁"所束缚,造成了其矛盾的性格。剧作家试图将早期戏文中"不忠不孝"的伯喈转变为"全忠全孝"的正面形象。为伯喈"不孝"行为辩护的创作意图,促使剧作家深入探讨伯喈所面临的多重困境,突显出其人格的"悲剧性分裂",为整部剧赋予了鲜明的悲剧色彩。

其三,从语言艺术和文本结构来看,白之认为,《琵琶记》中的食物和音乐意象,通过对比与重复的手法,构筑了贯穿全剧的核心意象,成为展现剧作悲剧性质的重要标识。食物意象突显了蔡伯喈因受外界压力而疏于孝道,而音乐意象则强调了他与妻子五娘的无奈分离。这些气韵生动的文学意象,生动刻画了人物的多重性格,使《琵琶记》有理由被归类为严肃剧和悲剧作品。

《琵琶记》的大团圆结局,是否削弱了其悲剧性?日本学者青正木儿认为最后几出戏不得法,显得有些画蛇添足。但白之对此有不同看法,他指出,《琵琶记》的结尾"并非典型的生硬拼凑式大团圆,如运用巧合或天降救星等俗套手法。相反,它是在主角经历了两难选择,权衡了不可调和的责任,犯下了难以避免的错误,并对悲痛的果实深感悔恨之后,才开始寻求可能的和谐与平衡"①。《琵琶记》的结构布局似乎自然而然需要一个情节回落。《窦娥冤》的悲剧性并未因窦娥鬼魂出来洗冤而有所消弱。同样,蔡伯喈的丧亲之痛,也未因其努力弥补而得到缓解。正如剧中类似古希腊悲剧歌队长的张太公所言:"蔡相公,你高掇科名,腰金衣紫,可惜

①Cyril Birch,"Tragedy and Melodrama in Early Ch'uan-ch'i Plays:*Lute Song* and *Thorn Hairpin* Compared,"*Bulletin of the School of Oriental and African Studies*,1973,33,(2):246.

令尊令堂相继谢世,不得尽你孝心……。这也是他命该如此。"(第四十一出)无论结局多么欢乐,也改变不了蔡家公婆逝世的悲剧。由此,白之总结,《琵琶记》无论在冲突展现还是解决方式上,都可与《窦娥冤》和《红楼梦》等作品"并列于中国悲剧之中"①。当然,受限于文化背景和知识积累,白之未能详细描述伯喈内在"悲剧性分裂"的冲突双方(忠与孝)的具体内涵,这一点在胡耀恒的两篇论文中得到深刻阐发②。

(二)胡耀恒辩护《琵琶记》为悲剧

1970年代,胡耀恒在英文刊物《淡江评论》(*Tamkang Review*)③上发表了两篇论述《琵琶记》为悲剧的论文,分别是《〈琵琶记〉:一部融合儒家思想的亚氏悲剧》和《再议〈琵琶记〉:一部符合亚氏戏剧理论的儒学悲剧》。胡耀恒将《琵琶记》置于儒家思想和亚里士多德戏剧理论的双重语境中,采用更深入的中西比较戏剧文学的视角进行探讨,由此得出结论:"《琵琶记》不仅有资格被称作是一部成熟悲剧,而且,其悲剧之撼,之美,只有少数西方经典悲剧可以比肩。"④

①Cyril Birch,"Tragedy and Melodrama in Early Ch'uan-ch'i Plays:*Lute Song* and *Thorn Hairpin* Compared," *Bulletin of the School of Oriental and African Studies*,1973,33,(2):228.
②胡耀恒在美国印第安纳州立大学攻读博士学位期间,曾师从美国著名戏剧大师奥斯卡·布罗凯特教授。1969年,他以一篇深度研究曹禺的六百多页的毕业论文《曹禺:不满和幻灭的剧作家》顺利获得博士学位。1987年,他还翻译了布罗凯特所著的《世界戏剧艺术欣赏——世界戏剧史》,由中国戏剧出版社发行。
③《淡江评论》是台湾淡江大学于1970年创办的英语类文学刊物,专注于中西比较文学研究,体现了学术交流的国际视野。
④John Y. H. Hu,"The *Lute Song* Reconsidered:A Confucian Tragedy in Aristotelian Dress",*Tamkang Review*, Vol. 6 (2) & Vol. 7 (1), (October 1975—April 1976):449.

1.两种伦理道德冲突：“忠”与“孝”

胡氏认为，《琵琶记》的深度解读，关键在于融合儒家学说与亚氏悲剧美学的互动阐释。缺乏儒家视角，剧作的深层内涵将难以触及；忽视亚氏理论，则易重复无视剧作结构分析的老套。《琵琶记》体现了儒家思想鼎盛时期的伦理格局和人文洞察。剧中“忠”与“孝”的儒家核心理念，形成一种形而上的对立，贯穿全剧。“忠”意味着事君、忠君，关心朝政，心系天下和百姓众生；“孝”则体现在对家庭和亲情的依恋。个人与家庭的福祉与国家的稳定、发展紧密相连。“忠”与“孝”通常是平行且不可偏废的互补关系。但有时，如古希腊悲剧《安提戈涅》所示，对一方的忠诚可能导致对另一方的背弃。在此情境下，传统的道德伦理无法提供行为指导。《琵琶记》展现的正是这种两难困境，主人公的经历和觉醒为观众提供了新的道德启示。剧作通过子孝妻贤的传奇故事，批判了宋明理学的狭隘与专制，呼吁回归更人性化的正统儒学。这一主题不仅体现在剧中生旦两个主要人物的行动上，也反映在次要角色蔡公和牛丞相思想的转变中。

（1）蔡公：苦难—发现—反转的动作模式

《琵琶记》的戏剧冲突起于蔡公的逼试。蔡公一心想要儿子显身扬名、光宗耀祖，成就所谓的“大孝”，他的顽固与克瑞翁拒绝听从西蒙的善谏一样致命。二者固守的错误决定，都是按着亚里士多德所描述的方式达成：“某个观点被提出，双方对之进行激烈辩论，情感在辩驳过程中被彻底激发。”[1]这为唤醒剧中适当的悲剧

---

[1] John Y. H. Hu, "The *Lute Song* Reconsidered: A Confucian Tragedy in Aristotelian Dress," *Tamkang Review*, Vol. 6 (2) & Vol. 7 (1), (October 1975-April 1976):455.

情感——怜悯和恐惧——奠定了基础。伯喈进京后,蔡家接连遭遇不幸。赵五娘虽作出种种牺牲,竭力侍奉双亲,仁义的张太公也不断施以援手,但仍无法避免蔡家二老离世的凄惨结局。五娘的吃糠、剪发、筑坟等感人行为,无不唤起读者的怜悯之心。同样令读者动容的是遭受身心双重打击的蔡父,他在思想上发生了重大逆转。

　　蔡公临终前立下遗嘱,要求五娘不必守贞,趁早改嫁去。蔡公不确定五娘未来的归宿,只希望她摆脱蔡家儿媳身份的束缚,去寻求新的幸福。这一决定在当代看来或许不足为奇,然而,"对于身处宋明理学主导的社会中的蔡公而言,这个决定颇具革命性。即使按照他先前的观念来衡量,这个决定也体现了高尚的人文主义"①。剧初,蔡公笃定儿子因为贪恋新妻,才会百般推就不愿赴选。他将新婚夫妇的爱恋视为耻辱,认为这会毁掉儿子的前程。蔡公的刻薄猜疑和指责,使伯喈选择了沉默,不再辩驳。然而,弥留之际,蔡公的幡然醒悟显示了他对生命价值和人性本能需求的深刻理解和尊重。虽然蔡公是剧中的次要人物,但"他的戏剧行为体现了亚氏悲剧典型的苦难—发现—反转之行动模式,有力地推动全剧朝着弘扬儒家人文主义的方向发展"②。

　　(2)牛相:发现—反转的动作模式

　　位高权重的牛相也经历了发现—反转的动作模式,体现了统治阶层渐进生发的正义感和人本主义精神。牛相强逼新科状元蔡伯喈入赘,于情于理似乎都说不过去,然而他的行为动机也是源自

①John Y. H. Hu,"The *Lute Song* Reconsidered:A Confucian Tragedy in Aristotelian Dress,"*Tamkang Review*,Vol. 6 (2) & Vol. 7 (1),(October 1975-April 1976):456.
②Ibid.

两种基本的人类情感。作为丧妻多年的鳏夫,牛相承担起独抚爱女的责任。他爱女心切,舍不得她跋涉万山千水,屈身次妻,荆钗布裙。另一方面,他年事已高,渴望女儿伴其左右,关照他的晚年。牛相的内心需求表明,权力和财富对个人的安全感和幸福感来说未必是关键。蔡公以"忠"为名,不惜冒着失去家庭的风险寻找前者,而牛相无意识地寻找后者,却也说明"孝"的不可或缺性。

蔡伯喈携妻回乡奔丧的告别场景中,牛相深感前途未卜,放下往日的跋扈,亲切叮嘱伯喈:"吾今已老景。毕竟你没爹娘,我没亲生。若是念骨肉一家,须早办回程。"(第三十八出)此番殷殷期盼让人想起蔡母为伯喈送行时的情景:"一旦分离掌上珠,我这老景凭谁?"(第四出)这揭示了一个道理:人至暮年,不论性别、地位或财富,对子女关爱的渴望是共通的。孝道因此在中国文化中被特别重视。剧终,连皇帝也认识到孝悌乃风俗之本,下令旌表蔡家:"风木之情何深,允为教化之本。"(第四十二出)牛相不顾年高和路险,跋山涉水前往陈留蔡家祖坟,亲赏诏书。中国文学史上很少有如此高官不顾一切,亲自前往亲家坟头宣读圣旨的例子。"此行不仅是对逝者的尊敬或赎罪之举,更是对生生不息、壮丽生命的肯定,保证了逝者能在子孙后代和亲眷好友的缅怀中继续生存。"①

2. 双线交错的戏剧结构

《琵琶记》采用双线叙事结构,通过两条情节线的交错对比,产生了强烈的悲剧效果和深刻的艺术感染力。剧中的京城象征着权威、权势和财富;而陈留则代表着偏远小镇,是普通人出生、归祖

---

① John Y. H. Hu, "The *Lute Song* Reconsidered: A Confucian Tragedy in Aristotelian Dress," *Tamkang Review*, Vol. 6 (2) & Vol. 7 (1), (October 1975—April 1976): 458.

之故土。从"高堂称庆"到"书馆悲逢",剧情由陈留发展至京城,描绘了蔡邕辞家赴京,求名逐利的故事,而赵五娘也循此路线千里寻夫至京城。但从"张公遇使"起,情节逆转,由京城回到陈留。蔡邕及其两位妻子、牛相和随从陆续从京城赶至陈留。剧终之际,人物准备返京,双脚却依旧牢牢踏在陈留这片故土上。犹如"忠"与"孝",京城与故土在生活中同样不可或缺,都有必要在个体价值体系中占据恰当位置,于存在的天平上保持平衡。

如果将《琵琶记》的城市安排与其他文化的悲剧作品相比较,其独特重要性将愈发凸显。在莎士比亚经典悲剧《奥赛罗》中,剧情从文明和权力的中心威尼斯发展到战争肆虐和暴力横行的边陲小岛塞浦路斯。在《暴风雨》中,米兰公爵普洛斯彼罗决意离开施咒的无名孤岛,返回代表文明和人性的那不勒斯城。日本悲剧《曾根崎情死》中,两位年轻恋人离开所在城市,前往梅田曾根崎的神圣树下殉情。肉体的死亡就地封存了他们的爱情,却带来精神上的升华。梵语英雄剧《沙恭达罗》中,女主人公沙恭达罗的戏剧行动在净修林、都城与天国和仙境之间穿梭。而大多数古希腊悲剧通常发生在一个固定场所,以宫殿外墙为背景,几乎不涉及农村和乡土生活。相较于这些英、日、印以及古希腊悲剧,"《琵琶记》的戏剧行动以两个对立的环境空间——京城和故土为中心。这两个空间在人类社会发展史上都扮演着重要角色,无论是代表权势和文明的京城,还是象征归宿和情感依托的故土,都不应在文学或历史的叙述中遭受贬低或忽视"①。

---

①John Y. H. Hu,"The *Lute Song* Reconsidered:A Confucian Tragedy in Aristotelian Dress," *Tamkang Review*, Vol. 6（2）& Vol. 7（1）,（October 1975—April 1976）:459.

3. 蔡邕：悲剧英雄

蔡邕辞试父不从，辞婚相不从，辞官君不从，由此步步被迫陷入两难困境。每次请求被拒绝后，蔡邕并未采取积极反抗措施，似乎不符合传统悲剧英雄的标准。然而，许多悲剧人物，如俄瑞斯忒斯、西波吕托斯、安提戈涅、哈姆雷特等，都没有担负起力挽狂澜，纠正局势的责任。蔡邕亦是如此。他更多的是一个受害者，而非恶行的始作俑者，因此不需要过多的辩解来使他成为一个值得同情的角色。大多数中国观众会对克莱特内斯特拉、美狄亚、麦克白乃至李尔王的境遇抱有同情。俄瑞斯忒斯和安提戈涅都勇敢地选择面对逆境，但蔡邕却因顺从上级权威而选择妥协和自我牺牲。这种观点揭示了蔡邕性格上的弱点，但并未剥夺他作为悲剧英雄的资格。蔡邕的行为，与其说是为了追求个人利益，不如说是为了保护父母和妻子的福祉。当面临不可抗拒的父命、权势和圣旨的压力时，激烈反抗不仅会伤害自己，而且可能无济于事。相反，策略性的退让为他赢得时间，创造了转机的可能。从这个意义上说，蔡邕的所谓不孝不义，实际上是为了实现全忠全孝的更高目标。

为亲守孝期满后，蔡邕将全心全意投入事君报国中，履行"忠"的职责。"忠"与"孝"的伦理冲突最终在新的价值尺度中获得平衡。在此时刻，《琵琶记》展示了一种新生成的观念，其重要性不亚于古希腊最高法院阿罗巴格的制度，但其复杂性却远远超越。这种新观念并非依赖神的干预产生，如俄瑞斯忒斯那般，而是通过唤醒和强化人的善性而促成。人以其天赋之善良为本，不为命运所驱使，反而主宰自身命运。这种积极乐观的信念，恰是儒家哲学的核心所在。正因如此，《琵琶记》中的忠孝冲突得以解决，"不依靠神，不接受命运摆布，而是靠个体的自救意识和性本善的人伦价值观"①。

综上,白之和胡耀恒两位学者的研究表明,无论是从戏剧冲突的内涵、解决冲突的方式,还是人物塑造、情节结构到苦难—反转—发现等戏剧行动模式的角度来看,《琵琶记》都具备了成为世界经典悲剧的要素。

《琵琶记》的大团圆结局并未减弱其悲剧性,因为"悲惨结局"并非古典悲剧的必要条件。法国剧作家拉辛(Jean Racine,1639—1699)就曾说:"在悲剧中,血腥和死亡并不是必需的。"②英国剧作家查普曼(George Chapman,1559—1634)也提出过类似观点:"题材的教化性,对美德和对滑向反面的趋势表现出的优美而节制的热情,是悲剧令人信服的灵魂、核心和界限。"③我国学者罗念生亦指出,古希腊悲剧着意在"严肃",而不着意在"悲"。有些悲剧虽然以"圆满收场,并未杀人流血,引起悲哀,但剧中情节是严肃的,故仍然是悲剧"④。从另一角度来看,"悲剧"作为一个外来的概念,在中国古典戏曲中原本并无明确定义。然而,基于人类普世价值的艺术创造总有互通、共鸣之处。中国古代剧作家虽未受古希腊悲剧理论的影响,但并不意味着他们不能创作出具有古希腊悲剧特质的作品,或独具中国特色的悲剧。白之和胡耀恒辩护《琵琶记》为悲剧的分析过程表明:"以西方悲剧的观念重新诠释中国传统文艺中可能包含的,但长期以来未引起足够关注的悲剧内涵,不

---

①John Y. H. Hu, "The *Lute Song* Reconsidered: A Confucian Tragedy in Aristotelian Dress," *Tamkang Review*, Vol. 6 (2) & Vol. 7 (1), (October 1975—April 1976): 462.

②转引(英)克利福德·利奇著,尹鸿译《悲剧》,昆仑出版社1993年版,第5页。

③同上。

④罗念生《罗念生全集》(第八卷),上海人民出版社2007年版,第6页。

但是可能的,也是完全必要的。这不是套用西方观念曲解中国艺术,而是用另一种境界也可以说是从更广阔的尺度上衡量中国传统之于人类精神的普遍价值意义。"①《琵琶记》《赵氏孤儿》《窦娥冤》《汉宫秋》等中国经典悲剧的存在,丰富、拓宽了西方古典悲剧定义的内涵和外延,成为人类戏剧共有的文化遗产。

第四节 女性主义视角下的赵五娘形象研究

自波伏娃《第二性》(1949)问世以来,女性主义理论在文学研究领域引发了一系列深刻的变革和新的思考。《性政治》(1970)、《性别麻烦:女性主义与身份颠覆》(1990)、《不能承受之重:女性主义、西方文化与身体》(1993)、《消解性别》(2004)等作品,不仅推动了女性主义第二次浪潮,还在文学理论与批评中催生了新的研究范式和观察视角。

熊贤关(Ann-Marie H. K. Hsiung)的论文《重审明代戏剧中的母德和妻德》②,通过考察明代戏剧中的女性角色,探讨明代戏剧中"母德"与"妻德"的文化内涵。研究指出,明代戏剧中的"妻德"强调妇道的恪守,要求妻子遵循儒家伦理,例如孝顺公婆、勤于家务、忠于婚姻等。《琵琶记》中的赵五娘正是这类忠贞妻子的典范。"吃糠"一段展现了她的自我牺牲精神,却也暴露出她所遭受的不公平待遇。守贞仍是明代"妻德"的重要标准,因此五娘宁可忤逆蔡公的遗愿,也不愿接受改嫁。另一方面,妻子也渴望社会对

---

①陈奇佳《"悲剧"的命名及其后果——略论中国现代悲剧观念的起源》,《江海学刊》2012年第6期,第187页。

②Ann-Marie H. K. Hsiung. "Revisiting Chinese Motherhood and Wifehood in the Ming Drama," *American Journal of Chinese Studies*, 1996, 3 (1): 31—39.

其美德行为给予认可。赵五娘罗裙包土,为公婆筑坟茔,哪怕十指鲜血淋漓湿衣袄都不曾停止、退缩,因为"骨头葬处任他流血好,也叫人道:赵五娘亲行孝"(第二十五出)。这表明,赵五娘内心渴望得到社会的认可,所以才会不惜牺牲身体为代价,维护其孝妇贤妻形象,以期留下一世好声名。研究也指出,明代女性虽受男性控制,须服从男权社会,但有时也会试图推翻这种控制。妇女维护儒家伦常,既是其生存之需,也可转化为自身优势。在这一转化过程中,女性表现出雌雄同体的性格特征——坚韧和刚毅——男性品格的理想化身。赵五娘生动地展现了这种性格特质。这种既温柔又坚强的雌雄同体特性,至今仍烙印在中国母亲和妻子的形象里,成为一种鲜明的文化印记。

美国学者雷伊娜(Regina Llamas)在其论文《论早期南戏作品所见之天罚、复仇及书生负心》中分析了从早期戏文《赵贞女蔡二郎》到南戏《琵琶记》中女主角形象的变化。她指出,在早期南戏作品中,男主角的求功名与女主角的守贞操之间的矛盾,导致了以天罚或女性复仇为结局的社会冲突。这类剧作主要围绕生旦展开情节,其寓意远超个体批判的层面。剧中的生旦角色具有提喻性意义,即书生展示了教育体系的不足,而女性成功地维护了传统道德价值。书生的性格缺陷与女性的坚韧、贞节形成鲜明对比,表明女性的高尚品德源于天性,而男性的品行则需要通过社会规范和后天教育来塑造。是否"动人"成为评价早期南戏作品的重要标准,这一特点主要通过旦脚来表现。坚贞、高尚的女性和不道德的负心书生形成对比。当社会的基本伦理道德规范遭到破坏时,各种形式的正义补偿便应运而生。然而,经高明改编后的《琵琶记》与负心、天罚的主题无关,转而成为宣传女性贞洁与淑贤的经典之作。早期南戏的暴力与天谴情节,在正统礼教的规范下被剔除,剧作由此失去其关键特性和社会价值,包括教育的有效性和因果报应的教导作用。早期南戏中以死相报的惩罚方式,虽可能显得过于激烈和不公,却是对先前所受伤害的一种正义补偿。改编后的《琵琶记》则"将矛盾的解决途径由精神主导转变为物质补偿,使女主角最终过上应得的高贵、富足和安逸的生活"①。

2009年,加州大学的雷碧玮(Daphne P. Lei)教授《血染文本:刺青、身体书写和中华美德表演》②一文,运用身体理论对《琵琶记》赵五娘祝发营葬的情节进行了新的诠释。身体理论作为社会学的分支,关注的是"对有序的身体、行动以及对鲜活生命体的概念或身体概念的分析"③。同时,身体理论也是个人身份理论的重要组成部分。身体理论的重要贡献者米歇尔·福柯(Michel Foucault,1926—1984)提出,"身体是政治和文化操控的场所"④,由此,身体成为刻录事件的一种表象。朱迪思·巴特勒(Judith Butler)则对福柯关于身体先于符号和形式的物质性的观点提出质疑,并将性别理论发展为表演理论。雷碧玮教授结合这两位学者的理论,专注于研究中国前现代文学作品里的刺青、毁伤身体和刺字等身体书写形式。她提出,中国戏剧舞台上和台下的身体书写,应被视作展示中华美德的一种表演艺术。

---

①Regina Llamas,"Retribution,Revenge,and the Ungrateful Scholar in Early Chinese Southern Drama," *Asia Major*,2007 (2):101.

②Daphne P. Lei,"The Blood-Stained Text in Translation:Tattooing,Bodily Writing,and Performance of Chinese Virtue," *Anthropological Quarterly*,2009,82 (1):99—127.

③Chris Shilling,*The Body in Culture*,*Technology and Society*,Thousand Oaks,CA:SAGE Publications,2005:47.

④Michel Foucault,"Nietzsche,Genealogy,History",Paul Rabinow,ed.,*The Foucault Reader*,New York:Pantheon Books,1984:76—100.

　　雷氏认为,美德的身体书写具有性别差异。对于男性而言,身体书写更多强调文本的内涵,文字意义超过其身体价值。例如,岳飞背上的"精忠报国"字样,主要是对外展示,而非供自我欣赏。这些字一旦刺上,就成为岳飞身体的一部分,它们"表现为一种永久的言语行动,彰显了个体英雄主义的决心和行动。在这里,表演性文本(刺字),而非身体本身,成为美德展示的主要行为者"[1]。相比之下,女性的身体书写,尤其是在舞台上的表演,往往使表演文本与身体本身分离开来。无论是身体还是刺字,它们都是表演元素的一部分。女性身体展示的美德,通常与孝道和贞节等传统伦理相关。然而,在女性身体书写理论中,戏剧创作与戏剧本身、表演行为和表演性之间存在着明显区别。舞台上的女性身体,无论是作为欲望的对象还是美德的载体,都必须保持一定的吸引力,确保表演的观赏性。在传记或小说文本中,形象的描写更易引发读者的共鸣。但在戏剧中,无论情节多么说教,或多么生动,女性的身体总是以性别化的方式呈现,以达到最佳的戏剧效果。《烈女传》中,贤妇为了保持贞节,可能会自毁容貌,切断身体的某个部分,或以骇人听闻的方式自杀。这种粗糙的道德描写读起来可能有趣,但在台上表演中则会引起不悦,因此需要经过提炼和美化。"舞台上若要对女性身体施暴,只允许以微妙和优雅的方式进行"[2]。

　　《琵琶记》赵五娘的剪发及卖发的场景,是舞台以优雅方式展示女性所遭困境的经典片段。赵五娘作为苦难的化身,经历了遭丈夫遗弃、受公婆冤枉、历尽饥寒、独自承受贫苦与孤独,最终陷入

---

[1]Daphne P. Lei,"The Blood-Stained Text in Translation:Tattooing,Bodily Writing,and Performance of Chinese Virtue," *Anthropological Quarterly*, 2009,82(1):109.

[2]Ibid.,p.112.

绝境等种种不幸。五娘头发的价值在于它的象征意义：它不仅是五娘身体的一部分，更是她为了敬葬公婆而愿意割舍自己身体的体现。五娘果敢剪下头发时，头发与其身体分离，连她自己也可将之商品化。剪发、叹发和卖发的一系列动作，将观众的视角从赵五娘的身体转移至象征女性痛苦与美德的这段发丝上，而赵五娘自己也成为这一过程的观众。在这一行为中，五娘既是施行者也是受害者，她的身份变得复杂而多面：既是剧中的主角，又是实施剪发的行为者，同时还扮演着叙述者、表演者和导演的角色。尽管剪发不及在身体上刺字令人痛苦，但五娘的头发与其女性身体及其美德紧密相关，观众在此过程中感受到一种由施虐、受虐、偷窥所带来的特殊愉悦。即便采用更多诱人的身体书写来展示五娘的孝顺和忠诚，她的身体在很大程度上得到了保护，仍然能保持其完整性在舞台上发挥作用。"赵五娘凭借其性别魅力和品行美德，塑造了一个强大且有力的女性形象。"①

最后，雷碧玮教授总结，尽管《琵琶记》旨在高台教化，但情节上并不缺乏感官愉悦元素，特别是在剪发场景中表现得尤为明显。赵五娘以及类似由男性剧作家塑造的贞洁烈妇女形象，"利用身体书写来重申和强化男性主导的意识形态，并在舞台上行使有限的女性权力。至少在那一刻，她们通过身体书写成为舞台和观众的焦点。当我们听着她，看着她，与她同感悲喜时，似乎整个世界都为之静止了"②。

结合身体理论，我们发现赵五娘的行为，除祝发买葬外，还包

①Daphne P. Lei,"The Blood-Stained Text in Translation:Tattooing,Bodily Writing,and Performance of Chinese Virtue," *Anthropological Quarterly*, 2009,82（1）:114—115.
②Ibid.,p. 122.

括糟糠自厌和包土筑坟等动作也都体现了女性身体书写的特征。面对难以下咽的米糠,赵五娘唱道:"呕得我肝肠痛,珠泪垂,喉咙尚兀自牢嘎住。糠!遭砻被舂杵,筛你簸扬你,吃尽控持。悄似奴家身狼狈,千辛万苦皆经历。苦人吃着苦味,两苦相逢,可知道欲吞不去。"(第二十出)唱词中的"肝肠"、"珠泪"、"喉咙"、"身"、"呕"、"嘎住"、"吃"、"吞"等都是与身体部位相关的名词或动作。五娘做这些动作时,她身体对应的部位承受着相应的苦,呈现出身心一体的行孝表达。公婆死后,五娘罗裙包土筑坟茔。她哀叹:"我只凭十爪,如何能够坟土高?只见鲜血淋漓湿衣袄,天那,我形衰力倦,死也只这遭。罢罢,骨头葬处任他流血好,此唤做骨血之亲,也教人称道。教人道:赵五娘亲行孝。〔哭介〕天那!心穷力尽形枯槁,只有这鲜血,到如今也出尽了。怕待得这坟成后,我的身难保。"(第二十七出)"十爪"、"鲜血淋漓"、"湿衣袄"、"形衰力倦"、"心穷力尽形枯槁"、"出尽"等言语饱含深情,生动描绘了赵五娘十指刨土葬亲身心所遭受的苦痛。五娘承受的身体之苦,恰是其赤诚孝心的最佳体现,故而能够感动天地,使坟茔成形。有学者提出:"中国伦理学以'遵守'为旨,那么其也必然以'重行'而立宗。故中国伦理学既是一种强调'修身'的身体性学说,同时又不失为一种推崇'修行'的躬行主义的理论。"①也就是说,中国古代伦理学以"身体力行"为核心内容,与西方传统的"美德即知识"或"恶行即无知"——以知识认知为基础的伦理观有所不同。赵五娘的善德行为,无论是祝发买葬,还是糟糠自厌和包土筑坟等,都是她调动个体身体功能,践履孝道的具体行动。五娘的身体既是她表达孝心的直

---

① 张再林《作为身体哲学的中国古代哲学》,中国社会科学出版社2008年版,第34页。

观媒介,更是她身体力行,替夫行孝的直接见证。她知孝、行孝而得天助和人助,其贤德善举呈现出鲜明的身体书写的特征。

英语学界女性主义视角下的《琵琶记》赵五娘形象研究,重视身体书写作为展示女性美德和权力的方式,关注女性角色在社会和性别结构中的定位,以及通过女性身体行为探讨个人身份和社会期望的关系。这种研究范式与中国学者更注重文学和传统伦理分析,重视文本本身的艺术价值和伦理道德意涵的方法形成对比,为戏曲女性形象研究提供了新视角,促进了文化交流与多元性的认识。

第五节　文化学视角下的图—文研究

自1980年代以降,西方文学研究范式出现了显著的"文化转向"(cultural turn),研究重心从传统的文学和历史文本转向更广泛的文化实践和社会语境分析。受其影响,聚焦于大众文化视觉媒体的"视觉文化"研究随之蓬勃发展起来,图像材料逐渐被广泛应用于多学科、跨领域的研究。至1990年代时,视觉文化作为图像研究的辅助,以及本身的跨学科属性,在西方多个学术领域逐渐兴盛,引发文学与文化研究发生"图像转向"(pictorial turn)。特别是在汉学研究领域,西方学者开始专注中国小说和戏曲等通俗文学的插图研究①。汉学家柯律格、何谷理等学者的研究不仅关注

---

① 英语学界中国戏曲小说图像研究的重要论著主要包括:汉学家柯律格(Craig Clunas)的《近代中国早期的图画与视觉性》(*Picture and Visuality in Early Modern China*,1997)和《大"明"帝国——明代中国的视觉和物质文化》(*Empire of Great Brightness:Visual and Material Cultures of Ming China*,1368—1644,2007)、何谷理(Robert Hegel)《阅读晚期中华帝国插图小说》(*Reading Illustrated Fiction in Late Imperial China*,1998),以及马孟晶(Meng-ching Ma)的《文本的分割和框架化:晚明〈西厢记〉插图的视觉性与叙事性》(*Fragmentation*(转下页)

文本本身,还深入探讨图像在文化和历史语境中的角色和影响。在这一范畴中,特别值得关注的是美国北卡罗来纳大学萧丽玲(Li-ling Hsiao)教授的相关研究。她的英语论文《忠与孝:〈琵琶记〉文本、评点与插图互动的个案研究》(2002)和专著《永存于现今的过去——万历年间的插图、戏剧与阅读》(2007),从视觉文化的角度系统探讨了《琵琶记》中的多重图—文互动以及图文同构的深层意义。

一、戏剧文化中的插图、戏剧和阅读

《永存于现今的过去——万历年间的插图、戏剧与阅读》(*The Eternal Present of the Past: Illustration, Theater, and Reading in the Wanli Period, 1573—1619*)是牛津大学中国研究中心"汉学研究"系列丛书之一,由荷兰历史悠久、拥有广泛国际视野的博睿学术出版社(Brill)负责出版。该书以万历时期戏曲刊本中的文本、插图、阅读等元素的多元互动关系为研究重心,探讨戏曲插图在时代文艺思潮、道德伦理、哲学、美学以及出版文化等多重语境影响中的社会价值与文化意义。书中所选剧目范围广泛,涵盖了《琵琶记》《西厢记》《玉簪记》《蓝桥玉杵记》《牡丹亭》《娇红记》《两江记》等百余部万历时期重要插图刊刻本[①]中的图—文分析。全书共设六章,各章标题依次为"戏曲插图的多重语境:艺术史研究方法与批评"、"案头与场上:剧作观念之争"、"表演插图"、"舞台与历史

(接上页) and Framing of the Text: Visuality and Narrativity in the Late-Ming Illustrations to 'The Story of the West Wing', 2006)和孟久丽(Julia K. Murray)的《道德之鉴——中国叙事图画与儒家意识形态》(*Mirror of Morality: Chinese Narrative Illustration and Confucian Ideology*, 2007)等。

① 这些刊本主要由富春堂、广庆堂、继志斋、世德堂、文林阁等刊刻发行。

的互动"、"插图与历史的互动"以及"阅读与历史的互动",共同探讨了戏曲插图在不同历史、文化、艺术层面的深远影响与意义。

书名《永存于现在的过去》生动隐喻了戏曲文本、插图与时间的互动关系。萧著认为,时间,包括过去的时间与现在的时间,是文本、图像、表演、刊刻、阅读等多种元素汇集的焦点。在这一框架下,戏剧不仅是历史的展现,更是历史的再现。表演让过去与现在交汇,创造出一种时间的连续性。"当历史事件在舞台上演绎时,过去与现在的界线消融,并大大增强了历史事件的真实感。"[1]在戏曲插图中,过去与现在的融合同样显著。戏曲插图在某种程度上能"复制"或反映大部分的表演体验。萧著提出了"表演插图"这一创新性概念,用以说明戏曲插图与表演体验之间如何相互生成和影响。"表演插图"是理解萧著研究的核心,特指明代万历时期大量出现的,"受戏曲表演启发或指向戏曲表演的插图"[2]。它们既不同于万历之前的"叙事插图",也有别于万历后期至清初逐渐形成的"风景插图"。萧著总结了万历时期戏曲"表演插图"的四个普遍特征:第一,戏曲插图的内部空间布局,如帷幔、匾额和对联的位置和样式受到戏台设计的影响。插图大多采用对联版式,标题或额题置于顶部正上方,配以云状图饰的长方形框,两侧设置联语或榜题。第二,插图中的人物姿态受到舞台上程式化表演动作的启发,演出场上常见的上场介、拱手介、泪科、羞科、跌科等都在插图中有所体现。第三,插图中的人物,如同台上的演员一样,总是面向观众,保持着便于读者观看的视角。第四,插图描绘的场景直

①Li-ling Hsiao, *The Eternal Present of the Past:Illustration,Theater,and Reading in the Wanli Period,1573—1619*,Leiden,Boston:Brill,2007:200—201.
②Ibid.,p. 87.

接反映了戏台结构和布局,如开放式戏台、水中戏台、毡毹演出等场景,都是对现实舞台演出实景的完整展现。

　　萧著提出,表演插图的出现,不仅凸现了戏曲插图与戏曲表演之间的紧密联系,更是作为晚明戏曲文化场域"案头"与"场上"之争的产物。"当案头文学日渐主导晚明戏曲文化时,戏曲舞台的捍卫者积极寻求'案头'与'场上'的平衡。"[1]表演插图在这场剧作观念之争中起到平衡作用,促使戏曲继续发扬高台教化的社会功能。表演插图将过去的舞台演出呈现于当前的文本阅读中,"这种策略不是偶然的,也不是任意的,而是自觉的,且根植于文化传统之中"[2]。萧著进一步阐述,戏曲插图还是沟通读者与文本的重要桥梁。戏曲刊刻本有效复制了明代戏曲演出的珍贵体验,并让这种观剧体验在读者的个体阅读中变得更加个性化、私密化。读者阅读文本、审视插图的过程,也是深度品味文本和体验戏曲演出的过程。总而言之,萧著的核心观点认为,表演插图再现戏曲演出,读者审视表演插图的过程就是重新体验观剧的过程。而演出元素在表演插图的再现,是为了维护场上戏曲发挥道德功用的重要举措。表演插图利用精妙的刊刻工艺,将那些转瞬即逝的舞台瞬间永久地珍藏,使之成为"永存于现在的过去"。

　　萧著关于明代戏曲插图与舞台演出关系的研究有其合理性,也得到部分国内学者的认同,但同时也有学者提出异议,认为"明代戏曲插图的本质是用来辅助阅读,即以直观的形象展现文本故事的情节或情境,绘制者是把插图当作一幅单纯的画作进行创作,

---

[1]Li-ling Hsiao,*The Eternal Present of the Past：Illustration，Theater，and Reading in the Wanli Period，1573—1619*，Leiden，Boston：Brill，2007：78.

[2]Ibid.,p. 203.

即再现真实的生活场景,而非有意表现舞台场景。……造成插图中这些特征的真正原因,是通行于明代插图绘制者的一套职业技法,而这些技法是中国绘画美学整体关照下的产物,是对于传统人物画技法的正常继承,并非采自戏曲舞台表演"[1]。批评者指出,首先,插图的联语与戏台对联间并无直接关联,而是与插图图题的功能和明代中后期对联艺术在日常生活中的普及有关。其次,插图中人物的生动体态和程式化动作在小说插图中同样常见。而且,人物突出、背景简单的构图方式是佛经、变文、小说等叙事类书籍插图的普遍特征。再次,舞台表演和绘画都是面向观众的艺术形式,因此人物面对观众是其本质特征。由此,批评者认为,明代戏曲插图与舞台表演之关系是个伪命题,其研究"全然没有意义,不仅无补于无论是版画史还是戏曲史的研究,反而带来了一些困扰和误导"[2]。

本书认为,基于《琵琶记》《西厢记》《牡丹亭》等经典剧目在民间频繁演出与广泛流传的事实,不能完全排除这种可能性:为其配图的画工碰巧观看过,甚至多次观看这些戏剧的演出。画工在构思和设计图稿时,脑海中浮现出演员的生动表演是完全可能的。所以,不能完全排除舞台表演——或者说画师的观剧体验——对其绘画创作产生了有意或无意的影响。然而,戏曲插图在由文本、插图、演出、剧作家、书坊主、画工、刊刻工、读者等多元要素构成的戏曲系统中具体发挥着何种功能,不同学者对此提出不同,甚至相左的观点,可能与图像本身的模糊意指功能有关。"语言作为声音符号具有实指性,图像则是虚指性符号;'实指'和'虚指'的不同,

① 朱浩《明代戏曲插图与舞台演出关系献疑》,《文艺理论研究》2021年第5期,第21页。
② 同上,第22页。

决定了当它们共享一个文本时,语言符号具有主导性质,图像符号只是它的'辅号'。"①语言表意明确严谨,图像虽能逼真再现物象,但在表意上相对薄弱,缺乏文字之明确性和逻辑性。图像在表意上的弱势,促成图像意义解读的丰富性和不确定性,也造成了研究结论的多元化。

深入探讨明代戏曲插图与舞台表演之间的关系具有重要的研究价值。然而,戏曲插图与舞台演出之间的关系,是否仅仅是一种简单的直接对应、反映与被反映的单向关系? 除受舞台表演影响之外,戏曲插图的形态是否还受其他因素的作用? 这些问题无疑值得研究者进一步深入思考。戏曲插图固然与戏曲文本及舞台艺术密切相关,但其核心本质是一门绘画艺术,这意味着它会继承、发展中国历代的绘画传统,并可能展现出某些创新。明万历时期的绘画传统、书法艺术、时代主流的社会意识和人文思潮,甚至画工的个人喜好,都可能在每一幅戏曲插图中留下或显或隐的印记。正如萧著所指出:"戏曲插图不仅反映当时的戏曲和印刷文化,还折射了时代的哲学、宗教、道德和美学等各个方面。"②所以,戏曲插图不仅是曲学的议题,更是一个跨学科、多领域的复杂课题,涉及哲学、宗教、道德和美学等多个方面影响,其中绘画艺术无疑是戏曲插图研究中的应有之义。

二、《琵琶记》中的文—评—图的多重互文

萧丽玲的论文《忠与孝:〈琵琶记〉文本、评点与插图互动的

---

①赵宪章《语图符号的实指和虚指——文学与图像关系新论》,《文学评论》2012年第2期,第88页。

②Li-ling Hsiao, *The Eternal Present of the Past:Illustration,Theater,and Reading in the Wanli Period,1573—1619*,Leiden,Boston:Brill,2007:1.

个案研究》("Political Loyalty and Filial Piety:A Case Study in the Relational Dynamics of Text,Commentary,and Illustration in *Pipa Ji*")以剧中的"忠"与"孝"冲突为切入点,全面分析了容与堂版《李卓吾先生批评琵琶记》中剧作家、评点家及画工对忠孝观念和蔡伯喈形象的多元解读,深入探讨了其蕴含的图—图、图—文及图—评之间的多重互文关系。

剧作家高明遵循儒家正统学说,塑造了蔡伯喈这一充满道德冲突的人物形象。他认为忠与孝的矛盾是可以调和的,因为忠高于孝,忠可以格孝。"以忠为孝"使蔡伯喈从被指责为"不忠不孝"的人物转变为"全忠全孝"的典范。相反,受阳明心学影响深刻的李卓吾认为,忠与孝是两个独立的道德概念,各自需要独立行动才能完成。评点家笔下的伯喈不再是孝子,而是一个醉心于物质享受和名利的伪君子,其追求的名利到头来不过是浮云一场。剧作家有意将五娘的具体孝行与伯喈思亲的孝心情感形成互补。这意味着,夫妻二人存在一种精神上的合作:五娘在行动上践行孝道,而伯喈则在思念中表达孝心,五娘替伯喈完成了行孝愿望。从这个角度看,伯喈仍具备"孝子"的资格。然而,评点家李卓吾主张,孝道是"知孝"和"行孝"的内在统一。伯喈思想上欲行孝,行动上却无力,思而不行,由此断定他"不如狗"。可见,剧作家和评点家对于伯喈是否实现了"孝"的问题持有不同的意见。

《李卓吾先生批评琵琶记》所附的20幅精致插图,体现了画工对文本和评点的再接受与再批评过程。萧氏的研究在此显得尤为出色,她并未孤立地剖析每幅插图与文本的联系,而是把它们视为表达画工思想的统一整体,通过分析相关联的多幅组图以及它们的意义生成过程,解读画工对文本、评点的反应和对忠孝关系的个人解读。萧氏指出,书中所刊插图几乎都体现了山水画的写意风格；图像叙事意在传达情感(曲意画)，而非叙事(故事画)。在处理忠孝的主题上，画工似乎更偏向评点家的观点，认为孝重于忠。然而，画工并未如评点家般严厉批评或贬低伯喈的品行。相反，他在剧作家设定的人物形象基础上，赋予了伯喈更理想化的特质，将其升华为向往田园生活的文人隐士。这意味着画工既接受剧作家对伯喈道德矛盾的描绘，又赞同评点家强调亲情和家庭生活的立场。画工在肯定评点家的道德批评的同时，又展示出他对剧作家立场的一丝温柔的赞同。画工游走在剧作家和评点家之间进行艺术创作，却也清晰地发出自己的声音，详述如下。

1.画工的基本立场：孝重于忠

"高堂称庆"插图(图4-1)体现了画工看待忠孝主题的基本立场——孝重于忠。该图描绘了伯喈夫妇侍奉父母的场景，营造出

图4-1　容与堂《李卓吾先生批评琵琶记》"高堂称庆"插图

一种温馨和谐的家庭氛围。画中题诗"两山排闼青来好"来自王安石的七言诗《书湖阴先生壁》，不仅将插图故事置于共享天伦之乐的田园生活语境中，也隐喻了经历政治失意的文人，归隐后方寻得精神的归宿和生命的满足。

其次，插图大胆重塑了蔡公的形象。与原文中步步逼劝儿子进京取功名的描述不同，插图中的蔡公转而面向蔡婆，用手指向远方的山峦，暗喻了宁静美好的家庭生活。这一创意与评点家提出的道德纠正和警世性建议相呼应，显示出画工在强调蔡伯喈的孝道和家庭情感方面的倾向，而不是对世俗功名的追求。画工通过图像叙事和题词选择来表达个人的道德倾向。在忠孝问题上，画工的价值观更接近评点家，但同时也接受剧作家对蔡伯喈高尚道德的设定，而非完全采纳评点家贬低伯喈的视角。通过这幅图及其后续的插图，"画工呈现了晚明文人的一个流行隐喻：在家安心侍奉父母，享受自然山水之宁静"①。

2. 伯喈的人物形象——文人隐士

萧文通过系统分析"拐儿绐误"、"瞷询衷情"、"情诉荷池"、"书馆悲逢"、"春宴杏园1"、"春宴杏园2"、"官媒议婚"、"丹陛陈情"等八幅集中塑造蔡伯喈形象的插图，认为"画工有意识地背离剧作家原有构思，不再将伯喈描绘成一个痛苦、迟疑的年轻人，而是转化为一个闲适、有教养的文人"②。"拐儿绐误"（图4-2）中，伯喈端坐在牛府后花园的桌前，正将家书装入信封，而送信的"拐子"则化身成仆人，正在河边喂鸟。这一画面呼应了中国古代"仕

---

①Li-ling Hsiao，"Political Loyalty and Filial Piety：A Case Study in the Relational Dynamics of Text，Commentary，and Illustration in *Pipa Ji*，"*Ming Studies*，2002，（48）：24.

②Ibid.，p. 25.

隐图"的传统,描绘了文人隐逸生活的意境。"瞷询衷情"(图4-3)中不见牛氏身影,只有伯喈一人。他手扶树干,注视着仆人扫落叶,这样的构图让人联想到《归去来兮辞》中的"抚孤松而盘桓"情景——暗示着伯喈作为文人隐士守志不阿的高尚节操。

同样,"情诉荷池"(图4-4)中本应出现的牛氏仍旧不可见,取而代之的是伯喈悠闲地坐在亭中,观看仆人池中采莲的情景。此种绘制手法捕捉了夏日的宁静与慵懒,与明代"四时图"中捕捉时节变化的细腻笔触颇具相似之处。通过此图,画工巧妙地转移了视线焦点,将伯喈置于一个闲适、和谐的自然环境中,创造了一种远离都市喧嚣、亲近自然的文人意境。

"书馆悲逢"(图4-5)刻意忽略了夫妻相逢的情节,转而将故事背景放置于花园中。画中伯喈握笔阅书,仆人则在园中擦拭树叶。此图延续了"仕隐图"的惯例,暗示了元代著名文学家、画家倪瓒(1301—1374)保持高尚道德情操的典故①。画中题辞"滴露研朱点《周易》",强化了伯喈作为隐士的形象,表达了画工对伯喈远离世俗名利的肯定。

由此可见,画工塑造的伯喈形象是个高于文本的理想化人物:"他和剧作家笔下的伯喈一样孝顺,但更令人信服地脱离了世俗的纠缠。"②伯喈即使是在从事文人的养心和看似沉浸在自我世界的活动时,内心也牵挂着父母。题辞如"啼痕缄处翠绡斑,梦魂飞绕

---

① 据说,画家倪瓒见其园中梧桐树皮和树叶沾有灰尘,深感不洁,遂令仆人每日擦洗之。倪瓒此般执着于洁净,被视为拒绝接受外来政权统治、维护其高尚纯洁道德之象征。

② Li-ling Hsiao, "Political Loyalty and Filial Piety: A Case Study in the Relational Dynamics of Text, Commentary, and Illustration in *Pipa Ji*," *Ming Studies*, 2002, (48):27.

图4-2 容与堂《李卓吾先生批评琵琶记》"拐儿绐误"插图

图4-3 容与堂《李卓吾先生批评琵琶记》"瞷询衷情"插图

图4-4　容与堂《李卓吾先生批评琵琶记》"情诉荷池"插图

图4-5　容与堂《李卓吾先生批评琵琶记》"书馆悲逢"插图

银屏远"和"梧叶满庭除,争似我闷怀堆积"传递的悲绪,表明了伯喈对亲情的充分肯定。画工把园林景色的描写和表达伯喈孝心的题诗相结合,表明远在京城的伯喈从精神上而不是实际行动上向父母尽孝,这一点与剧作家的思想一致。

在"春宴杏园"的两幅图中,画工巧妙地将两图并置,相互反衬,以此消解世俗功名的意义。其中一图(图4-6)描绘了伯喈高中后骑马游行的场景,可谓"春风得意马蹄疾,一日看尽长安花"。

第二幅图(图4-7)的题辞"满城桃李属春官",意在提醒读者注意世俗成功后可能遭遇的困境:成功者获得名声和地位的同时,人生的自由也随之流失,从而消解了前一幅图所展示的"成功的意义"。途中两人骑马离城,都市的喧嚣被抛在身后,前方的山路象征着对退隐生活的向往和拥抱。这个画面反映了剧作家、评点家和画工三者各自的态度:"剧作家认为伯喈是被迫成婚的,评点家认为伯喈心里盼着结婚,而画工则认为伯喈完全不关心这些世俗生活。"①

"官媒议婚"(图4-8)的插图彻底脱离了文本表述,将伯喈描绘成一位在高崖静水小舟上安详沉睡的渔翁。渔翁象征着远离尘世纷扰和愚昧的清雅隐士。画中的伯喈是垂钓者,题诗中的伯喈却是水中鱼。作为渔翁,伯喈取适非取鱼;作为鱼,他拒绝上钩,不为饵所动。两个隐喻都暗示了伯喈拒绝世俗名利的诱惑。以上多幅插画共同传达了伯喈拒绝陷入宦海沉浮、尘世之争,宁做文人隐士的清雅情怀。由此,画工所描绘的"理想化"的伯喈形象,既生动

①Li-ling Hsiao,"Political Loyalty and Filial Piety:A Case Study in the Relational Dynamics of Text,Commentary,and Illustration in *Pipa Ji*,"*Ming Studies*,2002,(48):28.

图4-6　容与堂《李卓吾先生批评琵琶记》"春宴杏园"插图1

图4-7　容与堂《李卓吾先生批评琵琶记》"春宴杏园"插图2

传神又寓意深远。

"丹陛陈情"(图4-9)是刊本中唯一展现伯喈在朝廷任职的插图,描绘的却是他前往皇宫,准备辞官的情景。皇宫周围被树木、岩石和云雾环绕,赋予了宫殿一种神秘且难以接近的感觉。当官的生活与山水林泉的闲适生活形成对比,唤起读者对伯喈辞官选择的共鸣。画工特意强调这一刻,旨在揭示伯喈对压迫性权力的抗争。这种画面安排极具策略性,甚至充满了争议性。它表明:尽管伯喈的个人行动受到父亲、宰相和皇帝的约束,但他仍然保持着道德的纯洁性。画工认同文中描述的强试、强婚、强官的合理性,也对伯喈心有不甘却只能选择忍受的行为表示同情,但画工坚持认为伯喈有一颗做隐士或渔翁的心,不管他外表上如何追求名利,如何卷入政治纠葛。这是画工不同于评点家观点的一方面。但另一方面,画工始终坚持清雅隐士的道德标准,表明画工对忠孝主题的认识与评点家的观点基本一致。评点家和画工,无论是通过文本评注还是图像描绘,共同表达了他们对家庭美德的推崇和对政治追逐的否定。

"一门旌奖"也配有两幅插图,体现了画工在尊重剧作家基本思想的同时,大胆表达了自己独到的见解。其中一幅(图4-10)描绘了"一夫二妻"的大团圆结局,忠实地反映了剧作家的创作意图,即忠孝冲突通过"以忠格孝"的名义取得调和,正如画中题辞"玉照调和归圣主"所表达的。然而,画工并不局限于这种单一的叙事表达,于是创作了另一幅意义丰富的腊梅图(图4-11)。画中的梅花虽在荒寒中盛开,却彰显出生命的顽强与美丽,恰如题辞"不是一番寒彻骨,怎得梅花扑鼻香"所寓意的生命力。在此语境中,梅花象征着伯喈和五娘坚韧不屈的精神,即便在人生最艰难的时刻,也丝毫不动摇道德信念。抛开忠孝问题,伯喈和五娘所体现的道德典范是本剧最珍贵的寓意,也正是画工想要表达的核心精神。此

图4-8　容与堂《李卓吾先生批评琵琶记》"官媒议婚"插图

图4-9　容与堂《李卓吾先生批评琵琶记》"丹陛陈情"插图

图4-10　容与堂《李卓吾先生批评琵琶记》"一门旌奖"插图1

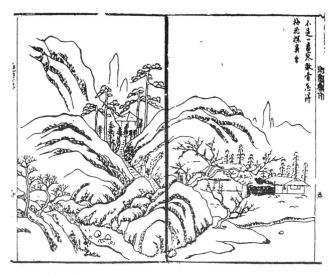

图4-11　容与堂《李卓吾先生批评琵琶记》"一门旌奖"插图2

外,萧文进一步分析了插图中五娘、牛氏和牛丞相等角色,认为画工通过独特的绘画风格,同样表达了自己对剧本和评点的个性化接受与批评,此处不再赘述。

　　综上,萧氏通过系统分析《李卓吾先生批评琵琶记》刊本中的图—图、图—文、评—文、评—图的多重对话关系,揭示了画工始终以隐士般的反思态度描绘剧中人物。特别是对伯喈选择入世做官的态度,画工与评点家保持了一致的间接否定观点。画工游离在剧作家和评点家之间,成功地在文—评—图三者构建起内在统一、精妙平衡而又不失其个性的独到评价。萧氏的这项研究为国内戏曲文学图—文互文关系研究提供了新的视角和观点。国内学者曾强调,"图文评本"是一种特殊的戏曲艺术存在形态,它要求研究者必须同时关注图、文、评三者间的间性、互文和张力。这其中,文与图、文与评之间的互文关系是不容置疑的,但图与评之间的关系相对复杂,"两者之间是否存在直接影响目前我们尚没有发现这方面的证明材料,但间接性的互文关系却是一定存在的"①。萧氏的研究充分证明了戏曲插图刊本中"图—评"之间存在明确的互文关系,为国内学界长期持有的关于"图—评"间互文关系的推测提供了坚实依据,推动了国内外戏曲图文互文研究的深入发展。

第六节　《琵琶记》西行传播经典性研究

　　"经"和"典"是古代汉语中的两个常用词。"经"的本义与纺织有关,可理解为织物的纵线,常用来比喻事物的基本原则或常规。

① 张玉勤《中国古代戏曲插图的图像功能与戏曲语汇》,《广西社会科学》2011年第6期,第116页。

东汉许慎《说文解字》云:"经,织也。从糸、巠声。"清代文字训诂学家、经学家段玉裁注:"经,织从丝也……织之从丝谓之经,必先有经而后有纬,是故三纲五常六艺谓之天地之常经。"《文心雕龙·宗经》曰:"经也者,恒久之至道,不刊之鸿教也。"所谓"经",就是恒常不变的根本道理、不可改易的伟大教训,而讲述天、地、人三者常理的书,谓之"经书"("三极彝训,其书曰经")。而"典"则表示重要的文献或书籍。《说文解字·叙》注:"典,五帝之书也。从册。在上,尊阁之也。"《尔雅·释诂》释:"常也。"可见,"经"与"典"都有"常"之义,可互训。两汉班昭的《东征赋》已开始直接使用"经典"一词——"惟经典之所美兮,贵道德与仁贤。"今之"经典"已由四书五经等儒家典籍的专指,延及各种文化艺术中具有权威性、重要意义的传世精品。从词源上讲,西方文艺研究中的"经典"(canon)一词与古希腊语"kanon"同源,本义指规则、法律或教会的法令。大约从1400年起,"canon"由专指基督教会认可的圣经书籍,扩展至各种公认优秀的、能够经久流传而获得重要价值的世俗书籍。中外文学视阈中的"经典"都经历了由狭义的宗教或哲学典籍到广义的各种优秀文艺作品的过程。凡意蕴丰厚,具有多重阐释空间、多维审美价值,历久弥新的传世精品文学都可称经典之作。正如德国哲学家伽达默尔(Hans-Georg Gadamer)言,经典之所以能长久流传,因为"它意指自身并解释自身"①,经典并不需要克服历史距离,因为它在其本质和传达的普遍价值中就实现了这种克服。故而,经典是"无时间性的",尽管这种无时间性乃是历史存在的一种方式。文学经典《琵琶记》离开本国的文学传统与文化语境,进入

---

① (德)汉斯-格奥尔格·伽达默尔著,洪汉鼎译《真理与方法——哲学诠释学的基本特征》,商务印书馆2007年版,第393页。

异质的语言与文化视阈时,尽管作品本身的艺术价值不变,但在异国诗学、意识形态、文学理论与批评方法及读者的期待视野等因素的共时性或历时性变迁中,作品的经典性无疑受到影响,甚至可能招致消解。本节采用历时性视角,深入考察《琵琶记》作为文学经典在海外传播过程中所经历的地位演变,并探究其变化原因。

一、《琵琶记》作为中国文学经典的生成

元末1365年,《琵琶记》问世。凭借其跌宕起伏、感人至深的剧情,广受民众喜爱,成为场上久演不衰的经典剧目。但作为案头文学来说,《琵琶记》在当时文坛的地位并不高。尤侗有语为证:"吾观涵虚子论列元词,自马东篱以下一百八十七人,而东嘉无称焉。"①高明高东嘉的名字不曾见录于《录鬼簿》和《太和正音谱》,《琵琶记》又如何能跃升为后世经典?《琵琶记》的经典化过程是历史的选择,首要条件是作品本身的卓尔不群。无论是语言艺术、情节构思,还是戏剧体制的创新,《琵琶记》都有着突出的成就。不过,它在明清文学史地位的稳步提升,离不开文人自下而上的推崇和权力层面自上而下的推行这两股重要力量的推动。

明代不少文人和戏曲大家都对《琵琶记》给予了极高的赞誉。明嘉靖年间,魏良辅称赞《琵琶记》为"曲祖,词意高古,音韵精绝"②。李开先《宝剑记·序》誉之"冠绝诸戏文"③。王世贞称其

---

① 尤侗《第七才子书序》,高明著,毛纶批注《第七才子书:琵琶记》,线装书局2007年版,第245页。
② 魏良辅《曲律》,《中国古典戏曲论著集成》(五),中国戏剧出版社1959年版,第6页。
③ 李开先《宝剑记·序》,李开先著,卜键笺校《李开先全集》(中),上海古籍出版社2014年版,第1128页。

之所以"冠绝诸剧者,不唯其琢句之工、使事之美而已,其体贴人情,委曲必尽;描写物态,仿佛如生;问答之际,了不见扭造,所以佳耳"①。徐渭表之:"用清丽之词,一洗作者之陋,于是村坊小伎,进与古法部相参,卓乎不可及已。"②崇祯年间,凌濛初认同前人观点,曰:"《琵琶》一记,世人推为南曲之祖。"③万历时期,吕天成《曲品》认定《琵琶记》为"神品":"其词之高绝处,在布景写情,色色逼真,有运斤成风之妙。串插甚合局段,苦乐相错,具见体裁。可师,可法,而不可及也。"④"曲祖"、"冠绝诸戏文"、"冠绝诸剧"、"卓乎不可及已"、"神品"等称誉,可谓至尊至高,显示出《琵琶记》在明代已获得相当高的文化资本,实现了一定程度的经典化,但还不是全方位的经典化,因为《琵琶记》亦是明代曲坛争议颇多的作品。戏曲理论家何良俊、王骥德和李贽等人都对其有所保留,认为它在语言表达与情感深度等方面存在不足,没有达到《西厢记》同等水平的艺术成就。何良俊指出:"近代人杂剧以王实甫之《西厢记》,戏文以高则诚之《琵琶记》为绝唱,大不然。……,《琵琶》专弄学问,其本色语少。"⑤王骥德说道:"《琵琶》工处甚多,然时有语病。"⑥李贽《杂说》认为,"画工"《琵琶》"语尽而意亦尽,词竭而味索然亦

---

① 王世贞《曲藻》,《中国古典戏曲论著集成》(四),中国戏剧出版社1959年版,第33页。
② 徐渭《南词叙录》,《中国古典戏曲论著集成》(三),中国戏剧出版社1959年版,第239—240页。
③ 蔡毅《中国古典戏曲序跋汇编》(二),齐鲁书社1989年版,第593页。
④ 吕天成《曲品》,《中国古典戏曲论著集成》(四),中国戏剧出版社1959年版,第225页。
⑤ 何良俊《曲论》,《中国古典戏曲论著集成》(四),中国戏剧出版社1959年版,第6页。
⑥ 王骥德《曲律》,《中国古典戏曲论著集成》(四),中国戏剧出版社1959年版,第150页。

随以竭"①，是故，"画工"《琵琶》终不及"化工"《拜月》《西厢》。由此可见，明代文人和戏曲理论家对《琵琶记》的评价多样而复杂，同时也证明了它作为经典作品所具有的多重阐释空间和多元审美价值。《琵琶记》经典地位的最终确立，仍需历史的检验和时间的沉淀。

明末清初，戏曲评论家毛纶着手于《琵琶记》的评点和批注，成为《琵琶记》经典化历程中至关重要的一步。毛纶认为，元人词曲《西厢记》与《琵琶记》，同为传世佳品，但《琵琶记》之胜《西厢记》有二：

> 一曰情胜，一曰文胜。《西厢》之情而情者，不善读之，而情或累性；《琵琶》之情而性者，善读之，而性见乎情，夫是之谓情胜也。《西厢》之文艳，乃艳不离野者，读之反觉其文不胜质。《琵琶》之文真，乃真而能典者，读之自觉其质极而文，夫是之谓文胜也。②

毛纶认为，《琵琶记》"文真而能典者"，当之无愧为经典之作，堪与《水浒传》《西厢记》等名篇巨擘并列。因此，他将《琵琶记》列为"第七才子书"，紧随《西厢记》之后。自此，《琵琶记》名登"才子书"高榜，"曲祖"的地位如蛟龙添双翼，名扬天下。正如清初戏剧大家尤侗曰："三百余年，毛子出而表章之，而第七才子之名始著，则又东嘉之幸也！"③

《琵琶记》成为文学经典的过程，除得益于明清文人的重视和

---

① 李贽《杂说》，张建业编著《李贽小品文笺注》，社会科学文献出版社 2012 年版，第 365 页。
② 毛纶《声山别集自序》，高明著，毛纶批注《第七才子书：琵琶记》，线装书局 2007 年版，第 247 页。
③ 尤侗《第七才子书序》，高明著，毛纶批注《第七才子书：琵琶记》，线装书局 2007 年版，第 246 页。

推崇外,还离不开明代诗学导向和政治意识形态的推动作用。《琵琶记》以宣扬儒家伦理道德为主题,符合明初以儒学为官方意识形态的文化策略和政治需求,因而受到明太祖朱元璋的高度推崇:"五经四书如五谷,家家不可缺;高明《琵琶记》如珍羞百味,富贵家其可缺耶?"①历史、社会、文化、文学、政治和权力等多重因素相互作用,巩固了《琵琶记》在中国文学中的经典地位。正如有学者总结的,"帝王的权威话语、文人的"聚焦"批评、诸多的刊刻传播以及广泛的舞台搬演等四条途径"②,共同促进《琵琶记》经典化的最终确立与完成。

二、《琵琶记》西行传播"去经典化"趋势

中国文学经典《琵琶记》进入欧美文学场域后,其经典性发生了必然的变化。因为文学经典的形成深植于本民族的文学与文化土壤之中,在异质诗学与文化传统下,原有的经典性可能会经历消解、解构、重构等不同程度的变化。评价《琵琶记》在异国文化中的文学地位,需要从繁杂的文献中提取、分析信息。不可否认的是,文学经典的形成既有其历史性,也不乏人为因素的影响。然而,看似偶然的选择实则包含必然的导向。现代社会中,文学经典的生成有一定的路径。"首先,一部作品写出并要想成为经典,就必须得到出版和发行,并要引起批评家的注意,然后在得到批评家的认可之后才能逐步引起文学研究者的关注,最后它的成为经典

---

① 黄溥《闲中今古录摘抄》,《丛书集成新编》(第87册),新文丰出版公司1985年版,第538页。
② 朱万曙《"曲祖"之誉:〈琵琶记〉在明代的经典化》,《文学评论》2020年第4期,第155页。

之重要标志便是进入大学的文学教科书和载入文学史。"①20世纪西方现代出版机构的兴起,为文学作品的经典化提供了媒介与平台。《琵琶记》是否能引起海外汉学家的关注,能否被载入海外汉学研究者编撰的中国文学选集或文学史,成为衡量作品在异域文化的审视下是维系还是丧失其经典性的重要依据。通过深入分析19世纪海外汉学家对《琵琶记》的评论,以及20世纪以降英美主流文学出版物对作品的收录与评价,可以发现《琵琶记》在海外传播与接受过程中,其经典性呈现"确认经典"、"承继经典"和"经典隐去"的历时性演变特征。

(一)确认经典

19世纪是西方学界广泛关注中国通俗文学的肇始阶段。在这一时期,汉学家将译介戏曲文学视为瞭望中国社会风貌的重要窗口,尚未深入探讨戏剧本身的艺术和文学价值。作为明清时期最优秀通俗文学的辑集,"才子书"在国内书肆的畅销和广泛传播,促进了其向西方世界的流布,成为汉学家初次甄选和研究中国通俗文学的重要参照。据《西方早期汉籍目录的中国文学分类考察》②一文考据,早在1739年,西方汉学界的第一部汉籍目录《法国皇家图书馆汉籍目录》就已著录《好逑传》《三才子》《平山冷燕四才子》《西厢记》《琵琶记》《第五才子书》等"才子书"。此后,多种汉籍目录论著陆续出现,都包含了"才子书"的著录。随着"才子书"概念在西方汉籍目录的逐渐成型和普及,它也成为了指导西方学者选择翻译和介绍中国优秀小说和戏曲的重要依据。"十才

---

① 王宁《文学经典的构成和重铸》,《当代外国文学》2002年第3期,第126页。
② 宋莉华《西方早期汉籍目录的中国文学分类考察》,《中国社会科学》2018年第10期,第151—180页。

子书"至迟"于 1853 年已全部被译介成西文"①。法国汉学家儒莲
(Stanislas Julien,1797—1873)明确表示,"才子书"直接"指导了
欧洲人对翻译中国小说的选择"②。"第七才子书"《琵琶记》集中展
现了中国的儒家精神、家庭伦理、科举制度等文化图景,能够满足
汉学家借戏曲文学了解中国风俗的阅读期待。因此,他们认可《琵
琶记》的创作理念,采用中西戏剧比对的方法,向本国读者忠实传
达其在中国文学史上的经典地位。

　　法国汉学家巴赞称《琵琶记》是"中国最优美的、不朽的戏剧
经典"③,认为"书中的每个字都成为学者评论的对象"④。他还引
用莎士比亚的话,描述中国学界对高则诚及其作品的热切关注:
"世人对他文字和妙语的评价,积淀愈深,评论亦愈多。"⑤巴赞
首次将高则诚与莎士比亚并列提及,这一比较后来成为 20 世纪
《琵琶记》在北美舞台传播时被称为"中国的《哈姆雷特》"⑥的依
据。爱尔兰比较文学家波斯奈特则将高则诚与西方更多戏剧家
进行了比较:"中国学者对《琵琶记》的青睐,类似于欧洲学者对阿

---

① 参见宋丽娟《"才子书":明清时期一个重要文学概念的跨文化解读》,《文学评论》2017 年第 6 期,第 58—70 页。

② Stanislas Julien,*P'ing-Chan-Ling-Yen*,*ou Les Deux Jeunes Filles Lettrees*,Paris:Librairie Academique,1860:v.

③ Antoine P. L. Bazin,*Le Pi-pa-ki*:*ou L'Histoire du Luth*,Paris:A L'imprimerie Royale,1841:XX.

④ Ibid.,p. X.

⑤ Ibid.

⑥ Will Irwin and Sidney Howard,adapt.,*Lute Song*,Chicago:The Dramatic Publishing Company,1946:6.

里斯托芬、普劳图斯,或者莎士比亚等剧作家作品的兴趣。"①英国
剑桥知名历史学家和文学研究者沃德爵士更进一步指出:"在中
国,如果没有学者研究《琵琶记》,就等于在意大利没有人研究《神
曲》。"②沃德对《琵琶记》赞赏有加,认为它不仅是中国文学的经
典,也是世界文学的杰作:"《琵琶记》是民族的经典,……,是世界
文学的罕见精品,……,是一部具有原创性的文学经典。"③此外,
来华传教士甘淋在"十才子书"的基础上,列出了14部中国最负盛
名的通俗文学作品,其中《琵琶记》名列第五。甘淋认为《琵琶记》
"故事简明、语言自然、情节感人,是一部绝妙的文学作品"④。上
述汉学家的溢美之词,共同指向《琵琶记》是中国文学经典的不争
事实。

　　世纪之交,剑桥大学首席中文教授翟理斯撰写的《中国文学
史》(1901)问世,成为英语世界的"第一部中国文学通史"。该书
对戏剧主题的讨论不多,所涉剧作仅包括《彩楼配》《赵氏孤儿》
《西厢记》《合汗衫》《琵琶记》等少量剧作。翟理斯在众多明清传奇
中首推《琵琶记》,认为它"位居明代戏剧榜首,被仰慕者誉为中国
最优秀的剧作"⑤。他对《琵琶记》的译介内容最为详尽,篇幅最长;

①Hutcheson M. Posnett, "*Pi-Pa-Ki* or *San-Pou-Tsong*," *The Nineteenth Century and After*,1901,49(Jan.-June):308,London:Sampson Low,Marston & Company.

②Sir A. W. Ward, "Pi-Pa-Ki," *Collected Papers of Sir Adolphus William Ward* (Vol. 5),Cambridge:The University Press,1921:233.

③Ibid.,pp. 231—232.

④G. T. Candlin,*Chinese Fiction*,Chicago:The Open Court Publishing Company, 1898:45.

⑤Herbert A. Giles,*A History of Chinese Literature*,London :William Heinemann, 1901:325.

对作品的主题和多样化的创作手法持肯定态度;并将其与莎士比亚的长篇剧作相比较,表示对剧本宏大体量的认可。翟理斯的这种肯定有力地稳固了《琵琶记》在海外传播中的经典地位。鉴于翟理斯在汉学界的权威性和影响力,尽管《中国文学史》存在一定的纰漏和误解,但其作为一部开拓性的经典著作的地位仍不容置疑。直至20世纪50年代,该书仍被视为了解历代中国思想和文学的基础书目,并不断受到学界和教育界的推荐。《琵琶记》作为戏剧经典被收录于《中国文学史》,极大地扩展了其在英语世界的传播范围和影响力。然而,进入20世纪60年代后,关于《琵琶记》是否仍有资格作为中国文学经典传译给西方读者的问题,海外华人学者和西方汉学家的观点开始出现分歧。

(二)承继经典

进入20世纪,国际汉学研究中心逐渐从法国转移到了英美两国,尤以美国成为研究的前沿重镇。二战后,随着美国等西方国家对苏联和其他社会主义国家实施冷战政策,英美国家开始重视外语教育及非西方国家语言和文化的研究,以服务于国家政治和战略发展。英国的"斯卡伯勒报告"(1946)[①]和美国的"国防教育法"(1958)相继通过并实施后,英美政府成为了汉学发展的重要赞助者。随之而来的资金投入极大地推动了英美的汉语语言、文学教育和研究的发展。在这一背景下,许多在英美高校任教的海外华人学者成为汉学研究的新生力量。为了满足教学需求,一些海外华人学者开始编撰英文版中国文学教材和论著,其中具有重要影

---

① 斯卡伯勒报告(The Scarborough Report)详细分析了英国大学在中国历史、文学、法律、建筑等学科方面严重缺乏专职教师的现状,突显了扩展这些关键课程的紧迫性,并建议各级政府投入专项资金支持东方学、斯拉夫等特定国家和区域的研究,对推进英国汉学发展发挥了积极作用。

响力的著作包括陈受颐的《中国文学史略》(*Chinese Literature*: *A Historical Introduction*,1961)、赖明的《中国文学史》(*A History of Chinese Literature*,1964)、翟楚与翟文伯父子的《中国文学瑰宝》(*A Treasury of Chinese Literature*,1965)、柳无忌的《中国文学概论》(1976)和张心沧的《中国文学:通俗文学与戏剧》(1973)等。受中国传统文化与文学记忆浸润的海外华人学者,对民族文化与文学经典具有物理空间难以磨灭的集体无意识的体认。他们身处异乡,却不忘对"根"的找寻与继承,按照本民族的文学分类与筛选眼光,将民族文学经典译介给西方读者。以上著作除《中国文学瑰宝》①外,其余几部都将《琵琶记》收录其中,对之进行或略或详的译介。

　　陈受颐的《中国文学史略》把传奇的发展分为两个阶段,以《浣纱记》的诞生为界。第一阶段最优秀的剧作当属《琵琶记》,而第二阶段则是以《牡丹亭》为典范之作。赖明在《中国文学史》中指出,《琵琶记》位列五大南戏之首,以"人物刻画生动感人,语言本色易于理解"②见长。不过,二人对《琵琶记》的译介略显简要,真正进一步承继《琵琶记》海外经典性的是学者柳无忌和张心沧。

　　柳无忌对《琵琶记》宣扬的"全忠全孝"主题在异域传播中可能面临的"文化冲击"做了预防性解释。他指出:"《琵琶记》称颂的儒家道德观,虽赢得中国古代评论家的高度评价,却难以引起现代读者的共鸣,更不用说,会打动在不同社会制度与伦理规范下长大的西方读者。"③此言非要损及作品的经典性,而是一位成功的

---

① 本书仅收录《西厢记》《牡丹亭》《窦娥冤》和《长生殿》四部戏剧作品。
② Lai Ming,*A History of Chinese Literature*,New York:The John Day Company, 1964:235.
③ Liu Wu-Chi,*An Introduction to Chinese Literature*,Bloomington & London: Indiana University Press,1966:249.

文化沟通者,面对民族经典在异质文化传播的通道受阻时的坦诚
之言,其深层动机是要揭示作品与民族文化的关联:"中国人深受
儒家学说的影响,往往持有强烈的道德观念,反映在文学创作上,
比较注重作品的道德价值,发扬作品惩恶扬善的艺术正义。"①中
国人坚持文以载道的文学理念为《琵琶记》"不关风化体,纵好也
徒然"的创作主旨提供了重要脚注。尽管剧作主题可能无法触动
西方普通读者的情感,引起共鸣,但它仍不失为"一部极为引人入
胜的戏:其曲白语言质朴,简洁优美,堪与最上乘的元曲相媲。虽
篇幅颇长,然结构紧凑,无半点疏漏。其妙语连珠、情景生动,感
动着一代又一代的中国观众。"②柳无忌站在维护作品主题的立场
上,通过对《琵琶记》一剧之评介,全面展现了中国文人一以贯之的
写作观和世界观。承载着民族文学叙事范式和文化精神的《琵琶
记》,完全有资格作为中国文学经典译介给西方读者欣赏。

　　张心沧对《琵琶记》的评价独出机杼。他认为,《琵琶记》既深
植于中国文化土壤,又具有普遍的人文价值,是"选编中最具中国
特色的作品"③。作为家庭伦理剧,《琵琶记》生动形象的人物塑造,
把中国社会赖以生存的血缘关系、中国科举制度下"学而优则仕"
的修学之道,以及儒家倡导的忠孝、仁义、忠贞、贤惠等义理逐一
呈现出来,由此成为世界戏剧文化之林的独一无二的作品。同时,
《琵琶记》也具有普世意义:"剧情发生地点无关紧要,陈留与洛阳
只是'小地方'与'大都会'地名的具体化表达;时间与地点仅为故

---

①Liu Wu-Chi,*An Introduction to Chinese Literature*,Bloomington & London:
　Indiana University Press,1966:5.
②Ibid.,p. 249.
③H. C. Chang,*Chinese Literature:Popular Fiction and Drama*,Edinburgh:
　Edinburgh University Press,1973:79.

事发生的偶发因素。"①剧作主题可以升华为年轻人远离家乡,在大都市实现人生飞黄腾达后,却发现所谓的世俗成功与未尽家庭之责发生不可挽回的冲突,由此成为跨越时空、文化,探讨普遍人性的作品。张心沧对《琵琶记》的言说语域,映射出他对中国文学与文化的认同感和责任感,拓展了《琵琶记》在海外的传播与阐释空间。一定意义上,20世纪五六十年代,张心沧和柳无忌等海外华人学者,执《琵琶记》之经典,遍传之于海外,为其解说,继其文脉,使其经典性在异域传播中得到承继。

(三)经典隐去

20世纪70年代,中美外交关系正常化,为两国开展文化艺术交流搭建了桥梁。北美地区汉学研究因而蓬勃发展,涌现众多杰出汉学家和优秀研究成果。梳理英美汉学家编撰的中国文学选集或文学史类著作对《琵琶记》的收录与评价,为探究文学经典《琵琶记》在海外的传播与接受提供了新视角。英美汉学家在编选中国文学作品时,必然带着"他者"的视角,从浩瀚的中国文学文库中进行筛选。哪些作品能入选,哪些被遗弃以及为何被遗弃,都是值得深入探讨的问题。正如弗兰克所指出:"文学选集是从更广泛的文学语料库中精选而出的次级语料的集合,这种次级语料与原始语料之间构成一种提喻关系。这种关系的准确描述,即哪些部分被选取出来代表整体,是个十分有趣的研究领域。"②被汉学家选中的戏曲剧作将作为中国经典供西方读者阅读、评论与流传。经过编辑者"精心挑选"的文学选集或文学史,无异于是对他国文学经

①H. C. Chang, *Chinese Literature*:*Popular Fiction and Drama*, Edinburgh: Edinburgh University Press, 1973:86.

②Mona Baker, ed., *Routledge Encyclopedia of Translation Studies*, Shanghai: Shanghai Foreign Language Education Press, 2004:14.

典的改写或重构。《琵琶记》在英美主流出版社发行的中国文学选集和文学史类著作中，呈现经典"隐退"与"去经典化"的趋势。

　　20世纪60年代，加州大学伯克利分校东方语言学系主任白之教授和哥伦比亚大学美籍日本文学家唐纳金教授（Donald Keene，1922—2019）合作编撰的《中国文学选集：从早期到14世纪》（1965）和《中国文学选集：从14世纪至今》（1972），由纽约知名的丛树出版社出版。两部丛书分别收录了《汉宫秋》《李逵负荆》和《牡丹亭》三部剧目，而《琵琶记》落选。1994年，美国首屈一指的汉学家梅维恒（Victor Mair）编撰的《哥伦比亚中国古典文学选集》由哥伦比亚大学出版社推出，其中收录了《琵琶记》《布袋和尚忍字记》《窦娥冤》《荔镜记》《牡丹亭》《桃花扇》《思凡》等七部戏剧作品。2000年推出的《简明哥伦比亚中国古典文学选集》，则删去了《琵琶记》与《桃花扇》《布袋和尚忍字记》《荔镜记》等四部剧目，只保留《窦娥冤》《牡丹亭》和《思凡》三部剧目。1996年，美国当代著名汉学家、翻译家宇文所安（Stephen Owen）编译的《诺顿中国文学选》也不曾收录《琵琶记》，而是选取了《救风尘》《牡丹亭》《桃花扇》和《长生殿》四部戏剧作品。2010年，剑桥大学出版社推出的《剑桥中国文学史》由耶鲁大学的孙康宜（Kang-I Sun）和哈佛大学的宇文所安教授共同编撰。在这部丛书中，戏曲部分主要聚焦于对《牡丹亭》《长生殿》和《桃花扇》三部传奇经典的深入探讨与分析。简要介绍或概括性提及了包括《浣纱记》《燕子笺》《四声猿》《意中缘》《慎鸾交》《奈何天》《无暇璧》《报恩缘》《镜光缘》《吟风阁杂剧》《后四声猿》《张协状元》《临川梦》《缀白裘》《天缘债》《十字坡》《雷峰塔》等在内的多部戏剧作品。南戏《琵琶记》及众多元曲经典作品在这部影响力巨大的文学史著作中并未被详细讨论或强调。

综上，自20世纪后半叶至21世纪前10年，《琵琶记》在英美主流中国文学选集和文学史著作中整体呈现"隐退"与"去经典化"的趋势。美国汉学家奚如谷（Stephen West）说："没有任何一种简史，能够给予一个时代应有的荣耀；所有的故事，都能从被省略的部分得到界定。"①换言之，《琵琶记》在西方学界的"隐退"与"去经典化"，也能从入选作品的名单中得到相应的界定。

三、《琵琶记》西行传播"去经典化"理析

文艺理论家童庆炳指出，一部文学作品能否成为经典作品，受到六大要素的影响："一是文学作品的艺术价值；二是文学作品的可阐释的空间；三是意识形态和文化权力变动；四是文学理论和批评的价值取向；五是特定时期读者的期待视野；六是发现人（或赞助人）。"②《琵琶记》落选《中国文学选集》《诺顿中国文学选》《简明哥伦比亚中国文学选》和《剑桥中国文学史》等重要的中国文学选集，反映出其在当代英美主流中国文学论著中的"去经典化"趋势，正是由于上述构建经典性的要素未能得到充分体现或发生了逆向效应。

第一，与作品在异域传播的可阐释空间受限有关。

《琵琶记》所强调的"全忠全孝"主题，与西方社会所推崇的个人主义，自由、平等、独立以及公平正义的核心价值观形成巨大反差。剧中女主角赵五娘的形象代表着忠贞、贤惠、隐忍和自我牺牲，而男主角蔡伯喈则性格懦弱，做事迟疑，缺乏主见。他孝父母，

---

① Kang-I Sun Chang and Stephen Owen, ed., *The Cambridge History of Chinese Literature*, Cambridge: Cambridge University Press, 2010:693.

② 童庆炳《文学经典建构诸因素及其关系》，《北京大学学报》（哲学社会科学版）2005年第5期，第72页。

从父命,事国君,终究还是落得个"三不孝"的罪名,这样缺乏自由
意志力和行动力的主人公不易赢得西方现代普通读者的共鸣。宇
文所安就如何挑选民族文学,代表国家文化走向国际传播时用食
物做了一个生动比喻:

> 被选来代表国家烹调的食品既不能太家常,也不能太富
> 有异国情调:它们必须处于一个令人感到舒适的"差异"边缘
> 地带之中。它们必须具有足以被食客辨认出来的和本土食物
> 的不同,这样才能对其发源地的烹调具有代表性;但是它们也
> 必须能够为国际口味所接受。如果我们用一个比喻来描述的
> 话,购物中心食廊里面的不同国家的食品风格必须是"具有可
> 译性的烹调风格"。①

如果元明戏曲作品只能在《琵琶记》和《牡丹亭》二选一时,以
上四部英美主流中国文学选集普遍倾向于收录《牡丹亭》而非《琵
琶记》。《牡丹亭》从女性视角深入探讨超越生死的爱情主题,不仅
在英美文学体系中具有更广泛的阐释空间,同时契合了当代英美
性别研究的热门话题。剧中关于追寻自我,向死而生的爱情故事
让英语读者处在舒适的差异之中,更容易引起读者共鸣,因而在英
美文学界得到更多的关注和重视。相比之下,《琵琶记》强调的儒
家道德主题显得过于"中国化",与目标文化读者普遍认同的主题
之间存在难以跨越的鸿沟。学者巴斯(Kate Buss)从《琵琶记》中
读到的是父权制的霸道影响力:"父亲生前对儿子具有绝对的控制
权,即使去世后,这种控制依然存在。儿子无条件地接受并服从这
种安排,等到自己成为一家之主时,也会对自己的儿子施加同样的

---

① (美)宇文所安著,田晓菲译《他山的石头记——宇文所安自选集》,江苏人民出
版社2002年版,第340页。

控制。"①这种强调孝道和服从的文化主题,无法使《琵琶记》成为具有国际口味的美食受到普遍欢迎,因而落选。

第二,与编者采用西方文学传统的编选原则有关。

汉学家编撰面向西方读者的中国文学著作时,不仅要考虑提升出版物的市场销售,还会受到自身继承的西方文学传统的影响。他们从"自我"出发,用"他者"的视角来编撰服务于西方文学的中国文学选集。白之在《中国文学选集》(1965)的序言中指出:"首先,我们对文学的定义是现代西方式的,而非传统中国式的,是狭义的,而非广义的。"②该选集按照西方戏剧的分类标准,将《汉宫秋》和《李逵负荆》分别视为悲剧和喜剧的典范加以论述。实际上,早在19世纪,从"为我所用"的东方学视角译介中国文学就已滥觞。汉学家德庇时(John F. Davis,1795—1890)在推崇选译《汉宫秋》时,也强调其完美符合西方悲剧的定义:

> 尽管中国的戏剧传统并未明显区分喜剧和悲剧的类别,但我们完全可以给予《汉宫秋》悲剧的称号,因为它完全符合欧洲悲剧的界定。该剧的戏剧行动完整、堪称完美,而其在时间和空间的统一性上,远胜于我们现代舞台上常见的作品。剧中呈现的宏大主题、尊贵人物、深刻的悲剧性高潮,以及对诗学正义的准确表达,都足以让那些严格坚持古典希腊戏剧标准的观众感到满意。③

---

①Kate Buss, *Studies in The Chinese Drama*, Boston: The Four Seas Company, 1922:33.

②Cyril Birch and Donald Keene, ed., *Anthology of Chinese Literature: From Early Times to the Fourteenth Century*, New York: Grove Press, 1965: xxiv.

③Epiphanius Wilson, *Chinese Literature* (revised edition), London & New York: The Colonial Press, 1900: 283—284.

可见,英美学者从中国文学库中挑选作品时,往往会拿着一把由西方文化传统和文学观念编织而成的网筛。凡是不能在西方话语体系下"被言说"的中国经典都难以通过"筛眼"进入西方文学领域。经过"文化过滤"后选出的作品,才有资格编入大学教材或文学史册,反映出西方中心主义的意识形态对编撰者的影响和操控。《琵琶记》从主题思想、人物塑造和戏剧结构上似乎都不太符合西方戏剧文学的"规范",无怪乎在当代英美主流文学出版物中被边缘化。

第三,与当代主流的文学理论和批评的价值取向有关。

进入20世纪后半叶,西方文艺界迎来后现代思潮的猛烈涌动。后殖民主义、马克思主义、女性批评、文化批评、新历史主义等文学理论和批评手段兴起,不断挑战着传统文学观念,使得文学批评的范畴不再局限于封闭的文学或文本内部。后现代文学研究突破了逻各斯中心主义,以反对形而上学、拒绝总体论、反对理性和反主体性等为理论特征。这些誓与现代性作决裂的后现代批评观念,必然会影响到深受其熏陶的汉学家,进而投射到他们对中国经典的审美判断上。当代对经典的质疑最为激进的反叛声音或许来自文化研究。20世纪60至70年代英国"伯明翰学派"的文化研究者提出,文化不应再是精英和贵族的专属,而应转向日常、大众、平民文化。文化研究"通过指向当代仍有着活力、仍在发生着的文化事件来冷落写在书页中的经过历史积淀的并有着审美价值的精英文化产品,另一方面,它又通过把研究的视角指向历来被精英文化学者所不屑的大众文化甚或消费文化"①。文化研究中呈现的"非精英化"和"去经典化"的趋势,影响了欧美文学批评的重心与主流

---

① 王宁《文学经典的构成和重铸》,《当代外国文学》2002年第3期,第127页。

方向。

　　《诺顿中国文学选》的编译者宇文所安有意引入"经典"与"反经典"这一对立概念,以此来界定选集中的作品类型:"本选集所收录的作品既不完全是传统意义上的'经典'(尽管确实包含了许多经典作品),也不仅仅是试图挖掘那些被忽略和压抑的'反经典'作品(尽管也有此类作品)。"①循此原则,《诺顿中国文学选》的入选作品在"经典"与"非经典"中维护着微妙的平衡。该选集收录了《牡丹亭》《桃花扇》《长生殿》等三部传奇"经典"和一部"非经典"代表剧目《救风尘》。元曲《救风尘》反映了社会边缘群体妓女的艰辛生活,突破了戏曲文学典型的"才子佳人"叙事范式,是被正统文学忽视的"反经典"之代表作。《哥伦比亚中国古典文学选集》同样收录了《布袋和尚忍字记》《荔镜记》《思凡》等"非经典"作品。编者梅维恒在序言中表达了相似的观点:"'中国文学'的概念至今仍旧相当狭隘和固化,因此经典的范畴亟需拓展。在某种意义上说,这是一本打破传统经典的选集。"②编者旨在向西方读者展现更真实、全面的中国文学风貌,因而选录了"非经典"作品,其实质是"以社会正义的名义,摧毁着人文学科和社会科学中的所有思想标准和审美标准"③,打破"经典"与"非经典"的界线,顺应时代潮流,书写普通人和大众生活的文艺风格,以此满足大众文化市场对"非经典"文学的需求。

---

①Stephen Owen, *An Anthology of Chinese Literature*, *Beginnings to 1911*, New York & London: Norton and Company, 1996: xli.

②Victor Mair, ed., *The Columbia Anthology of Traditional Chinese Literature*, New York: Columbia University Press, 1994: xxiii.

③Bloom Harold, *The Western Canon*: *The Books and School of the Ages*, New York: Harcourt Brace & Company, 1994: 18.

按照"文学文化史"理念编写的《剑桥中国文学史》(2010)采取了新历史主义①的批评视角。该书突破了传统文类和朝代分期的编写体例,采取更为整体性的文化史方法,"较多关注过去的文学是如何被后世过滤并重建的"②,从而达到"要质疑那些长久以来习惯性的范畴,并撰写出一部既富创新性又有说服力的新的文学史"③之目的。对长久以来习惯性范畴的质疑就意味着要对传统文学标准进行质疑、消解与解构。与汉学界普遍认为元代是中国戏曲黄金时代的观点不同,《剑桥中国文学史》认为"对于戏剧而言,晚明是一个伟大的时代"④。书中重点梳理了明清杂剧、传奇以及昆曲艺术的发展、流传和后代重塑的文学文化史脉。所以,《浣纱记》《牡丹亭》《长生殿》《桃花扇》《三妇合评牡丹亭还魂记》等明清戏剧作品以及徐渭、李渔的多种杂剧剧目都被纳入讨论。元曲经典和南戏《琵琶记》的隐去,则是因为编者认为,从文学文化史的角度来看,"臧懋循(1550—1620)的《元曲选》应当被置于万历年间的语境中理解"⑤。除《永乐大典》戏文三种外,"现存的南戏戏曲并不是宋代、明初南戏的例证,而是晚明戏迷们调整、甚至完全重写后的产物"⑥。经明代文人编撰和改写后的元曲和南戏作品反映

---

① 新历史主义是起源于20世纪后期美国的一种文学和文化理论方法,强调历史文本和文化表达的相对性与构造性。它挑战传统的历史观和文本解读,主张历史是被后来的叙述者重构的,并认为文学作品应在其历史和文化背景中理解,特别关注权力、话语和社会结构对历史叙述和文学创作的影响。

② (美)孙康宜、(美)宇文所安主编,刘倩等译《剑桥中国文学史》(下),生活·读书·新知三联书店2013年版,第3页。

③ 同上,第2页。

④ 同上,第152页。

⑤ 同上,第161页。

⑥ 同上,第162页。

的是明代的美学思想和价值观念,成为难以真实体现其时代文化和文学追求的"失真"文学,其经典性由此被否定与解构。

至此,不禁要追问,为何《琵琶记》的经典性能在19世纪得到西方汉学家的普遍认可? 答案的关键还是与时代的文学理论和批评取向有关。

19世纪中叶,欧洲的现代主义戏剧思潮与现实主义戏剧理念还未完全发展成熟,尽管主流的戏剧思潮以浪漫主义为主,但西方戏剧源头的古希腊悲剧和新古典主义仍被不少戏剧家奉为圭臬。德国浪漫主义诗人和戏剧家席勒(J. von Schiller,1759—1805)在《好的常设剧院究竟能够起什么作用? 论作为一种道德机构的剧院》(1784)一文中写道:"在人间的法律领域终止的地方,剧院的裁判权就开始了。"① 如果道德之教化不再,信仰之灯熄灭,法律之堂崩塌,此时剧院的作用就开始了,因为"具体的表演肯定比僵死的文字和冷淡的讲述更加有力地起作用,剧院肯定比法律和道德更深刻和更持久地起作用"②。新古典主义强调戏剧道德劝诫的作用与中国古典戏曲"厚仁伦、美教化、移风俗"的美学原则不谋而合,与《琵琶记》凸显风化的创作主旨是吻合的。

《琵琶记》注重道德效用的主题成为作品独特的风格标签,得到了西方学界的高度赞誉。法国评论家马尼安(Charles Magnin,1793—1862)认为,《琵琶记》"充满道德意味却又与宗教无关"③,这样杰出的作品可以与法国作家狄德罗和莱莘的作品相提并论。

---

① (德)弗里德利希·席勒著,张玉能译《秀美与尊严——席勒艺术和美学文集》,文化艺术出版社1996年版,第12页。
② 同上,第13页。
③ Charles Magnin,"Le Pi-Pa-Ki,ou Historie du Luth,"*Journal des Savants*,1843,(1):42.

英国历史学家沃德爵士引用弥尔顿(John Milton,1608—1674)的
道德寓言剧《酒神之假面舞会》(Comus,1634)的诗句——"美德
衰微,天必佑之"①,为《琵琶记》颂扬忠孝、贤惠、谦让的美德做注
解。巴赞在翻译《琵琶记》时强调,"中国戏剧有其自身的创作宗
旨。它确立了艺术不为艺术而作的创作理念。这个古老的命题在
今天依旧备受争议"②。此言表明,"艺术不为艺术而作的理论"并
非中国戏剧所独有的美学追求。19世纪,西方文艺批评尚未全然
沉溺于功利理性,道德精神尚存,现代主义正值兴起之际,戏剧社
会功能的强调仍占有其地。"这个古老的理论"亦蕴含古希腊悲剧
所强调的戏剧之"净化"功能。爱尔兰学者波斯奈特采用比较文学
视角,将《琵琶记》的道德主题提升到世界文学的层面:"如果戏剧
创作宗旨如亚里士多德所言,旨在通过怜悯和恐惧净化人心与情
感,则《琵琶记》场上演出效果之描述恰似印证了古希腊戏剧艺术
家的预期效果。"③换言之,《琵琶记》强调的风化主题是对古希腊
悲剧"净化"说的一次成功实践。在中西相似的戏剧美学原则的关
照下,《琵琶记》的经典性未遭西方学者质疑,而是自然的接受,确
认经典。

　　文学经典是一个民族文化精神的艺术表达。离开本民族的
文化与文学的土壤,进入异质文明与诗学传统后,经典便成为"无
根"之文学,难免会因文化模子的不同出现"去经典化"抑或是"经

①Sir A. W. Ward,"Pi-Pa-Ki,"*Collected Papers of Sir Adolphus William Ward*
　(Vol. 5),Cambridge:The University Press,1921:247.
②Antoine P. L. Bazin,*Le Pi-pa-ki:ou L'Histoire du Luth*,Paris:A L'imprimerie
　Royale,1841:XIII.
③Hutcheson M. Posnett,"*Pi-Pa-Ki* or *San-Pou-Tsong*,"*The Nineteenth Century
　and After*,1901,49(Jan.- June):319,London:Sampson Low,Marston &
　Company.

典"重构的现象,这是民族文学在跨异质文明语境下传播的自然结果。《琵琶记》在海外传播与接受过程中,其"经典性"总体上呈现出"确认经典","承继经典"和"经典隐去"的历时性特征。19世纪,古希腊悲剧的"净化说"和新古典主义对戏剧道德劝诫的强调,认可并确认了《琵琶记》的经典地位。20世纪中叶以后,海外华人学者对本民族文学和文化怀有集体无意识的认同感,他们以"文化中间人"的身份在海外承继、阐释《琵琶记》的经典性。《琵琶记》在当代英美学者编撰的中国文学选集或文学史著作中呈现"隐退"与"去经典化"趋势,与作品的可阐释空间、编者的选材原则以及时代主流的文学理论和批评价值观息息相关。当代西方汉学家将《琵琶记》从经典的殿堂上拽下来,将某些非经典文学上升为经典,完成了对中国戏剧经典的重构,部分地改写了中国戏剧史。对此,无需将其视为西方汉学家对中国经典的故意歪曲、改造或渗透。西方汉学家所处的文化语境和学术背景使他们的研究思维和方法迥异于中国学者。跨异质文明语境下,经典传播与文学交流更应秉持"存异"而非"求同"的心态。只有这样,汉学才能保持其独特的存在意义。

余　论

　　自19世纪中叶起,《琵琶记》形成了以翻译、演出和学术研究三位为一体的多元化英语传播路径。它是最早被译成法语的南戏(传奇)作品,其文本传播呈现出多种形式,如诗歌、对话体戏剧、汉语口语学习读本、改编小说和南戏作品等;其译介方式也多种多样,包括节译、选译、剧本改编、编译和全译等。参与其中的译者来自不同社会背景,主要包括匿名译者、来华传教士、在华外侨、汉学家和海外华人学者等。1841年,巴赞翻译的《琵琶记》法文版问世,为20世纪上半叶《琵琶记》以英语音乐剧的形式亮相纽约百老汇舞台提供了文本基础。作为一部跨文化戏剧,英语《琵琶记》既有百老汇的商业演出,也有美国大中院校的非营利性的教育戏剧,还有构建华裔社会身份和文化共同体的夏威夷演剧。在北美半个世纪的演出历程中,英语《琵琶记》遍布美国九大地区,累计演出超过一千次,成为北美舞台上迄今演出次数最多、范围最广的中国古典戏曲剧目。英语学界不仅深入研究《琵琶记》的文学内涵,还从后现代主义、女性主义、身体书写和图像研究等新视角和方法对文本外的主题进行跨学科研究。这些成果与国内研究形成互动,丰富并推动了《琵琶记》研究的深入发展。《琵琶记》的百年西行传播史,充分证明它是世界戏剧史上一部不朽的经典之作。

　　戏曲是中华传统文化的重要组成部分,也是一种有效的文化传播载体。21世纪的今天,我们应当发挥主体意识,主动承担戏曲的国际传播重任。《琵琶记》西行传播的个案研究,为探讨中国戏曲文化"走出去",增强中华文明全球传播力的思考提供了启示。下文将从丰富戏曲文本的译介形式、创新戏曲的表演形式以及打造具有"人格化"、全方位、多元化的戏曲海外传播路径等三个方面进行探讨性总结。

一、丰富戏曲文本的译介形式

为了提升戏曲文本的国际传播效果,其翻译形式需要多样化;应择优选取具备国际认可度和公信力的译者及出版机构进行合作翻译。同时,"全译本"的概念应予以拓宽,尝试将中国戏曲独有的评点本和插图刊本纳入翻译的范围,突出戏曲文本的独特魅力和文化价值。

(一)文本译介形式的多样化

不同类型的戏曲译本,可以实现特定的传播目的。《琵琶记》最初以节译诗的形式进入西方汉学界,这表明,戏曲的精彩唱段和元曲的套曲、小令一样,都能够独立于剧情之外,展现其"孤赏"的艺术价值。本为词余的曲,既有唐诗宋词余韵,又独具戏曲通俗本色的个性,可谓"诗庄、词媚、曲俗也"。因此,精选戏曲文学史上名家名作的经典唱段,集结成曲集并译成外文出版,不仅能彰显戏曲的"剧诗"风骨,还能勾勒出中国诗词歌赋发展到曲词时的演变脉络和文学肌理;满足海外中国诗词爱好者"赏曲品诗"的审美需求,也有助于现代快节奏生活中,读者花少量时间领略全剧曲之精华。这种做法与从全剧中挑选最精彩的唱段作为折子戏搬演有着异曲同工之妙。

20世纪20年代,在华侨民赫德逊夫人(1926)和华裔学者余天休(1928)分别将《琵琶记》改编成英语短篇小说发表在英文期刊上。改编后的故事情节更加集中,语言通俗易读,动作性和趣味性更浓,可以满足更多普通英语读者闲暇时光的"浅阅读"需求,也能为观众更好地欣赏戏曲表演提供文本基础。因此,将戏曲经典改编为普通文学读物,不失为戏曲文本对外传播的有益补充。同时,还可以针对青少年出版通俗易懂的戏曲故事集和连环画本等。1999年至2004年,北京新世界出版社编译并出版了一套中英双语的中国古代爱情故事丛书,其中包括《桃花扇》《牡丹亭》《琵琶记》《西厢记》《长生殿》《凤求凰》《拜月亭》《梁山伯与祝英台》《白蛇传》等经典名剧。这一设想初衷是值得肯定的。然而,本套丛书是主要面向中国读者还是外国读者发行? 这些译本在海外市场的占有率如何? 这是下文将要展开探讨的问题。

(二)戏曲外译的理想模式,倚赖中外学者的合作和具有国际"公信力"出版社的推动。

让·莫利根翻译的《琵琶记》英文全译本,被英语学界誉为"翻译中国戏曲作品的典范"。据Worldcat世界图书目录搜索显示,截至2022年,全球共有649家图书馆收藏了该译本。这些图书馆分布在中国、越南、马来西亚、新加坡、日本、沙特阿拉伯、以色列、埃及、美国、英国、法国、澳大利亚、瑞典、丹麦、德国、斯洛文尼亚、荷兰、瑞士等众多国家,显示出其广泛的传播范围和影响力。美国汉学家邓为宁总结莫译本的成功归因于三个方面:"《琵琶记》本身的文学价值、高质量的译文以及附加于译本的导言、注释、附录、术语表和参考书目等多个副文本的价值。"①这三点成功

---

① Victoria B. Cass, "Book Reviews of *The Lute*:*Kao Ming's P'i-p'a Chi*, translated by Jean Mulligan," *Ming Studies*, 1981,(1):18.

经验为我们提供了宝贵的启示和推广应用的方向：首先，戏曲对外传播应挑选具有代表性的优秀剧目；其次，高质量的译文需要由精通中英文的汉学家，甚至是翻译大师来担当；第三，明确目标读者群体至关重要。莫译本作为哥伦比亚大学"东方典籍系列译丛"的子目，其主要读者群为专业人士。译本采用以异化为主的"深度翻译"策略，为英语读者提供了丰富的文化词汇解读、典故注释以及关于传奇剧本体例、曲牌、词牌、剧情概要等的副文本。导读部分更是从学术角度对《琵琶记》的主题思想、人物形象、艺术特色及其在中国戏曲文学史上的地位进行了精辟扼要的评述。因此，戏曲文本的外译，尤其是面向专业读者的全译本，不仅要考虑译本的可读性和文学特质，还要兼顾其专业性和学术价值。译本内含的附录、词汇表和参考书目等学术研究成果对专业读者来说同样具有学术价值和参考意义，也是戏曲译本独特魅力的一部分。

　　莫译本《琵琶记》在全球图书馆的广泛收藏，反映出由英美主流出版机构和知名汉学家翻译的戏曲作品拥有更高的权威性和认可度。相较之下，新世界出版社编译的《琵琶记：汉英对照》在全球只有9所图书馆收藏。目前国内尚未推出《琵琶记》的英文全译本，因此无法与之比较。为方便对比，不妨以国内外出版社均有译本的《牡丹亭》作为参考案例。国内学者汪榕培教授翻译的《汤显祖戏剧全集》（2014年），由上海外语教育出版社出版。通过Worldcat检索，发现该书只在中国不足5所图书馆中收藏，国外图书馆则未有收录。2018年，该译本与英国知名独立出版社布鲁姆斯伯里（Bloombury）合作重新出版后，藏有该译本的图书馆数量增至76所，虽有所改善，但与美国印第安纳大学出版社出版、美国汉学家白之翻译的《牡丹亭》（1980年）的英文全译本相比，差距显著。全球共有444所图书馆收藏白译本《牡丹亭》的纸质版，而电子书版更是有多达1319所图书馆收藏。尽管自新世纪以来,中国已开始有意识地主动对外推广传统戏曲文化,如系统推出"中国古典爱情故事系列丛书"、"熊猫丛书"、"大中华文库"等丛书以及"中国京剧百部经典剧目外译工程丛书"等,这些都是值得肯定的努力,但其传播的效度仍有待提升。戏曲文化的对外传播不应只是"送出去",能否"走进去"是个更重要的问题。

　　戏曲外译的理想模式应当是中国学者与海外汉学家的共同合作翻译,并寻求与国际知名出版社如企鹅出版社、兰登书屋以及海外知名大学出版社合作出版。中国学者的参与能够有效减少翻译过程中的误读和误译,而熟悉本国文化且能自然运用母语的汉学家,能提升译本的可读性,使译本的行文规范和文化思维更符合目标语言读者的审美期待。中外学者取长补短,互通有无,共同打磨出高质量的戏曲译本。国家社科基金中华学术外译项目的申请对象,可以扩大至海外东亚语言系的汉学家,甚至是在华留学生。汉学家的母语优势和个人学术声誉有助于增强译本的传播力和影响力。以历史上的汉学巨匠理雅各(James Legge,1815—1897)为例,尽管他翻译的《论语》(*Confucian Analects*,1861)和《道德经》(*The Texts of Taoism*,1891)存在误译,但至今仍深受西方读者和专业人士的推崇。同样,莫言作品《蛙》之所以能够荣膺诺贝尔文学奖,离不开美国著名汉学家、翻译家葛浩文(Howard Goldblatt)的高质量翻译,以及英国知名出版社的推广助力。戏曲文本要成功打入目标语言国家的文化流通市场,需要中外学者合作翻译,选择享有国际"公信力"的出版社进行推广。文学作品对外传播的成功,不仅取决于文本自身的文学价值,还依赖于译者和出版社的"公信力"以及随之积累的"文化资本"。这些都是在戏曲外译工作中不容忽视的关键要素。

（三）将戏曲的优秀评点本纳入全译本的译介范围

中国戏曲是融诗、乐、舞为一体的综合艺术形式，反映在文本上，戏曲剧本展现了与西方戏剧截然不同的剧本体例。《琵琶记》和其他戏曲文本的早期外译过程中，剧本中的关目、唱词、科介、曲牌、词牌、脚色、下场诗及标题等多种要素，都历经了不同程度的删减、去留处理。西方译者从早期只保留宾白、科介和有限回目的翻译，到将戏曲剧本所有构成要素、全部回目都完整翻译出来，这一转变标志着重大的进步。这不仅是对戏曲文本完整性的认可，也是对中国传统文学蕴含的独特审美品格、艺术理念和文化价值的深刻尊重。然而，这样的"全本"翻译实际上还是"不全"，遗漏了古典戏曲另一种极为重要的文本形态——"评点本"。

戏曲评点是中国古典戏曲鉴赏学的重要组成部分，通常是由序跋、总评到批语（出批、眉批、夹批）到评点符号（圈、点、抹、删）等形式元素构成，形成了一种独特的文学批评方式。有学者将其优势特色概括为"全面性、多向性、细微性"。"它们首先构成了一个从宏观到微观、从抽象到具体的全景式的批评；在具体的批评中，多种形式的交织使用，使批评视角多向式地展开；同时，它对作品批评的细致入微，更为其他批评形态难以比拟。"①根植于文本细读的戏曲评点，无论是对人物形象、曲词与回目的批评，还是出于读者立场和社会现象的批评，都充分体现了评点家自己的基本思想、审美情趣和哲学观念。戏曲家评点文本的过程实际上是他个性化解读、解构和重构文本的创作过程。较之于普通的戏曲文本或演出本，评点本中的剧作家、评点家及读者三者构成了一个更

---

① 朱万曙《评点的形式要素与文学批评功能——以明代戏曲评点为例》，《中国文化研究》2002年第2期，第40页。

为多维、互动的对话关系,从而使文本阅读生成更加复杂、生动的增殖意义。

中国古典戏曲的海外译介,如若能把经典戏剧的经典评点本如《李卓吾先生批评琵琶记》《鼎镌琵琶记》《批点玉茗堂牡丹亭叙》《吴吴山三妇评本牡丹亭还魂记》《第六才子书西厢记》《第七才子书琵琶记》等纳入全译本的翻译范畴,将大有裨益。它们不仅有助于《西厢记》《琵琶记》《牡丹亭》等文本故事的多样化传播,帮助西方读者更好地跨越语言和文化的藩篱,深入解读、领悟中国戏曲之情深意美及其背后的思想深度,而且能让西方读者了解中国明清时期极具民族特色的文学批评形式。"评点家和读者面对着共同的文本,揣摩着行文运笔的谋略和趣味,成为读者不请自来的伴读者和交谈者,破除了读者烛前灯下的寂寞,使烛前灯下的阅读成为一桩乐事和趣事。"① 因此,戏曲评点本的翻译是戏曲文化对外传播的有效补充,不仅传译了戏曲文本故事,更传递了中国古代文学批评的独特视角和深刻见解,为国际读者提供一种更为全面和深入理解中国戏曲的途径。

(四)彰显古典戏曲译本图—文并茂的特质

传教士甘淋(1898)、汉学家祖克(1925)和赫德逊夫人(1926)等三位在中国生活的外籍译者,都在《琵琶记》译本中保留了中国通俗文学内附精美版画插图的传统。这也提醒我们,戏曲外译有必要彰显戏曲文本图文并茂的独特性。戏曲插图刊本在历史上曾是戏曲文化传承和普及的重要方式。在现代社会,戏曲插图刊本依然能够发挥其独特的传播功能,促进戏曲文化更好地"走出去",实现中西文化交流、互鉴之重任。

---

① 杨义《中国叙事学》(《杨义文存》第一卷),人民出版社1997年版,第336页。

　　明万历之后戏曲版画插图迎来"黄金时代",很长一段时间里达到"无书不图,无图不精工"的地步。戏曲插图不仅是书籍的装饰,而且是借由线条而非汉字实现的一种特殊的文学评论形态,引导读者在图—文互文关系中发掘更深层的意义和阅读提升。它们的意义已远远超出"诱引未读者的购读,增加阅读者的兴趣和理解"①的表层功用,而是具备独立的艺术品性和审美价值。插图作为一种文学批评成为可能。一幅幅戏曲插图与文本构成一种复杂、动态的"语—图"互文现象。"读者与作家、读者与画家、画家与作家、图像符号与语词符号之间,形成了多重的'视阈融合',从而为戏曲插图和戏曲插图本增添了诸多玄妙和无穷魅力。"②概言之,图与文互为主体,互相反馈,互为阐释,促成文本增殖和意义再生。故而,戏曲插图本是中国戏曲区别于西方戏剧剧本的一种特殊文本形态,它们曾经深刻地影响了中国戏曲文学的生产、流通以及观众的审美体验。

　　21世纪可谓进入了一个以视觉文化为中心的图像时代,同时也伴随着浅阅读现象的出现。对于戏曲文化的传播来说,这既带来挑战,也蕴含着机遇。"在这样的社会背景和文化语境中,古代文化典籍在当代的存在方式(包括传播、改编、接受等各种类型)不可避免地受到视觉文化和图像媒介的影响。而在图像传播的规定语境中探讨古典文化的传承,也就成为相关领域研究者很难逃避的历史使命。"③或许,随着读图文化和浅阅读成为时代特征,丰富

---

① 鲁迅《连环图画琐谈》,《鲁迅全集》(第六卷),人民文学出版社2005年版,第28页。
② 张玉勤《中国古代戏曲插图本的"语—图"互文现象——基于皮尔斯符号学的视角》,《江西社会科学》2012年第12期,第100页。
③ 薛海燕、赵新华《图像传播时代的中国古典小说传承——以〈红楼梦〉为例》,《中国海洋大学学报》(社会科学版)2011年第6期,第104页。

戏曲文本的传播手段和媒介对于古典戏曲的传承与发展显得愈发重要。适当地回归古典戏曲文本的版画插图本,深挖其内在价值,可作为戏曲文本海外传播的有效手段之一。既可以利用明代丰富的刊刻本插图,或召集现代插画师为《琵琶记》的外语译本创作充满风格、意蕴深刻的插图。搜集并整理《琵琶记》明刊本的所有插图,编纂成集并配以英文介绍出版,也是一种独特的文本传播方式。直观、形象的戏曲插图既可以生动再现中国传统绘画艺术,也能够捕捉戏曲故事中最具戏剧性的瞬间,为英语读者提供文本之外的另一种欣赏、品味中国戏曲的方式。

二、创新戏曲的表演形式

戏曲的海外传播应坚持以"原汁原味"的演出为主体,这是戏曲文化的根基,也是保持文化自信和"不迎合"心态下传承与推广戏曲文化的关键。同时,为了更好地促进中西戏剧文化的交流与互鉴,也有必要探索和创新海外演出的方式。英语《琵琶记》在北美舞台半个世纪的演出史,为创新戏曲的表演形式提供了三点有益启示。

第一,合适的戏曲外语剧本是实现"中戏西演"的首要条件。

回顾《琵琶记》的北美舞台传播史,我们不禁要思考:若没有法译本《琵琶记》的出现,《琵琶记》的英语剧本能否顺利诞生,《琵琶记》又能否在百老汇连续上演四个月或许都是未知之谜。夏威夷大学和夏威夷华系公民会自创建以来,一直致力于上演中国主题剧,无论是改编自中国戏曲的作品,还是外国人创作的与中国主题相关的剧目,他们都表现出极大的热情。然而,从1930年至1960年的演出记录来看,所搬演的剧目数量相当有限,且有些剧目多次重演,这正反映了戏曲英语剧本匮乏的现状。1980年代初,夏威夷大学开创性地尝试用英语演绎京剧,代表了戏曲演出方式的一种创新。在该校魏丽莎教授孜孜不倦的努力下,一系列优秀的京剧英译本相继问世,促进了夏威夷大学英语京剧演戏的兴盛。纵观西方舞台上的"中国剧",并非每一部有英文译本的戏曲都能有幸在舞台上演出,但所有成功搬上舞台的作品,无一例外,都是先有成功的外语译本。到目前为止,欧美舞台热衷演出的戏曲作品主要集中在《赵氏孤儿》《灰阑记》《王宝钏》《琵琶记》《窦娥冤》和《白蛇传》等有限几部作品。适合"中戏西演"的剧目远不止这些,但要让更多的戏曲走进西方剧场,就需要中外优秀的剧作家和译者共同努力,创作更多优秀的戏曲外文改编剧本。

第二,发挥高等教育机构广泛、持久传播戏曲文化的重要作用。

英语《琵琶记》两次登上纽约百老汇舞台,其在北美的传播影响力达到了顶峰。然而,除了百老汇演出外,《琵琶记》数量众多的校园演出提高了该剧在北美的传播广度、持续期和影响力。专注于艺术创新的教育戏剧,更倾向于探索中西戏剧的碰撞与互鉴。大学戏剧社团,由于不受票房利益和资本运作的约束,能够将中国戏曲传播到更加偏远的社区。因此,系统性地在高等院校中教授戏曲文学和表演艺术,成为促进戏曲持续性对外传播的一种有效路径。

北美地区戏曲演剧根基最深厚的大学无疑是夏威夷大学。自1930年建校以来,夏威夷大学就持续开设戏曲相关课程,排演中国剧的传统几乎未曾间断,使其成为北美亚洲戏剧演出与研究的重镇。针对如何持续保持并提升戏曲在夏威夷的传播,夏威夷大学戏曲研究专家罗锦堂教授提出三点宝贵的建议:"一是希望国内适时能选派代表团在檀香山演出;二是希望善心人士在夏大戏剧多设立有关奖励研究中国戏剧的奖学金;三是希望中国戏剧界或学术团体能帮助夏威夷大学或其他学术机构的研究生,在国内戏剧的专门机构深造或见习。以后这些人回到美国,对于中国戏剧的推动工作,也就得心应手了。"①这三点建议的落实,有助于促进夏威夷大学在戏曲教学、演出和研究等方面的活动顺利展开,形成稳定、持续的戏曲文化传承、合作交流和艺术创新。这种可持续发展的戏曲海外传播模式,可以推广至海外的其他高等教育机构。

第三,促进形式和内容达到更高层次互动的跨文化戏剧演出。

20世纪初期,西方戏剧界开始对逼真自然主义戏剧的单一表现形式产生反思,一些戏剧革新家转而汲取并融合东方戏剧传统中的艺术手法,旨在丰富和创新西方的舞台表现。由此,诞生了一系列"中戏西演"的跨文化戏剧作品。此类演出尝试将中国戏曲的虚拟性、假定性和程式化的舞台表演形式,挪用、嫁接到西方的写实戏剧之中,形成了一种独特的"实验剧"。即使是戏曲舞台弃之不用的检场,也被一股脑儿照搬。"中戏西演"的表演形式利弊并存。其有利的一面在于,中国戏曲的某些艺术手法在西方舞台上得以再现,一定程度上传播了戏曲的故事,展现了戏曲舞台艺术的独特性,促进中西戏剧的交流与互鉴。然而,它也存在缺点,如主题置换、生硬模仿和舞台手法的不协调嫁接,会影响西方观众对中国戏曲本质的认识。早在民国时期,就有国人针对轰动英国剧坛的中国剧《王宝川》②的演出提出了质疑,认为用西方戏剧艺术嫁接戏曲艺术的演出,"可能会误导英语观众,因为那些程式化、虚拟性的动作在外国演员拙劣地模仿下显得那么滑稽与怪异,不免让人觉得中国是一个搞笑的民族。因此,此类表演不过是一出嘲弄

---

① 陈茂庆《中国戏曲在夏威夷的传播———访夏威夷大学荣休教授罗锦堂先生》,《艺术百家》2013年第2期,第122页。

② 编译者熊式一认为,将"钏"(Armlet)改为"川"(Stream),文字表达更典雅,可入诗。

喜剧戏罢了"①。1935年,上海万国艺术剧院先后组织了英语话剧
版《王宝川》和京剧版《王宝钏》的演出。演出剧评显示,原汁原味
的京剧《王宝钏》演出赢得了外侨更多的喜爱:"语言不通并未给外
国人造成观剧障碍……与英语话剧《王宝川》相比,京剧《王宝钏》
的表演庄严、有力和华美,彰显了中国传统戏曲在与现代戏剧的交
锋中取得了完美胜利。"②这一实例表明,"中戏西演"并不能成为
戏曲对外传播的主流方式。那么,反过来的"西戏中演"呢?

　　"西戏中演"是用中国传统戏曲形式来演绎西方戏剧经典的一
种跨文化戏剧实验。自20世纪80年代末以来,海峡两岸的戏曲文
艺工作者已经在这一领域进行了大胆尝试,并取得丰硕成果。总
体上,这类演出的探索与实践,获得的积极评价多于批评之声。③
例如,台湾的"当代传奇剧场"就因其用京剧形式演出莎士比亚和
其他西方经典戏剧而知名。此外,大陆的剧团也尝试采用昆曲、河
北梆子、豫剧、越剧、川剧和评剧等中国传统戏曲形式来排演莎士
比亚、索福克勒斯、欧里庇得斯、易卜生、贝克特、奥尼尔等西方剧
作家的经典作品。这种"西体中用"的跨文化戏剧实验,既是对西
方戏剧经典的重新诠释,也是对传统戏曲表演程式的"激活与重

---

① K. T. L. "The Chinese Language:Difficulties in Translating," *The North-China Herald*, July 17, 1935:108.

② "*Lady Precious Stream*," *The North-China Herald*, July 17, 1935:101.

③ 台湾京剧艺术家吴兴国及其"当代传奇剧场"在用京剧演绎西方经典戏剧方面
做出了显著贡献,代表性作品有《王子复仇记》(1990)、《李尔在此》(2001)、《暴
风雨》(2004)、《楼兰女》(1993)、《奥瑞斯提亚》(1995)、《等待果陀》(2005)以及
《欢乐时光——契诃夫1914》(2009)等。大陆剧团自80年代后期起也开始尝试
用戏曲形式演绎西方戏剧,如昆曲《血手记》(1987)、河北梆子《美狄亚》(1989)
和《忒拜城》(2002)、豫剧《罗密欧与朱丽叶》(2003)、越剧《心比天高》(2006)、
川剧《欲海狂潮》(2007)、京剧《王者俄狄》(2008)、《明月与子翰》(2016)、评剧
《城邦恩仇》(2014)及昆曲《罗密欧与朱丽叶》(2016)等。

塑"①。这样的实践以普世的价值观念讲述能够为全球观众所理解的故事。一旦观众熟悉剧情之后,他们往往会转而关注戏曲的艺术手段和表现方法,思考中西戏剧艺术手法演绎同一剧本的差异和优势互补,从而更加深刻感悟戏曲表演艺术的独创性,并与之产生共鸣。因此,"西戏中演"具有双重意义:"在国内为中国观众所用,'拿'西方文化的精华来丰富我们的艺术;走出去为传播中华文化所用,有助于中国戏曲走向世界。"②

"西戏中演"和"中戏西演"都强调了戏曲作为一种舞台艺术,具有与世界各种戏剧形式进行沟通和交流的能力。然而,为了彰显中国戏曲文学同样具有普世性价值,打破西方普遍认为"中国戏剧文学价值不足"③的偏见,一种旨在促进中西戏剧在形式和内容上达到更高层次互动的跨文化戏剧正在发生。

2016年,由中英艺术家合作排演的新概念昆曲《邯郸梦》在伦敦圣保罗教堂上演,以此纪念汤显祖和莎士比亚两位戏剧大师同年逝世400周年④。演出以昆曲《邯郸梦》为主干,同时融入了莎士比亚《麦克白》《李尔王》《亨利五世》《亨利六世》《雅典的泰门》《辛白林》《皆大欢喜》《第十二夜》等作品中有关生死的十多段经典片

---

① 李伟《西体中用:论吴兴国"当代传奇剧场"的跨文化戏剧实验》,《戏剧艺术》2011年第4期,第66页。

② 孙惠柱《中国戏曲的海外传播与接受之反思》,《中国文艺评论》2016年第3期,第58页。

③ Kate Buss, *Studies in the Chinese Drama*, Boston: The Four Seas Company, 1922:35.

④ 中国著名昆曲表演艺术家柯军和英国莎剧杰出导演里昂·鲁宾(Leon Rubin)联合编导了新概念昆曲《邯郸梦》。在这次演出中,中方演员主要来自江苏省昆剧团的中青年名家名演,而柯军本人则饰演主角卢生。英方团队则由莎剧表演经验丰富的演员组成。参见柯军、李小菊编著《汤莎会邯郸梦:汤显祖莎士比亚》,江苏凤凰美术出版社2018年版。

段,共同探讨人性、欲望和生死等普世性主题。例如,卢生做黄粱美梦时,引入《麦克白》中的三个女巫,女巫的台词预示卢生梦境的虚幻。卢生高中状元归来,与妻子崔氏交谈文场考试情景时,嵌入《麦克白》夫妇弑君篡位的对话。卢生被斩首时,嵌入《亨利六世》中葛罗斯特冤杀前的一段独白。这样的互文结构,使得中西戏剧经典相互对照、反衬、呼应或评判。两者互为脚注、互为阐释,共同探讨了梦醒、荣衰、欲望和生死等普遍人性主题的深层诠释。新概念昆曲《邯郸梦》既不同于"中戏西演",也有别于"西戏中演",而是新时代下的一种创新跨文化戏剧实践。它坚守文化自信,发挥戏曲的主体性,促进中国戏曲与西方戏剧进行平等对话。东西两种戏剧各美其美,互不消解或改变对方。演出目的不仅在于展示中国戏曲的独特艺术魅力,而且旨在与西方戏剧经典建立深层次、多维的对话关系,展现戏曲文学的丰富阐释空间和深邃哲理,突出其对人类普遍主题的探讨同样具有深刻诠释力。

中西戏剧纵有千差万别,但在描绘人类共通情感方面却有着惊人的相似之处。这些戏剧作品中的主题、人物形象和场景,展现了不同文化背景下的普遍情感和经验。因此,应当挖掘戏曲中的这种人类共通情感,从而实现戏曲文学与世界戏剧的有效连结。南戏《琵琶记》与古希腊悲剧《安提戈涅》都呈现了"亲情"与"臣民义务"的矛盾冲突。蔡邕的迟疑、徘徊与哈姆雷特的举棋不定又何其相似。《牡丹亭》与《罗密欧与朱丽叶》同为描写男女主人公为了追求爱情而与封建势力抗争的动人故事。在角色塑造上,《西厢记》中的红娘与《罗密欧与朱丽叶》中的乳媪同为心腹仆人角色,但其形象特点却是同中有异。元人郑廷玉杂剧《守财奴买冤家债主》中的贾仁与法国莫里哀喜剧《吝啬鬼》中的阿巴贡相比,其奸诈和吝啬有过之无不及。昆曲《狮吼记》与莎剧《驯悍记》中的"驯夫／

妇"场景完全可以进行镜像般的对比与融合。总之,中西戏剧可以进行跨时空交流与对话的作品众多,不一而足。概而言之,新时代背景下,中国戏曲的"走出去"不应仅限于展示舞台艺术,更应尝试传播具有普世主题意义的戏曲文学。新概念昆曲《邯郸梦》便是这一探索的良好开始。这样的跨文化戏剧有助于增强中华文化的感染力,提升中国戏曲文学作品的普世价值,使其在全球范围内产生更广泛的影响和共鸣。

三、打造具有"人格化"、全方位、多元系统的戏曲海外传播路径。

跨文化戏剧是戏曲海外传播的一种有益补充,但它不应成为主导。融合现代人文精神和普世价值观,同时保持演出的原汁原味,才是戏曲国际传播的主要阵地。至今,戏曲对外传播已取得三个典型的成功案例,即20世纪30年代梅兰芳的访美演出、21世纪青春版《牡丹亭》欧美巡演及张火丁的美国巡演。然而,屈指可数的成功传播,并不足以大幅提升戏曲在海外的影响力。总结过往的成功经验,推广有效的传播模式,不断开拓进取、精益求精,才是提升戏曲国际吸引力和影响力的关键。

(一)打造"人格化"的戏曲海外传播模式

一种有争议但也广为接受的观点认为,以美国为代表的西方文化倾向于个人主义,而以中国为代表的东方文化则偏于集体主义。戏曲海外传播的历史记录确实表明,过往的传播策略主要采用了以集体观念为先的模式,注重强调宣传"中国戏曲"、"中国剧团"这样的国家、官方或组织层面的标签;相对而言,个人艺术家的特色和魅力却没有得到充分展现。这种传播方式在个人主义观念盛行的西方文化中,可能导致戏曲文化缺少一个鲜明的灵魂。没有这个灵魂，媒体报道和评论无法聚焦，观众的情感投入也缺乏焦点。然而，反观梅兰芳和张火丁两位艺术大师在美的轰动性演出，除了艺术家本人卓越的艺术水平外，还与演出策划采用的"人格化"传播模式密切相关。所谓"人格化"传播，是以"人"为载体的传播模式，受众通过体现"人"的内心情感、人格魅力、艺术表现等因素去感知传播内容。这种模式不是简单的"信息对人"的单向传递，而是"人对人"，带有温度和情感的交流。在这种传播模式下，艺术家的个性和人格魅力成为连接作品和观众的桥梁，使得观众能够更加直观感受和理解戏曲艺术的独特魅力。

从历史上看，戏曲就是"角儿"的艺术。谈论某个剧种时，我们首先想到的往往不是其唱腔或剧本，也不是服装道具，而是那些能在一定程度上代表这个剧种的名家名角。这正是倡导戏曲艺术人格化、个性化传播的现实依据。因此，戏曲文化的对外宣传与推广，应同样注重挖掘和展现演员的个人魅力。借鉴百老汇或好莱坞电影的宣传模式，打造具有票房号召力的戏曲明星，以吸引国际受众。戏曲表演艺术家的传记、舞台生涯和戏曲人生等主题的"人格化"传播系列翻译丛书应当以有序、分阶段、系统性的方式推介出去。相较于概念化的官方机构或组织，具有人格魅力的戏曲明星能为戏曲艺术注入一种具象的、有温度的传播效应。读者和观众从了解一位戏曲名角开始，逐步认识这个"人"所代表的舞台艺术，进而理解中国传统艺术所蕴含的思想和文化，从而推动中国戏曲艺术不仅能够"走出去"，而且还能有温度地"走进"外国读者与观众的心中。

（二）实施戏曲艺术全方位、多元系统的海外传播路径

舞台演出是戏曲海外传播过程中最重要的展示环节。然而，演出的成功并非仅依赖于表演本身，而是需要戏曲艺术多元系统

中各个要素的紧密配合。戏剧符号学理论认为："戏剧演出是一个性质各异的符号之总体（或体系）。"①舞台上的布景、道具、音乐以及演员的肢体语汇、台词、演唱等都构成一种符号。观众观看演出的过程，实质上是接受并理解这些舞台语言符号和非语言符号的综合过程。换言之，戏剧演出是一种交际过程。戏曲表演融汇了许多高度程式化、规约化的表演符号。要实现成功的戏曲演出或交际过程，关键在于观众能够正确解读戏曲符号的能指和所指意义。因此，无论是梅兰芳访美、青春版《牡丹亭》的欧美巡演，还是张火丁的访美演出，他们都特别重视演出前的"解码"工作。例如，梅兰芳访美前，齐如山邀请画师将京剧的舞台符号如戏台、行头、冠巾、古装、胡须、扮相、脸谱、舞谱、砌末、兵械、乐器、宫谱、角色等详细画出并解释其意义。他们甚至按照西方人的习惯用五线谱标识《梅兰芳歌曲谱》，还制作了介绍剧情梗概的戏剧说明书。《牡丹亭》和张火丁访美演出大获好评，也得益于演出前后开展的丰富多样的宣传活动，包括新闻发布会、学术研讨会、讲座、演出手册的分发，以及高校的现场示范讲解和影像展览等。然而，站在回顾历史，展望未来的角度上，我们发现，为配合戏曲演出而进行的临时性、突发性的"解码"工作虽然有效，但其价值往往随着演出的结束而消散，难以产生持续性和系统性的影响，这样的传播也是美中不足的。戏曲海外传播需要形成以受众需求为导向的演出准备工作，有关剧种历史、剧本曲目、舞台美术、唱腔、戏衣、化妆、脸谱、盔头、髯口、靴鞋、乐器介绍、曲谱整理、表演技法解释、经典段落唱腔分析等各个子系统的系统性介绍和长期性宣传，最好通过系列

———————

① （法）于贝斯菲尔德著，宫宝荣译《戏剧符号学》，中国戏剧出版社2003年版，第11页。

译著丛书的形式出版推广，形成规模化和系统化的戏曲文化推介工程。

在戏曲海外传播的全方位、多元系统中，强调舞台外围文化场域中"人格化"要素的展示同样至关重要。这不仅包括舞台上的演出，还涉及后台演员化妆的场景、排练过程、演员的演艺生涯和学艺经历、个人传记，以及中外戏曲交流活动中的互动情况。此外，服装师、化妆师、布景师、琴师、导演、编剧、灯光师等幕后工作者的工作和生活状态，通过文本、剧照、舞台图像、视频等多种媒介形式对外展示，也是戏曲文化传播中不可或缺的一部分。俄罗斯艺术家瓦勒瓦拉·沙甫洛娃[①]在这方面做出了示范。她通过镜头捕捉戏曲舞台、剧场空间、化妆室，甚至是演员私人聚会的实况，搜集大量有关戏曲场域文化的材料，涵盖戏曲艺术家的私人空间生活和公共空间生活，形成一系列的戏曲装置作品，并在西班牙、德国、英国、中国等多个国家进行了展览。沙甫洛娃的工作，打破了传统戏曲文化传播的界限，将观众的注意力从中心舞台转移到戏曲文化的外围领域，为戏曲文化的多样性和深度解读增添了新的维度。

（三）探索互联网时代戏曲文化对外传播新模式

戏剧艺术拥有"假定性、现场性、时空交融"[②]三个最根本、最稳定的特性。作为一种在场呈现的艺术形式，戏剧的本质决定了面对面的现场演出是其主要传播途径。然而，随着网络技术的进步和新媒体技术的发展，网络媒体所提供的间接人际传播、全体传播和大众传播，也成为了有效且可与现场演出并行的传播方式。

[①] 转引自李一帅《构建跨文化艺术美学的难点思辨》，《美育学刊》2020年第2期，第96页。

[②] 顾春芳《戏剧学导论》，北京大学出版社2014年版，第145页。

综合运用报刊、书籍、广播、电视台、互联网等各类传播载体,融通多类现代化媒体资源,创新表达方式,充分利用海外中国文化中心、孔子学院、文化节展、戏剧节、博览会、旅游推介等各类文化活动,助推戏曲文化的国际传播。

在"互联网+"模式深刻影响社会发展各个方面的当下,戏曲文化的国际传播也须与时俱进。利用跨媒体、多媒介的综合传播方式,大胆探索和创新在互联网、手机端、社交媒体平台上的戏曲文化传播。开拓创新戏曲文化在新媒体领域的发展,重视后疫情时代下的云端剧场的传播意义,依托网络智能 AI 和云技术,建立文化传播云平台。同时,还应加强高质量短视频的制作,探索戏曲文化的"微"传播,尝试举办戏曲名家的云端分享会、网络直播互动演出等新型传播与交流模式,构建一个全方位、多层次、宽领域的中华文化传播格局。此外,加快国家级、省级戏曲院团和剧院英文网站的建设,丰富网站内容,挖掘和整理优秀的传统剧目,推进经典演出、排戏片花、服装制作、演员台前幕后纪实等资料的数字化保存和档案建设,使国际受众能够随时便捷地浏览、了解戏曲知识、剧本、名家、演出广告、媒体评论等各类文字、图像及视频影像信息。通过付费点映形式在线观看整场或折子戏演出,旨在形成一个持续稳定、不断更新的传播平台,既能实现戏曲文化对外交流的目的,又能大胆实践戏曲文化的国际营销与推广尝试。戏曲文化的"走出去"不应局限于"送出去"。适时适机地按照国际戏剧演出市场的运作方式进行科学推广,实现戏曲文化有生命力、吸引力和影响力的传播新生态,使戏曲在全球范围内得到更为广泛的认知和欣赏。

中国戏曲与古希腊戏剧、印度梵剧并列为世界三大古老戏剧文化。戏曲演出历史源远流长,从未间断,至今依然活跃在世界戏剧舞台上。中国戏曲在世界范围内的传播,既是中国戏曲文化的精彩展示,也是对世界戏剧文化多样性和丰富性的有力诠释。中国戏曲以其独特的异国情调,为国际观众提供了一种新颖的"陌生化"审美体验。"文化差异使人们产生了对异域文化的好奇和异域商品的需求,即希望从外来文化中摄取本民族文化中稀缺的元素,以满足他们在物质生活或精神生活的多样化的需要。"①从这个意义上说,戏曲的国际传播应充分展现其文学艺术和剧场艺术的精髓。这些元素是中国戏曲之所以为中国戏曲艺术的根基,也是激发西方观众好奇心的关键。传承不忘本,创新不离根,戏曲文艺的魂要牢牢守住。与此同时,戏曲文化的对外传播也要避免打着"越是民族的就越是世界的"的旗号固步自封,而应在充分考虑文化互鉴和相互尊重的前提下,选择具有普世性价值的优秀剧目,探索联通共鸣的传播模式,从而实现中西戏剧文化的深层交流与互动。青春版《牡丹亭》海外演出取得轰动性成功,不再仅仅依赖服装、脸谱、造型等"物质性"异域符号吸引海外观众,还归功于其所蕴含的深刻、普世的情感故事赢得了观众的共鸣。尽管将其简单比作"中国的《罗密欧与朱丽叶》"可能过于粗略,却能让西方观众迅速了解剧情主题,找到中西戏剧主题的共鸣。西方剧评人看完原汁原味的昆曲《牡丹亭》演出后,兴奋地说道:"戏剧、音乐、舞蹈,再加上视觉艺术,这些元素相互辉映,互相作用,使得故事的寓意超越其字面意义,升华为一种隐喻境界。年轻演员极富表演力,他们的每一个头部动作、手腕轻拂皆能勾勒出全新的情感景观。"②这里的

___

① 罗能生《全球化、国际贸易与文化互动》,中国经济出版社2006年版,第54页。
② Steven Winn,"From a Girl's Dream Springs an Operatic Experience Ravishing to the Ear and Eye. At Nine Hours Long,'Peony' Will Fly,"*SFGATE*,Sep. 19, 2006.

"情感景观"大致可理解为:演员出神入化、细腻入微的表演深深打动了观众。观众通过演员对角色的完美诠释,深入人物的内心世界,体验其情感。"情感景观"是精彩演出带来观众、演员和角色三者之间达成共鸣的最佳体现。这说明,探讨人类共性和共情主题的戏剧,更容易使西方观众超越表演语言、舞台美学和文化背景的障碍,形成一种由"物质景观"上升至"情感景观"的演出效果。这样的戏曲演出,才能真正实现"走出去"并"走进去"的文化传播目的。"中国对外传播就是中国本土化知识走向世界并转化为普遍性知识的过程。纯粹的本土性知识无法形成对话,也无法产生认同。"①戏曲对外传播的主导思想也应遵循此理。戏曲海外传播应当致力于推动更多弘扬人类普世价值的经典剧目走向国际舞台,增强戏曲文化与世界戏剧文化的平等对话能力,在更广阔的范围内提升中华优秀传统文化之于全人类精神家园的普世价值和社会意义。

---

① 胡键《对外传播就是要使本土知识世界普遍化》,《文摘报》2021年6月15日,第7页。

附　录

附录一　《琵琶记》西语主要译本一览表

时间		语言	译文/论著题名	外文名称	译/编者	刊物/出版社	翻译内容
19世纪	1840	英语	《中国诗:〈琵琶记〉节选》	Chinese Poetry: Extracts from the Pe Pa Ke	无名氏	《亚洲杂志》,1840年第31卷第(1—4月)期	节译[水调歌头][宝鼎儿][锦堂月]三段曲词
	1841	法语	《琵琶记》	Le Pi-Pa-Ki ou L'Histoire du Luth	安东尼·巴赞(Antoine P. L. Bazin)	巴黎:皇家出版社,1841	全本编译(共24出)
	1852	英语	《中国会话》	Chinese Conversations	艾约瑟(Joseph Edkins)	上海:墨海书馆出版社,1852	折子戏《吃糠》《描容》《别坟》《寺中遗像》《两贤相遘》《书馆》
	1879	拉丁语	《中国文化教程》	Cursus Litteraturae Sinicae	晁德莅(Angelo Zottoli)	上海:天主教教会印刷所,1879—1902	《书馆悲逢》《散发归林》《李旺回话》《风木余恨》《一门旌奖》

时间		语言	译文/论著题名	外文名称	译/编者	刊物/出版社	翻译内容
19世纪	1886	法语	《中国戏剧》	Le Théatre des Chinois	陈季同(Tcheng-Ki-Tong)	巴黎:卡尔曼·列维出版社,1886	《蔡公逼试》节译《琴诉荷池》节译
	1898	英语	《中国小说》	Chinese Fiction	乔治·甘淋(G. T. Candlin)	芝加哥:开放法庭出版社,1898	《伯喈牛小姐赏月》节译
20世纪	1926	英语	《旧弦》	The Old Guitar	艾尔弗丽达·赫德逊(Elfrida Hudson)	《中国科学与美术杂志》1926年第3、5、6期	全本编译(共15节)
	1928	英语	《英文琵琶记》	Memoirs of the Guitar	余天休(Yu Tinn-Hugh)	上海:中国时事评论周报出版社,1928	全本编译(共10回目)
	1930	德语	《琵琶记》	Die Laute	洪涛生(Vincenz Hundhausen)	北平和莱比锡:北平出版社,1930	德语全译本(42出)
	1934	德语	《论中国的古典歌剧》	Über die Chinesische Klassische Oper	王光祈	波恩大学博士学位论文	选译《南浦嘱别》从[尾犯序]至[鹧鸪天],并用五线谱标识曲谱;节译[孝顺歌]
	1932	法语	《中国文学选集》	Anthologie de la Littérature Chinoise	徐仲年(Sung-Nien Hsu)	巴黎:德拉格拉夫书局,1932	选译《五娘吃糠》从[山羊坡]至[孝顺歌]

续表

时间	语言	译文/论著题名	外文名称	译/编者	刊物/出版社	翻译内容
20世纪	1946	英语	《琵琶吟》	Lute Song	威尔·欧文(Will Irwin)、西德尼·霍华德(Sidney Howard)	芝加哥:戏剧出版公司,1946	音乐剧(三幕十二场)
	1948	瑞典语	《琵琶记》	Lutans Sång:	埃里克·布隆伯格(Erik Blomberg)	斯德哥尔摩:诺斯泰特出版社,1948	由音乐剧《琵琶吟》转译
	1966	英语	《中国文学概要》	An Introduction to Chinese Literature	柳无忌(Wu-chi Liu)	布卢明顿和印第安纳波利斯:印第安纳大学出版社,1966	节译[沁园春][山坡羊][孝顺歌][三仙桥]四段曲词
	1973	英语	《中国文学:通俗小说与戏剧》	Chinese Literature:Popular Fiction and Drama	张心沧(H. C. Chang)	爱丁堡:爱丁堡大学,1973	节译《报告戏情》《蔡婆埋冤五娘》《五娘吃糠》《五娘剪发卖发》《五娘寻夫上路》《五娘牛小姐见面》《伯喈五娘相会》等七出
		英语	《中国戏剧史》	A History of Chinese Drama	杜威廉(William Dolby)	纽约:哈珀与罗夫出版社	节译《张大公扫墓遇史》《报告戏情》
	1980	英语	《琵琶记》	The Lute:Kao Ming's P'i-P'a Chi	让·莫利根(Jean Mulligan)	纽约:哥伦比亚大学出版社,1980	英语全译本

续表

时间		语言	译文/论著题名	外文名称	译/编者	刊物/出版社	翻译内容
20世纪	1994	英语	《哥伦比亚中国古典文学选集》	The Columbia Anthology of Traditional Chinese Literature	梅维恒（Victor Mair）	纽约：奇切斯特，韦斯特苏塞克斯：哥伦比亚大学出版社，1994	全译《五娘到京知夫行踪》，由莫利根译
21世纪	2015	俄语	高则诚：《琵琶记》	Гао Цзэчэн и его пьеса《Пипа цзи》	马义德（Дмитрий Иванович Маяцкий）①	圣彼得堡：圣彼得堡大学出版社	俄语全译本

---

① 马义德的博士论文《高明：十四世纪的南戏名剧琵琶记》(2009)提及：1847年，一个署名"М. В."的俄国人将法语《琵琶记》转译成俄语。Ф·朱古提科夫在1848年1月的《Пантеон》杂志中尊称这个匿名译者是一名学者、汉学家。但是，我们对他一无所知，也许他只是一位精通法语的俄国普通民众。

附录二　美国英语《琵琶记》部分演出一览表

注：根据美国在线报纸档案数据库（www.newspapers.com）不完全统计，从1925年至1989年间，英语版《琵琶记》在美国近200个舞台上演，累计演出场次达1000余场。表格中1967—1968年演出团体中的缩写"NP"指代由美国天主教大学戏剧系毕业生组建的非营利性职业剧团"国民剧场"（National Players）。

时间	州	市/县/镇	演出场地/剧场	演出团体/赞助方
1925	马萨诸塞	Boston	Boston Fine Arts Theater	Chinese Undergraduates Studying in Boston
1930	马萨诸塞	Stockbridge	Berkshire Playhouse	Berkshire Playhouse
1932	夏威夷	Honolulu	School Lecture Hall	University of Hawaii
1944	宾夕法尼亚	Pittsburgh	School Lecture Hall	Carnegie Institute Technology
1945	康涅狄格	New Haven	Shubert Theatre	The Theatre Guild
1945	宾夕法尼亚	Philadelphia	Forrest Theater	The Theatre Guild
1946	马萨诸塞	Boston	Shubert Theatre	The Theatre Guild
1946	纽约	New York	Plymouth Theater	Broadway Theatre
1946	纽约	Rochester	Auditorium Theater	The Theatre Guild
1946	伊利诺伊	Chicago	Studebaker Theater	The Theatre Guild
1946	俄亥俄	Columbus	Harman Theater	The Theatre Guild
1946	俄亥俄	Cincinnati	Cox Theater	The Theatre Guild
1946	明尼苏达	Minneapolis	Lyceum Theater	The Theatre Guild
1946	伊利诺伊	Chicago	KRNT Radio Theater	The Theatre Guild
1946	密苏里	St. Louis	American Theater	The Theatre Guild
1946	威斯康星	Milwaukee	Davidson Theater	The Theatre Guild

时间	州	市/县/镇	演出场地/剧场	演出团体/赞助方
1946	威斯康星	Madison	Parkway Theater	The Theatre Guild
1946	印第安纳	Indianapolis	English Theater	The Theatre Guild
1946	加利福尼亚	San Francisco	Curren Theatre	The Theatre Guild
1947	加利福尼亚	Los Angeles	Biltmore Theater	The Theatre Guild
1947	伊利诺伊	Chicago	Studebaker Theater	The Theatre Guild
1947	密歇根	Detroit	Cass Theater	The Theatre Guild
1947	宾夕法尼亚	Pittsburgh	Nixon Theater	The Theatre Guild
1947	加利福尼亚	Los Angeles	Baltimore Theater	The Theatre Guild
1949	伊利诺伊	Mundelein	College Theater	Mundelein College
1949	伊利诺伊	Chicago	Hackman Hall	Academy of Our Lady
1949	伊利诺伊	Chicago	School Hall	Alvernia High school
1949	伊利诺伊	Normal	Capen Auditorium	Illinois State Normal University
1949	犹他	Salt Lake City	Kingsbury Hall	University of Utah
1949	犹他	Ogden	Ogden High School Auditorium	University of Utah
1950	夏威夷	Honolulu	Roosevelt auditorium	Hawaii Chinese Civic Association
1950	伊利诺伊	Cicero	School Hall	Morton Junior College
1952	堪萨斯	Salina	School Hall	Marymount College
1953	明尼苏达	Minneapolis	Scott Hall Auditorium	University of Minnesota
1953	加利福尼亚	San Mateo	Community Hall	Palo Alto Community Player
1953	艾奥瓦	Sioux City	Heelan High school Auditorium	Briar Cliff College

时间	州	市/县/镇	演出场地/剧场	演出团体/赞助方
1953	伊利诺伊	Cook County	The Village Hall	Palos Village Players
1954	加利福尼亚	Cloverdale	School Gymnasium	Cloverdale Union High School
1954	亚利桑那	Phoenix	School Auditorium	North Phoenix High School
1954	加利福尼亚	Humboldt	Humboldt State College Hall	Burl Playhouse Players
1955	加利福尼亚	Whittier	School Auditorium	Whittier Council of Friends School
1955	纽约	Troy	Russell Sage Little Theater	Russell Sage College
1955	伊利诺伊	Chicago Heights	Washington School Hall	Bloom Township High school
1955	伊利诺伊	Chicago	School Auditorium	Notre Dame High School for Girls
1955	印第安纳	Greencastle	DePauw University Little Theater	DePauw University
1955	印第安纳	North Manchester	School Auditorium	Manchester College
1955	犹他	Salt Lake City	Westminster Little Theatre	Westminster College
1955	田纳西	Jackson	Jackson High School Auditorium	Lambuth College
1955	密苏里	St. Louis	College Auditorium	Fontbonne College
1955	伊利诺伊	Joliet	School Auditorium	College of St. Francis
1955	康涅狄格	Torrington	School Auditorium	Torrington High School

续表

时间	州	市/县/镇	演出场地/剧场	演出团体/赞助方
1955	弗吉尼亚	Bridgewater	School Auditorium	Bridgewater College
1955	纽约	New Rochelle	School Auditorium	College of New Rochelle
1955	宾夕法尼亚	Philadelphia	The 20th Century Club	St. Mary's Interparochial High School
1955	纽约	Rochester	School Auditorium	Irondequoit High School
1956	加利福尼亚	San Carlos	San Carlos Community Theatre	San Carlos Community Theatre
1956	堪萨斯	Xavier	School Auditorium	St. Mary College in Xavier
1956	加利福尼亚	San Francisco	CCSF Little Theatre	City College of San Francisco
1956	华盛顿	Centralia	School Auditorium	Centralia High School
1956	俄亥俄	Bluffton	School Auditorium	Bluffton College
1956	蒙大拿	Helena	Helena Little Theatre	Helena Senior High
1956	西弗吉尼亚	Wheeling	School Auditorium	Saint Joseph's Academy
1956	得克萨斯	Austin	School Auditorium	Austin High School
1956	伊利诺伊	Freeport	School Auditorium	Freeport High School
1956	俄亥俄	Cincinnati	Seton Auditorium	Seton High School
1957	南达科他	Freeman	Pioneer Hall	Freeman Junior College
1957	俄亥俄	Cincinnati	School Auditorium	Walnut Hills High School
1957	犹他	Pleasant Grove	School Auditorium	Pleasant Grove High School
1957	俄亥俄	Cincinnati	School Auditorium	Ursuline Academy
1957	宾夕法尼亚	Greensburg	School Auditorium	Seton Hill College
1957	纽约	New York	School Auditorium	Saint Agnes High School

续表

时间	州	市/县/镇	演出场地/剧场	演出团体/赞助方
1957	蒙大拿	Havre	Havre School Auditorium	Northern Montana College
1957	特拉华	Wilmington	School Auditorium	Pierre S. DuPont High School
1957	明尼苏达	Winona	Catholic Recreational Center	Cotter High School
1957	堪萨斯	Lawrence	School Auditorium	University of Kansas Summer Theater Camp
1957	艾奥瓦	Durant	School Auditorium	Durant High school
1957	宾夕法尼亚	Philadelphia	Nazareth Auditorium	Holy Family College
1957	马萨诸塞	Boston	Emerson Theater	Emerson College
1958	加利福尼亚	San Rafael	Angelico Hall on Campus	Dominican College
1958	路易斯安那	Lafayette	Burke Hall Theatre	Southwestern Louisiana Institute
1958	亚利桑那	Tucson	Amphitheater Little Theater	Amphitheater High School
1958	加利福尼亚	Sebastopol	School Auditorium	Analy High School
1958	伊利诺伊	Evanston	Outdoor Theatre	Northwestern University at Evanston Campus
1958	田纳西	Nashville	Alumni Auditorium	David Lipscomb College
1958	弗吉尼亚	Richmond	Virginia Museum of Fine Arts	Virginia Museum Theater
1958	明尼苏达	St. Joseph	School Auditorium	College of St. Benedict and St. John's University
1958	爱达荷	Moscow	School Auditorium	University of Idaho

时间	州	市/县/镇	演出场地/剧场	演出团体/赞助方
1959	马萨诸塞	Brookline	School Auditorium	Brookline High School
1959	加利福尼亚	Orinda	Orinda School Auditorium	Miramonte High School
1959	纽约	New York	New York City Center	City Center Light Opera Company (Broadway)
1959	特拉华	Newark	School Auditorium	Newark High School
1959	得克萨斯	Plainview	School Auditorium	Wayland Baptist College
1959	加利福尼亚	Berkeley	School Auditorium	St. Joseph High School
1959	堪萨斯	Wichita	De Mattia Art Center	Sacred Heart Academy De Mattia
1959	田纳西	Nashville	Alumni Auditorium	David Lipscomb College
1959	纽约	Endicott	School Auditorium	Union Endicott High School
1959	佛罗里达	Jacksonville	School Auditorium	MacMurray College
1959	加利福尼亚	San Jose	Main Theater on Campus	San Jose State College
1959	伊利诺伊	Chicago	Loyola Community Theater	Senn High School
1959	宾夕法尼亚	Moylan	Hedgerow Theater	Hedgerow Theater
1959	堪萨斯	Atchison	School Auditorium	Mount St. Scholasitca College in Atchison
1959	科罗拉多	Greeley	School Auditorium	Greeley High School
1960	马里兰	Baltimore	Hilltop Drama School Auditorium	Spotlighters Theatre
1960	俄亥俄	Canton	Canton Timken Auditorium	Central Catholic High School

续表

时间	州	市/县/镇	演出场地/剧场	演出团体/赞助方
1960	威斯康星	Burlington	School Auditorium	St. Mary High School
1960	伊利诺伊	Moline	School Auditorium	Moline High School
1960	田纳西	Kingsport	Kingsport Theater	Kingsport Theater Guild
1960	华盛顿特区	Washington, D.C.	Clendenen Theater on Campus	American University
1960	威斯康星	Milwaukee	School Auditorium	Mount Mary College
1960	威斯康星	Madison	Edgewood Auditorium	Edgewood High School
1960	俄克拉荷马	Enid	Briggs Auditorium	Phillips University
1960	印第安纳	Lafayette	Sunnyside Junior High Auditorium	Lafayette Little Theater
1960	伊利诺伊	Calumet City	School Auditorium	Thornton Fractional High School North
1960	康涅狄格	Hartford	School Auditorium	Weaver High School
1960	南达科他	Sioux Falls	St. Joseph Auditorium	Cathedral High School
1960	艾奥瓦	Davenport	School Auditorium	Assumption High School
1960	印第安纳	Lafayette	Purdue University Campus	Lafayette Little Theater
1960	印第安纳	Richmond	Richmond Civic Theater	Richmond Civic Theater
1960	马萨诸塞	Newton	Winslow Hall on campus	Lasell Junior College
1960	佛罗里达	Clearwater	School Auditorium	Clearwater High School
1960	华盛顿	Chehalis	R. E. Bennett Auditorium	W. F. West High School
1961	伊利诺伊	LaGrange Park	School Auditorium	Nazareth Academy

时间	州	市/县/镇	演出场地/剧场	演出团体/赞助方
1961	宾夕法尼亚	Sharon Hill	School Auditorium	Sharon Hill School
1961	伊利诺伊	Chicago	School Auditorium	Providence High School
1961	夏威夷	Honolulu	Farrington Auditorium	Farrington High School
1961	俄勒冈	McMinnville	School Auditorium	Linfield College
1961	新墨西哥	Las Cruces	School Auditorium	Las Cruces High School
1961	印第安纳	Michigan City	Dunes Summer Theatre	Dunes Summer Theatre
1961	加利福尼亚	Pasadena	School gymnasium	John Muir School
1961	俄勒冈	Corvallis	School Auditorium	Corvallis High School
1961	得克萨斯	Corpus Christi	Thimble Theater	Del Mar College Theatre
1962	田纳西	Maryville	School Auditorium	Maryville High School
1962	纽约	Rochester	Benjamin Auditorium	Benjamin Franklin High School
1962	阿肯色	Batesville	School Auditorium	Arkansas College
1962	宾夕法尼亚	Philadelphia	School Auditorium	Bishop Neumann High School
1962	伊利诺伊	Chicago	Thorn Creek Theatre	Thorn Creek Theatre
1962	伊利诺伊	Woodstock	Woodstock Civic Opera House	Woodstock Fine Arts Association
1962	威斯康星	Whitehall	School Auditorium	Whitehall High School
1962	明尼苏达	Lanesboro	Community Hall	Lanesboro High School
1963	伊利诺伊	Chicago	School Auditorium	Immaculata High School
1963	马萨诸塞	Newton	Newton High Auditorium	Newton High and Newton South High

时间	州	市/县/镇	演出场地/剧场	演出团体/赞助方
1963	新泽西	Hanover	School Theater	Hanover Park High School
1963	马里兰	Frederick	School Auditorium	Hood College
1963	威斯康星	Milwaukee	Wisconsin Center Auditorium	Phi Beta Fraternity
1963	艾奥瓦	Forest City	Thorson Hall	Waldorf College Theater
1963	特拉华	Wilmington	School Auditorium	Alexis I. duPont High School
1964	新泽西	Westfield	School Auditorium	Westfield High School
1964	内布拉斯加	Hastings	School Auditorium	Hastings College
1964	新泽西	Freehold	School Auditorium	Freehold Regional High School
1964	弗吉尼亚	Petersburg	Virginia Hall Auditorium	Virginia State College
1964	伊利诺伊	River Forest	School Auditorium	Trinity High School
1965	加利福尼亚	Santa Rosa	School Auditorium	Montgomery High School
1965	新泽西	Newark	School Auditorium	St. Vincent's Academy
1965	伊利诺伊	River Forest	School Auditorium	Trinity High School
1965	密歇根	Grand Ledge	Ledges Playhouse	Ledges Playhouse
1965	密苏里	St. Charles	School Auditorium	St. Charles High School
1965	康涅狄格	Enfiled	School Auditorium	Our Lady of Angles Academy
1966	得克萨斯	El Paso	School Auditorium	Irvin High School
1966	加利福尼亚	Sacramento	Eaglet Theater	Eaglet Theater
1966	伊利诺伊	New Trier	School Auditorium	New Trier (East) High School

时间	州	市/县/镇	演出场地/剧场	演出团体/赞助方
1966	威斯康星	La Crosse	School Auditorium	Viterbo College
1966	华盛顿特区	Washington, D.C.	Catholic University Theater	Catholic University of America
1966	伊利诺伊	Rock Island	School Auditorium	Villa de Chantal
1967	犹他	Provo	Pardoe Drama Theater	Brigham Young University
1967	俄亥俄	Cincinnati	School Auditorium	Edgecliff Academy at OLC
1967	俄亥俄	Cincinnati	School Auditorium	College of Mount St. Joseph
1967	宾夕法尼亚	Malvern	School Auditorium	Villa Maria High School
1967	宾夕法尼亚	Lock Haven	Price Auditorium	NP's Tour at Lock Haven State College
1967	马萨诸塞	Williamstown	Adams Memorial Theater	NP's Tour at Williams College
1967	纽约	Geneseo	Wadsworth Auditorium	NP's Tour at State University College at Geneseo
1967	纽约	Brockport	Hartwell Auditorium	NP's Tour at State University College at Brockport
1967	威斯康星	Kohler	Kohler Memorial	NP's Tour at Lakeland College
1967	威斯康星	Whitewater	Hyer Auditorium	NP's Tour at Whitewater State University
1967	得克萨斯	Denton	School Auditorium	NP's Tour at Texas Woman's University

时间	州	市/县/镇	演出场地/剧场	演出团体/赞助方
1967	得克萨斯	Lubbock	Lubbock Municipal Auditorium	NP's Tour at Texas Tech University
1967	得克萨斯	San Antonio	School Auditorium	NP's Tour at Incarnate Word College
1967	得克萨斯	Denton	School Auditorium	NP's Tour at North Texas State University
1968	北卡罗来纳	Rocky Mount	School Auditorium	NP's Tour at N.C. Wesleyan
1968	伊利诺伊	Wilmette	School Auditorium	NP's Tour at Regina Dominican High School
1968	印第安纳	Muncie	Emens Auditorium	NP's Tour at Ball State University
1968	田纳西	Nashville	School Auditorium	NP's Tour at Tennessee A & I State University
1968	田纳西	Nashville	Nashville Children's Theater	NP's Tour at Nashville Children's Theater
1968	北卡罗来纳	Brevard	Fine Arts Center Auditorium	NP's Tour at Brevard Junior College
1968	北卡罗来纳	Pembroke	Memorial Auditorium	NP's Tour at Pembroke State College
1968	北卡罗来纳	Statesville	Mac Gray Auditorium	NP's Tour at Mitchell College
1968	西弗吉尼亚	Beckley	Kayton Theater	NP's Tour at West Virginia Tech
1968	俄亥俄	Cincinnati	College Theater	NP's Tour at College of Mount St. Joseph
1968	得克萨斯	Galveston	Ursuline Auditorium	Ursuline Academy and Kirwin High School

时间	州	市/县/镇	演出场地/剧场	演出团体/赞助方
1968	宾夕法尼亚	Indiana	Fish Auditorium	NP's Tour at Indiana University of Penn. Campus
1968	宾夕法尼亚	Dallas	School Auditorium	NP's Tour at College Misericordia
1969	加利福尼亚	Berkeley	Zellerbach Playhouse	University of California at Berkeley
1970	马里兰	Severna Park	School Auditorium	Severna Park Junior High School
1971	纽约	Albany	School Auditorium	College of Saint Rose
1972	艾奥瓦	Sioux City	KlingerNeal Theater	Morningside College
1972	艾奥瓦	Sioux City	Ye Olde Opera House Theater	Iowa Community Theater
1973	夏威夷	Honolulu	School Auditorium	McKinley Theater Group
1974	宾夕法尼亚	Elizabethtown	School Auditorium	Elizabethtown Area High School
1974	阿肯色	Fayetteville	School Auditorium	University of Arkansas
1977	北卡罗来纳	Rutherford	Rutherford County Arts Center	Rutherford County Arts Council
1989	马萨诸塞	Stockbridge	Berkshire Theatre Festival Mainstage	Berkshire Theatre Festival

参考文献

一、专著

阿甲《戏曲表演论集》,上海文艺出版社1962年版。

陈多《戏曲美学》,四川人民出版社2001年版。

陈茂庆《中国戏曲在夏威夷的传播与接受》,中国戏剧出版社2021年版。

陈世雄《戏剧思维》,厦门大学出版社2012年版。

董每戡《董每戡的发言》,剧本月刊社编辑《琵琶记讨论专刊》,人民文学出版社1956年版。

高明著,毛纶批注,邓加荣、赵云龙辑校《第七才子书:琵琶记》,线装书局2007年版。

顾春芳《戏剧学导论》,北京大学出版社2014年版。

黄溥《闲中今古录摘抄》,《丛书集成新编》(第87册),新文丰出版公司1985年版。

觉醒主编《觉群·学术论文集》(第三辑),宗教文化出版社2004年版。

蓝凡《中西戏剧比较论》,学林出版社2008年版。

李开先著,卜键笺校《李开先全集》,上海古籍出版社2014年版。

李渔著,杜书瀛评注《闲情偶寄》(插图本),中华书局2007年版。

李贽《杂说》,张建业编著《李贽小品文笺注》,社会科学文献出版社

2012年版。

梁实秋著,陈子善编《梁实秋文学回忆录》,岳麓书社1989年版。

柳光辽、金建陵等主编《教授·学者·诗人——柳无忌》,社会科学
　　文献出版社2004年版。

《鲁迅全集》,人民文学出版社2005年版。

罗能生《全球化、国际贸易与文化互动》,中国经济出版社2006
　　年版。

《罗念生全集》,上海人民出版社2007年版。

苏永旭主编《戏剧叙事学研究》,中国戏剧出版社2004年版。

王国维《宋元戏曲史》,上海古籍出版社2008年版。

王国维《王国维文学论著三种》,安徽师范大学出版社2014年版。

王季思主编《中国十大古典悲剧集》,上海文艺出版社1982年版。

王云《正义与义:〈赵氏孤儿〉的跨文化阐释》,上海书店出版社
　　2015年版。

夏波《布莱希特"叙述体戏剧"研究》,文化艺术出版社2016年版。

徐复观《中国人性论史·先秦篇》,九州出版社2013年版。

徐复观《中国思想史论集续篇》,上海书店出版社2004年版。

杨义《中国叙事学》(《杨义文存》第一卷),人民出版社1997年版。

叶桂芳编,陈叉宜译《夏威夷大学创立小史》,上海广协印书馆
　　1933年版。

叶长海《曲学与戏剧学》,上海古籍出版社2013年版。

余秋雨《观众心理学》,长江文艺出版社2013年版。

张再林《作为身体哲学的中国古代哲学》,中国社会科学出版社
　　2008年版。

赵景深、胡忌选注《明清传奇》,香港今代图书公司1955年版。

中国戏曲研究院编《中国古典戏曲论著集成》,中国戏剧出版社

1959年版。

朱立元《黑格尔戏剧美学思想初探》，学林出版社1986年版。

Adolf E. Zucker, *The Chinese Theatre*, Boston: Little, Brown, and Company, 1925.

André Lefevere, *Translation, Rewriting and the Manipulation of Literature Fame*, Shanghai: Shanghai Foreign Language Education Press, 2004.

Antoine P. L. Bazin, *Chine Moderne* (Seconde partie), Paris: Firmin-Didot frères, 1853.

Antoine P. L. Bazin, *Le Pi-Pa-Ki ou L' Histoire du Lute*, Paris: A L'imprimerie Royale, 1841.

Bloom Harold, *The Western Canon: The Books and School of the Ages*, New York: Harcourt Brace & Company, 1994.

Chris Shilling, *The Body in Culture, Technology and Society*, Thousand Oaks, CA: SAGE Publications, 2005.

Clarence E. Glick, *Sojourners and Settlers: Chinese Migrants in Hawaii*, Honolulu: The University Press of Hawaii, 1980.

Cyril Birch and Donald Keene, ed., *Anthology of Chinese Literature: From Early Times to the Fourteenth Century*, New York: Grove Press, 1965.

Epiphanius Wilson, *Chinese Literature* (revised edition), London & New York: The Colonial Press, 1900.

G. T. Candlin, *Chinese Fiction*, Chicago: The Open Court Publishing Company, 1898.

G. W. F. Hegel, *Hegel on Tragedy*, New York: Harper & Row, 1975.

Gideon Toury, *Descriptive Translation Studies and Beyond*, Shanghai: Shanghai Foreign Language Education Press, 1996.

Greg Urban, *Metaculture: How Culture Moves through the World*, Minneapolis: University of Minnesota, 2001.

Gérard Genette, *Paratexts: Thresholds of Interpretation*, Cambridge: Cambridge University Press, 1997.

H. C. Chang, *Chinese Literature: Popular Fiction and Drama*, Edinburgh: Edinburgh University Press, 1973.

Henry W. Wells, *The Classical Drama of the Orient*, Bombay; New York: Asia Pub. House, 1965.

Herbert A. Giles, *A History of Chinese Literature*, London : William Heinemann, 1901.

Jean Mulligan, *The Lute: Kao Ming's P'i-p'a chi*, New York: Columbia University Press, 1980.

M. Jean-Pierre Abel-Rémusat, *Lu-Kiao-Li, ou Les Deux Cousines: Roman Chinois*, Paris: Librairie Moutardier, 1826.

John Houseman, *Front and Center*, New York: Simon & Schuster, 1980.

Joseph Edkins, *Chinese Conversations: Translated from Native Authors*, Shanghae: The Mission Press, 1852.

Julie Sanders, *Adaptation and Appropriation*, London: Routledge, 2006.

Kang-I Sun Chang and Stephen Owen, ed., *The Cambridge History of Chinese Literature*, Cambridge: Cambridge University Press, 2010.

Kate Buss, *Studies in The Chinese Drama*, Boston: The Four Seas

Company, 1922.

Lai Ming, *A History of Chinese Literature*, New York: The John Day Company, 1964

Li-ling Hsiao, *The Eternal Present of the Past: Illustration, Theater, and Reading in the Wanli Period, 1573-1619*, Leiden, Boston: Brill, 2007.

Linda Hutcheon, *A Theory of Adaptation*, London: Routledge, 2006.

Liu Wu-Chi, *An Introduction to Chinese Literature*, Bloomington & London: Indiana University Press, 1966.

Mary Martin, *My Heart Belongs*, New York: William Morrow and Company, 1976.

Michel Foucault, "Nietzsche, Genealogy, History", Paul Rabinow, ed., *The Foucault Reader*, New York: Pantheon Books, 1984.

Michelangelo Capua, *Yul Brynner: A Biography*, Jefferson, North Carolina, and London: McFarland & Company, Inc., 2006.

Molin Senior High School -1960 Yearbook (Vol.48), Illinois: Molin High School, 1960.

Mona Baker, ed., *Routledge Encyclopedia of Translation Studies*, Shanghai: Shanghai Foreign Language Education Press, 2004.

Patrice Pavis and Loren Kruger, trans., *Theatre at the Crossroads of Culture*, London and New York: Routledge, 1992.

Ralph Pendleton, ed., *The Theatre of Robert Edmond Jones*, Middletown: Wesleyan University Press, 1958.

Robert B. Heilman, *Tragedy and Melodrama: Versions of*

Experiences, Seattle and London: University of Washington Press, 1968.

Robert E. Jones, *The Dramatic Imagination*, New York: Theatre Arts Books, 1941.

Robert V. Hudson, *The Writing Game: A Biography of Will Irwin*, Ames: The Iowa State University Press, 1982.

Ronald L. Davis, *Mary Martin, Broadway Legend*, Norman: University of Oklahoma Press, 2008.

Samuel L. Leiter, *The Encyclopedia of the New York Stage 1940-1950*, Westport: Greenwood Press, 1989.

Sir A. W. Ward, "Pi-Pa-Ki," *Collected Papers of Sir Adolphus William Ward* (Vol. 5), Cambridge: The University Press, 1921.

Stanislas Julien, *P'ing-Chan-Ling-Yen, ou Les Deux Jeunes Filles Lettrees*, Paris: Librairie Academique, 1860.

Stephen Owen, *An Anthology of Chinese Literature, Beginnings to 1911*, New York & London: Norton and Company, 1996.

Susan Bassnett and André Lefevere, *Constructing Cultures: Essays on Literary Translation*, Shanghai: Shanghai Foreign Language Education Press, 2001.

Victor Mair, ed., *The Columbia Anthology of Traditional Chinese Literature*, New York: Columbia University Press, 1994.

Will Irwin and Sidney Howard, adapt., *Lute Song*, Chicago: The Dramatic Publishing Company, 1946.

William Dolby, *A History of Chinese Drama*, London: Paul Elek, 1976.

二、译著

(德)爱克曼辑录,朱光潜译《歌德谈话录》,译林出版社2021年版。

(英)安东尼·弗卢主编,黄颂杰等译《新哲学词典》,上海译文出版社1992年版。

(美)保罗·F·拉扎斯菲尔德等著,唐茜译《人民的选择——选民如何在总统选战中做决定》(第3版),中国人民大学出版社2011年版。

(英)彼得·布鲁克著,王翀译《空的空间》,中国友谊出版公司2019年版。

(俄)别林斯基《戏剧诗》,《古典文艺理论译丛》(第三辑),人民文学出版社1962年版。

(古希腊)柏拉图著,郭斌、张竹明译《理想国》,商务印书馆1986年版。

(法)弗雷德里克·马特尔著,傅楚楚译《戏剧在美国的衰落:又如何在法国得以生存》,商务印书馆2020年版。

(德)弗里德利希·席勒,张玉能译《秀美与尊严——席勒艺术和美学文集》,文化艺术出版社1996年版。

(德)歌德著,钱春绮译《浮士德》,上海译文出版社2013年版。

(爱尔兰)哈钦森·麦考莱·波斯奈特著,姚建彬译《比较文学》,中国社会科学出版社2005年版。

(德)汉斯-格奥尔格·伽达默尔著,洪汉鼎译《真理与方法——哲学诠释学的基本特征》,商务印书馆2007年版。

(德)海德格尔著,孙周兴选编《海德格尔选集》,上海三联书店1996年版。

(德)黑格尔著,朱光潜译《美学》,商务印书馆1981年版。

(美)克利福德·格尔茨著,韩莉译《文化的解释》,译林出版社

1999年版。

（英）克利福德·利奇著，尹鸿译《悲剧》，昆仑出版社1993年版。

（美）罗伯特·科恩著，费春放、梁超群译《这就是戏剧》，北京大学出版社2020年版。

（美）绕韵华著，程瑜瑶译《跨洋的粤剧：北美城市唐人街的中国戏院》，广西师范大学出版社、上海音乐学院出版社2021年版。

（美）孙康宜、（美）宇文所安主编，刘倩等译《剑桥中国文学史》，生活·读书·新知三联书店2013年版。

（古希腊）亚里士多德著，廖申白译注《尼各马可伦理学》，商务印书馆2003年版。

（古希腊）亚里士多德著，陈中梅译注《诗学》，商务印书馆2005年版。

（法）于贝斯菲尔德著，宫宝荣译《戏剧符号学》，中国戏剧出版社2003年版。

（美）宇文所安著，田晓菲译《他山的石头记——宇文所安自选集》，江苏人民出版社2002年版。

（美）约翰·罗尔斯著，何怀宏等译《正义论》，中国社会科学出版社1988年版。

三、学位论文

刘同赛《近代来华传教士对中国古典文学的译介研究：以〈中国丛报〉为中心》，济南大学2015年。

Jean Mulligan, *The P'i -P'a-Chi and Its Role in the Development of the Ch'uan-Ch'i Genre*, Chicago: Illinois, 1976.

Robert G. Emerich, *Lute Song*, Adapted by Sidney Howard and Will Irwin from the Original Chinese Classic "Pi-Pa-Ki" by

Kao-Tong-Kia:A Production Project by Robert G. Emerich, New York:Fordham University,1952.

四、期刊

陈茂庆《中国戏曲在夏威夷的传播——访夏威夷大学荣休教授罗锦堂先生》,《艺术百家》2013年第2期。

陈奇佳《"悲剧"的命名及其后果——略论中国现代悲剧观念的起源》,《江海学刊》2012年第6期。

陈恬《无意识的自由:论中国传统戏剧舞台时空》,《戏剧艺术》2016年第6期。

高则诚著,郭汉城、谭志湘新编《琵琶记》,《剧本》1992年第2期。

何成洲《"跨文化戏剧"的理论问题———与艾利卡·费舍尔-李希特的访谈》,《戏剧艺术》2010年第6期。

(美)凯瑟琳·西尔斯著,沈亮译《〈琵琶记〉故事:一出中国戏的美国版》,《戏剧艺术》1999年第4期。

李伟《西体中用:论吴兴国"当代传奇剧场"的跨文化戏剧实验》,《戏剧艺术》2011年第4期。

李一帅《构建跨文化艺术美学的难点思辨》,《美育学刊》2020年第2期。

聂珍钊《文学伦理学批评:伦理选择与斯芬克斯因子》,《外国文学研究》2011年第6期。

申丹《"隐含作者":中国的研究及对西方的影响》,《国外文学》2019年第3期。

宋丽娟《"才子书":明清时期一个重要文学概念的跨文化解读》,《文学评论》2017年第6期。

宋莉华《西方早期汉籍目录的中国文学分类考察》,《中国社会科学》2018年第10期。

孙惠柱《跨文化戏剧:从国际到国内》,《云南艺术学院学报》2014年第4期。

孙惠柱《中国戏曲的海外传播与接受之反思》,《中国文艺评论》2016年第3期。

童庆炳《文学经典建构诸因素及其关系》,《北京大学学报》(哲学社会科学版)2005年第5期。

王宁《文学经典的构成和重铸》,《当代外国文学》2002年第3期。

许钧、高方《"异"与"同"辨——翻译的文化观照》,《南京大学学报》(哲学·人文科学·社会科学版)2004年第1期。

薛海燕、赵新华《图像传播时代的中国古典小说传承——以〈红楼梦〉为例》,《中国海洋大学学报》(社会科学版)2011年第6期。

姚振军《描述翻译学视野中的翻译批评》,《外语与外语教学》2009年第10期。

张玉勤《中国古代戏曲插图本的"语-图"互文现象——基于皮尔斯符号学的视角》,《江西社会科学》2012年第12期。

张玉勤《中国古代戏曲插图的图像功能与戏曲语汇》,《广西社会科学》2011年第6期。

赵宪章《语图符号的实指和虚指——文学与图像关系新论》,《文学评论》2012年第2期。

朱浩《明代戏曲插图与舞台演出关系献疑》,《文艺理论研究》2021年第5期。

朱万曙《"曲祖"之誉:〈琵琶记〉在明代的经典化》,《文学评论》2020年第4期。

朱万曙《评点的形式要素与文学批评功能——以明代戏曲评点为例》,《中国文化研究》2002年第2期。

Anne M. Birrell, "Book Reviews of *The Lute*: *Kao Mings P'i-p'a chi*, translated by Jean Mulligan," *The Journal of the Royal Asiatic Society of Great Britain and Ireland*, 1981, (2).

Anonymous Author, "Chinese Poetry: Extracts from the *Pe Pa Ke*," *The Asiatic Journal and Monthly Register for British and Foreign India, China, and Australia*, Vol. XXXI (January-April), London: Wm. H. Allen and Co., 1840.

Anthony Hostetter and Elisabeth Hostetter, "Robert Edmond Jones: Theatre and Motion Pictures, Bridging Reality and Dreams," *Theatre Symposium*, 2011, 19:26.

Brian Richardson, "Point of View in Drama: Diegetic Monologue, Unreliable Narrators, and the Author's Voice on Stage," *Comparative Drama*, 1988, 22 (3).

Charles Magnin, "Le Pi-Pa-Ki, ou Historie du Luth," *Journal des Savants*, 1843, (1).

Cyril Birch, "Tragedy and Melodrama in Early Ch'uan-ch'i Plays: *Lute Song* and *Thorn Hairpin* Compared," *Bulletin of the School of Oriental and African Studies*, 1973, 33 (2).

D. E. Pollard, "Book Reviews of *A History of Chinese Drama*, by William Dolby," *The Bulletin of the School of Oriental and African Studies*, 1977, 20 (3).

Daphne P. Lei, "The Blood-Stained Text in Translation: Tattooing, Bodily Writing, and Performance of Chinese Virtue," *Anthropological Quarterly*, 2009, 82 (1).

Elfrida Hudson, "The Old Guitar," *The China Journal of Science and Arts*, 1926, 5 (5).

Elfrida Hudson, "The Old Guitar," *The China Journal of Science and Arts*, 1926, 4 (3).

Elfrida Hudson, "The Old Guitar," *The China Journal of Science and Arts*, 1926, 5 (6).

George Adams, "The Chinese Drama," *The Nineteenth Century*, 1895, 37 (Jan. − June).

H. C. Chuang, "Book Reviews of *Chinese Literature: Popular Fiction and Drama*, by H. C. Chang," *The Journal of Asian Studies*, 1975, 34 (2).

Howard Goldblatt, "Book Reviews of *The Lute: Kao Mings P'i-p'a chi*, translated by Jean Mulligan," *World Literature Today*, 1980, 54 (4).

Hutcheson M. Posnett, "*Pi-Pa-Ki* or *San-Pou-Tsong*," *The Nineteenth Century and After*, 1901, 49 (Jan.-June), London: Sampson Low, Marston & Company.

Jerome Cavanaugh, "Book Reviews of *The Lute: Kao Mings P'i-p'a chi*, translated by Jean Mulligan," *The Journal of Asian Studies*, 1981, 41 (1).

John Y. H. Hu, "The *Lute Song* Reconsidered: A Confucian Tragedy in Aristotelian Dress", *Tamkang Review*, Vol. 6 (2) & Vol. 7 (1), (October 1975-April 1976).

Joseph Edkins, "Some Brief Reasons for not Using Ling in the Sense of Spirit," *Chinese Recorder*, 1877, (8).

Kwame A. Appiah, "Thick translation," *Callaloo*, 1993, 16 (4).

Y. L. Tong, "The Chinese Student and the American Public," *The Chinese Students' Monthly* 10, (1914-15), New York: The

Cayuga Press, 1915.

Li-ling Hsiao, "Political Loyalty and Filial Piety: A Case Study in the Relational Dynamics of Text, Commentary, and Illustration in *Pipa Ji*," *Ming Studies*, 2002, (48).

Liu Wu-chi, "Book Reviews of *A History of Chinese Drama*, by William Dolby," *The China Quarterly*, 1977, 71 (9).

Mary Morris, "*Lute Song* at Carnegie," *Bulletin*, 1944, 6 (3).

Regina Llamas, "Retribution, Revenge, and the Ungrateful Scholar in Early Chinese Southern Drama," *Asia Major*, 2007, (2).

Richard E. Strassberg, "Book Reviews of *The Lute: Kao Mings P'i-p'a chi*, translated by Jean Mulligan," *Harvard Journal of Asiatic Studies*, 1981, 41 (2).

Victoria B. Cass, "Book Reviews of *The Lute: Kao Mings P'i-p'a chi*, translated by Jean Mulligan," *Ming Studies*, 1981, (1).

Wenwei Du, "Historicity and Contemporaneity: Adaptations of Yuan Plays in the 1990s," *Asian Theatre Journal*, 2001, (2).

Will Irwin, "The Drama in Chinatown," *Everybody's Magazine*, 1909, 20 (January -June).

William Dolby, "Book Reviews of *An Anthology of Chinese Literature: Beginnings to 1911* by Stephen Owen," *Bulletin of the School of Oriental and African Studies*, 1997, 60 (3).

William Schultz, "Book Reviews of *An Introduction to Chinese Literature*, by Liu Wu-chi," *The Journal of Asian Studies*, 1967, 26 (3).

五、报纸

《申报》1946年1月28日,第2页。

《申报》1946年2月24日,第4页。

《申报》1946年11月20日,第11页。

《申报》1948年9月22日,第3页。

《文摘报》2021年6月15日,第7页。

Argus-Leader, May 8, 1960: 20.

Arizona Daily Star, Mar. 2, 1958: 21.

Arizona Republic, Nov. 11, 1954: 11.

Arizona Republic, Nov. 21, 1954: 16.

Asheville Citizen-Times, Nov. 16, 1977: 13.

Chicago Tribune, Sep. 21, 1930: 24.

Chicago Tribune, April 17, 1949: 48.

Chicago Tribune, May 31, 1953: 51.

Chicago Tribune, Nov. 24, 1957: 52.

Chicago Tribune, April 21, 1949: 37.

Chicago Tribune, Feb. 10, 1963: 23.

Chicago Tribune, Nov. 29, 1964: 56.

Daily Independent Journal, Feb. 28, 1958: 26.

Daily Press, Feb. 17, 1946: 19.

Daily News, Feb. 17, 1946: 345.

Daily News, Feb. 8, 1946: 131.

Democrat and Chronicle, Sep. 14, 1946: 14.

Democrat and Chronicle, Nov. 28, 1955: 11.

Democrat and Chronicle, Mar. 25, 1962: 118.

Hartford Courant, June 5, 1960: 149.

Hartford Courant, Dec. 26, 1965: 127.

Hartford Courant, June 22, 1989: 113.

Herald Tribune, Feb. 17, 1946: 32.

Honolulu Star-Bulletin, Mar. 18, 1932: 26.

Honolulu Star-Bulletin, Feb. 24, 1940: 29.

Honolulu Star-Bulletin, Feb. 4, 1950: 13.

Honolulu Star-Bulletin, Feb. 17, 1950: 17.

Honolulu Star-Bulletin, Feb. 23, 1950: 30.

Honolulu Star-Bulletin, Feb. 24, 1950: 15.

Honolulu Star-Bulletin, Feb. 25, 1950: 31.

Honolulu Star-Bulletin, Mar. 2, 1950: 30.

Journal and Courier, April 23, 1960: 24.

Lubbock Avalanche-Journal, Dec. 6, 1967: 48.

Muncie Evening Press, Jan. 5, 1968: 15.

New Castle News, Dec. 5, 1967: 6.

Northwest Arkansas Times, April 7, 1974: 7.

Oakland Tribune, Mar. 25, 1959: 61.

Orlando Evening Star, Feb. 16, 1968: 15.

Quad-City Times, May 8, 1960: 48.

Salt Lake Telegram, Nov. 4, 1949: 8.

SFGATE, Sep. 19, 2006.

St. Louis Post-Dispatch, Nov. 5, 1946: 19.

The Baltimore Sun, Dec. 27, 1966: 98.

The Boston Globe, Jan. 16, 1946: 6.

The Cincinnati Enquirer, Oct. 18, 1946: 17.

The Cincinnati Enquirer, Mar. 21, 1959: 16.

The Cincinnati Enquirer, Feb. 9, 1967:21.

The Cincinnati Enquirer, Mar. 25, 1968:26.

The Corpus Christi Caller-Times, Dec. 6, 1961:13.

The Corpus Christi Caller-Times, Nov. 26, 1961:19.

The Observer (*London*), Oct 17, 1948:2.

The Daily Journal, Oct. 28, 1957:7.

The Daily Oklahoman, April 17, 1960:70.

The Daily Times, May 11, 1960:20.

The Daily Utah Chronicle, Oct. 24, 1949:1.

The Dispatch, Feb. 24, 1960:19.

The Honolulu Advertiser, Mar. 13, 1932:21.

The Honolulu Advertiser, April 8, 1932:2.

The Honolulu Advertiser, Feb. 12, 1950:28.

The Honolulu Advertiser, Mar. 2, 1950:24.

The Honolulu Advertiser, April 1, 1951:6.

The La Crosse Tribune, Nov. 15, 1966:16.

The Maryville Daily Forum, Mar. 3, 1962:3.

The Minneapolis Star, Oct. 22, 1946:14.

The New York Times Book Review and Magazine, April 10, 1921:3.

The New York Times, Nov. 4, 1928.

The New York Times, Feb. 17, 1946.

The New York Times, Mar. 13, 1959.

The New York Times, October 12, 1948:32.

The North Adams Transcript, Oct. 25, 1967:4.

The North-China Herald, July 17, 1935:101.

The North-China Herald, July 17, 1935:108.

The Pantagraph, May 15, 1949: 10.

The Philadelphia Inquirer, June 2, 1946: 53.

The Sheboygan Press, Nov. 14, 1967: 4.

The Sheboygan Press, Nov. 8, 1967: 4.

The Sphere, Oct. 23, 1948: 29.

The St. Louis Star and Times, Nov. 5, 1946: 7.

The Stage, 14 October, 1948: 7.

The Tennessean, Feb. 4, 1968: 52.

Wisconsin State Journal, Nov. 19, 1946: 7.

Wisconsin State Journal, April 21, 1960: 29.